SCIENCE FICTION

Herausgegeben
von Wolfgang Jeschke

Von **SHADOWRUN™** erschienen in der Reihe
HEYNE SCIENCE FICTION & FANTASY:

1. Jordan K. Weisman (Hrsg.): *Der Weg in die Schatten* · 06/4844

TRILOGIE GEHEIMNISSE DER MACHT

2. Robert N. Charrette: *Laß ab von Drachen* · 06/4845
3. Robert N. Charrette: *Wähl deine Feinde mit Bedacht* · 06/4846
4. Robert N. Charrette: *Such deine eigene Wahrheit* · 06/4847

5. Nigel Findley: *2 X S* · 06/4983
6. Chris Kubasik: *Der Wechselbalg* · 06/4984
7. Robert N. Charrette: *Trau keinem Elf* · 06/4985
8. Nigel Findley: *Schattenspiele* · 06/5068
9. Carl Sargent: *Blutige Straßen* · 06/5087

TRILOGIE DEUTSCHLAND IN DEN SCHATTEN

10. Hans Joachim Alpers: *Das zerrissene Land* · 06/5104
11. Hans Joachim Alpers: *Die Augen des Riggers* · 06/5105
12. Hans Joachim Alpers: *Die graue Eminenz* · 06/5106

13. Tom Dowd: *Spielball der Nacht* · 06/5186
14. Nyx Smith: *Die Attentäterin* · 06/5294
15. Nigel Findley: *Der Einzelgänger* · 06/5305
16. Nyx Smith: *In die Dunkelheit* · 06/5324
17. Carl Sargent/Marc Gascoigne: *Nosferatu 2055* · 06/5343
18. Tom Dowd: *Nuke City* · 06/5354
19. Nyx Smith: *Jäger und Gejagte* · 06/5384
20. Nigel Findley: *Haus der Sonne* · 06/5411
21. Caroline Spector: *Die endlosen Welten* · 06/5482
22. Robert N. Charrette: *Gerade noch ein Patt* · 06/5483

Liebe Leser,
um Rückfragen zu vermeiden und Ihnen Enttäuschungen zu ersparen: Bei dieser Titelliste handelt es sich um eine Bibliographie und NICHT UM EIN VERZEICHNIS LIEFERBARER BÜCHER. Es ist leider unmöglich, alle Titel ständig lieferbar zu halten. Bitte fordern Sie bei Ihrer Buchhandlung oder beim Verlag ein Verzeichnis der lieferbaren Heyne-Bücher an. Wir bitten um Verständnis.

Wilhelm Heyne Verlag GmbH & Co. KG, Türkenstraße 5–7.
Postanschrift: 80323 München, Abteilung Vertrieb

ROBERT N. CHARRETTE

# GERADE NOCH EIN PATT

Zweiundzwanzigster Band
des
**SHADOWRUN™-ZYKLUS**

**Deutsche Erstausgabe**

WILHELM HEYNE VERLAG
MÜNCHEN

HEYNE SCIENCE FICTION & FANTASY
Band 06/5483

Titel der Originalausgabe
JUST COMPENSATION

Übersetzung aus dem Amerikanischen von
Christian Jentzsch
Das Umschlagbild malte Doug Anderson/FASA

*Umwelthinweis:*
Dieses Buch wurde auf
chlor- und säurefreiem Papier gedruckt.

Redaktion: Ulrich Petzold

Erstausgabe bei Roc, an imprint of Dutton Signet,
a division of Penguin books USA Inc.

Printed in Germany 1996
Umschlaggestaltung: Atelier Ingrid Schütz, München
Satz: Schaber Satz- und Datentechnik, Wels
Druck und Bindung: Elsnerdruck, Berlin

ISBN 3-453-10936-8

Für Mitspieler und Crew einer der seltsamsten Tournee-Truppen, die zu kennen ich je das Vergnügen hatte, die Fredonian Air and Space Administration. Möget ihr lange fliegen.

# NORD –

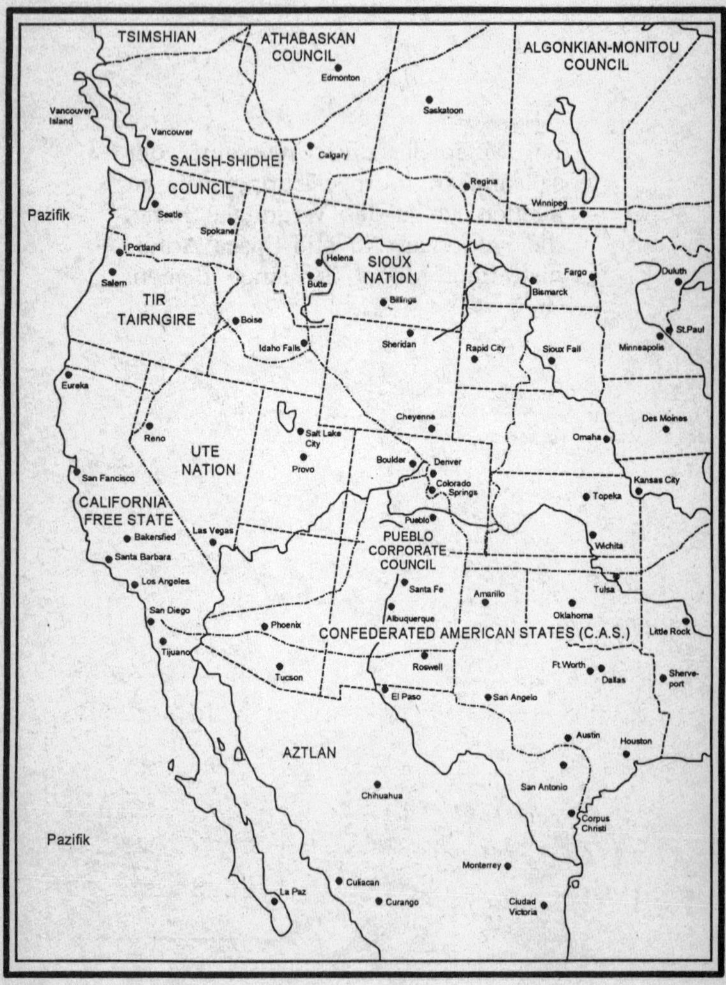

TSIMSHIAN
ATHABASKAN COUNCIL
ALGONKIAN-MONITOU COUNCIL
Edmonton
Saskatoon
Vancouver Island
Vancouver
Calgary
SALISH-SHIDHE COUNCIL
Regina
Winnipeg
Pazifik
Seatle
Spokane
Portland
Helena
SIOUX NATION
Fargo
Duluth
Salem
Butte
Bismarck
Billings
TIR TAIRNGIRE
Boise
St.Paul
Minneapolis
Sheridan
Idaho Falls
Rapid City
Sioux Fall
Eureka
Cheyenne
Des Moines
Reno
Salt Lake City
Omaha
UTE NATION
Provo
Boulder
Denver
San Fancisco
Colorado Springs
Kansas City
Topeka
CALIFORNIA FREE STATE
Pueblo
Las Vegas
Bakersfied
PUEBLO CORPORATE COUNCIL
Wichita
Santa Barbara
Los Angeles
Tulsa
Santa Fe
Amarillo
San Diego
Oklahoma
Albuquerque
Phoenix
CONFEDERATED AMERICAN STATES (C.A.S.)
Little Rock
Tijuano
Roswell
Ft.Worth
Tucson
Dallas
Sherveport
El Paso
San Angelo
Austin
Houston
AZTLAN
San Antonio
Chihuahua
Corpus Christi
Pazifik
Monterrey
Culiacan
La Paz
Curango
Ciudad Victoria

# AMERIKA

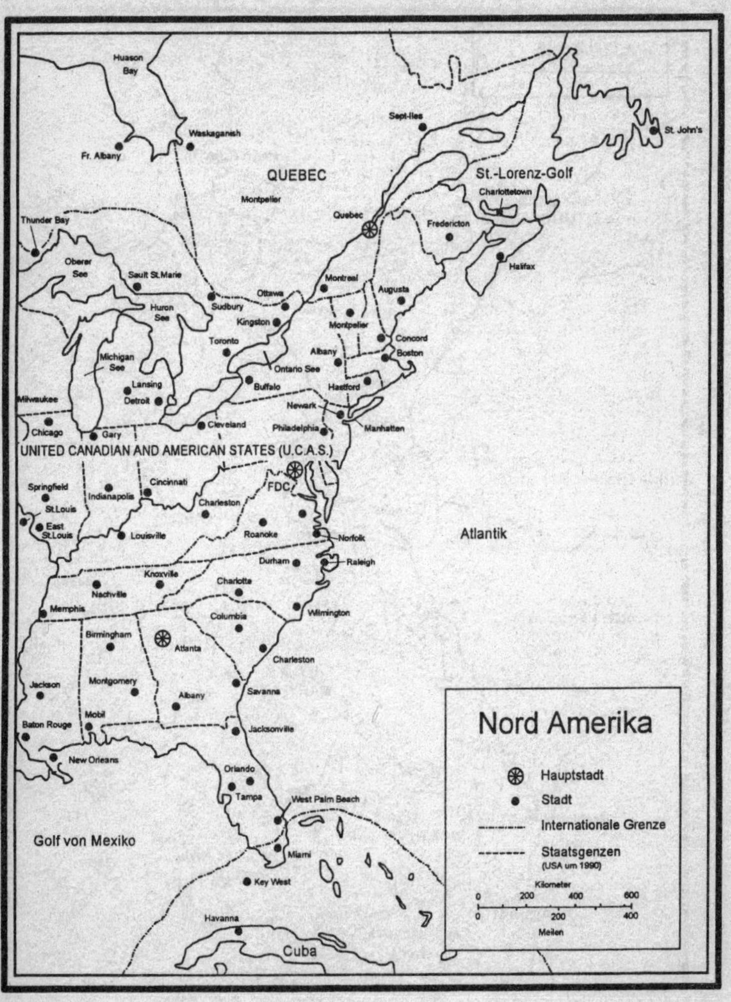

Huason Bay
Waskaganish
Fr. Albany
QUEBEC
Montpelier
Sept-Iles
St. John's
St.-Lorenz-Golf
Charlottetown
Quebec
Fredericton
Halifax
Thunder Bay
Oberer See
Sault St.Marie
Sudbury
Ottawa
Montreal
Augusta
Huron See
Kingston
Montpelier
Concord
Toronto
Albany
Boston
Michigan See
Ontario See
Lansing
Buffalo
Hastford
Milwaukee
Detroit
Newark
Cleveland
Philadelphia
Manhatten
Chicago
Gary
UNITED CANADIAN AND AMERICAN STATES (U.C.A.S.)
Springfield
Indianapolis
Cincinnati
FDC
St.Louis
Charleston
East St.Louis
Louisville
Roanoke
Norfolk
Atlantik
Durham
Raleigh
Knoxville
Charlotte
Nachville
Memphis
Wilmington
Columbia
Birmingham
Atlanta
Charleston
Jackson
Montgomery
Savanna
Albany
Mobil
Baton Rouge
Jacksonville
New Orleans
Orlando
Tampa
West Palm Beach
Golf von Mexiko
Miami
Key West
Havanna
Cuba
Nord Amerika
Hauptstadt
Stadt
Internationale Grenze
Staatsgenzen
(USA um 1990)
Kilometer
0
200
400
600
0
200
400
Meilen

# BUNDESDISTRIKT

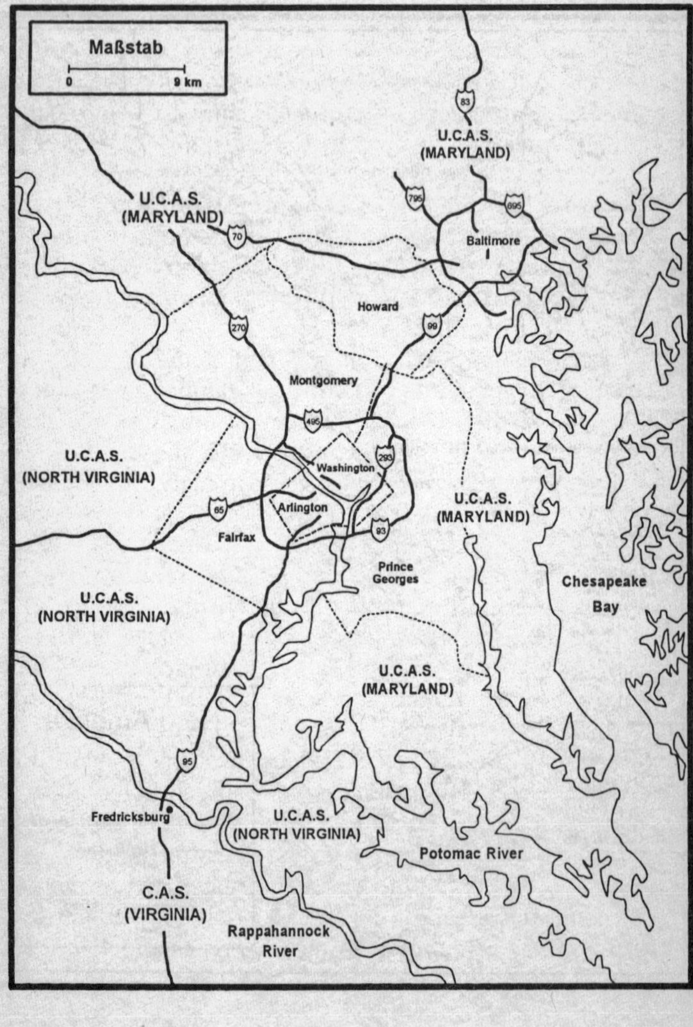

**>>>>>NewsNet Downlink -[04:04:31/13-8-55]**

DIE KOMPENSATIONSARMEE
Die Besetzung des Bundesdistrikts durch das sogenannte Kompensations-Expeditionskorps, auch Kompensationsarmee genannt, geht heute in den dritten Monat. Diese heimatlosen und vergessenen »Soldaten in der Armee der Gerechtigkeit« sind in den Bundesdistrikt gekommen, um ihre lange ignorierten Forderungen zu unterstreichen. Die Armee ist nicht gekommen, um zu kämpfen, sondern um Einfluß auf die Abgeordneten zu nehmen, um zu demonstrieren, um Menschenketten zu bilden und um darauf zu bestehen, daß die Entschädigung, die man ihnen schuldet, bezahlt wird – und zwar umgehend.

Die meisten dieser Soldaten sind keine Krieger, sondern ganz gewöhnliche Leute, die glauben, daß man sie ausgenutzt hat. Bei den ersten, die im Bundesdistrikt eintrafen, handelte es sich um Leute, die aus den Gebieten der jetzigen Native American Nations vertrieben worden waren. Diese Bedauernswerten mußten vor fast vierzig Jahren ihr Heim und ihr Land verlassen, als die alten Vereinigten Staaten den größten Teil ihrer westlichen Staaten an die neu formierten und durch Magie siegreichen Native American Nations abtrat. Nach Abschluß des Vertrags von Denver versprach die Bundesregierung den Flüchtlingen eine Entschädigung. Mit dem Ende der alten USA im Jahre 2035 beschränkte die Regierung der neuen Vereinigten Kanadischen und Amerikanischen Staaten diese Versprechungen auf alle Personen, die ursprünglich in alten US-Ländereien nördlich des 38. Breitengrads gewohnt hatten, und überließ es den Konföderierten Staaten von Amerika, sich um den Rest zu kümmern. Beide Nachfolgeregierungen der Vereinigten Staaten haben es abgelehnt, für die Entschädigung derjenigen Personen aufzukommen, die aus dem Gebiet des jetzigen Freistaats Kalifornien vertrieben wurden.

Die heutige Kompensationsarmee ist mehr als nur ein Haufen alter Männer und Frauen. Jeden Tag treffen neue »Soldaten« ein – Freunde, Verwandte, Familienangehörige und Sympathisanten derjenigen, die bereits dort sind. Aus einigen verstreuten Zelten und Baracken ist ein LowTech-Sprawl geworden, der den Bundesdistrikt wie Schimmel überzieht. Die Zustände in diesen improvisierten Gemeinden und Gemeinschaften sind schlecht und werden immer schlechter. Die Bundesregierung macht Versprechungen und behauptet, die Angelegenheit werde bearbeitet. Doch es scheint keine echte Hilfe unterwegs zu sein, und die Stimmung in der Kompensationsarmee wird immer trostloser und verzweifelter. <<<<<

# 1

Andy war ein Shadowrunner.

Alle seine Freunde wußten das. Ihm gefiel es, daß sie beeindruckt dreinschauten, wenn er ihnen von seinen Abenteuern erzählte. Alle außer Biddy Blackwell. Biddy beeindruckte nicht viel.

Bei diesem Run handelte es sich um einen der guten. Das konnte er bereits an der Art und Weise erkennen, wie das Treffen gelaufen war. Mr. Johnson – natürlich nicht sein richtiger Name – ließ gerade soviel offen, daß Andy genau wußte, die Sache hatte ihre Richtigkeit. Wenn der Johnson richtig ins Detail ging, bedeutete das, man mußte sich vor einem Schwindel vorsehen. Andy nahm alles, was ihm der Johnson gegeben hatte, und speicherte es in seiner Headware.

Der Johnson sagte, er repräsentiere ein Konsortium kleiner Geschäftsleute, die versuchten, sich in den Anacostia Barrens durchzusetzen, der schlimmsten Gegend im ganzen DC-Sprawl. Mutige Kerle – wenn es sie gab. Das Problem war nur: In den Barrens ging es ungemütlicher zu als sonst. Die Halfies, *die* Motorradgang in der Gegend, tobten sich aus. Die Gang verwüstete Läden in den Anacostia Barrens, alles, von Freßbuden bis zu Krankenhäusern. Die Polizei sah in die andere Richtung – wie üblich –, und die Anwohner waren verängstigt – ebenfalls wie üblich. Es hieß, jemand hätte die Halfies angestiftet. Mr. Johnson wollte Schutz. Außerdem wollte er wissen, wer tatsächlich dahintersteckte – und warum.

Johnsons waren nie, was sie zu sein behaupteten, aber Andy ließ sich trotzdem auf den Run ein. Er war an Doppelzüngigkeit seitens seiner Auftraggeber gewöhnt, also zog er sich in seinen Appaloosa zurück und schaltete den Autopilot ein, so daß er sich mit anderen Dingen beschäftigen konnte.

Der Schieber, von dem er den Ferrari Appaloosa bekommen hatte, sagte, es handele sich um »Überschuß«, was für ein Fahrzeug, nach dem eine derart hohe Nachfrage bestand, nichts anderes bedeutete, als daß es heiß war. Und heiß war es, und das nicht nur, weil er von irgendeiner Armee irgendwo requiriert worden war. Sheena, die Appaloosa, war das schnellste gepanzerte Fahrzeug auf Rädern. Auf der Straße hieß es, Sahne-Rigger Willie Williams schwöre bei Runs mit hohem Risiko auf Appaloosas, und jetzt verstand Andy auch, warum. Sheena, die mit ihrer maßgeschneiderten Panzerung wie ein Arbeitspferd von einem Lieferwagen aussah und nicht wie das Vollblut-Raubtier, das sie war, hatte ihn alle Kreds gekostet, die er sich mit seinen letzten drei Runs verdient hatte. Aber sie war es wert. Wenn er in Sheenas Armaturen eingestöpselt war, konnte Andy einen kleinen Krieg führen oder auch jeden Verfolger, ganz gleich ob Konzerne oder Bundespolizei, abhängen. Sheena war heiß wie eine *Kernschmelze*.

Im Augenblick brauchte er Sheenas Kampfqualitäten nicht. Alle Feuerkraft der wirklichen Welt war in der Matrix einen Drek wert. Im Cyberspace herrschten eigene Gesetze. Aber Andy war dort ebenfalls heiß. Er fing mit Kleinkram an, indem er eine Herde Smartframes vorbereitete und sie dann auf die Medien und öffentlichen Datenbänke losließ. Während sie auf der Jagd waren, stöpselte sich Andy ein und schnüffelte ein wenig in der Datenbank der Bundespolizei. Durch den äußeren IC-Kordon schlüpfte er mit einer Leichtigkeit, die sogar FastJack beeindruckt hätte. Nicht, daß es so schwierig war, ihn zu durchbrechen. Die Polizei-Computer mußten zu viele Daten verarbeiten, um sie alle hinter massiven ICs zu verstecken, und die ICs, welche die eingehenden Berichte und Beschwerden sicherten, waren ein Witz, für Decker von Andys oder FastJacks Kaliber kaum mehr als kleine Stolpersteine. Andy kopierte jede Datei über Aktivitäten der Halfies und flog zurück auf seinen Sitz an Bord Sheenas, um sich die Dateien dort in aller Ruhe und ohne die Gefahr neugieriger Blicke oder versehentlicher Entdeckung anzusehen. Andy mochte keine Zufallsbegegnungen in der Matrix. Zuviel Ärger und keine auch nur einigermaßen begründete Aussicht auf einen Vorteil.

Sicher wieder im Bauch des Appaloosa, lud er seine Beute in einen Sortierer. Als die Smartframes zurückkamen, ließ er ihre Funde folgen. Er überwachte die Suche und veränderte die Suchparameter, als sich mögliche rote Fäden herausbildeten. Der Johnson begegnete ihm als Nummer – keine Überraschung –, also hielt Andy nach Verbindungen unter den Zielen der Halfies Ausschau. Dort würden auch Mr. Johnsons Interessen zu finden sein. Andy mußte sie nur erkennen.

Auf der Liste der Ziele befanden sich auch Freßbuden, und das widersprach den Interessen der Halfies. Auf der Straße hieß es, daß sie die meisten Läden in den Barrens kontrollierten. Warum sich die eigenen

Einkommensquellen beschneiden? Vielleicht aus Gründen der Tarnung. Es gab keinen Zweifel, daß die Halfies ihre Späße weitertrieben, aber einige Ziele schien es härter erwischt zu haben als andere. Wie schlimm war es den Freßbuden ergangen? Nicht besonders schlimm. Die Tarnungs-Theorie sah plötzlich gar nicht so übel aus.

Wer hatte am meisten abbekommen? Eine rasche Sortierung nach der Schadenshöhe ergab eine Liste, an deren Spitze sich viele freie Kliniken und Arztpraxen befanden. Diese Art von Nestbeschmutzung, die gesamte medizinische Versorgung am Ort lahmzulegen, sah den sehr revierbewußten Halfies überhaupt nicht ähnlich. Ein genauerer Blick zeigte, daß die Motorradgang ihre Ziele offenbar nicht ganz zufällig ausgewählt hatte. So war zum Beispiel kein einziges DocWagon-Unternehmen betroffen. Andy roch eine Spur und stöpselte sich ein, um ein paar Hinweisen nachzugehen. Er kam mit der Verbindung zurück, nach der er gesucht hatte: Alle demolierten Kliniken wurden entweder vom gentechnisch-pharmazeutischen Multi Biotechnics finanziell unterstützt oder unterhielten Programme, die der Konzern finanzierte. Eine rasche Überprüfung der Medien-Datenbänke zeigte, daß Biotechnics-Kliniken in anderen Städten nicht von einer ähnlichen Welle der Verwüstung überrollt worden waren.

Wodurch unterschieden sich die Kliniken in den Anacostia Barrens von den anderen? Andy wettete, daß Mr. Johnson oder dessen Bosse das wußten. Ein direkter Run auf Biotechnics war jetzt noch nicht angeraten, also suchte sich Andy aufs Geratewohl eine verwüstete Klinik aus und begab sich in ihren Datenbänken auf die Suche nach etwas Ungewöhnlichem. Er fand Aufzeichnungen über drei Testprogramme. In den Datenbänken einer zweiten Klinik fand sich nur eine Übereinstimmung: ein Drogentherapie-Pilotprogramm für etwas namens Azadon, Warenzeichen noch nicht eingetragen.

Vielleicht war seine Schlußfolgerung ein wenig voreilig, aber Andy war sicher, daß dieses Azadon seinem Mr. Johnson ganz besonders am Herzen lag. Er würde das später überprüfen.

Im Augenblick signalisierte Sheena gerade, daß sie ihren Bestimmungsort fast erreicht hatten. Das traf sich gut. Andy wechselte die Buchse am Armaturenbrett Sheenas und übernahm die Steuerung. Um diesen Run zu erledigen, war mehr als nur ein wenig Matrix-Schnüffelei nötig. Kein Run ließ sich nur mit etwas Decken erledigen. Auch das traf sich gut. Ihm gefiel eine gute Mischung, was die Action betraf. Es wurde Zeit, zum nächsten Schritt überzugehen. Nachdem er die Maple Avenue überquert hatte, fuhr er den Appaloosa auf den ersten freien Parkplatz.

»Paß auf dich auf, Sheena«, sagte er zu dem Appaloosa, als er ausstieg und die Diebstahlsicherungen aktivierte. Fairfax gehörte nicht zu den schlimmsten Bezirken im DC-Sprawl, aber dies war nicht unbedingt die beste Gegend von Fairfax. Auch wenn man das nicht, wie Andy, aufgrund früherer Erfahrungen wußte, konnte man es an den kaputten Straßenlaternen, den mit Graffiti bedeckten Mauern und den verbarrikadierten Ladenfronten erkennen.

Die Nacht außerhalb des Appaloosa barg keine Geheimnisse für ihn, weil es sich bei seinen Augen um 48er Telestrian Cyberdyne handelte, die unter Zeiss-Lizenzen gebaut wurden. Nicht das jüngste Modell, aber die Cyberaugen-Technologie hatte sich in den letzten zehn Jahren nicht gerade weiterentwickelt. Die 48er waren auch nicht mit allen Extras ausgestattet. Kein Infrarot, nur Lichtverstärker. Aber das war mehr als genug, um die Düsternis der Old Courthouse Road zu durchdringen und alle Penner und Straßenratten zu erkennen, die in Hauseingängen kauerten und in den Gassen herumschlichen. Alles Einheimische, die er kannte. Sie wußten um seinen Ruf und würden ihn nicht belästigen.

Sein Team erwartete ihn bei Eskimo-Nell, ihrer üblichen Kneipe und Sammelstelle. Heute waren nur zwei da, Buckhead und Feather. Er glaubte nicht, daß er mehr brauchen würde. Buckhead gehörte in die Abteilung Muskeln, schlicht, aber nicht billig. Der Ork war sehr, sehr gut in dem, was er tat, aber seine gesamte Persönlichkeit steckte in seiner Cyberware und in seinen Kanonen. Feather war eine Elfe und eine Magierin, und ihre Art, sich zu kleiden, eignete sich eher für eine Hauptrolle in *Runner Babes* als für einen echten Shadowrun, aber was sie trug – oder vielmehr nicht trug –, beeinträchtigte ihre Leistung nicht im geringsten – was sollte man dazu also noch sagen? Außerdem machte es Andy Spaß, sie anzusehen.

»Hoi, Boß. Was läuft'n so?« Das war Buckheads übliche Begrüßung.

Andy kam gleich zur Sache und erzählte ihnen von dem Job, den er ihnen beschafft hatte, und von seiner Theorie, daß die Kliniken im Brennpunkt der gewalttätigen Aktionen standen. »Man hat uns zum Schutz angeheuert, aber wir sollen auch herausfinden, wer dahintersteckt.«

»Was bringt Johnson auf die Idee, daß sich die Truppe nicht einfach nur amüsiert hat?«

»Du glaubst doch wohl nicht, daß sich die Patienten und das Krankenhauspersonal amüsieren«, sagte Feather.

»Wir müssen was unternehmen«, sagte Andy. Er war nicht in der Stimmung, herumzusitzen und die Möglichkeiten im einzelnen durchzukauen. Er und seine Runner brauchten eine Connection, und ihre beste Wette waren die Halfies. Wer würde besser als die Motorradgang wissen, warum sie sich in den Barrens austobten? »Ich finde, wir sollten uns mal mit ein paar Halfies unterhalten.«

»Ich kenne einen Unterschlupf von ihnen«, sagte Feather, was Andy überraschte.

Er wußte, daß sie einen Haufen Connections auf der Straße hatte, aber er hätte ihr nicht zugetraut, daß sie sich mit Motorradgangs auskannte. Er war ziemlich froh, daß er sich geirrt hatte. »Dann laßt uns los.«

Andy folgte Feathers Anweisungen und steuerte den Appaloosa über den Fluß und in die Randbezirke der Anacostia Barrens. Er fuhr langsam, teils aufgrund des Straßenzustands und teils wegen der Notwendigkeit, sich zu orientieren und Ausschau zu halten. Sie begutachteten das alte Betongebäude, zu dem Feather sie führte, und kamen zu dem Schluß, daß zumindest ein Teil der Motorradgang zu Hause war. Es war noch zu früh für sie, draußen die Sau rauszulassen. Die Bude war solide gebaut, was wahrscheinlich auch der Grund dafür war, warum die Gang sich dort verkroch. Worum es sich bei dem Gebäude früher einmal auch gehandelt haben mochte, jedenfalls wies es auf einer Seite zwei Zugangstore für Fahrzeuge auf. Die einzige normale Eingangstür befand sich ebenfalls auf dieser Seite. Andy entschloß sich für die direkte Vorgehensweise und jagte Sheenas Nase durch das fadenscheinige Wellplastik der linken Garagentür. Die Hausmauer würde ihre linke Flanke schützen.

Kaum waren sie durch die Tür gebrochen, als sich Buckhead bereits mit großem Getöse aus dem Appaloosa stürzte. Feather war leiser, aber nicht weniger emsig. Magische Energie umgab ihre zu Berge stehenden Haare mit einem knisternden Leuchten, vor dem sich jeder erschrecken mußte. Andy taten die aufgescheuchten Halfies – von denen zumindest einer buchstäblich mit heruntergelassener Hose erwischt worden war – fast ein wenig leid.

Nachdem er Sheena benutzt hatte, um den Unterschlupf der Halfies zu knacken, überließ Andy es gern Buckhead und Feather, sich um die Gangmitglieder zu kümmern. Kampf war einfach nicht sein Ding. Er bezog keine Kicks daraus wie andere Leute. Er würde eingreifen, wenn er mußte, aber er glaubte nicht, daß es nötig sein würde. Er hatte eine gute Truppe, und in diesem frühen Stadium des Runs war es unwahrscheinlich, daß sie auf Gegner stießen, mit denen sie nicht fertig wurden.

»Wir brauchen jemanden, der redet«, erinnerte Andy sein Team über Sprechfunk. Er bekam keine Bestätigung, aber als sich der Tumult legte, kehrten Buckhead und Feather mit einem Mitglied der Gang zurück.

»Wir könnten ihn den Bullen übergeben«, schlug Feather vor. Sie neigte dazu, die gesetzestreue Lösung vorzuschlagen. Andy dachte sich, daß sie es nur deshalb tat, damit er wußte, daß es eine gab. »Die Bundesbullen würden sich freuen, ihn zu sehen. Wenn er uns aber verrät, was wir wissen wollen…«

»Ich verrat' nix«, sagte der Halfie. Die schwarze Pigmentierung seiner oberen Gesichtshälfte verbarg fast sein entschlossenes Stirnrunzeln.

»Ich kann ihn zum Reden bringen«, sagte Buckhead. Der Ork ließ seine Chromsporne aus den Handgelenksscheiden gleiten, um die Methode zu demonstrieren, die er anzuwenden gedachte. Es war gemein, aber es mochte schnelle Resultate erbringen. Das Leben in den Schatten war nicht nett.

»Tu es«, sagte Andy, »aber sieh zu, daß er nicht soviel Lärm macht.«

Der Halfie hatte gewußt, daß er gefährlich lebte, als er Geld angenommen und sich daran gemacht hatte, Läden zu verwüsten und Unschuldige zu verprügeln.

Buckhead grinste und führte den Halfie ab. Nach exakt zwanzig Minuten kam er mit einer Adresse zurück. Die Adresse gehörte angeblich zu einem Mittelsmann.

Andy und das Team statteten dem Burschen einen Besuch ab, und der erwies sich als überraschend vernünftig. Gegen ein Honorar – das Andy Mr. Johnson als Spesen in Rechnung stellen würde – bestätigte der Schieber die Geschichte des Halfies, daß sie für einen simplen Schlägerjob angeheuert worden waren. Der Schieber konnte ihm den Auftraggeber nicht nennen, obwohl Andy ihm anbot, das Honorar zu verdoppeln, was der Behauptung des Mannes zusätzliche Glaubwürdigkeit verlieh. Für ein Zusatzhonorar gab ihnen der Schieber einen rätselhaften Hinweis. »Wollt ihr sehen, wer Schatten wirft? Fahrt die Wisconsin rauf und geht sechs Häuser südlich der Kathedrale vor Anker.«

Sie folgten seinen Anweisungen.

Andy konnte sich erinnern, daß in dem Gebäude die Büros von Micronetics, einer Saeder-Krupp-Tochter, untergebracht gewesen waren, aber ein pulsierendes Neonschild verkündete, daß es sich mittlerweile um das Eigentum der Vilanni Corporation handelte. Wenn er auf eine derartige Veränderung stieß, mußte er immer daran denken, wie schnell sich die Dinge in der Konzernwelt änderten. Oft war der kometengleiche Aufsteiger von heute der ausgebrannte Verlierer von morgen.

Der Name Vilanni war ihm nicht neu. Seine und die Wege des Konzerns hatten sich bereits gekreuzt, und er wußte, daß der Konzern so schmierig wie nur was war. Andy glaubte nicht, daß es unter seiner Würde war, Kliniken zu verwüsten, um einem Konkurrenten den Produkttest zu vermasseln. Der Gedanke an das Vermasseln von Testreihen erinnerte ihn an Vinton und den Hängedatei-Run. Die Sache, die gerade in den Barrens ablief, war genau Vintons Stil.

Doch Andys Eingebung und der Hinweis eines Schiebers, daß Vilanni hinter allem steckte, würden seinem Auftraggeber nicht reichen. Andy mußte eine überzeugende Verbindung liefern. Außerdem war da noch das Problem herauszufinden, *warum* Vilanni in die Sache verwickelt war. Die Johnsons waren immer erst dann zufrieden, wenn sie wußten, warum man sie aufs Korn genommen hatte.

Ihr kleiner Besuch bei den Halfies würde sich über kurz oder lang herumsprechen. Es gab keinen besseren Zeitpunkt für einen schnellen Run auf den Villani-Mainframe als jetzt. Andy fuhr noch etwa ein Dutzend Blocks die Wisconsin entlang, bevor er in eine der ruhigen schmalen Seitenstraßen Georgetowns abbog, den Appaloosa parkte und sich einstöpselte.

Der Vilanni-Mainframe hatte in der Matrix die Gestalt eines schwarzen Monolithen. Er war eine harte Nuß, aber Andy war nicht so dumm, ihn frontal anzugehen. Er versuchte etwas Neues, indem er ein Nebenprogramm startete, um die Dinge ein wenig zu verwirren. Mit müheloser Präzision konzentrierte er sich auf einen schmalen Abschnitt des Monolithen und verengte sein Blickfeld, bis sich die Unebenheiten auf der schwarzen Oberfläche zu Vertiefungen, dann zu Löchern und schließlich zu Tunnels ausdehnten. Er hatte einen dieser Tunnels schon zuvor benutzt, eine Hintertür, die von einem abtrünnigen Vilanni-Programmierer eingerichtet worden war. Da er die Hintertür im Laufe des Hängedatei-Runs benutzt hatte, rechnete er halb und halb damit, daß man den Zugang mittlerweile verschlossen und verriegelt haben würde, stellte jedoch befriedigt fest, daß sein Herumgepfusche funktioniert hatte. Die Tür war auch weiterhin begehbar. Drinnen düste er zu Vintons Privatunterlagen und begann damit, in den Akten der Vilanni-Execs herumzuschnüffeln. Es dauerte nicht lange, bis er auf eine Goldader stieß: auf eine Liste mit Kliniken, Biotechnics-Kliniken.

Während er die Liste durchging, erschien plötzlich ein Zeit-Datumsstempel neben einem der Namen. Das war das Stichwort für die Datei, eine Subroutine zu aktivieren. Andy ging das Programm durch. Irgendwo im Vilanni-Hauptquartier wurde gerade ein Anruf getätigt. Es gelang ihm gerade noch, ein Spürprogramm anzuhängen, bevor die Verbindung unterbrochen wurde. Während er auf die Rückkehr des Spürprogramms wartete, grub er weiter. Er hatte immer noch nichts von Belang gefunden, als sich das Programm schließlich mit einem Rattenschwanz von Verbindungen im Schlepptau zurückmeldete, die mehr als ausreichten, um ein Spürprogramm abzuhängen, das viel zu spät auf den Anruf angesetzt worden war. Der Empfänger des Anrufs war irgendwo in den Anacostia Barrens, und der Speicher des Programms enthielt lediglich die Adresse der Klinik und einen Zeit-Datumsstempel. Er entsprach demjenigen auf der Liste. Andy hatte Zeit und Ort des nächsten Überfalls entdeckt.

Zeit, eine Entscheidung zu treffen. Sollte er den Run auf den Villani-Mainframe abbrechen und mit seinem Team ausrücken, um den bevorstehenden Überfall zu verhindern, oder sollte er im System bleiben, um den größtmöglichen Nutzen aus seinem Eindringen zu ziehen, und nach belastenden Hinweisen suchen, die allen Überfällen ein Ende bereiten würden? Wenn er abbrach, würde das System bei seiner Rückkehr schwerer zu knacken sein – aber wenn er blieb, wurden Leute verletzt, vielleicht sogar getötet. Andererseits würden noch mehr verletzt und getötet, wenn er das, was er brauchte, nicht aus dem Villani-Mainframe herausholte, und so eine gute Gelegenheit bot sich ihm vielleicht kein zweitesmal.

Die Wände des Datenspeichers schimmerten plötzlich, und eine Kristallspinne glitt hindurch – das Vilanni-Ice hatte ihn gefunden. Eins nach dem anderen. Er aktivierte sein Krallenhand-Angriffsprogramm. Der Kampf gegen die IC war kurz und heftig, aber der Ausgang stand nie in Frage. Vielleicht hätte FastJack die Spinne schneller erledigt. Vielleicht.

Aber die Spinne war nur die Spitze von Vilannis Ice-Berg. Schlimmere ICs würden schnell kommen.

*BLITZ!*

Der Cyberspace wechselte von seiner normalen Darstellung auf ein Negativbild.

Schneller als schnell.

*BLITZ!*

Drek! Nicht jetzt! Er hatte eindeutig die Zeit aus den Augen verloren. Andy konnte sich jetzt nur noch ausstöpseln. Wenn er es nicht schaffte, war er erledigt.

Er drückte auf Speichern. Er würde sein Abenteuer später fortsetzen. Feather und Buckhead würden auf ihn warten. Das taten sie immer. Vilanni würde ebenfalls warten. Anders als in der wirklichen Welt.

Die wirkliche Welt hatte ihre eigenen Imperative. Und gerade jetzt hatte er es mit einem zu tun. Keine Spielchen mehr. Zeit, sich an die Arbeit zu machen.

>>>>>NewsNet Downlink
-[05:10:31/14-8-55]

KONTROVERSE UM EIGENSTAATLICHKEIT IN NORTH VIRGINIA

Dem Unterhaus von North Virginia liegt ein neues Gesetz über die Zuteilung von Wahlbezirken in drei ehemaligen Countys von North Virginia, Fairfax, Alexandria und Arlington, zur Ratifizierung vor. Dieses Gesetz stellt ganz unverhohlen die Rechtmäßigkeit des Bundesdistrikt-Gesetzes aus dem Jahre 2024 in Frage, mit dem die UCAS-Regierung diese Countys annektiert und der Rechtsprechung North Virginias entzogen hat.

Kommentar von Innensenator Wendell North (Arch-PW): »Wie alle Befürworter des Gesetzes freue ich mich über die starke Unterstützung, die der Senat mit der raschen Ratifizierung unseres Gesetzes an den Tag gelegt hat. Wir sind sehr zuversichtlich, daß das Abgeordnetenhaus die Maßnahme mit einer ebenso überwältigenden Mehrheit billigen wird. Die UCAS haben vor dreißig Jahren einen Fehler begangen. Die Leute in dieser Region hatten Zeit, um zu erkennen, wo ihre Interessen liegen, und, glauben Sie mir, die Leute sind bereit zu handeln. Wir haben hier in North Virginia eine Menge anständige Leute, Leute, die wissen, woran ihr Herz hängt und wem ihre Treue gehört. Das werden Sie alle noch früh genug sehen.«

KOMPENSATIONSARMEE-UPDATE

Die Senatoren Gorchakov (Dem-MN) und Drinkwater (Lib-ME) stellten heute einen Gesetzesentwurf vor, der die sofortige Zahlung aller noch ausstehenden Vertriebenen-Entschädigungen vorsieht. *[Querverweis Finanzen: CAU.]* Unter dem Jubel der versammelten Soldaten der Kompensationsarmee machte Drinkwater die Ankündigung von einem improvisierten Podium. »Das ist keine Frage«, sagte er. »Wir müssen diese Ehrenschuld bezahlen.«

Die Reaktionen im Capitol waren gemischt. Die Sprecherin des Abgeordnetenhauses, Betty Jo Pritchard (Rep-ONT), führte die Opposition. In einer heute getroffenen öffentlichen Verlautbarung sagte sie:

»Wie ich schon zu bedenken gab, als die ersten dieser ›Marschierer‹ auf den Stufen des Capitols auftauchten: Bei einem Haushaltsdefizit in unserem Land von fünfzig Milliarden Dollar jährlich sehe ich nicht, wie verantwortungsbewußte Gesetzgeber Maßnahmen rechtfertigen können, die speziell auf das Wohl eines kleinen Teils der Bevölkerung abzielen. Das ergibt keinen praktischen Sinn.« < < < < <

## 2

Major Tom Rocquette streckte den Kopf aus der Luke seines Kommandofahrzeugs vom Typ Ranger, um sich die urbane Landschaft mit bloßem Auge anzusehen. Die Erschöpfung ließ sein Blickfeld verschwimmen, und er erwog, ein weiteres Hallo-Wach zu schlucken. Konnte er sich ein weiteres Nachlassen seiner Reflexe leisten? Und, was noch wichtiger war, konnte er es sich leisten, einzunicken und dabei möglicherweise Entscheidendes zu verpassen? Nicht gewillt, seine neuen Streifen zu entehren, fischte er eine Pille aus seiner Montur und schluckte sie. Er mußte wachsam bleiben. Seine Einheit war schon einmal böse überrascht worden, als sie sich ausschließlich auf die Sichtverstärker in den Helmvisieren verlassen hatte. Er hatte nicht vor, so etwas noch einmal zuzulassen.

Im Osten waren Schüsse zu hören. Das mußte Santiagos Einsatzgruppe sein. Er wünschte, er hätte gewußt, was dort vorging, aber die Aufklärungsdrohnen des Bataillons versorgten seinen taktischen Gefechtscomputer bereits seit über zwölf Stunden nicht mehr mit Informationen. Olivetti, der für die ferngesteuerten Aktiva des Bataillons verantwortlich war, konnte nur mit Entschuldigungen aufwarten, wenn Tom Daten oder Unterstützung anforderte. Diesmal sparte sich Tom die Mühe gleich.

Zumindest etwas, das Olivettis Kommando unterstand, funktionierte noch. Einen halben Block entfernt kauerte die gedrungene Gestalt einer vierrädrigen Drohne vom Typ Steel Lynx auf der Straße, die das Gelände überwachte, während das Erste Team vorrückte. Diese Drohne und ihr Rigger, Rufzeichen Gold Autumn, hatten sich als die beste ferngesteuerte Einheit in Toms Einsatzgruppe erwiesen, und sie war die einzige, die noch aktiv war. Der Geschützturm der Drohne drehte sich ein wenig, um nicht die Truppen im Schußfeld zu haben, denen er im Ernstfall Feuerschutz geben sollte. Oder steckte mehr dahinter?

Tom nahm Verbindung zum Rigger-Kommandofahrzeug der Einsatzgruppe auf. »Gold Autumn, hier spricht Gold Count. Habt ihr Ziele geortet? Over.«

»Negativ, Gold Count. Gelände ist frei. Over.«

»Bestätigt. Bleibt wachsam. Gold Count Ende.« Er wollte nicht noch einmal überrascht werden.

»Major?« Das war Captain Vahn, sein Stellvertreter. »Helfen wir Santiagos Team?«

»Wir sind nicht darum gebeten worden«, sagte Tom.

Vahn schien über diese Antwort nicht besonders glücklich zu sein. Tom war es auch nicht. Es war nicht leicht, einfach mit seinem Job weiterzumachen, wenn die Kollegen auf ein Wespennest gestoßen waren. Aber ihr Auftrag lautete Suchen und Vernichten, und wenn sie ihren Auftrag mißachteten, um sich als Kavallerie aufzuspielen und Santiagos Team zu helfen, setzten sie sich und alle anderen vielleicht der Gefahr eines Überraschungsangriffs durch den Feind aus. Die hohen Tiere im Generalstab wußten, was los war. Sie würden Bescheid wissen, wenn Santiago Hilfe brauchte. Man mußte ihnen vertrauen. Das war ein unerläßlicher Bestandteil der Zugehörigkeit zum Team.

Und im Augenblick war es *sein* Team, das seine Aufmerksamkeit erforderte.

Das Erste Team rückte vor und passierte ein Gebäude, aus dem es aus jeder Öffnung qualmte. Die wogenden schwarzen Wolken verhüllten die oberen Stockwerke der meisten Gebäude vor ihnen. Gefährlich. Bloße Augen konnten die Düsternis nicht durchdringen. Er konnte nur hoffen, daß die Sichtverstärker seiner Leute jede Gefahr aus dieser Ecke rechtzeitig ausmachen würden. Er konzentrierte sich auf das Straßenniveau.

Das war auch gut so. Er sah die Andeutung einer Bewegung in den Trümmern eines Gebäudes, an dem die rechte Flanke des Ersten Teams entlangmarschierte. Das Team bewegte sich an der Spitze und war fast auf gleicher Höhe mit dem, was er gesehen hatte.

»Führungsteam, halt!«

Der Run auf Deckung begann augenblicklich und war rasch beendet. Er konnte zwar alle auf seinem Gefechtscomputer ausmachen, aber von Toms Position war nur noch ein Soldat zu sehen. Sogar der Steel Lynx hatte ein paar Gebäudetrümmer gefunden, die ihm ein wenig Schutz gaben. Es waren gute Soldaten. Tom wünschte, er könnte es sich selbst zuschreiben, sie so gut geschliffen zu haben, aber dafür unterstanden sie noch nicht lange genug seinem Befehl. Er war schon glücklich, daß er sie hatte. Später würde er ein Dankschreiben an ihren ehemaligen Kommandeur schicken.

Bedauerlicherweise waren mehr Soldaten in unmittelbarer Nähe der verdächtigen Bewegung in Deckung gegangen, als ihm lieb war, aber nichts und niemand fiel plötzlich über sie her.

»Was ist los, Major?« fragte Sergeant Omenski.

Tom hatte nichts gesehen, was er als Bedrohung oder Gefahr charakterisieren konnte, aber er fühlte sich unbehaglich. Er hatte eine Bewegung gesehen, oder nicht? Er hoffte, daß es keine Hallo-Wach-induzierte Paranoia war. Trotzdem war Vorsicht besser als Dummheit. »Haben Sie irgendwas rechts vor Ihnen bemerkt?«

Nach einem Augenblick, in dem er sich mit seinem Team beriet, war Omenski wieder da. »Wir sehen nichts.«

Hatte er sich geirrt? Die hereinbrechende Dämmerung und der Qualm schlossen Gewißheit aus. Plötzlich fiel ihm auf, daß der Kampflärm aus der Richtung von Santiagos Team verstummt war. Es war sehr ruhig. Das gefiel ihm nicht. Es war auch ruhig gewesen, bevor sie beim letztenmal überfallen worden waren. »Achten Sie auf Ihre Front, Sergeant. Besondere Aufmerksamkeit für eins bis drei Uhr. Bleiben Sie auf Empfang.«

»Verstanden.« Omenskis Tonfall ließ keinen Zweifel daran, daß er mit dem Befehl seines Kommandeurs, den Vormarsch ohne offensichtlichen Grund zu stoppen, nicht einverstanden war.

Ohne *offensichtlichen* Grund.

Tom glitt wieder in sein Kommandofahrzeug und ignorierte den fragenden Blick seines Funkoffiziers. Er wollte mit dem Mann reden, der mit geschlossenen Augen auf der Couch vor der gepanzerten Außenwand saß. Tom klopfte ihm rhythmisch auf den Arm. Als der Mann die Augen öffnete, fragte Tom: »Haben Sie irgendwas, Hooter?«

Hooter – die »Eule« – war der Spitzname von Lieutenant Carolstan, dem Magier der Einsatzgruppe. Der kleine Mann trug ihn, weil eine Brille mit dicken Gläsern seine von dunklen Ringen umgebenen großen Augen noch größer wirken ließ. Sein Aussehen hatte jemanden an eine Eule erinnert. Es half auch nicht, daß Carolstan einen steten Blick hatte. Die Brille verdeutlichte, was Carolstan war, mehr noch als seine leuchtenden Schwert-Insignien. Der Mann war stark kurzsichtig, ein Defekt, der sich dauerhaft und unsichtbar durch ein unbedeutendes Implantat hätte korrigieren lassen, aber er ließ es nicht zu. Wie die meisten Magier lehnte er alle Implantate ab, weil sie die psychische Integrität seines Körpers bedrohten. Die Armee gestattete keine Kontaktlinsen, also mußte es eine Brille sein, und »Hooter« war das Resultat.

Carolstan machte sich, ebenfalls wie die meisten Magier, nicht viel aus dem Spitznamen, den ihm die Soldaten verpaßt hatten. »Mein Name ist Carolstan, Major.«

Tom war das egal. Soldaten mochten Magie und Magier nicht besonders. Aufgrund dieser Feindseligkeit prägten sie abwertende Spitznamen – wenngleich auch Angst eine Rolle spielte. Jahre der Zusammenarbeit mit den Spezialisten des Thaumaturgischen Korps hatten Tom gelehrt, daß es Magier gab, bei denen sowohl Feindseligkeit als auch Furcht angebracht waren. Tom arbeitete noch nicht lange genug mit Hooter zusammen, um zu wissen, ob er zu ihnen gehörte. Eines war sicher: Ganz besonders Soldaten mochten keine Leute – ob Magier *oder* Offiziere –, die sie im Stich ließen. »Er lautet Hundefutter, wenn Sie Ihre Arbeit nicht tun.«

Hooter spitzte die Lippen und verzog sein Gesicht zu einer Grimasse, die seinem Spitznamen alle Ehre machte. »Ich habe nichts aus dem Astralen zu melden.«

»Dann sehen Sie noch mal nach. Achten Sie besonders auf das Gebäude an der rechten Flanke des Ersten Teams.«

Anstatt zu seinem Kommandostand zurückzukehren, stieg Tom in den Geschützturm seines Fahrzeugs. Er wollte das Gelände mit eigenen Augen beobachten, während Hooter seine astrale Aufklärung unternahm. Was er auch gesehen hatte, war jetzt unsichtbar. Er suchte dennoch weiter.

Er legte seinen taktischen Gefechtscomputer auf diese Station um, so daß er von Zeit zu Zeit einen Blick nach unten auf die Monitorreihe des Geschützturms werfen konnte. Es hatte keinen Sinn, alles andere aus den Augen zu verlieren. Ein Monitor zeigte die Positionen seiner Männer an, die alle mit einem blauen Symbol gekennzeichnet waren. Kein Rot zu sehen. Auch der von den Helmen der Soldaten weitergeleitete Input und die Meßergebnisse der Sensoren des M-6 Ranger deuteten nicht auf die Anwesenheit von Feinden hin. Dennoch ließ Tom irgend etwas zögern, den Vormarsch fortzusetzen.

Ein weiterer Monitor zeigte das Innere des Kommandofahrzeugs, wo der Magier immer noch wie ein Toter auf der Couch saß und astrale Aufklärung betrieb. Hooter benötigte mehr Zeit, als er sollte, aber er ließ keine Anzeichen von Unruhe oder Bestürzung erkennen. Vielleicht war er nur gründlich. Tom wünschte, er würde den Magier besser kennen, so daß er eine begründende Vermutung darüber hätte anstellen können, warum er so lange brauchte. Schließlich rührte sich Hooter und erwachte aus seiner Trance.

Tom war sofort bei ihm. »Und? Was haben Sie gesehen?«

Die Augen des Magiers richteten sich auf ihn. »Es gab nichts zu sehen.«

»Dann ist alles klar?«

»Sie haben meine Meldung gehört«, sagte Hooter brüsk. Magier reagierten bekanntermaßen sehr empfindlich, wenn sie den Eindruck hatten, daß ihre Kompetenz angezweifelt wurde. Offenbar hatte Tom diesen hier beleidigt.

Tom hatte Wichtigeres zu tun, als Hooters Ego zu streicheln. Die Einsatzgruppe hatte immer noch einen Auftrag. Er richtete seine Aufmerksamkeit wieder auf die Straße und sah, wie sich ein halbes Dutzend untersetzte grüne Gestalten aus den Gebäuderuinen lösten.

Die Feinde waren wenig mehr als Silhouetten mit den groben, ungeschlachten Umrissen von Trollen, aber kleiner und breiter. Die Troll-artigen Feinde bewegten sich schnell – sehr schnell – auf die Stellung des Ersten Teams zu. Gewehrschüsse ertönten, als das Team die Gefahr erkannte. Eines der grünen Dinger ging zu Boden, aber die übrigen rückten weiter vor.

»Aktive Magie«, verkündete Hooter. Sein Kopf tauchte in der Luke auf.

»Dann werden Sie selbst aktiv und versuchen Sie, ein paar von den Dingern auszuschalten«, sagte Tom zu ihm.

»Erwarten Sie nicht zuviel«, schnappte Hooter, fing jedoch an, einen Zauber zu murmeln.

Tom blieb keine Zeit, sich zu überlegen, was Hooter versuchte. Eine größere Gestalt, orangefarben, aber dennoch vage humanoid und nicht besser definiert, erhob sich aus den Gebäudetrümmern und stapfte schwerfällig vorwärts. Der orangefarbene Feind stürmte am Ersten Team vorbei und hielt direkt auf die Stellung des Zweiten Teams zu. Niemand vom Zweiten Team schoß auf ihn.

Warum eröffnete das Team nicht das Feuer auf das Ding?

Fragen konnte er später stellen, jetzt brauchten die Männer erst einmal Hilfe. »Gold Count an Gold Autumn, Unterstützung auf das Zweite Team richten.«

Der Rigger der Drohne antwortete nicht, aber der Steel Lynx rollte hinter seiner Deckung hervor, und sein Geschützturm schwenkte herum, als er seine Waffen auf die klobige Gestalt richtete. Die Drohne schnitt dem Ungeheuer den Weg ab. Sie fuhr rückwärts die Straße entlang vor dem Feind her und eröffnete das Feuer, doch ohne Wirkung.

Irgendeine Verlagerungs-Illusion?

Tom schwenkte die Minikanone des Geschützturms herum und drückte auf den Feuerknopf. Die Kanone röhrte, als ein feuriger Strom von Leuchtspurgeschossen die Luft auf einer Seite des Ungeheuers durchpflügte. Ein unmerklicher Schwenk, dann war die andere Seite an der Reihe. Keine sichtbare Wirkung. *Zum Teufel damit!* Tom nahm das orangefarbene Ungeheuer direkt aufs Korn und spickte das Ding mit Kugeln. Es wankte, blieb jedoch nicht stehen.

Die kleineren grünen Feinde fegten durch die Stellung des Ersten Teams. Auf Toms taktischem Gefechtscomputer fingen die blauen Lichter überall an zu blinken, als die Feinde seine Soldaten erreichten. Eines nach dem anderen erloschen die blauen Lichter. Das Erste Team existierte nicht mehr.

Tom rief um Hilfe. »Gold Count an Tin Leader!«

»Hier ist Tin Leader.« Olivettis Stimme klang ruhig, beinahe losgelöst. »Wir sind hier ziemlich beschäftigt.«

»Olivetti!« schrie er über Funk. »Wir sind überfallen worden. Schicken Sie Ihre verdammten mechanischen Vögel hierher!«

»Roger«, erwiderte der Rigger-Kommandant.

Tom konnte nur hoffen, daß Olivetti die Wahrheit sagte. Er hatte schon öfter Unterstützung versprochen, über die er nicht verfügte.

Was sie wirklich brauchten, waren ein paar leichte Hubschrauber vom Typ Yellowjacket oder auch einen Destrier-Kampfhubschrauber, aber Toms Sonderressourcen-Bataillon waren keine schweren Luftstreitkräfte zugeordnet worden. Die Einsatzgruppe verfügte lediglich über ihren Anteil an der zum Bataillon gehörenden Rigger-Kompanie mit ihren Rotordrohnen vom Typ MCT-Nissan Shadowhawk. Die Shadowhawks waren Leichtgewichte, aber bei der Einsatzbesprechung hatte es geheißen, daß diejenigen, die für die Unterstützung seines Auftrags vorgesehen waren, mit Anti-Personen-Waffen bestückt würden.

Konnte man den Gegner als »Personen« betrachten? Die orangefarbenen und grünen Gestalten sahen humanoid aus, mit etwas gutem Willen, aber sie verhielten sich eher wie unbarmherzige Killermaschinen. Jedenfalls starben sie nicht wie Menschen.

Ein unnatürlich lautes Hornissengesumm verkündete das Eintreffen von Olivettis Drohnen. Zwei flogen am Kommandofahrzeug vorbei, zu schnell für Tom, um mehr als nur einen flüchtigen Blick von ihnen zu erhaschen, aber der Computer lieferte ihre Gefechtsmerkmale auf einem Monitor. Beide Shadowhawks waren mit Minikanonen bewaffnet, rotierenden dreiläufigen MGs wie das auf dem Kommandofahrzeug, deren Bleihagel einen Mensch in kleine Fetzen zerhacken würde.

Die orangefarbene Monstrosität marschierte durch das Geschützfeuer der Drohnen, ohne innezuhalten. Die Außenränder flackerten ein wenig, das war alles. Das schiere Gewicht des Geschoßhagels zeigte insofern Wirkung, daß das Ding in Deckung ging. Aber es war keineswegs gestoppt. Die Feuerkraft der Drohnen hielt es auf seinem Weg zur Stellung des Zweiten Teams lediglich auf, mehr nicht.

Das war *falsch*. Kein Lebewesen durfte in der Lage sein, solch einem Feuersturm zu widerstehen.

Der orangefarbene Feind verschwand aus Toms Schußlinie, als er seinen Vormarsch auf die Stellung des Zweiten Teams fortsetzte. Das Ding mußte jeden Augenblick über die ersten Männer stolpern, und sie schossen immer noch nicht zu ihrer Verteidigung. Sein Gefechtscomputer zeigte ihm, daß alle unverletzt waren. Warum aber kämpften sie dann nicht? Tom wußte, daß ihre Ausbildung besser war, als ihre Leistung im Augenblick vermuten ließ. Die Tatsache, daß das Zweite Team nicht reagierte, war ebenfalls falsch. Niemand beantwortete seine Funkrufe auf der Frequenz des Teams. Falsch, falsch, falsch.

»Das Szenario ist versaut. Was, zum Teufel, geht hier vor, Hooter?«

Hooter hob eine Augenbraue. »Sie kennen die Regeln, Major. Halten Sie sich an das Szenario. Wenn Sie über den Kontext oder die Simulationsparameter diskutieren wollen, sparen Sie sich das für die Abschlußbesprechung auf.«

Tom bedachte den Magier mit seiner besten Variante des Funkelns vom Typ Wie-schüchtere-ich-junge-Offiziere-ein, aber Hooter zuckte mit keiner Wimper. Der Magier wußte etwas, das er Tom nicht sagte. Wie die meisten Magier kümmerte er sich wahrscheinlich in erster Linie um die eigene Haut und hatte keine Zeit, sich um seine Kameraden Sorgen zu machen. Begriff er nicht, daß das Team an erster Stelle stand? Wenn das Team nicht gewann, gewann niemand. Aber der kleine Wichser bestand darauf, Geheimnisse zu haben und auf die Regeln zu pochen.

»Also schön. Nach den Regeln. Geben Sie mir eine Situationsbeurteilung, *Lieutenant* Carolstan. Welcher Art ist die magische Bedrohung?«

»Die Einzelheiten sind unklar, aber wie ich schon sagte, gibt es aktive Magie. Können Sie sie nicht spüren?«

»Bin ich vielleicht der Magier?«

»Sehen Sie sich den Feind an.«

Hooter deutete auf die Stelle, wo die Shadowhawks herumschwirrten und Munition vergeudeten. Der orangefarbene Feind marschierte weiter durch die Trümmer und gab sich dabei nur selten eine Blöße, so daß die Drohnen kaum dazu kamen, gezielte Schüsse abzugeben. Und der Feind kam der Stellung des Zweiten Teams unaufhaltsam näher.

Die Ruinen, durch die der Feind marschierte, waren für den Steel Lynx zu unwegsames Gelände. Tom befahl die Drohne zurück, um die Überreste des Ersten Teams zu unterstützen. Außerdem wies er den Fahrer an, das Kommandofahrzeug näher an den Kampfplatz heranzufahren. Er brauchte ein freies Schußfeld, wenn er das Zweite Team unterstützen wollte. Sein Kommandofahrzeug, ein M-6 Ranger, war kein Panzer, aber er war das schwerste Fahrzeug, das der Einsatzgruppe noch geblieben war. Beton knirschte unter seinen Rädern, als das gepanzerte Kommandofahrzeug losfuhr.

Als sie sich dem Feind näherten, der in den Trümmern Versteck spielte, spürte Tom etwas. Das Ungeheuer strahlte eine Fremdartigkeit aus, etwas, das tiefen Haß in Toms Seele aufsteigen ließ und etwas Animalisches in ihm weckte. Dieses Animalische schrie auf und drängte ihn, vor dem Ding wegzulaufen, das immer näher kam, sich zu verstecken und zu ducken, alles zu tun, nur nicht dagegen zu kämpfen. Jetzt verstand er, was mit dem Zweiten Team geschehen war. Magie-induzierte Furcht hatte sie gepackt. Er war schon zuvor wütend auf den Feind gewesen, jetzt aber haßte er ihn für das, was er seinen Männern angetan hatte und nun auch ihm anzutun versuchte.

»Neutralisieren Sie den Zauber des Dings«, befahl er Hooter.

Der Magier brach den Zauber ab, den er gerade wirken wollte. »Ich dachte, ich sollte den Feind angreifen.«

»Stellen Sie meine Befehle in Frage, Lieutenant? Im Kampf? Sie wissen, wie die *Regeln* in dieser Beziehung lauten.«

»Keine Fragen«, sagte Hooter mürrisch. »Sir.«

»Dann verdienen Sie sich Ihren verdammten Spezialisten-Bonus! Schützen Sie das Zweite Team!«

Hooter zuckte vor ihm zurück, begann jedoch mit einem neuen Zauber.

Was sonst auch in ihrer Umgebung vorging, die Gefühle, die der Feind in Tom wachrief, waren sehr real. Und sie wurden stärker, schwächten die Mauern der Wut, die er errichtet hatte, um sich dagegen zu wappnen. Er fürchtete, er könne den Wellen überwältigender Angst nachgeben, die von dem Feind ausgingen. Das Zweite Team war ihnen bereits erlegen. Wenn er ihnen ebenfalls erlag, war das Schicksal der Einsatzgruppe besiegelt. Er befahl seinem Fahrer anzuhalten.

Der Gedanke daran, daß dieser einzelne, trügerische orangefarbene Wichser seine Einsatzgruppe besiegen könnte, war wie Öl auf das Feuer seiner Wut. Tom richtete die Minikanone des Rangers auf die Stelle, wo der Feind seiner Ansicht nach als nächstes auftauchen würde. Dieser orangefarbene Schweinehund würde ihn nicht besiegen! Er wollte seinem Fahrer gerade befehlen, weiter vorzurücken, als das Ding in der Mündung einer Gasse auftauchte. Toms Daumen sausten herunter, und seine Waffe brüllte auf.

Tom brüllte mit. Irgendwo tief drinnen wußte er, daß er durchdrehte, aber das war ihm egal. Die letzten Tage, in denen er sich durch die urbane Wildnis geschlagen und sich mit Hallo-Wachs aufgepeppt hatte, hatten sein Nervenkostüm ein wenig angekratzt und ihn innerlich aufgewühlt. Dort draußen im Fadenkreuz war der Feind. *Sein* Feind. Und er würde ihn nicht gewinnen lassen!

Das orangefarbene Ungeheuer flackerte.

Tom wußte nicht, warum, und es war ihm auch egal. Er schoß weiter. Die Hitze vom Lauf seiner Waffe schlug auf ihn zurück.

Jemand aus dem Zweiten Team eröffnete ebenfalls das Feuer. Dann explodierte eine Granate neben dem Feind. Wenngleich nur sporadisch, brachten diese neuen Angriffe das Ungeheuer ins Stolpern. Das Team schien daraufhin neuen Mut zu schöpfen. Mehr Soldaten benutzten ihre Waffen. Tom schrie ihnen ermutigende Worte zu und nahm das Ding weiter unter Beschuß.

Der orangefarbene Feind schien ein wenig zu schrumpfen. Tom brüllte seinen Triumph heraus und übertönte sogar das beständige Dröhnen seiner Waffe.

Die humanoide Gestalt erstarrte mitten im Schritt und verblaßte dann, um die Drohne darunter zu enthüllen: eine Steel-Lynx-Variante. Die Drohne fuhr ihr Arsenal von Sensoren und Projektoren ein und nahm die für ihre Art typische sternförmige Entspannungshaltung an. Ihr Job in diesem Manöver war erledigt.

Auf dem Monitor des taktischen Gefechtscomputers blinkte eine Meldung vom Battaillonshauptquartier auf.

»An alle Einheiten:
    Manöver beendet.
    Position halten, bis Bestätigung durch Schiedsrichter erfolgt.
An alle Offiziere:
    Abschlußbesprechung 1830 Uhr.«

Dieselbe Botschaft würde auf allen taktischen Gefechtscomputern, Monitoren und Helmvisieren in der ganzen Einheit aufleuchten. Tom sank auf seinem Kommandeurssessel zusammen und starrte auf den Schirm. Die Schlacht, die niemals real gewesen war, war vorbei. Die sehr reale Erschöpfung des dreitägigen Manövers im Felde gewann die Oberhand und drohte Toms chemisch gestärktes Bewußtsein zu überwältigen. Er hatte das Gefühl, als schmerzten ihm vor Müdigkeit alle Knochen im Leib. So müde Tom war, seine Männer würden nicht weniger müde sein. Er mußte sie ordentlich entlassen, bevor er sich gehenlassen konnte. Ein Teil von ihm war froh, daß das Manöver vorbei war, aber ein anderer Teil war wütend. Es war nicht unbedingt fair zugegangen. Er hielt sich an seiner Wut fest und benutzte sie, um sich aufrecht zu halten.

Was, bei der einen christlichen Hölle, den sieben buddhistischen Höllen und unzähligen unangenehmen Leben nach dem Tode, glaubten die Entwickler dieses Szenarios, gegen wen die Soldaten kämpfen würden?

**>>>>>WFDC-Berichterstattung**
**-[18:22:11/14-8-55]**
**Reporter: Derry Dale [DALE-365]**
**Uplink-Station:**
**Fredericksburg, North Virginia**

*Dale:* »Gouverneur Jefferson, was sagen Sie jetzt, wo Innensenator Norths Infragestellung des Bundesdistrikt-Gesetzes aus dem Jahre 2025 vom Innensenat ratifiziert wurde?«

*Jefferson:* »Der ehrenwerte Senator hat seine Ansichten. Ich habe meine. Ich bin sicher, der Kongreß und der Oberste Gerichtshof werden eigene haben. Ich kann den Senator nicht daran hindern, eine Eingabe zu machen. Das ist sein Recht, tatsächlich ist es sogar das Recht jedes aufrechten Bürgers. Aber ich bin der rechtmäßig gewählte Gouverneur von North Virginia, und solange North Virginia Teil der UCAS ist, werde ich hier in Fredericksburg meine Arbeit tun.«

*Dale:* »Messen Sie der großen Mehrheit, mit der das Gesetz ratifiziert wurde, Bedeutung bei?«

*Jefferson:* »Mehrheiten sind nicht alles in der Politik, wie wir alle sehr genau wissen. Ich glaube, Sie werden feststellen, daß die Unterstützung nicht ganz so stark ist, wie der gute Senator Sie glauben machen will.«

*Dale:* »Achtzig Prozent Ja-Stimmen kommt mir ziemlich stark vor.«

*Jefferson:* »Derry, Sie und ich, wir beide wissen doch, daß nicht alle Senatoren bei jeder Abstimmung über ein neues Gesetz ihrem Gewissen folgen. Die Geschichte ist erst erzählt, wenn wir den Schluß gehört haben.«

*[Schnitt zu den Stufen des Gerichtsgebäudes; Dale steht allein dort. Bildeinblendung: Teresa Lee (Rep), Gebiets-Commissioner des Fairfax-Distrikts, FDC]*

*Dale:* »Beiderseits des Potomac mehren sich die Stimmen, die die Lagebeurteilung des Gouverneurs anzweifeln. Für manche liegen Unruhe und Unzufriedenheit in der Luft. Gebiets-Commissioner Theresa Lee hatte folgendes zu sagen: ›Gouverneur Jefferson hat den Kontakt zu den Leuten verloren. Das Gebiet zwischen dem Potomac und dem Rappahannock war schon immer eine ganz eigene und zusammenhängende Region. Willkürliche Linien auf einer Landkarte können daran nichts ändern. Diejenigen von uns, die hier leben, wissen, was North Virginia ist und wohin es gehört.‹«< < < < <

## 3

Russ Sanchez wartete auf Andy am Eingang zum Track. Russ war Andys Mentor, was nicht so spießig war, wie es sich anhörte. Russ war schon in Ordnung. Der Track war die virtuelle Arena, wo Telestrian Cyberdyne seine neuen Modelle oder vielmehr deren virtuelle Entsprechungen testete.

»Ein wenig lange daran, Mr. Walker?« fragte Russ.

Jeder andere hätte »spät daran« gesagt, aber die merkwürdige Formulierung war kein Fehler. Nicht bei Russ. Andy hatte schon lange den Verdacht, daß Russ wußte, was hinter Andys Tendenz zu Verspätungen steckte, aber darüber redeten sie nicht. Also sagte Andy: »Ich war ein wenig in Gedanken. Ich gehe heute abend später, wenn das ein Problem ist.«

Die Computerkapazitäten, die Andy auf seinen Runs benutzte, gehörten strenggenommen nicht ihm. Falls er und Russ unverhohlen über Andys virtuelle Freizeitbeschäftigung geredet hätten, wäre Russ verpflichtet gewesen, nach Einzelheiten in bezug auf Zugang und Zuweisung zu fragen, und Andy hätte sich verpflichtet gefühlt, sie ihm zu nennen. Was Russ eine weitere, ganz andere Verpflichtung auferlegt hätte – diejenige nämlich, Andy wegen Diebstahls von Computerkapazität des Telestrian-Konzerns zu melden. Keiner von ihnen wollte das, also redeten sie nie über Andys Abenteuer.

Russ' implizite Duldung von Andys regelwidrigen Aktivitäten war nur eines der Dinge, die Andy an Russ gefielen. Russ war zwar offiziell Andys Boß, aber er war mehr wie ein Freund. Russ war nicht so spießig wie die anderen Manager bei Telestrian. Er war in Ordnung, überhaupt nicht der typische Konzern-Exec. In vielerlei Hinsicht war Russ für Andy der Vater, den er nie gehabt hatte.

Andys biologischer Vater war Matthew »Cruncher« Walker. Cruncher hatte für die Sicherheit von Telestrian East, Cyberdynes Muttergesellschaft, gearbeitet, aber er war kein einfacher Nullachtfünfzehn-Wächter gewesen. Telestrian hatte nicht die Vorurteile von Crunchers vorherigem Arbeitgeber, der scheinheiligen und heuchlerischen UCAS-Regierung, an den Tag gelegt. Die Tatsache, daß Matthew Walker ein Ork war, stellte für Telestrian kein Problem dar. Die großen Bosse wußten, daß unterm Strich nur die Leistung zählte, und sie belohnten jeden, der sie brachte, welchem Metatyp er auch angehörte. Cruncher war Sicherheitsleiter einer ganzen Niederlassung gewesen und hatte unzählige Belobigungen und Sonderprämien bekommen. Er war auf dem Weg nach ganz oben in der Hierarchie der Telestrian-Sicherheit gewesen, und man hatte Cruncher schon bei der Ausübung seiner Pflichten töten müssen, um ihn aufzuhalten.

Bedauerlicherweise hatte Andy nicht sonderlich viele Erinnerungen an seinen Vater. Andy war drei gewesen, als Cruncher bei der Schießerei ums Leben gekommen war. Er wußte, wie Cruncher ausgesehen hatte, und er erinnerte sich an den starken Griff der schwieligen Hände seines Vaters und an die Heftigkeit seiner Umarmungen. Es gab auch noch andere Erinnerungen, aber die waren eher vage und weniger angenehm, so daß er sich nicht besonders viel Mühe gab, sie sich ins Gedächtnis zu rufen. Doch alles in allem kannte er seinen Vater als Person nicht, und alle Bilder und Aufzeichnungen, die Andys Mutter aufbewahrt hatte, sogar die Geschichten, die sie ihm erzählt hatte, verrieten ihm nicht annähernd genug über die Person, die Cruncher gewesen war.

Bei Crunchers Tod waren seine Familienmitglieder zu Konzernpensionären geworden. Telestrian Ost verwaltete den Nachlaß und die nicht unbeträchtlichen Sterbeprämien. Der Konzern sorgte dafür, daß Andy und seine Schwestern eine gute Ausbildung bekamen. Telestrian stellte außerdem Arbeitsplätze für seine Mutter und seine Schwestern zur Verfügung. Seine Mutter Shayla arbeitete gegenwärtig als oberste Empfangsdame in der Abteilung Internes Marketing. Zwei seiner Schwestern waren in der Verwaltung beschäftigt, und die dritte, Asa – die, wie alle wußten, die gescheiteste war –, betrieb gerade ein Fortgeschrittenen-Studienprogramm/Praktikum für ein hohes Tier in Telestrians Heimatniederlassung in Tir Tairngire.

Wie die Dinge lagen, war sogar Andy in das Familiengeschäft hineingewachsen. Wenngleich er noch zwei Tage die Woche Seminare besuchte, um sein Hauptstudium abzuschließen, arbeitete er für Telestrian Cyberdyne als Testfahrer. In jungen Jahren hatte er mit den Teams zusammengearbeitet, die Unterhaltungssimulatoren entwickelten. Seine jetzige Arbeit war ihm durchaus vertraut, was nicht überraschend war, wenn man bedachte, daß er schon als Kind Spiele für den Konzern getestet hatte, noch bevor Telestrian seine Datenbuchse finanzierte. Dieser Tage hatte er mehr mit echter Entwicklungsarbeit zu tun, und das war aufregend. Es war ein gutes Gefühl, einen Beitrag zur Konzernfamilie zu leisten, der er angehörte.

Aber auch der fürsorglichste Konzern war kein richtiger Vater. Auch Russ war das nicht, aber er kam dem so nah, wie das nur möglich war. Vielleicht war das der Grund, warum ihm Russ' Billigung so viel bedeutete.

Eine Billigung, die er wahrscheinlich verlor, wenn er nicht aufhörte, vor sich hin zu träumen.

Wie üblich war Russ ihm einen Schritt voraus.

»Schön, daß du wieder zurück bist«, sagte Russ. »Soll ich die Anweisungen wiederholen, oder hast du sie aufgezeichnet?«

Glücklicherweise, aus alter Gewohnheit, *hatte* Andy alles aufgezeichnet. Er verglich gerne die Vorbesprechung mit der Nachbesprechung, um zu sehen, ob es Abweichungen gab, was schon mal vorkam, besonders dann, wenn jemand anderer als Russ die Testläufe leitete. Russ' Anweisungen waren in seiner Headware gespeichert. »Ich hab' alles«, sagte er.

»Gut. Hätte mir auch nicht gefallen, wenn ich meine Zeit *völlig* verschwendet hätte.« Auf ein Winken von Russ löste sich der Eingang auf, und er und Andy standen im Freien. Grelles Sonnenlicht überflutete sie. »Bist du bereit, mit der Arbeit anzufangen?«

Andy betrachtete immer noch die Szenerie. Heute war der Track auf eine öde Wüstenlandschaft konfiguriert, und Andy sah haufenweise Mesas und steile Felszacken, aber keine Straße. Die Geländeformen waren in niedriger Auflösung dargestellt, skizzenhafte Schemen mit minimaler Ausformung und schlichter, glatter Oberflächenstruktur. Der Himmel war wolkenlos. All das ließ vermuten, daß sich die Rechenkapazität des Tracks auf Fahrzeugparameter und hundertprozentige Überwachung konzentrierte. Andy war klar, daß dies nur bedeuten konnte, daß er eines der neueren Modelle testen würde. Also echte Arbeit heute.

»Montjoy?« fragte er. Das Montjoy-Projekt war Telestrian Cyberdynes jüngster Ausflug in das Feld der kybernetischen Fahrzeugkontrollsysteme. Der ganze Kram arbeitete mit hochmodernen, bahnbrechenden Technologien und war sehr, sehr geheim. Andy hatte frühe Versionen des Fahrzeugs getestet. Unfertige Versionen, gewiß, aber dennoch eine Ehre für ihn.

»Ich kann nicht behaupten, daß du es verdient hättest«, sagte Russ. »Aber du hast recht.«

Zwei dunkle Formen flackerten neben ihnen auf. Die Montjoy-Fahrzeuge waren schlank und spitz zulaufend. Sie erinnerten an breitköpfige Haie ohne Rückenflosse. Schublenkdüsen bildeten flache Wölbungen an strategischen Stellen auf der Fahrzeugoberfläche. Die Glaskanzel über dem Cockpit war heute abgedunkelt. Bei diesem Test würden sich die Montjoys ausschließlich auf ihre Sensoren verlassen. Andys Name schwebte über einem der Fahrzeuge in der Luft, und die dunklen Buchstaben schienen ihm förmlich zuzuwinken. Er ging langsam um den Montjoy herum, bewunderte sein Aussehen.

»Ich kenne ein Dutzend Testfahrer, die dich umbrächten, wenn sie der Ansicht wären, daß sie dann auf deinen Platz rücken würden«, sagte Russ.

»Aber sie haben nicht meine Testergebnisse, oder?« Russ hatte einmal durchblicken lassen, daß Andy schon früh ein überragendes Talent für kybernetische Steuerung an den Tag gelegt und höhere Testergebnisse als alle anderen in seiner Altersgruppe erzielt hatte. Andy bezeichnete das gern als seinen besonderen Vorteil. Er zitierte das Konzernmotto: »Bei Telestrian halten wir uns nur an das Beste.«

Russ schüttelte den Kopf. »Sagen wir einfach, bei ihnen hapert es mit der Verfügbarkeit.«

Andy ließ Russ' Dämpfer von sich abtropfen. Die Gründe waren ihm im Grunde egal. Wichtig war nur, daß er hier war und den Montjoy testen würde. Aber er sah zwei Fahrzeuge, und über dem zweiten leuchtete kein Name auf.

Er sah Russ an. »Testest du heute auch?«

»Wir spielen Fangen, weißt du nicht mehr?« Russ seufzte theatralisch. »Ich nehme an, du hast auch vergessen, daß du sofort herausgenommen wirst, wenn du höher als fünfhundert Meter steigst. Besondere Sicherheitsbestimmungen oder irgendwas in der Art. Jedenfalls verlierst du den Lauf und machst gewisse Ingenieure sehr unglücklich. Verstanden?«

Andy konnte sich nicht erinnern, aber er nahm an, daß sich die Einzelheiten in den Anweisungen aus der Vorbesprechung wiederfanden. Diese Einzelheiten waren wichtig, sonst hätte Russ sie nicht noch einmal erwähnt, also sagte er: »Verstanden.«

»Okay, also los.«

Andys Blickfeld veränderte sich. Er stand nicht länger im Freien, sondern saß, lag eigentlich mehr, im Cockpit des Montjoy-Testschlittens. Das Fahrzeug war nicht real, und er befand sich nicht wirklich im Cockpit, aber das war fast nicht zu erkennen.

Russ hatte ihm erzählt, daß die Hersteller im letzten Jahrhundert echte Prototypen hatten bauen müssen, um ihre Konstruktionen zu testen. Andy konnte sich kaum vorstellen, daß man etwas baute, bevor man wußte, ob es auch funktionieren würde. Die tatsächliche Herstellung war wesentlich teurer als Computerzeit, so daß solch ein Wagnis ein ziemliches Investitionsrisiko darstellte. Selbst wenn die Konstruktion im wesentlichen gut war, konnte jeder unvorhergesehene Fehler einen teuren Umbau erforderlich machen, bevor die eigentliche Produktion begann. Heutzutage waren die Hersteller um einiges schlauer. Sie hatten gelernt, daß es Geldverschwendung war, etwas zu bauen, nur um zu sehen, ob es auch funktionierte.

Dennoch hatte es einen gewissen Reiz, so zu verfahren. Es mußte schrecklich aufregend gewesen sein, sich in ein Fahrzeug zu setzen und dabei nicht zu wissen, ob es funktionieren würde, aber ganz genau zu wissen, daß man sein Leben darauf setzte. Die medizinischen Möglichkeiten waren in jenen Tagen ziemlich beschränkt gewesen. Man hatte sich nicht darauf verlassen können, daß einen die Ärzte schon wieder zusammenflicken würden, falls irgendwas schiefging und man Bruch baute.

Andy brauchte sich keine Sorgen zu machen, daß er auf dem Track sterben würde. Wenn es ihn erwischte, würde ihm nichts weiter geschehen, jedenfalls nicht körperlich. Fehler hatten zwar ihren Preis, der sich in Computerzeit ausdrückte, da ermittelt werden mußte, ob der Unfall auf einen Fehler in der Fahrzeugkonstruktion oder auf einen Fehler des Fahrers zurückzuführen war, aber so oder so booteten die Techs einfach neu, und er konnte die nächste Runde drehen. Natürlich wurde ein Fehler in seiner Beurteilung vermerkt, und jeder derartige Vermerk verringerte seine Chancen, nach Beendigung seines Studiums diese Art von Arbeit auf Dauer leisten zu dürfen.

Er strich mit der Hand über die glatte Oberfläche der Kontrollkonsolen des Montjoy. Die Oberfläche würde alle Tasten und Schalter ausfahren, die für die positive Berührungsinterface-Kontrolle benötigt wurden. Elegant. Seine Finger tasteten die verchromte Oberfläche des Dateneingangs ab. Schnittig. Der Montjoy war das am höchsten entwickelte Fahrzeug, das er je getestet hatte. Viel schwerer zu meistern als alle Panzer und Schwebepanzer, die er bei seinen Shadowrun-Simulationen fuhr. Andererseits war der Montjoy auch besser als sie.

»Schläfst du da drinnen?« Russ' Stimme kam über die Cockpit-Lautsprecher.

»Ich orientiere mich nur.«

»Aha. Gut, Junge, vergiß nicht, wir spielen Fangen. Und du bist es.«

Zeit, sich an die Arbeit zu machen. Andy winkelte das Handgelenk an und ließ den Datenzapfen hervortreten.

In der wirklichen Welt waren die Ärzte noch nicht bereit, seine richtige Hand zu ersetzen und einen Datenzapfen zu installieren. Sie sagten, sie würden noch warten, bis sich das Tempo seines Knochenwachstums verlangsamt hätte. Aber es mußte jetzt bald soweit sein. Letzte Woche hatten sie bereits ein paar vorbereitende Arbeiten erledigt. Sein Arm hatte praktisch sofort wie verrückt zu jucken angefangen, und das tat er immer noch. Psychosomatisch bedingt, sagten sie ihm, als er sie besorgt wieder aufgesucht hatte. Nicht ungewöhnlich, die Reaktion, sagten sie, kein Grund zur Sorge. Er konnte die Nanobots, die die Schaltkreise unter seine Haut legten, tatsächlich nicht spüren. Niemand konnte das.

In der Matrix spielte das keine Rolle. Andys Persona-Icon, das visuelle Bild, das ihn im Cyberspace repräsentierte, sah so aus, wie Andy ihm sagte, daß es aussehen sollte, und in dieser Hinsicht hatte er ihm gesagt, es solle so aussehen, wie er eines Tages tatsächlich sein würde. Hier hatte er das schärfste, coolste Interface überhaupt. Er steckte den Zapfen in die Buchse, und der Montjoy erwachte für ihn zum Leben. Seine Sensoren wurden Andys Augen, sein Motor sein Herz. Mensch als Maschine. Herrlich! Die Kraft war unglaublich. Also los, Straßensamurai!

Er sah sich um. Der andere Montjoy war verschwunden. Keine Hitzespur, was eine Art Betrug war. Russ' Fahrzeug mußte vom Computer an irgendeine andere Stelle im Track teleportiert worden sein. Sie würden nicht nur Fangen, sondern auch Versteck spielen.

»Je schneller man anfängt, desto schneller ist man fertig«, sagte Russ immer. Andy war seiner Meinung. Er jagte seine Turbinen auf den optimalen Wert hoch und schoß in den Himmel.

Seine Selbstvertrauen erwies sich als übertrieben. Andy verlor an diesem Morgen alle vier Läufe. Kaum die Leistung, die er hatte bringen wollen, aber den Montjoy zu fliegen war tatsächlich knifflig.

Nach der Mittagspause ging Russ seine Vorstellung mit ihm durch und wies ihn auf die Schwachstellen hin. Am Nachmittag schlug sich Andy besser, aber es gelang ihm erst im vierten Lauf, Russ sauber einzufangen. Der Erfolg machte Andy heiß auf eine weitere Chance. Russ zögerte – es war schon ziemlich spät –, gab Andys Drängen aber schließlich doch nach. Sicher, daß er Russ diesmal rasch fangen würde, sah Andy zu, wie Russ' Montjoy zwischen den Felsnadeln verschwand, während er auf sein Startsignal wartete. Zu Andys Verärgerung gaben die Testleiter Russ einen großen Vorsprung. Als Andy endlich die Starterlaubnis bekam, war die Hitzespur bereits zu kalt, um noch von Nutzen zu sein.

Andy hielt direkt auf eine Stelle zu, die ihm beim letzten Durchgang aufgefallen war. Sie hatte ausgesehen wie ein perfekter Ort für einen Hinterhalt, und er war sicher, daß Russ sie ebenfalls bemerkt hatte. Russ war vielleicht nicht da, aber es war ein guter Ort, um die Jagd zu beginnen. Und wenn Russ tatsächlich dort war, ging Andy davon aus, daß er ihn überraschen konnte, wenn er mit blitzenden Kanonen über ihn herfiel. Was er auch tat – ohne Erfolg. Russ war nicht da.

Aber er war dagewesen. Die Luft war mit frischen Abgasen durchsetzt. Andy suchte weiter. Lange Zeit. Er fragte sich schon, ob Russ aufgehört hatte und den Test in eine reine Flugübung verwandelt hatte, als er den anderen Montjoy entdeckte. Er schoß gerade aus der Sackgasse einer engen Schlucht, in der Russ Andy beim zweiten Testlauf des Tages erwischt hatte. Andy schickte einen Schuß an Russ' Heck vorbei, um ihn zu begrüßen.

Russ erhöhte den Schub, und sein Montjoy schoß wie eine Rakete in den Himmel und aus der Bahn von Andys nächstem Schuß. Der alte Meister hatte immer noch ein paar Tricks im Ärmel. Russ' Montjoy jagte steil nach unten und verschwand hinter einer Felsnadel. Andy beschleunigte und flog ihm nach.

Der Flug war wild. Sie rauschten an Felswänden vorbei und jagten viel schneller durch das zerklüftete Gelände, als Andy das in einer echten Maschine gewagt hätte. Der menschliche Geist konnte ein geländefolgendes Programm nicht beliebig schnell steuern. Sie gaben Gas und kurvten so rasant durch die Felsnadeln, daß sogar die kraftvollen Montjoy-Triebwerke Mühe hatten, zu verhindern, daß sie gegen die Felswände rasten. Andy hatte nicht damit gerechnet, daß Russ so zur Sache ging, aber er würde sich nicht beschweren. Besser als das, was sie gerade taten, konnte nur ein Flug mit einem echten Montjoy in echtem Gelände sein. Andy fühlte sich wie ein König.

Bis Russ ein Manöver abzog, das Andy noch nie gesehen hatte und das damit endete, daß Russ ihm im Nacken saß, während sie in eine breite Schlucht düsten. Granaten explodierten vor Andy in der Luft und schüttelten den Montjoy durch, so daß er kurzfristig die Kontrolle über die Maschine verlor. Wahrscheinlich rettete ihn der kurze Kontrollverlust. Russ schien ihn durch den unerwarteten Kurswechsel aus dem Zielprojektor verloren zu haben, da keine der Granaten traf.

Andy verstand einen Wink, wenn er einen bekam. Er wechselte ständig die Schubrichtung, schlug Haken wie ein Hase und blieb Russ' Granaten immer eine Nasenlänge voraus. Aber er konnte Russ auch nicht abschütteln, und die Schlucht verengte sich zusehends. Andy ging der Bewegungsspielraum aus, den er für seine Ausweichmanöver brauchte. Freiraum bot ihm nur noch der offene Himmel. Andy lenkte den Schub auf die Heckdüsen und zog die Nase des Montjoy hoch. Er riß die Maschine in einen Looping, der ihn mit etwas Glück hinter seinen Verfolger bringen würde. Seine Geschwindigkeit war hoch – eine Folge des Schubs, den er gegeben hatte, um sich ein wenig von Russ abzusetzen. Er konnte den Looping nicht zu eng fliegen, weil sonst die Fliehkräfte zu stark würden. In den nächsten paar Sekunden flog er praktisch eine Rakete.

Der Montjoy schraubte sich höher, der Sonne entgegen. Andy zog die Nase noch höher, so hoch, wie er es wagte. Der Looping war weit, fast zu weit. Der Höhenmesser kletterte unaufhaltsam. Es wurde knapp.

Als sich der Montjoy dem Zenith seiner Flugbahn näherte, verengte er die Kurve noch einmal. Summer warnten vor der Schwelle. Er gab alles, um den Looping noch enger zu fliegen. Die Instrumente verschwammen, und ihm wurde schwarz vor Augen. Zu eng? Er kämpfte gegen den simulierten Andruck an, blieb bei Bewußtsein. Die Summer vibrierten durch seine Knochen. Langsam, ganz langsam ging der Montjoy in den Geradeausflug und zeigte der Sonne seinen Bauch. Er hatte es geschafft! Um ein paar Zentimeter, wenn er dem Höhenmesser glauben konnte. Wenn er eine Rolle geflogen wäre, hätte die Heckflosse des Montjoy die Barriere gestreift, und er wäre abgestürzt.

Er sah, wie ihm die andere Maschine in den Himmel folgte. Der andere Montjoy flog nicht so schnell, was bedeutete, daß er einen engeren Looping fliegen konnte. Andy flog ein seitliches Ausweichmanöver, da er annahm, daß Russ Seitenschub geben würde, um das Manöver zu verändern, und gab dann einen Schuß ab. Die Granate flog ins Leere. Russ manövrierte nicht – sondern setzte den Looping fort, als fliege er eine Maschine mit fixen Tragflächen. Russ mußte doch wissen, daß er durch die Barriere fliegen würde. Warum würde er solch ein Manöver fliegen?

Russ würde nicht.

Plötzlich ergaben die Absonderlichkeiten einen Sinn. Jemand anderer als Russ flog den zweiten Montjoy. Bevor Andy sich fragen konnte, warum und wieso, erreichte der andere Montjoy die Fünfhundertmeter-Barriere und hörte einfach auf zu existieren.

»Drek! Wir sind zu spät«, rief jemand außerhalb von Andys Cockpit. Die Stimme mußte aus der wirklichen Welt kommen. Schwierigkeiten. Echte Schwierigkeiten.

Andys Blickfeld wurde schwarz, als ihn der Schock des Ausgeworfenwerdens erfaßte. Jemand hatte den manuellen Vorrangschalter an seiner Steuerkonsole umgelegt. Er war abgeschnitten und nicht mehr in der

Lage, die Testleiter vor der Bresche in der Gebäudesicherheit zu warnen. Zischende Hydrauliken kündeten die unmittelbar bevorstehende Öffnung der Luke an. Er konnte gerade noch die Augen schließen, um nicht in das grelle Licht der eingeschalteten Beleuchtung zu schauen.

Vorsichtig blinzelnd, sah er vier Leute in dem Raum: einen Troll, der den freien Platz darin fast allein ausfüllte, einen Ork, in dessen Augen sich Chrom widerspiegelte, ein schmuddelig aussehender Norm und – als einzige weibliche Person – eine kleine asiatische Frau mit weißen Haaren. Sie trugen weiße Overalls und verschiedene Gürtel und Taschen, alle außer der Frau, die kaum irgend etwas trug. Trotz seines schlechten Blickwinkels konnte Andy die Schulterabzeichen auf den Overalls sehen. Sie besagten: Telestrian Cyberdyne Wartung. Sie logen. Das war keine Wartungsmannschaft, konnte keine sein. Wäre es eine echte Wartungsmannschaft gewesen, hätten alle vier Overalls getragen. Diese Truppe konnte nur eines sein: Shadowrunner.

»Laßt uns das kleine Stück Drek geeken«, sagte der Ork.

**>>>>>WFDC-Live-Berichterstattung -[22:04:06/14-8-55]**
**Reporter: Taylor Weingartner [WEIN-324]**
**Uplink-Station: Alexandria-Distrikt, FDC**

*Weingartner:* »Hier in der Hauptstadt der Nation haben wir eine weitere heiße August-Nacht. Ich spreche zu Ihnen von den Ausläufern des stetig wachsenden Barackenlagers der Kompensationsarmee. Sie haben mich letzten Monat hier gesehen, als ich Ihnen schilderte, wie schlecht die sanitären Verhältnisse in dem Lager seien. Da die Hitzewelle unvermindert anhält, hat sich die Situation eher noch verschlimmert. Allem haftet ein Geruch des Leidens an. Doch inmitten all der Verwahrlosung rührt sich etwas Neues.

Man sieht sie hier und da, allein und in kleinen Gruppen. Sie schleppen Nahrungs- und Arzneimittel. Sie bleiben stehen, um einem kränkelnden Marschierer zu helfen. Sie schlichten einen Streit. Wer sind sie? Die Regierung weiß es nicht.

Schauen Sie sie sich an auf ihren Gängen der Barmherzigkeit. Sie können sie ganz leicht erkennen. Sie tragen alle neon-blaue Barette und dazu passende Armbinden. Es ist eine Art Uniform. Sie sind eindeutig organisiert. Wollen Sie wissen, wer sie sind? Ich ganz bestimmt. Lassen Sie es uns herausfinden.«

*[Kameraschwenk: über Weingartners Schulter. Eine kleine, untersetzte Frau mit einem blauen Barett tritt ins Bild. Sie ignoriert die Kamera, bis Weingartner sie anspricht.]*

*Weingartner:* »Sie, Ma'am. Ja, Sie. Würde es Ihnen etwas ausmachen, einen Moment stehenzubleiben? Können Sie uns etwas über das Barett sagen, das Sie tragen? Was bedeutet es?«

*Zwergenfrau:* »Ich bin beschäftigt.«

*Weingartner:* »Nur einen Moment, Ma'am. Das ganze

Land sieht zu und will mehr über Sie wissen. Können Sie uns sagen, wer Sie sind?«

*Zwergenfrau [in die Kamera]:* »Mein Name ist unwichtig, aber Sie wollen wissen, wer ich bin? Ich bin jemand, der weiß, daß wir uns kümmern müssen. *[Berührt Barett.]* Wir sind das ›Gewissen des Landes‹, und wir kümmern uns. Wir sind Mütter und Väter, Schwestern und Brüder, sogar Kinder. Wir sind Elfen und Orks, Trolle und Zwerge, alle Metatypen, die man sich vorstellen kann. Und wir glauben an Gerechtigkeit.

Jetzt muß ich gehen. Ich habe zu tun.«< < < <

## 4

Als Captain Olivetti, der als letzter Offizier seine private Abschlußbesprechung hatte, zu der Gruppe draußen vor der Taktischen Operationszentrale zurückkehrte, drehte sich die Unterhaltung gerade um die Laufbahnen der Anwesenden. Tom Rocquette hatte mit den meisten Offizieren des Bataillons gedient oder in der Ausbildung gesteckt und bis jetzt wenig Gelegenheit gehabt, die alten Bekanntschaften aufzufrischen. Er war nicht länger als zehn Stunden – von denen er sechs geschlafen hatte – in Fort Schwartzkopf gewesen, als die Planungen für das Manöver begonnen hatten. Das war drei Tage her. Er hatte seine Beförderung erst vor vier Tagen erhalten. Sie war zusammen mit seinem Auftrag und dem unmittelbaren Versetzungsbefehl gekommen.

Tom hakte einen Daumen unter die Kragenspitzen, um die mattschwarz emaillierten Rangabzeichen hervorzuheben, die dort befestigt waren. »Damit sollte ich eigentlich Urlaub bekommen. Statt dessen bin ich von Denver hierher in dieses traurige Grab für Steuergelder versetzt worden. Tut mir leid, daß man mich euch Jungens so vor die Nase gesetzt hat.«

»Das macht uns nichts aus, Major«, sagte Vahn. Eine durchaus angemessene Bemerkung für einen Stellvertreter, aber sie klang so, als sei sie ehrlich gemeint.

»Nennen Sie mich Tom, wenn wir nicht im Dienst sind, okay? Das gilt für alle. Und was das Ausmachen anbelangt, *mir* macht es schon etwas aus.« Er hatte sich durchaus nach einem Einsatzkommando gesehnt, ein Job, der in der UCAS-Armee selten und eifrig gesucht war, aber – »Ich hatte mich auf die Auszeit gefreut.«

»Machine Rocquette will eine Auszeit?« Olivetti klang ungläubig. »Machine« war ein Spitzname, den er sich im letzten Jahr auf der Akademie eingefangen hatte. Angeblich bezog er sich auf seine maschinenhafte Hingabe. Es war nicht Hingabe gewesen, die ihn damals getrieben hatte, aber das wußte Olivetti nicht. »Sie sind schlimmer als mein lahmster, realitätsgeschädigter Rigger. Was würden Sie mit einem Urlaub anfangen?«

»Ich würde eine Woche schlafen«, sagte Tom.

»Ich weiß, daß *ich* gleich ins Bett steigen würde«, sagte Santiago. »Aber ich weiß nicht, wieviel *Schlaf* ich bekäme.«

»Tatsächlich, Santi? Ich kann mir nicht vorstellen, daß du auch noch zu was anderem fähig bist«, warf Vahn ein.

Santiagos Antwort ging in dem Signal unter, das die Offiziere aufforderte, sich zur allgemeinen Abschlußbesprechung in der TOZ einzufinden. Die müde und heruntergekommen aussehende Gruppe schlurfte unter das Tarnnetz, das zwischen den Kommandofahrzeugen gespannt war, und die Leute suchten sich zwischen Arbeitsplätzen und Funkanlagen einen Platz. Der General und sein Stab, alle mit ebenso rotgeränderten Augen wie die anderen Soldaten, waren bereits versammelt.

Im Gegensatz zu Toms Erwartungen bot die allgemeine Abschlußbesprechung kein Forum für die Erklärung der Absonderlichkeiten der Feldübung. Der General und sein Stab waren nicht daran interessiert, sich Toms Beschwerden über die Unfairneß der Schiedsrichter anzuhören, Abschüsse zu erzielen, indem sie die grünen und orangefarbenen Feinde superstark machten. Tatsächlich waren die hohen Tiere nicht daran interessiert, sich überhaupt irgend eine Beschwerde von irgend einem Offizier anzuhören. Sie wollten lediglich wissen, warum Entscheidungen getroffen und wie sie umgesetzt worden waren. Jede Nörgelei über das unausgeglichene Szenario wurde im Ansatz erstickt. Die Reaktion des Generals war unüblich. Gewiß, der General bewegte sich im Rahmen der Vorschriften, wenn er nur Informationen sammelte und selbst keine gab, aber damit verhielt er sich unfair. Außerdem wollte er keine ihrer Fragen beantworten. Die Verschwiegenheit wurde von den erschöpften, frustrierten Männern, die an dem Manöver teilgenommen hatten, überhaupt nicht gut aufgenommen. Die Gemüter erhitzten sich, aber die hohen Tiere standen einfach nur hinter ihrer Betonmauer und ließen alles an sich abprallen. Abschlußbesprechungen sollten angeblich ein Geben und Nehmen sein. Absolut unüblich. Das einzig Gute, was bei dieser einseitigen Abschlußbesprechung herauskam, war eine frühzeitige Entlassung in die Kaserne.

Ob durch Zufall oder absichtlich, alle Offiziere aus Toms Bataillon verließen die TOZ durch die Lücke zwischen denselben zwei Fahrzeugen. Der Rigger-Kommandeur Olivetti nahm denselben Weg. Tom erkannte, was vorging: Es würde eine inoffizielle Abschlußbesprechung geben, bevor sich die Truppe aufs Ohr legte. Es dauerte nicht lange, bis sie begann.

»Was war *das* denn für ein Drek?« Santiagos Stimme war so laut, daß sie auch noch in der TOZ zu hören sein mußte, wo sich noch der General und sein Stab aufhielten, aber die Miene des Captains legte die Vermutung nahe, daß ihm das egal war. Wenn Santiago über irgend etwas wütend war, erfuhr es jeder. »Wir sind genauso schlau wie zuvor, oder wissen wir jetzt mehr? Nichts plus nichts ist immer noch nichts. *Weniger* als nichts, wenn man bedenkt, was die Schiris da draußen abgezogen haben.«

»Na, na, Santi. Bleib cool, ja? Die Übung ist vorbei.« Vahn legte seinem Freund den Arm um die Schulter und drängte ihn, sich etwas schneller von der TOZ zu entfernen, während er ihm ins Ohr flüsterte: »Warte, bis wir in der Kaserne sind, ja?«

Vahn und Santiago hatten im selben Jahr ihren Abschluß gemacht. Tom konnte sich erinnern, sie schikaniert zu haben. Er erinnerte sich außerdem, daß Vahn viel Zeit damit verbracht hatte, hinter seinem streitsüchtigen Kumpel aufzuräumen. Es sah ganz so aus, als versuche Vahn immer noch, auf seinen Freund aufzupassen und seine undiplomatischen Exzesse zu vertuschen. Fehler, die während eines Manövers gemacht wurden, sollten sich eigentlich nicht negativ auf einen Offizier auswirken, aber Fehler im Betragen, die im Zusammenhang mit dem Manöver begangen wurden, waren etwas anderes. Die hohen Tiere hatten keinen Zweifel daran gelassen, daß sie keine Klagen hören wollten, und würden nicht sehr freundlich darauf reagieren, daß Santiago vom Leder zog, während sie noch in Hörweite waren. Vahn sorgte sich wie üblich mehr um die Zukunft als sein Kumpel.

Santiago wollte nicht hören. »Was, zum Teufel, ist mit der Informierten Armee passiert? Sag' mir das! Wie, in aller Welt, soll man vernünftige Entscheidungen ohne Informationen treffen? Habe ich irgendwas verpaßt? Wann sind wir zur guten alten Roten Kommie-Armee geworden?«

»Das sind wir mit Sicherheit nicht«, sagte eine Stimme, die in Tom ein jähes Mitgefühl für Santiago wachrief.

»Ach-*tung*!« rief Tom verspätet.

Die überraschte Gruppe nahm Haltung an. Die meisten sahen überrascht und ein wenig nervös aus wie Vahn. Er war ganz eindeutig nicht der einzige, der Colonel Malinovsky nicht hatte kommen hören. Santiago hatte wenigstens soviel Verstand, ein wenig schuldbewußt auszusehen.

Malinovsky war ihr Regimentskommandeur. Der Colonel stammte aus einer Familie von Berufsoffizieren, deren Geschichte im Militärdienst über ein Jahrhundert zurückreichte. Die meisten seiner Vorfahren hatten in der alten Sowjetarmee und ihren unmittelbaren Nachfolgern gedient. Wie viele andere war die Malinovsky-Familie vor dem Chaos gegen Ende des Jahrhunderts geflohen, um dann in den Euro-Kriegen der frühen dreißiger Jahre herumgestoßen zu werden. Schließlich hatten sie eine neue Heimat im Westen gefunden, wo sie neue Laufbahnen eingeschlagen und sich als ihrer neuen Heimat treu ergeben erwiesen hatten. Manche, wie der Colonel, waren in bezug auf ihre Vergangenheit empfindlich.

Doch Colonel Malinovsky schien kein Interesse an Santiago zu haben. Er wandte sich direkt an Tom.

»Stehen Sie bequem, Major Rocquette.« Die Steifheit des Colonels ließ nicht mehr als ein winziges Entspannen zu. »Sie haben bei dieser letzten Begegnung fast die Hälfte ihrer Einsatzgruppe verloren, Rocquette.«

Tom wußte selbst, wie schlecht sie sich geschlagen hatten.

»Haben Sie irgend etwas dazu zu sagen?«

»Ich habe meinem Bericht und der Nachbesprechung nichts hinzuzufügen, Colonel.«

Malinovskys kalte graue Augen starrten ihn an. Tom konnte diesen leeren Stahlwänden nichts entnehmen. Der Colonel nickte zögernd.

»Ich bin beeindruckt«, sagte er. »Sie haben dort draußen verdammt gute Arbeit geleistet, Rocquette. Wenn sich die übrigen Einsatzgruppen, die dieses Szenario durchlaufen, ebensogut schlagen, haben wir eine Chance zu gewinnen.«

Gute Arbeit? Sicher, im Vergleich zu den anderen Teams hatten Toms Leute das Debakel einigermaßen gut überstanden. Aber *einigermaßen* gut war nicht gut genug. Seine Arbeit war alles andere als gut gewesen.

Was Tom auch von den Manöverergebnissen halten mochte, der Colonel hatte offenbar eine höhere Meinung. Malinovsky hatte sich offenbar extra von den anderen hohen Tieren losgeeist, um zu ihnen zu kommen und mit ihnen zu reden. Wenn er bereit war, so weit zu gehen, ging er ja vielleicht auch noch weiter.

»Wissen Sie, Colonel, wir würden uns alle viel besser fühlen, wenn wir wüßten, worum es bei dem Manöver ging. Und was eigentlich los ist.«

»Sie sollten diese Frage nicht stellen, und das wissen Sie auch«, sagte Malinovsky.

»Es gibt Zeiten, in denen man trotzdem fragen muß«, sagte Tom.

Malinovsky nickte. »Ich kann Ihnen sagen, daß wir unter strengsten Geheimhaltungsvorschriften operieren. Gegenwärtig brauchen Sie alle die Gründe dafür noch nicht zu wissen.«

»Es ist keine entsprechende Bekanntgabe gemacht worden«, sagte Olivetti.

»Sie wird jetzt erfolgen«, sagte Malinovsky.

»Es geht doch nicht etwa darum, was in Washington passiert, oder?« fragte Tom.

»Wenn es etwas mit diesem Unsinn zu tun hätte, könnte ich es Ihnen nicht sagen.«

Das war auch eine Antwort, und sie alle wußten das. Wenn also die Bedrohung nicht in den Pöbelhaufen bestand, die Washington heimsuchten, worin dann? Und woher sollte sie kommen? Die UCAS befanden sich mit allen Nachbarn im Friedenszustand.

»Dann war die Übung also nicht nur ein psychologischer Test?« fragte Captain Hayne.

Hayne hatte die Einsatzgruppe befehligt, die bei der ersten Begegnung ausgelöscht worden war, und war nicht zu schüchtern gewesen, sich mit unverblümten Worten über die Unfairneß des Szenarios zu beklagen. Tom hatte gar nicht daran gedacht, daß dieses ganze verdrehte Manöver und die anschließende Mauer des Schweigens nur ein Test gewesen sein könnten, um zu sehen, wie sie es aufnahmen. Diese Theorie würde einiges erklären.

»Nicht nur«, sagte der Colonel. »Die Bedrohung ist real, meine Herren. Mehr darf ich Ihnen nicht sagen. Vergessen Sie die Sache einstweilen und gönnen Sie sich etwas Schlaf. Sie haben ihn sich verdient.«

Der Colonel ging zurück zur TOZ, während Tom und die anderen weiter in Richtung Kaserne gingen.

»Nicht *nur*«, sagt er. Hayne war immer noch entschlossen zu nörgeln. »Aber es muß dazugehören. Klar, das ist es! Die ganze Sache, sogar das kameradschaftliche Getue des Colonels, alles gehört mit zum Test. Sie pfuschen mit unseren Köpfen herum, Jungens. Ich hätte es wissen müssen. Hätte es wissen müssen, als wir nach einem negativen Aufklärungsergebnis in einen Hinterhalt gerieten. Sie hatten es auf mich abgesehen. So ein Beschiß!«

Es klang so, als steigere sich Hayne in eine Paranoia-Episode infolge zu vieler Hallo-Wachs hinein. Er mußte beruhigt werden. »Alle sind nach einem negativen Aufklärungsergebnis in einen Hinterhalt geraten«, stellte Tom fest. »Die Schiedsrichter sagten, die Überfälle der OpFor wären legal.«

»Die Überfälle waren Beschiß«, beharrte Hayne. »Nichts kann sich so gut vor astraler Aufklärung verbergen.«

Tom war einigen Dingen begegnet, aber keines von ihnen paßte zu dem Rest des Profils der OpFor, die sie bekämpft hatten. »Ich glaube nicht, daß die Feinde tatsächlich verborgen waren«, sagte Tom. »Ich glaube, Hooter hat sie gesehen.«

»In Ihrem Bericht sagten Sie, der Astralraum sei klar

gewesen«, sagte Vahn mit der Andeutung eines Vorwurfs.

»Das hat Hooter gesagt«, erwiderte Tom. »Ich habe es nur weitergegeben.«

»Wenn Hooter diese Dinger gesehen hat, bevor sie angegriffen haben, warum hat er dann nichts gesagt?« fragte Olivetti. »Noch mehr ›Ich-kann-nicht-darüber-reden‹-Drek?«

»Sie wollen uns verwirren«, sagte Hayne.

»Drek, Hooter ist ein Magier«, sagte Santiago. »Vielleicht wollte er nur sehen, wie wir Normalsterblichen den Arsch voll kriegen, damit er am Ende irgendeine strahlende Magie einsetzen konnte, um zu glänzen.«

»Hooter ist ein hochnäsiges Arschloch, aber er ist ein Mannschaftsspieler, wenn es darum geht, mit den anderen Hokus-Pokus-Brüdern mitzuziehen«, sagte Vahn. »Wahrscheinlich hat Furlann Hooter seine Aufklärungsberichte vorgeschrieben.«

Furlann?

»Rita Furlann?« fragte Tom.

»Das unvergleichliche Eisherz«, sagte Vahn. »Sie ist die Leiterin des magischen OpFor-Feldteams hier.«

Tom hatte in Denver mit Furlann zusammengearbeitet. Abgesehen davon, daß sie eine hervorragende Feldmagierin war, war sie auch Expertin für exotische Magie und die psychologischen Verwendungs- und Wirkungsmöglichkeiten von Hermetikern. Tom begriff langsam.

Die UCAS-Armee verfügte über ausgezeichnete virtuelle Übungseinrichtungen, und Fort Schwartzkopf hier im Mittelwesten hatte die besten in der ganzen Armee, was bedeutete, die besten in der ganzen Welt. Es gab viele Gründe, warum die Armee diese Einrichtungen ausgiebig nutzte, darunter niedrigere Kosten als bei einer Übung in der realen Welt, bessere Sicherheit und weniger Abnutzung bei Ausrüstung und Gelände. Die letzten Feldübungen auf Bataillonsebene waren vor

Jahrzehnten durchgeführt worden, aber jetzt hatten die vereinigten Stabschefs ihre Zustimmung zu diesem teuren Manöver gegeben. Warum?

»Es ist der magische Aspekt«, schloß Tom. »Das muß es sein.«

»Warum?« fragte Olivetti.

»Das sind doch Major-Streifen, die Sie da tragen, oder?« fragte Tom. »Jeder weiß, daß sich physische Reaktionen auf magische Effekte nicht gut im Cyberspace simulieren lassen. Sehen Sie sich die OpFor an, mit denen wir es zu tun hatten. Die meisten taktischen Probleme während des Manövers hingen mit der Bekämpfung magischer Wesen zusammen. Wir haben kaum einen normalsterblichen Gegner gesehen.«

»Dann glauben Sie also, daß sich die Bedrohung sowohl vor magischer *als auch* technischer Aufklärung verbergen können soll?« fragte Olivetti. »Ich glaube nicht, daß mir diese Vorstellung sonderlich gefällt.«

»Es *war* Teil des Szenarios«, sagte Tom. Ihm gefiel die Vorstellung auch nicht.

»Sie glauben doch wohl nicht etwa, daß die Rothäute wieder einen Geistertanz anleiern, oder?« fragte Hayne.

Wenn er in bezug auf diese Möglichkeit ein paranoides Gefühl hatte, dann mit Recht. Die völlige Hilflosigkeit des US-Militärs gegen die magischen Möglichkeiten der in der Bildung begriffenen Native American Nations stand vielen immer noch vor Augen. Der anschließende Verlust großer Gebietsteile und der Zusammenbruch der alten Vereinigten Staaten blieb vielerorts eine offene Wunde. Die Narben, die der politische Apparat und das Militär der UCAS davongetragen hatten, reichten tiefer als die Narben der ehemaligen USA hinsichtlich Vietnams. Es bedurfte schon einer Aktion vom Kaliber der Operation Desert Storm, um das Konto auszugleichen.

»Ein Rückspiel gegen die Rothäute würde mir gut gefallen«, sagte Santiago.

Das war nicht die richtige Antwort. »Den NAN fehlt seit über einem Jahrzehnt die Einheit, um irgendwas in dieser magischen Größenordnung auf die Beine stellen zu können. Selbst wenn die OpFor Angehörige der NAN sein sollten, warum hat das Manöver dann in urbanem Gelände stattgefunden? Außer im Südwesten gibt es nicht mehr viele Städte im Gebiet der NAN, und keine der an uns grenzenden Nationen ist in der Lage, einen Angriff zu starten. Ich komme gerade aus Denver. Da draußen läuft eine Menge Schattenkram, aber nichts ernstlich Militärisches. Glauben Sie mir, ich weiß es – die indianischen Völker sind nicht in der Verfassung, um uns anzugreifen.«

»Hey, Tom, Sie haben doch in Denver mit Captain Furlann zusammengearbeitet, nicht wahr?« fragte Vahn.

»Ein- oder zweimal.«

»Sie muß wissen, was los ist. Vielleicht erzählt sie es Ihnen.« Vahn hob verschwörerisch eine Augenbraue.

»Ich habe kein besonderes Verhältnis zu ihr«, sagte Tom.

»Aber ich wette, Sie hätten gerne eines«, sagte Santiago, indem er zwei ordentliche Händevoll vor seiner Brust andeutete. »Ich wette, das alte Eisherz kennt ein paar *echte* Tricks in der Koje. Das ist bei diesen Herzensbrecherinnen immer so.«

»Ja«, stimmte Vahn zu. »Aber ich wette, sie kann deinen Schwengel mit einem Blick einschrumpfen lassen. Und ganz ohne Magie. Du bist echt ein hoffnungsloser Fall, Santi.« Dann wandte er sich wieder an Tom und fuhr fort. »Aber im Ernst. Sie beide haben auf einem schwierigen Posten gedient. Können Sie das nicht ausnutzen?«

»Ja, genau.« Jetzt war es Santiago, der eifrig zustimmte. »Waffenbrüder – und, oh, was für Waffen –, gemeinsam erlebte Gefahren, alte Zeiten und all das.«

»Sie und ich haben eine gemeinsame Dienstperiode

in derselben Einheit verbracht. Und ich habe dabei die meiste Zeit Papiere hin und her geschoben.« Tom konnte ihnen nicht vom Arsenal-Zwischenfall erzählen, auch wenn er gewollt hätte. Dafür sorgte schon der Memo-Block, den sie ihm auferlegt hatten.

»Dann spielen Sie ihren Rang aus. Schließlich sind Sie jetzt Major.«

Der Rang hatte Furlann noch nie sonderlich interessiert, und irgendwie bezweifelte er, daß sie die Versetzung nach Fort Schwartzkopf geändert hatte. Aber sie hatten recht, wenn sie dachten, wenn jemand wußte, welche magische Bedrohung in der Übung simuliert worden war, dann müsse es der Kommandeur der magischen OpFor sein. Vielleicht sagte sie es ihnen jetzt, wo die Übung vorbei war. Tom fand, daß es einen Versuch wert war.

Sie waren alle der Ansicht, daß er eine bessere Chance hatte ohne einen Trupp Offiziere im Schlepptau, also ging Tom zu dem besonderen Lager, das als Kaserne plus Labor für die Magier des Forts diente. Das Lager war mit den besten Sicherheitsvorkehrungen in der gesamten Basis geschützt, sowohl magischer als auch normaler Art. Bedauerlicherweise wurden diese Vorsichtsmaßnahmen nicht nur ergriffen, um die Magier vor Gefahren von außen zu schützen. Einige Angehörige des Militärs hielten nichts von Magiern in Uniform. Es war wohlbekannt, daß ein schlafender Magier öfter als zu jeder anderen Zeit ein wehrloser Magier war, der kaum Möglichkeiten hatte, eine Splittergranate rechtzeitig zu entdecken oder abzuwehren. Das führte dazu, daß die Magier isoliert lebten. Tom hielt das nicht für die beste Politik, aber er mußte zugeben, daß es eine vernünftige Vorsichtsmaßnahme seitens der Armee war, bis die Vorurteile der Leute weitestgehend ausgerottet waren.

Er hatte fast das Haupttor erreicht, als ein Konvoi aus Stabsfahrzeugen vorfuhr. Die Leute, die ausstiegen, waren eine wüste Mischung in bezug auf Größe, Gewicht und Körperbau, aber fast alle waren Norms. Tom sah nur drei Elfen und einen Zwerg. Keinen Ork, keinen Troll und auch keine Exoten. Gut die Hälfte der Truppe lagen über oder unter den Gewichts- und Größen-Beschränkungen, die für gewöhnliche Soldaten galten. All das verriet ihm, daß es sich hier um die Magier des Forts handelte. Tom hatte keine Mühe, Furlann unter ihnen auszumachen. Ihr kastanienbraunes Haar war lang und hing unvorschriftsmäßig lose herab, aber das war noch etwas, womit Magier durchkamen. Als er näher trat, sah er, daß Uniformen an ihr immer noch besser aussahen, als dies von Rechts wegen hätte der Fall sein dürfen. Tom mißbilligte nicht Santiagos Ansicht, daß Furlann begehrenswert war, sondern nur seine diesbezügliche Ausdrucksweise. Sie ging direkt auf das Tor zu.

»Captain Furlann!« rief er.

Sie drehte sich um, sah ihn und blieb stehen. Ihre Miene verriet weder Überraschung noch Sympathie. Diese Kühle hatte ihr den Spitznamen Eisherz eingebracht. Ihre großen grünen Augen blickten gelassen und gesammelt, wenngleich ihre Farbe durch den Kontrast zu den dunklen Ringen der Erschöpfung noch heller wirkte. Selbst im Zustand völliger Erschöpfung sah sie gut aus.

»Major«, sagte sie, als er sie erreichte. »Ich habe schon gehört, daß Sie hierher versetzt worden sind.«

»Ich bin gerade richtig zu der kürzlichen Party gekommen.«

Sie betrachtete ihn mit zurückhaltender Erwartung.

»Ich habe gerade gehört, daß Sie auch hier stationiert sind«, sagte er verlegen. »Denver liegt schon eine Weile zurück. Ich dachte, wir könnten einen Abstecher zur Offiziersmesse machen. Uns einen Drink genehmigen, etwas essen, uns unterhalten. Sie wissen schon, uns nach dem Manöver ein wenig entspannen.«

Sie hob eine Augenbraue und lächelte – beinahe. »Meine Güte, Major Rocquette, das hätte ich Ihnen gar nicht zugetraut. Ich fürchte, ich muß passen. Die letzten drei Tage waren ziemlich anstrengend. Jetzt steht mir der Sinn nur noch nach Schlaf. Sie könnten auch eine Mütze voll gebrauchen, würde ich sagen.«

Natürlich hatte sie recht, aber die Erschöpfung ließ ihn auch hartnäckig bleiben. »Sie sind doch die Leiterin der magischen OpFor?«

»Das ist richtig.« Jegliches Auftauen, das er in Eisherz' Augen gesehen hatte, war verschwunden.

»Nun, es gibt einige Dinge in bezug auf das Manöver, die mich stören.«

»Das tut mir leid zu hören.«

»Ich dachte, Sie könnten mir vielleicht helfen, indem Sie mir ein paar Einzelheiten erklären.«

»Da haben Sie falsch gedacht.«

»Hören Sie, ich will gar nicht, daß Sie mir irgendwelche Geheimnisse verraten. Ich will nur wissen, ob die OpFor eine realistische Gefahr dargestellt haben. Hatten wir es mit potentiellen Feinden zu tun, oder war das Ganze nur ein psychologischer Test?«

»Darüber kann ich keine Auskunft geben.«

»Können Sie nicht, oder wollen Sie nicht?«

»Hartnäckigkeit kann eine Tugend sein.« Sie bedachte ihn einem kalten Lächeln. »Sie wissen, daß Sie mich das nicht fragen sollten. So wird dieses Spiel nicht gespielt.«

»Hier ist mehr als nur ein Spiel im Gange«, sagte er, plötzlich verärgert über ihre eiskalte Antwort. »Die Übung war gefährlich. Dort draußen sind tatsächlich Leute verletzt worden. Dafür muß es einen guten Grund geben.«

»Oh, den gibt es auch«, sagte sie. »Hoffen Sie nur, daß Sie gut in dem werden, was Sie tun. Das müssen Sie nämlich sein.«

Sie ließ ihn stehen und schloß sich den letzten ihrer Kollegen an, die durch das Tor in das gesicherte Lager gingen.

**>>>>>WFDC-Lokalberichterstattung -[20:18:06/14-8-55]**
**WFDC-Nachrichtenmoderatorin: Shimmer Grace [GRAC-A303]**
**Uplink-Station: Bethesda-Studio, FDC**

*Grace:* »Nun, vielen Dank, Taylor. Wie steht es damit, Freunde? ›Gewissen des Landes‹, ja? Ich nehme an, sie haben einen besonderen Segen von oben. Gewissen für das *ganze* Land? Ich weiß nicht, ob es mir gefällt, daß sie *mein* Gewissen sind. *[Kameraschwenk auf Fragezeichen.]* Was ist mit Ihnen?«

*[Zuschauerreaktion: 57 % negativ]*

*Grace:* »Tja, es ist ein wenig beängstigend, nicht wahr? Aber ich wette, ich kenne eine Person, die keine Angst hat, *ihrem* Gewissen zu folgen. Cynthia Locke ist Polizeichefin des Bundesdistrikts, und sie ist bereit, sich uns zuzuschalten. Live! *[Bildschirmeinblendung: Locke]* Chief Locke, was wissen Sie über das ›Gewissen des Landes‹?«

*Locke:* »Würde es Ihnen etwas ausmachen, die Frage anders zu formulieren, Shimmer?«

*Grace:* »Keineswegs. Betrachten wir das Problem aus einem konkreten Blickwinkel. Wir aufrechten Bürger dieses Distrikts haben eine veritable Armee vertriebener und potentiell problematischer Leute, die in unserem Vorgarten zelten. Ich weiß, *ich bin* beunruhigt. Glauben Sie, daß Präsident Steele in dieser Krisensituation wirkungsvoll agiert?«

*Locke:* »Das Weiße Haus ist nicht mein Zuständigkeitsbereich. Schließlich bin ich nur ein Cop.«

*Grace:* »Aha, ein Cop. Und Ihr Zuständigkeitsbereich ist der Bundesdistrikt. Wie geht ein *Cop* das Problem der Kompensationsarmee an?«

*Locke:* »Im Rahmen des Gesetzes. Die Entschädigungs-Demonstranten sollten wissen, daß Gewalttätigkeiten nicht, wiederhole, *nicht* geduldet werden. Gewalt kann sehr aufregend und furchtbar verlockend sein, aber sie ist keine Lösung für Probleme.« *[Ende Bildschirmeinblendung]*

*Grace:* »Wie Chief Locke sagt, kann Gewalt furchtbar sein. Aber wissen Sie, manchmal muß man eine unnachgiebige Haltung annehmen. Wenn Sie zum Beispiel auf der Straße bedroht würden oder jemand ungebeten in Ihr Heim eindränge, würden Sie alles tun, was nötig ist, um der Bedrohung ein Ende zu bereiten. *[Kameraschwenk auf Fragezeichen]* Nicht wahr?«

*[Zuschauerreaktion: 78 % positiv]* < < < < <

## 5

»Wir haben nicht viel Zeit«, sagte die asiatische Frau. Sie saß auf dem Geländer des Laufstegs, der das Konsolencockpit umgab und erweckte nicht den Eindruck, als brächte sie ihre eigene Feststellung aus der Ruhe, aber ihre Worte schienen die anderen nervös zu machen, insbesondere den Ork.

»Darum müssen wir ihn schnell geeken«, sagte er.

Andy konnte nicht erkennen, ob die Chromschilde über den Augen des Orks Implantate oder nur aufgeklebt waren, aber die beiden Klingen aus glänzendem Metall, die aus seinem Ärmel glitten, waren echte Cyberware. Der Ärmel wies keine verräterische Wölbung auf, die auf eine Einheit zum Umschnallen hingedeutet hätte. Dieser Ork war ein echter Straßensamurai. Die nadeldünnen Spitzen ragten zwanzig Zentimeter weit über das Handgelenk des Orks hinaus und wiesen genau den richtigen Abstand auf, um Andys Augen zu durchbohren.

Der Norm hielt seine Hände vor die tödlichen Sporne und sagte: »Wir sind nicht hergekommen, um Krach zu schlagen.«

»Mehr als ein zaghaftes Blöken wird er nicht von

sich geben«, sagte der Ork. »Was sagst du dazu, du Schaf?«

»Tut mir nicht weh«, flehte Andy.

Andys Beziehungen zu Shadowruns reichten nur bis zum Shadownet, in dem er manchmal surfte. Er hatte von vielen richtigen Shadowrunnern *gehört*, war aber noch nie welchen *begegnet*. Nun, da sich das geändert hatte, war er sicher, daß er keiner von ihnen war. Seine Phantasien, ein Runner zu sein, kamen ihm jetzt sehr weit weg und sehr, sehr dumm vor.

»Niemand wird dir weh tun, Junge«, sagte der Norm.

»Genau«, stimmte der Ork zu, wobei er seine Klingen so rasch einzog und wieder ausfuhr, daß Andy nicht hundertprozentig sicher war, ob er sie überhaupt bewegt hatte. »Es ist so schnell vorbei, daß du nicht das geringste spüren wirst.«

»Augenblick, Augenblick.« Der Troll neigte den Kopf, als lausche er. Einen Moment später sagte er. »Yates ist okay, aber er ist von den Forschungsbänken ausgesperrt. Er kann die Beute nicht nach Hause bringen.«

»Drek. Wir sitzen in der Tinte.« Der Ork klang nicht überrascht. »Und alles nur wegen dieses kleinen Stücks Konzern-Drek.«

»Immer mit der Ruhe«, sagte der Norm. »Wir wußten, daß wir ein Risiko eingehen, nachdem Yates die Hintertür gefunden hat. Wir werden einfach wieder nach Plan vorgehen.«

»Sie kommen«, sagte die Frau.

»Dann gehen wir«, sagte der Norm.

Die Frau sprang rückwärts über das Geländer und verschwand außer Sicht. Der Norm und der Troll sahen einander an und zuckten die Achseln.

»Nur noch ein Punkt auf der Geschäftsordnung«, sagte der Ork, indem er mit dem Arm ausholte.

Andys Augen waren auf die beiden Spitzen der

Sporne des Ork-Samurais fixiert. Er sah sein Augenlicht, sein Leben, auf der Schneide dieser Klingen stehen. Er wartete, während ihm der Schweiß herunterlief, und er hoffte, daß er sich die Schande ersparen würde, in die Hose zu machen. Er hätte nie gedacht, daß er auf diese Weise sterben würde. Himmel, er hätte nie gedacht, daß er überhaupt je sterben würde. Über diese Dinge dachte man einfach nicht nach.

Aber die Sporne kamen nicht näher.

Als ihm bewußt wurde, daß er immer noch atmete, zwang sich Andy, sein Blickfeld zu erweitern, und sah, daß sich die Hand des Norms um das Handgelenk des Orks gelegt hatte. Die beiden Männer funkelten einander an. Der Troll sah zu, offenbar zufrieden, seine beiden Kumpel ihre Differenzen untereinander regeln zu lassen. Für den Augenblick waren »sie«, die kamen, vergessen.

»Er wird singen«, sagte der Ork.

»Das ist kein Grund, ihn zu töten«, sagte der Norm.

»Für mich schon.«

»Für mich nicht. Denk mal über folgendes nach: Wenn du ihn umbringst, wissen sie, daß wir hier gewesen sind. Wenn wir ihn mitnehmen, haben sie nur einen leeren, verschlossenen Raum. Ihn mitzunehmen, verschafft uns Luft.«

»Marksman hat recht«, sagte der Troll.

»Dich hat niemand gefragt, Rags«, schnauzte der Ork. Dabei wandte er den Blick keinen Sekundenbruchteil von dem Norm ab. Der Norm, der offenbar Marksman hieß, starrte zurück. Andy wäre nie in der Lage gewesen, den Samurai niederzustarren, aber dieser Marksman hatte ganz eindeutig Chuzpe. Der Ork war jedoch nicht gewillt aufzugeben. »Wenn du ihn am Leben läßt, singt er. Hetzt uns mit Sicherheit die Konzernbullen auf den Hals. Ich hab' kein Interesse, Tag und Nacht auf der Hut zu sein.«

»Nein!« Andy schüttelte heftig den Kopf. »Ich sag' keinem was.«

Der Ork verdrehte die Augen. »Ja, klar, bestimmt nicht.«

»Beeilt euch!« ertönte die Stimme der Frau von unten.

»Wir haben jetzt keine Zeit dafür«, sagte Marksman. »Rags, bring den Jungen auf Trab.«

Rags tat, wie ihm geheißen, und scheuchte Andy zu einer Bresche im Geländer nahe der Nase der Cockpit-Konsole. Von dort aus führte eine Leiter in die finsteren Tiefen unter dem Einstiegsniveau des Cockpits. Andy war bisher noch nie dort unten gewesen. Die Fahrer gingen nicht dorthin. Es war Tech-Territorium.

Hinter ihm hörte er Marksman sagen: »Wir kümmern uns später um den Jungen.«

»Später«, stimmte der Ork zu.

Rags legte Andy seine riesige Troll-Hand auf die Schulter und schob ihn in Richtung Leiter. Andy schaffte es gerade noch, sich festzuhalten, bevor er den schnellsten Weg nach unten nahm. Der Troll war ihm dicht auf den Fersen, und Andy mußte sich beeilen, um nicht vom herabsteigenden Rags erdrückt zu werden oder unter seine gewaltigen Füße zu geraten.

Unterhalb des Laufstegs war es wärmer, da Röhren, Luftschächte und Motoren in der Umgebung Hitze abstrahlten. Der Raum war gar nicht so klein, aber klaustrophobisch eingeengt von Stützstreben, Hydrauliklagern und andere für die Simulationen erforderliche Einrichtungen.

Eine virtuelle Umgebung leistete eine Menge, insbesondere mit SimSinn-Spuren in den Schaltkreisen, aber einige Effekte ließen sich immer noch am besten durch die Manipulation der physikalischen Umgebung des Users simulieren. Telestrian unternahm viele Simulationstests, und diese Tests erforderten sehr viele variable Umgebungen. Darum ging es hier unten. Die Konsolenkammern waren gebaut worden, um solche Tests zu ermöglichen und so realistisch wie möglich zu machen. Einige dieser Maschinen waren dafür verantwortlich, daß Andy in der Montjoy-Simulation tatsächlich die Beharrungskräfte gespürt hatte. So schmutzig und stinkend und laut es auch war, in gewisser Hinsicht war es faszinierend.

Aber er hatte keine Zeit, fasziniert zu sein. Der Troll trieb Andy vorwärts und unterstrich seine Worte mit Rammbock-Stößen in die Nieren. Rags hörte sich nicht irre an, aber die Stöße taten weh. Andy hatte das schreckliche Gefühl, daß der Troll noch sanft war. Trolle waren unmenschlich stark, und Rags war größer als der Durchschnitt seines Metatyps. Vielleicht kannte er seine Kraft gar nicht? Andy zitterte trotz der Hitze, die ihn umgab. War der Troll stark genug, um einer Person ein Glied nach dem anderen auszureißen? Würde Andy das auf die harte Tour herausfinden?

Da er seine Vorwärtsbewegung nicht völlig unter Kontrolle hatte – dank Rags –, schlug Andy immer wieder gegen die ihn umgebende Hardware. Er schrie vor Schmerzen auf und erfuhr dann, was echte Schmerzen, waren, als Rags ihn knuffte.

»Sei still«, sagte der Troll drohend.

Andy tat sein Bestes, doch Rags versetzte Andy immer wieder Stöße, die ihn gegen die harte und oft sengend heiße Hardware prallen ließen. Es gelang ihm, die Schreie zu unterdrücken, konnte aber nicht anders, als leise zu weinen.

Auch ohne Rags' Hilfe stieß Andy mit Kopf und Schienbeinen an, während sie durch das dichte Labyrinth der Maschinen stolperten. Es war nicht fair. Der Troll schien nicht halb so viele Probleme wie Andy zu haben, dem gewundenen Parcours zu folgen.

Mit einem letzten Schubser beförderte Rags Andy durch eine offene Tür in einer der Wände. Welche es war, wußte Andy nicht, da er auf dem Weg durch die Maschinen jegliche Orientierung verloren hatte. Rags folgte ihm und drängte ihn mit seiner Körperfülle gegen die kühle Wand eines Wartungskorridors. Marksman und der Ork waren direkt hinter Rags. Der Norm hatte den Korridor kaum betreten, als er auch schon eine Karte durch das Magnetschloß zog. Die Tür schloß sich zischend.

In dem Wartungstunnel wartete ein weiterer Ork. Er trug wie die anderen einen Telestrian-Overall. Zwar fehlte ihm der offensichtliche Chrom des ersten Orks, aber er sah dennoch nicht wie ein Angestellter Telestrians aus: Er hatte etwas Wildes an sich, durch das er sich von allen Orks unterschied, die Andy kannte. Dieser Ork gehörte nicht in die Konzernwelt.

»Wer, zum Teufel, ist das?« fragte der Ork, der sich ganz eindeutig nicht darüber freute, Andy zu sehen.

»Gepäck«, sagte der erste Ork, indem er Andy zu dem anderen schob. »Und es ist dein Job, dafür zu sorgen, daß er uns keinen Ärger macht, Beatty.«

Beatty warf einen Blick auf Marksman, der nickte.

»Werd bloß nicht hungrig«, sagte der Ork-Samurai.

»Du meinst, ich kann ihn hier nicht essen?« Beatty sah enttäuscht aus, während er sich mit dem Finger über einen seiner Hauer strich. »Shamgar, du gönnst mir aber auch keinen Spaß.«

»Der Spaß kommt später«, sagte Shamgar.

Andy meinte, die Sporne des Samurais kurz herausschnappen zu sehen. Das Licht war nicht gut in dem Tunnel. Vielleicht hatte er sich geirrt?

»Wir kehren zum ursprünglichen Plan zurück«, sagte Marksman.

»Ich dachte, Yates hätte 'ne Abkürzung entdeckt«, sagte Beatty.

»Der Dreksack hier hat die Straßenkarte geändert«, antwortete Shamgar.

Beatty sah wütend aus. Und hungrig.

»Tut mir leid«, stammelte Andy. »Ich wollte euch keinen Ärger machen. Ich meine, ich wußte ja nicht mal...«

»Halt einfach nur das Maul«, knurrte Shamgar.

Andy hielt das Maul.

»So schlecht stehen die Dinge nicht«, sagte Marksman. Andy wußte nicht genau, ob Marksman mit ihm oder den anderen Runnern redete, aber seine nächsten Worte waren eindeutig an die Adresse der Runner gerichtet. »Wir peilen unser ursprüngliches Ziel an und beschaffen Yates seine Verbindung. Wir werden genug Zeit haben, wenn wir zügig vorgehen.«

»Er wird alles sehen, was wir tun. Unsere Gesichter kennt er bereits«, beschwerte sich Beatty, indem er auf Andy zeigte.

»Kit wird sich um ihn kümmern«, sagte Marksman.

»Ach ja.« Beatty klang verlegen, als sei ihm etwas eingefallen, das er nicht hätte vergessen dürfen.

Kit? Wer war Kit? Und was würde Kit mit ihm anstellen?

»Sie ist nicht die Antwort auf alles«, sagte Shamgar.

»Sei da mal nicht so sicher«, erwiderte Marksman.

Kit mußte die asiatische Frau sein. Andy fragte sich immer noch, was sie mit ihm anstellen sollte. Er hoffte, daß es besser war, als von einem Troll in Stücke gerissen oder von einem wilden Ork gefressen zu werden.

Der Marsch durch den Wartungskorridor war nicht so schmerzhaft für Andy wie der durch die Tiefen des Cockpit-Raums, aber seine Nerven blieben zum Zerreißen gespannt. Diese Runner waren verzweifelte Leute. Sie wollten ihn nicht bei sich haben. Einige von ihnen wollten ihn nicht mal *am Leben* lassen. Was war, wenn sie von der Telestrian-Sicherheit entdeckt wurden? Andy gab keine besonders gute Geisel ab. Es würde mit Sicherheit ein Feuergefecht geben. In der Realität war diese Vorstellung nicht annähernd so reizvoll wie auf seinen virtuellen Runs.

Trotz seiner bösen Vorahnungen erreichten sie den Bestimmungsort der Runner, ohne jemandem zu begegnen. Die Tür vor ihnen trug die Aufschrift »Designzentrum für Industrie-Roboter«. Marksman stand vor dem Magnetschloß und zückte seine Karte.

»Davon würde ich abraten«, sagte Andy.

Marksman sah ihn fragend an. »Warum?«

»Das Hauptcomputersystem des Designzentrums ist heute für eine umfassende Wartung vorgesehen.« Die Neuigkeit war bei der Morgenbesprechung bekanntgegeben worden. Die Designer würden nicht da sein, aber die *echten* Wartungstechs des Konzerns würden auf der anderen Seite der Tür bei der Arbeit sein. Wenn die Runner über die Arbeitsgruppe herfielen, konnten sie noch mehr Geiseln nehmen. Schlimmer noch – wenn irgend jemand, egal auf welcher Seite, in Panik geriet, mochte Shamgar seinen Willen bekommen, und dann mochten Leichen zurückbleiben, darunter vielleicht auch Andy.

»Ihr wollt einen Innenzugang zum Telestrian-Netz, richtig? Ich weiß noch einen anderen Ort, von dem ihr euch einklinken könnt. Dort wird niemand sein.«

»Stimmt das?« fragte Marksman.

Andy nickte feierlich. Es stimmte. Zumindest würde er sie dorthin bringen, wo niemand anderer zu Schaden kommen konnte.

Bedauerlicherweise glaubten ihm die Runner nicht. Marksman zog die Karte durch die Leseeinheit. Die Tür öffnete sich zischend zu einem dunklen, verlassenen Raum.

Das Designzentrum war nicht besetzt.

»Wir sind das planmäßige Wartungsteam«, sagte Marksman.

Die Runner gingen rasch hinein. Shamgar ging zur anderen Tür, um dort Wache zu stehen. Beatty blieb wie zuvor im Wartungskorridor. Rags ging zu einem der Cyberdeck-Terminals und zog einen schwarzen Kasten aus seinem Umhängebeutel. Er öffnete ein Seitenfach an dem Kasten und enthüllte eine Höhlung, in die er den Telefonhörer des Terminals legte. Er stöpselte das Cyberdeck in den Kasten ein, beugte sich über seine Konstruktion und flüsterte: »Yates?«

»Gute Verbindung«, sagte der Kasten.

»Mach schnell, Yates«, sagte Marksman.

»Ein Blitz ist langsam im Vergleich zu mir«, sagte der Kasten. »Ich bin schon weg.«

Fast eine Minute verging, bevor der Kasten anfing zu fluchen.

»Probleme?« fragte Marksman besorgt.

»Der Laden ist voller Ice.« Ice, die umgangssprachliche Bezeichnung für IC oder Intrusion Countermeasure, waren Abwehrprogramme. Die übelsten Formen konnten einem Decker die Synapsen grillen. »Drek, ich sitze fest! Ich ...«

Ihr Decker war offenbar auf ernste Schwierigkeiten gestoßen. Einer nach dem anderen drehten sich die Runner zu Andy um und sahen ihn an. Er konnte es ihren Mienen entnehmen, besonders der Shamgars – sie gaben ihm die Schuld daran, daß ihr Decker in der Klemme saß.

**>>>>>WFDC-Live-Berichterstattung -[22:54:55/14-8-55]**
**Reporter: Taylor Weingartner [WEIN-324]**
**Uplink-Station: Arlington-Distrikt, FDC**

*Weingartner:* »Wie Sie hinter mir sehen können, ist hier inmitten der Zelte der Kompensationsarmee nicht alles friedlich. Vor wenigen Augenblicken ist es zwischen der Polizei und einigen der Demonstranten zu einem Handgemenge gekommen. Ich weiß nicht genau, worum es dabei ging, aber die Angelegenheit war zweifellos ernst. Die Frau mit dem blauen Barett, mit der ich früher am Abend gesprochen habe, ist auf einer improvisierten Trage abtransportiert worden. Diese Frau behauptete, sich auf einer Mission der Barmherzigkeit zu befinden. Jetzt hat es den Anschein, als habe die Qualität der Barmherzigkeit in dieser Gegend etwas gelitten.

Augenblick. Christian Randolph, selbsternannter General der Kompensationsarmee, ist gerade eingetroffen.

Mr. Randolph, Mr. Randolph!«

*Randolph:* »Ja?«

*Weingartner:* »Taylor Weingartner, WFDC. Sagen Sie, Sir, eine Frau, die sich früher am Abend als Mitglied des ›Gewissens des Landes‹ identifiziert hat, ist mitten in diesem Handgemenge verletzt worden. Glauben Sie, daß diese Auseinandersetzung irgend etwas mit Ihren Soldaten mit den blauen Baretten zu tun hat?«

*Randolph:* »Meine Soldaten mit den blauen Baretten? Wovon reden Sie?«

*Weingartner:* »Wollen Sie bestreiten, daß das ›Gewissen des Landes‹ mit Ihrer Kompensationsarmee in Verbindung steht?«

*Randolph:* »Da ich nicht genau weiß, wovon Sie eigentlich reden, kann ich nur sagen, daß ich hierher nach DC gekommen bin, um dafür zu sorgen, daß Gerechtigkeit geübt wird. Und ich empfange jeden mit offenen Armen, der dasselbe will. Wenn die Leute, von denen Sie reden, aus diesem Grund hier sind, wenn ihnen eine Entschädigung zusteht, dann gehören sie per definitionem zu unserer Armee.«

*Weingartner:* »Also billigen Sie stillschweigend die Gewalt, die sie anscheinend angezettelt haben.«

*Randolph:* »Sie wissen, daß dies nicht der Weg dieser Armee ist. Wir werden weder jetzt noch später Zuflucht zur Gewalt nehmen, um unsere gerechten Forderungen durchzusetzen.« < < < < <

# 6

»Yates hat Schwierigkeiten. Irgendwelches Ice hat ihn am Haken.« Rags klang besorgt.

»Sag' ihm, er soll die Kurve kratzen, wenn es sein muß«, sagte Marksman.

»Ich sagte doch, daß uns dieser Dreksack reingeritten hat«, sagte Shamgar. »Wir sollten selbst die Kurve kratzen.«

»Yates ist noch nicht erledigt«, sagte Marksman.

»Das Ice ist schwarz.« Rags' verdrießliche Miene wurde immer düsterer.

Bei seinen Ausflügen ins Shadownet hatte Andy gehört, daß Telestrian schwarzes Ice einsetzte, die Art, die einen unbefugten Decker umbringen konnte. Bisher hatte er es nicht geglaubt. Vieles von dem, was durch das Netz wanderte, war nur Geschwätz. Aber der Troll schien ganz sicher zu sein. Und wenn er recht hatte …

Andy machte es nichts aus, in seinen Shadowrun-Phantasien mit schwarzem Ice herumzuspielen, aber in der Wirklichkeit ängstigte es ihn nicht nur, es machte ihn auch wütend. Er konnte einfach nicht verstehen, wie ein Konzern – oder auch jeder andere, was das betraf – den Einsatz derart tödlicher Kräfte rechtfertigen konnte, nur weil jemand widerrechtlich sein Cyber-Revier betrat.

Wenn Yates sich in schwarzes Ice verstrickt hatte, konnten seine Synapsen gegrillt werden. Warum standen die Runner also herum und debattierten? Ihr Decker war in der Matrix in Schwierigkeiten. Wußten sie denn nicht, wie schnell die Dinge im Cyberspace abliefen? Vielleicht *war* Yates bereits gegrillt.

»Wollt ihr ihm denn nicht helfen?«

»Wir können nichts tun, Junge«, sagte Marksman. »Keiner von uns ist ein Decker.«

»Ich bin schon gedeckt«, sagte Andy. Hatte er das tatsächlich gesagt?

»Willst du damit sagen, daß du helfen willst?« Marksman klang ein wenig überrascht und sehr mißtrauisch.

»Er wird sich einstöpseln und uns verpfeifen«, sagte Shamgar. »Wir haben die Konzerncops am Arsch, bevor seiner auch nur den Stuhl angewärmt hat.«

»Nein, werde ich nicht«, sagte Andy. Wenigstens nicht, bevor er sicher war, daß das schwarze Ice für Yates keine Gefahr mehr war. Und dann war Andy im Telestrian-Netz, und die Runner würden ihn nicht mehr daran hindern können, die Sicherheit zu alarmieren.

»Yates braucht Hilfe«, sagte Rags.

»Ich weiß, ich weiß«, sagte Marksman.

»Ihr könnt doch nicht einfach zusehen, wie er gegrillt wird«, sagte Andy. »Ich meine, ich habe nicht viel Erfahrung, aber vielleicht kann ich irgendwas tun. Ich könnte es wenigstens versuchen.«

»Und dafür sorgen, daß wir *alle* gegrillt werden«, sagte Shamgar.

»Was ist mit Yates?« fragte Rags.

»Er kannte das Risiko«, sagte Shamgar.

»Das ist nicht sehr loyal«, warf Andy ein.

»Was weißt du schon von Loyalität, Dreksack«, schnauzte Shamgar.

Andy glaubte schon, der Ork wolle ihn anfallen, aber Rags bewegte sich plötzlich und schirmte Andy mit seiner Körperfülle ab. Der Troll betrachtete etwas hinter Andy.

»Können wir ihm trauen?«

»Vertraut ihm«, sagte die Frau. Andy hatte Kit nicht zurückkommen sehen, aber als er den Kopf drehte, saß sie auf einem der Arbeitstische, die langen, hellhäutigen Beine unter sich verschränkt. Sie lächelte ihn an, aber ihre Augen waren weit weg.

»Bist du sicher, Kit?« fragte Marksman.

»Er trägt das Konzern-Brandzeichen, aber er hat kein Konzern-Herz.« Sie zuckte die Achseln. »Das Leben ist nie völlig sicher. Gehört das nicht zum Reiz des Lebens?«

»Also gut, Junge. Wir geben dir eine Chance«, sagte Marksman. Shamgar knurrte, aber Marksman ignorierte ihn. »Wenn du uns hintergehst, wird Shamgar dich kriegen. Solltest du uns die Konzernsicherheit auf den Hals hetzen, kann sie gar nicht so schnell sein, um Shamgar davon abzuhalten, Hackfleisch aus dir zu machen. Du kommst mir nicht so vor, als wärst du bereit, dein Leben für Telestrian Cyberdyne zu opfern. Du hast noch zuviel vor dir. Oder nicht, Junge?«

Andy nickte, weil es einfacher war zuzustimmen. Er war es langsam leid, daß Marksman ihn immer »Junge« nannte, aber jetzt war nicht der geeignete Zeitpunkt, sich deswegen zu beschweren.

»Wenn du glaubst, daß du Yates helfen kannst, dann tu es«, sagte Marksman. »Aber vergiß nicht, daß wir zusehen. Wenn irgendwas schiefgeht, weiß Rags sofort Bescheid. Verstanden?«

Andy wußte nicht genau, ob er das glauben sollte, sagte aber dennoch: »Verstanden.«

Während Rags eine Verbindung zu seinem schwarzen Kasten herstellte, setzte sich Andy auf den Ruhesessel vor einem der Terminals. Er nahm die Abdeckung von Tastatur und Eingabesuite. Licht glitzerte kalt und fahl auf dem Stecker des Datenkabels, als er die Verbindung aus dem Gehäuse zog.

Das war jetzt echter Shadowrunner-Kram, keine virtuelle Imitation. Er würde gegen schwarzes Ice decken. Hatte er nicht schon immer davon geträumt, das Leben eines Shadowrunners zu führen?

Nun, nein, nicht immer. Er wußte noch, wann ihn die Vorstellung zum erstenmal fasziniert hatte. Er hatte all seinen Mut zusammengenommen und war ins Shadownet gedeckt. Dort hatte er von »berühmten« Runnern wie Sam Verner aus Seattle gehört, der angeblich der erste seit Howling Coyote war, welcher die Kräfte des Großen Geistertanzes geweckt und beherrscht hatte. Die Freiheit und die Macht, die diese Runner genossen, waren ihm verführerisch vorgekommen.

Als Andy erfuhr, daß Verner ebenfalls als Konzern-Lakai begonnen hatte, war er dadurch nur noch mehr inspiriert worden. Wenn Verner sich aus der Konzernwelt befreit hatte und ein Shadowrunner geworden war, dann, davon war er überzeugt, konnte er das auch. Etwa einen Monat danach hatte er Lederklamotten getragen, mit Fransen daran wie in den Mode-Bilddateien der Westküste, und sich eingehend in den Schamanenkram vertieft. Trance-Trommel-Chips, Fetische, Meditations-Chips, Traumfänger, Chips über indianische Legenden. Er hatte sich sogar eine Narcoject-Pistole gekauft, so eine, wie Verner sie angeblich trug. Es war keine echte Narcoject – er konnte sich die Trageerlaubnis nicht leisten, aber wegen seiner Konzernzugehörigkeit durfte er eine nicht funktionierende Kopie tragen –, doch der Kolben mit dem Logo darauf, der aus einem echten Nagalederhalfter ragte, verlieh ihm einen echt coolen Touch.

Wenn er mit seinen Sachen nicht in der Landover-

Promenade oder dem Telestrian Plaza Dome herumstolzierte, verbrachte er Stunden alleine in seinem Zimmer, ließ die Chips durchlaufen und öffnete sich dem Universum, um auf Geistervisionen zu warten. Er hatte nie welche. Das einzige, was er bekommen hatte, war ein Haufen dummer Bemerkungen von seinen älteren Schwestern. Schließlich war ihm die Sache so peinlich geworden, daß er die Suche nach den Visionen aufgegeben und sich wieder seinem Studium gewidmet hatte, aber kaum einen Monat später hatte er mit seinen virtuellen Shadowruns begonnen.

Und jetzt saß er vor dem Cyber-Terminal, das er sich ausgesucht hatte, und spielte kein Spiel mehr.

Es war ein Moment der Magie, wenngleich nicht von der Art, wie sie ein Schamane wie Verner wirkte. Andys Magie war die metaphorische Magie des Technomancers. Seine Testergebnisse bewiesen das. Wenn er ein Totem hatte, mußte es der Geist In Der Maschine sein. Die Magie des Riggers, wo ein Mensch eins mit seiner Maschine wurde, war Andys Pfad zur Erleuchtung. Das Wunder des Deckens, wo alles, was man dachte, real wurde. Jedenfalls in virtueller Hinsicht real.

Fast so real wie der Ork, dessen Atem er im Nacken spürte. Andy stöpselte das Datenkabel in seine Buchse und legte die Hände auf die Eingabeoberfläche. Der Augenblick der Wahrheit. Er drückte die Engage-Taste, durchlief rasch das Identifikationsprotokoll, griff auf seine eigenen Matrix-Management-Dateien zu, startete sein Persona-Programm und …

Ein glänzender Robot in Menschengestalt, in Form und Aussehen identisch mit dem ultimativen *Terminator T-2050,* stand unter dem Elektronenhimmel. Die Schreckensmaschine trug lediglich eine dunkle Lederjacke, auf deren Rücken ein großes neonrotes »C« und eine kleinere hochgestellte neonblaue »3« leuchteten. Ankommende Datenströme brandeten zart gegen den

Chromschädel des Terminators, während seine rotleuchtenden Optik-Einheiten den Cyberspace-Horizont absuchten.

Andy schaltete die unheilvoll klingende Musik ab, die jede Bewegung des Terminators begleitete. Trotz des Aussehens seines Icons war er kein Killer-Decker. Dies war kein vorgeblicher Ausflug in die Matrix. Hier und jetzt kam ihm der Audiokram albern vor. Außerdem verbrauchte er Rechenkapazität, die er vielleicht nötig hatte.

Er spürte einen Zug, den er als Richtungsanweisung verstand, die ihm durch Rags' schwarzen Kasten zugeladen wurde. Andy folgte dem Zug und flog wie ein gepanzerter Superheld auf den Flammensäulen aus seinen Stiefeldüsen über den Himmel der Matrix. Die Landschaft unter ihm wechselte von der normalen schwarzen Leere mit den vereinzelten Lichtern der durch pulsierende Datenströme verbundenen System-Icons zu einem tiefen Violett. Die Lichter behielten ihre charakteristischen Gestalten, aber die Icons waren blasser, trüber, als seien sie von einem schützenden Schleier umgeben. Buchstaben tauchten vor ihm in der Luft auf und bildeten Worte, die an ihm vorbeizogen: »Ihre Freigabe ist unzureichend. Sie laufen Gefahr, eine gesicherte Matrixzone Telestrian Cyberdynes zu verletzen. Kehren Sie um. Andernfalls wird Ihr Eindringen mit tödlichen Mitteln abgewehrt. Sie wurden gewarnt.«

Andy startete seine ausgefuchsteste Schleicher-Routine und hoffte das Beste. Er war ein User des Telestrian-Systems, und seine Legitimationscodes gaben ihm einen Vorteil, den ein völlig fremder Decker nicht haben würde. Aber reichte das aus?

Es schien so. Nichts kam, um ihn zu verschlingen.

Dem Zug folgend, konzentrierte sich Andy auf einen Datenspeicher. Das war seine Bestimmungsort. Er schlüpfte durch das Tor und sah, daß ein Kampf tobte. Ein Telestrian-Exec rang mit einer Gestalt in einer goldenen Rüstung, auf deren Brustplatte das Telestrian-Logo gestanzt war. Aus Rags' Eingabe wußte er, daß der Exec nicht echt, sondern schlicht und einfach Yates' Tarnung war. Bis jetzt hatte Andy noch nie so etwas wie das Ritter-Icon gesehen, das wie etwas aus *Die Legende von Excalibur* aussah, aber er wußte, daß es sich um eine Telestrian-IC handelte. Sich an derselben Matrix-Koordinate mit dem Abwehrprogramm zu befinden reichte aus, um dessen Kraft zu spüren – den vollen Mainframe, nahm er an, was bedeutete, daß eine *Menge* Computer hinter ihm stand.

Das Ritter-Icon trug einen offenen Helm, und die Visage, die sich in der Öffnung zeigte, sah aus, wie aus dunkelstem Onyx gemeißelt, schwarz wie die Nacht, schwarz wie das schwärzeste Ice. Yates und der Ritter rangen mit bloßen Händen miteinander, und es sah so aus, als würde der Ritter den Decker langsam überwältigen. In der Hoffnung, daß er nicht völlig verblödet war, materialisierte Andy das Multiphasen-Impulsgewehr des Terminators und pumpte den Ritter mit Plasma voll.

Andys Angriffsprogramm brachte das Ritter-Icon nicht einmal zum Flackern, aber es bewirkte, daß der Ritter sein dunkles Gesicht in Andys Richtung drehte. Die haßerfüllten Augen des Ritters verhießen Vernichtung. Andy kam sich sehr, sehr dumm vor.

Doch offenbar war diese Ablenkung alles, was Yates brauchte. Der Decker warf sich gegen den Ritter und brachte ihn aus dem Gleichgewicht. Dann schlug er zu, mit fließenden Bewegungen, die an asiatische Kampfsportarten erinnerten und sein Icon verschwimmen ließen. Andy sah nicht richtig, was geschah, aber in diesem Augenblick war der Ritter noch eine Gefahr und im nächsten taumelte er zurück, wobei sich seine Rüstung auflöste. Die Einzelteile zerbröselten mit allem, was sie enthalten haben mochten, zu dahintreibenden Ascheflocken. Als letztes verschwand der Kopf des Ritters, der noch etwas sagen zu wollen schien, während er sich kräuselte und zu Asche zerfiel.

»Zäher Hund.« Yates wandte sich an Andy und betrachtete ihn von oben bis unten. »Danke, Fremder.«

»Null Schweiß«, log Andy. Der Gedanke, gegen das schwarze Ice anzutreten, hatte ihn ganz gewiß ins Schwitzen gebracht. Nicht, daß er es hier in der Matrix bemerkt oder gespürt hätte.

»Hey, du hast einen Identifikationscode von Telestrian. Wer, zum Teufel, bist du, und warum hast du mir gegen das Ice geholfen?«

Andy konnte den Blick nicht von den flockigen Überresten des Ritters abwenden. »Der Ritter. Er war wirklich schwarzes Ice, nicht wahr?«

»Schwärzer als das Herz eines Konzern-Rechnungsprüfers. Du hast meine Fragen nicht beantwortet.«

»Tut mir leid. Ich werde C-Kubik genannt.«

Das besagte auch das $C^3$ auf seiner Jacke, aber Andy würde weder diesem Decker oder sonst jemandem erzählen, wofür es stand. Niemand brauchte zu wissen, daß es für Crunchers Cybernetic Cub stand, eine Bezeichnung, die ihm seine Schwester Asa verpaßt hatte, als sich Andy auf seinen ersten Ausflug in die Matrix vorbereitet hatte. Sie hatte den Namen in sein Terminal eingegeben und mit einem Schloß versehen, und als Andy genug gelernt hatte, um das Schloß knacken zu können, hatte er sich längst an den Namen gewöhnt. Seine Reputation in der Matrix mochte nicht so toll sein, aber er wollte eigentlich nicht noch einmal unter einem anderen Namen ganz neu anfangen.

»Das ist eine Antwort, aber sie klärt nicht das Warum.«

»Deine Freunde schicken mich. Rags hat mir geholfen, dich zu finden.«

»Ja? Tja, dann ist es wohl okay. Danke, C.«

Yates streckte die Hand aus, und Andy ergriff sie automatisch. Er spürte einen Schock bei dem Kontakt, und die Matrix verschwamm für eine Nanosekunde. Andy hatte zuvor noch keinen direkten Kontakt in der Matrix erlebt. Das Summen in seinem Kopf, das von der Empfindung ausgelöst wurde, überraschte ihn ein wenig. Yates lächelte, während er das Multifunktionsglied des Terminators mit festem Griff auf und ab bewegte.

»Ich konnte mir das, weswegen ich hier bin, noch nicht krallen. Da Rags und die anderen dich geschickt haben, willst du mir wahrscheinlich beim Rumschnüffeln helfen.«

Eigentlich nicht. Jemanden vor schwarzem Ice zu retten, war eine Sache, ihm bei einem Datendiebstahl zu helfen, eine andere. »Ich weiß nicht, wonach du suchst.«

»Tja, das weiß ich auch nicht so genau, aber wenn ich es sehe, erkenne ich es. Aber ich glaube, du könntest die Suche verkürzen. Deine Codes besagen, daß du ein Testfahrer bist, richtig?«

»Ja.«

»Kannst du mir zeigen, von wo du startest?«

»Ich glaube schon.« Andy zeigte es ihm. Er wußte, daß er das eigentlich nicht tun sollte, aber im Augenblick schien es das Richtige sein. Yates war kein übler Bursche, und Andy gefiel es immer, wenn er glänzen konnte. Er öffnete den Bereitschaftsraum für die Testfahrer, wenngleich ihn das altmodische Ambiente der ikonografischen Darstellung ein wenig verlegen machte. Der Ort sollte angeblich so aussehen wie das Hauptquartier eines Jägergeschwaders aus der Mitte des zwanzigsten Jahrhunderts, jedenfalls hatte Russ das gesagt. Die Metaphorik der Aktenschränke war LowTech und konnte einen Spitzendecker wie Yates nicht beeindrucken, aber dafür schienen ihn die Montjoy-Akten um so mehr zu beeindrucken. Yates ging einige Akten durch und verstaute ein paar davon in einer Aktentasche, die plötzlich an seiner Seite auftauchte und neben ihm schwebte. Er kam zu Andys Kontrollakte und sah auf.

»Sag' mal, das warst du, der den anderen Prototyp geflogen hat, nicht wahr?«

Andy wurde plötzlich klar, daß Yates der Fremde gewesen sein mußte, den er während seines Montjoy-Testlaufs gejagt hatte, und er sagte nur: »Ja.«

»Nicht schlecht geflogen, C.«

Das Lob ging Andy runter wie Öl. Und warum auch nicht? Yates war ein richtiger Shadowrunner-Decker, und noch dazu ein guter, und Andy hatte es dennoch geschafft, ihn zu beeindrucken. Das war keine geringe Leistung. Es gelang ihm, »Danke« zu stammeln.

Yates stöberte noch etwas in dem virtuellen Raum herum, wobei er sich alle Datenspeicher ansah. Es dauerte eine Weile, aber er verschwendete auch keine Zeit. Mehr als einmal ließ er Akten in der Tasche verschwinden. Andy wußte, daß er gegen den Diebstahl hätte protestieren müssen. Tatsächlich setzte er auch mehrmals dazu an, aber jedesmal, wenn er es tat, machte ihm sein Persona-Programm Schwierigkeiten, und wenn er es wieder unter Kontrolle hatte, war der Drang zu handeln vergangen.

»Zeit zu gehen«, sagte Yates. »Und mach dir keine Sorgen, C. Ich habe die Spuren verwischt, die deine Zugangscodes hinterlassen haben.«

Und das war der Augenblick, in dem Andy die volle Erkenntnis dessen traf, was vorging. Es waren *seine* Codes, die sie hineingebracht hatten, *seine* Codes, die mit dem Datendiebstahl in Verbindung gebracht würden. Telestrian würde *ihn* als den Dieb betrachten.

Und das war auch der Augenblick, in dem der schwarzgesichtige Ritter in goldener Rüstung aus dem Nichts vor ihnen materialisierte.

Dieser Ritter hatte eine kunstvollere, kompliziertere Rüstung als der erste. Der Ritter streckte eine behandschuhte Hand nach Andy aus, eine scheinbar sinnlose

Geste, da er weiter als eine Armeslänge von Andy entfernt war. Doch kaum hatte sich die gepanzerte Faust in Bewegung gesetzt, als ein flammendes Schwert darin erschien und zur Hals-Rumpf-Verbindung des Terminators hochzuckte. Andy war zu langsam, um auszuweichen.

Doch Yates errichtete einen Schild, von dem das Schwert funkensprühend abprallte. Andy taumelte zurück, und der Ritter stürzte sich auf Yates. Der Schild des Deckers war eine wirksame Abwehrwaffe, und das Schwert spie Flammen, als es erneut gegen den Schild prallte. Doch Andy konnte sehen, daß er nicht ewig halten würde. Die Angriffe des Ritters überzogen das Schild-Icon, das Yates' Abwehr repräsentierte, mit einem Spinnennetz feiner Sprünge.

Andy wußte nicht, was er tun konnte. Sein Angriffsprogramm hatte das andere Ice nicht angekratzt, was sollte es ihm dann gegen dieses nützen?

Yates parierte den nächsten Angriff des Ritters – und warf Andy die Aktentasche zu. Ohne nachzudenken, nahm Andy sie.

»Verschwinde von hier, C.«

»Was ist mit dir?«

Der Ritter kam Yates' Antwort zuvor, indem er sein Schwert mit einer Wut gegen den Schild schmetterte, die jegliche Hoffnung zunichte machte, dem Ansturm standhalten zu können. Zwischen den Hieben des Ritters rief Yates: »Geh! Ich decke dich.«

»Aber was ist mit dir?«

»Ich bleibe keine Sekunde länger, als ich muß. Geh!« Der Ritter landete einen neuen Hieb, der Yates ein Grunzen entlockte. Kleine Stücke lösten sich von Yates' Schild und flogen brennend davon.

»Drek, sei keine Schildkröte.«

Yates entriß Andy die Aktentasche und benutzte sie, um Andy damit einen Schlag gegen den Kopf zu verpassen. Der Schock fühlte sich beinahe körperlich an.

Der Cyberspace blinkte plötzlich wie ein Stroboskop und desorientierte Andy. Er schwankte, während er versuchte, seine Matrixverbindung zu stabilisieren, aber er schien nichts tun zu können. Er war gefangen, seine Matrixpräsenz unfokussiert.

Hilflos sah er mit an, wie der Ritter erneut ausholte und Yates' Schild zu einer Million feuriger Splitter zerschlug. Das Schwert sauste weiter und schnitt glatt durch die Schulter des falschen Telestrian-Execs. Der Arm wurde vom Körper abgetrennt und löste sich auf. Yates schrie, als sich schwarzes Feuer entlang der Wunde entzündete, und die Flammen wuchsen, um ihn zu verschlingen.

Der Ritter drehte sich zu Andy um, trat auf ihn zu, hob das Schwert. Andy konnte nichts tun. Er war erstarrt, während die Matrix um ihn flackerte. Sein Verstand flackerte ebenfalls. Dann war er weg, aber doch nicht weg, wirbelte davon, weg von dem Ritter aus schwarzem Ice, und lag keuchend auf seinem Ruhesessel. Er war draußen und nicht draußen, alles zugleich. Nicht mehr in dem virtuellen Bereitschaftsraum, doch immer noch unter dem Elektronenhimmel. Wurde aus den geheimen Orten heraus und durch den offenen Cyberspace geschleudert, vorbei an Kometen und Sternen aus Daten, und gleichzeitig blinzelten fleischliche Augen das Gesicht eines Trolls und eines Menschen an. Flog aus der Matrix heraus und stürzte zurück in seinen schweißbedeckten, schlaffen Körper, in dem er sich doch längst schon befand, obwohl er gleichzeitig wie erstarrt dastand und zusah, wie der Ritter sein flammendes Schwert hob. Die Dualität des Erlebens zerrte an seinem Verstand und überwältigte ihn.

Das nächste, was seine Sinne mitbekamen, war eine Bemerkung des Trolls: »Yates hat es erwischt.«

Andys Bewußtsein kehrte langsam zurück und mit ihm das Begreifen, daß er soeben zum erstenmal in seinem Leben den Auswurf-Schock erlebt hatte. Yates mußte irgendeine Kontrolle über Andys Matrixpräsenz ausgeübt haben. Er hatte nicht gewußt, daß so etwas überhaupt möglich war, aber irgendwie hatte Yates ihn von der Matrix getrennt und sein Persona-Programm abstürzen lassen. Andy begriff zwar nicht, wie, aber er war froh, daß er nicht gegen das schwarze Ice hatte antreten müssen.

»Hat er sich das Zeug gekrallt?« fragte Shamgar.

»Er hat es mir gegeben«, hörte sich Andy sagen.

Das zu sagen, war mehr als dumm, auch wenn es stimmte! Aber angeblich waren das die Folgen des Auswurf-Schocks. Er machte einen begriffsstutzig und langsam. Angeblich sollte er auch wieder vergehen. Andy hoffte es. Er fühlte sich wie Drek.

»Auf dem Deck ist nichts«, sagte Rags.

Shamgar fluchte ausgiebig und unflätig.

»Unser neuer Verbündeter besitzt Headware«, sagte Kit.

»Könnte Yates die Daten dort abgeladen haben?« sagte Marksman.

»Vielleicht. Ich habe hier nicht die Mittel, um es herauszufinden«, sagte Rags.

»Und wir haben auch keine Zeit mehr«, fügte Kit hinzu.

»Dann kommt jemand mit uns«, sagte Marksman. »Er ist zu hinüber, um einigermaßen voranzukommen. Du wirst ihn tragen müssen, Rags.«

Andy versuchte zu widersprechen, als der Troll ihn aus dem Ruhesessel hob. Sein Magen schlug auf die harte, knochige Schulter des Trolls, und der Aufprall preßte ihm die Luft aus den Lungen. Er spürte nicht einmal mehr, wie sie ihn ausstöpselten.

>>>>>NewsNet Downlink
-[6:22:14/15-8-55]

KOMPENSATIONSARMEE:
REAKTION VON CAPITOL UND WEISSEM HAUS
Während es zwischen der Bundesdistriktspolizei und den Kompensations-Marschierern zu einer weiteren verbalen Auseinandersetzung kam, gab Präsident Steele heute eine Stellungnahme aus dem Weißen Haus ab. »Ich möchte Ihnen allen versichern, daß alles in unserer Macht stehende getan wird, um dafür zu sorgen, daß jedes Mitglied der sogenannten Kompensationsarmee seine gerechte und angemessene Entschädigung erhält«, sagte er. »Ich weiß das Land in diesem Bestreben hinter mir.«

Führende Kongreßabgeordnete sind derselben Ansicht. Die Sprecherin des Hauses, Betty Jo Pritchard (Rep-ONT), vertritt auf ihrer geplanten Reise in ihre Heimat Ontario die harte Linie. »Gesetzlosigkeit und ungebührliches Verhalten sind der Gerechtigkeit nicht förderlich«, lautete ihre Stellungnahme. »Niemand bestreitet die Rechtmäßigkeit der Entschädigungsansprüche, aber der Weg, der von Randolph und seinen Kompensationsgangstern eingeschlagen wird, ist kriminell. Die UCAS-Regierung kann und wird keine Kriminellen unterstützen.«

In der Zwischenzeit wird das von Gorchakov und Drinkwater eingebrachte Unmittelbare Entschädigungsgesetz weiterhin beraten, und Christian Randolph, der Sprecher der Kompensationsarmee, ist nicht glücklich über den Verlauf der Dinge. »In Wirklichkeit wollen sie uns nur hinhalten«, sagte Randolph. »Sie rechnen damit, daß wir irgendwann einfach aufgeben. Nun, ich bin hier, um ihnen zu sagen, daß ich ein alter Soldat bin, und dieser alte Soldat wird nicht aufgeben. Alte Soldaten wissen, wie man kämpft. Wir sind hier alle Amerikaner, und wir wissen alle, daß Amerikaner nicht gerne Kämpfe beginnen. Aber wir haben keine Angst, sie zu beenden. Treibt uns in die Enge, und ihr werdet sehen, was ich meine.«

Auf die Frage, ob Randolph trotz seiner früheren Position der Gewaltlosigkeit nun mit gewaltsamen Auseinandersetzungen zwischen der Regierung und den Marschierern drohe, antwortete Cynthia Locke, Polizeichefin der Bundeshauptstadt, lediglich: »Kein Kommentar.«<<<<<

# 7

Zehn Stunden reichten nicht, um seinen Verstand von der Belastung der Feldübung zu klären, aber die Natur ließ sich nicht verleugnen, und Tom wachte auf. Anstatt wieder einzudösen, stellte er fest, daß seine Gedanken um die Ereignisse der vergangenen Woche kreisten, angefangen von dem plötzlichen Versetzungsbefehl über das Manöver bis zu der gräßlichen Abschlußbesprechung. Die ganze Geheimhaltung belastete ihn viel zu sehr, als daß er wieder hätte einschlafen können. Und seine kleine Stube war zu erstickend, nicht nur wegen der Tageshitze. Die Wände waren zu beengend.

In der Küche der Offiziersmesse herrschte gerade Pause zwischen Frühstück und Mittagessen, so daß nur die Selbstbedienungstheke als Nahrungsquelle blieb. Tom wußte, was er zu tun hatte. Er ging geradewegs an den widerlichen Protein-Pick-Ups, Frühstücksburritos, kalten Eiern und klebrig-süßen Gebäckstückchen vorbei zur Getränkeabteilung und füllte sich den größten Becher, den er finden konnte, mit schwarzem Soykaf. Der Becher, den er sich ausgesucht hatte, war nicht hitzebeständig, also weichte er durch, und Tom vermied es gerade noch, sich zu verbrennen. Immer noch halb bewußtlos, stellte er verschlafen fest. Er fand einen anderen, diesmal hitzebeständigen Becher und füllte ihn. Koffein war nicht dafür bekannt, die Nachwirkungen zu vieler Hallo-Wachs zu lindern, aber es hatte ihn eine Menge morgendlicher Kater überstehen lassen.

Die Messe war nicht besonders voll, und er sah niemanden, den er kannte. Um so besser. Bekannte hätten Aufmerksamkeit verlangt. Ihm war auch noch nicht danach, neue Freundschaften zu schließen, also suchte er sich einen Tisch, der so weit wie möglich von den Leuten entfernt war. Er entdeckte einen in der Nähe des leeren Büffets und wählte den Platz, von dem er den besten Blick auf den großen Bildschirm der Messe hatte. Den Wortfetzen nach zu urteilen, die er im Gehen aufgeschnappt hatte, lief gerade ein Nachrichtenprogramm – im Augenblick der Wetterbericht, aber wahrscheinlich würden sie danach zumindest die Schlagzeilen wiederholen. Er hatte mehrere Tage lang nicht mitbekommen, was in der Welt vorging, und hatte einigen Nachholbedarf.

Er versuchte seinen trüben Blick auf den Schirm zu konzentrieren. Die Karte im Hintergrund wurde zum größten Teil von einem Burschen verdeckt, der den üblichen Wetterfrosch-Tanz mit haufenweise Armschwenken, Fingerzeigen und Handwedeln aufführte. Sinnlose Mätzchen, dachte Tom. Das ganze Land befand sich im Würgegriff einer erbarmungslosen Hitzewelle. Man mußte kein Hellseher sein, um mehr Hitze und Feuchtigkeit vorauszusagen.

Tom brauchte länger, als es hätte dauern dürfen, um zu bemerken, daß der Bursche auf dem Bildschirm kein Meteorologe und die Karte keine Wetterkarte war. Der Bursche war Johnny Lessee, der Talkshow-Star, und die Karte zeigte den Bundesdistrikt. Lessee ging wieder seine Kompensationsarmeevorhersage-Routine durch. Tom war verärgert. Der alte, abgenutzte Witz darüber, aus welcher Richtung der Wind wehte, war schon in der ersten Juliwoche langweilig geworden, als die ersten Marschierer, noch keine Armee, in Washington eingetroffen waren. Aber aus irgendeinem Grund klammerte sich Lessee an den Gag und dehnte die untote Routine bis in den August aus. Tom fragte sich, ob sich Lessees Gag-Schreiber unter den Marschierern befanden und dem Star das Material ausgegangen war.

Immerhin besaß Lessee, oder eher seine Leute, soviel Verstand, die Karten auf dem neusten Stand zu halten. Oder nicht? Jedenfalls sah die Karte anders aus, als Tom sie in Erinnerung hatte, aber konnte es wirklich stimmen, daß die Zeltstadt, die ihren Anfang im Tidal-Basin-Park genommen hatte, wirklich so gewachsen war? Lessees Karte zeigte, daß sich das Lager über den Fluß bis nach Arlington und entlang der Mall ausgebreitet hatte, so daß sie gegen die Zentren der Regierungsmacht brandete wie eine Flutwelle.

Hatte er Colonel Malinovskys Bemerkung gestern nacht falsch interpretiert?

Tom tippte seinen Wunsch in die Tischkonsole ein, auf ein echtes Nachrichtenprogramm umzuschalten. Nichts veränderte sich, also mußte die Mehrheit aller in der Messe anwesenden immer noch Lessee bevorzugen. Da er gelernt hatte zu nehmen, was er kriegen konnte, trank er einen Schluck kochendheißen Kaf und schaltete den Ton für seinen Tisch ein. Lessees Stimme setzte laut und heiser ein.

»Also, das ist die ganze Geschichte, Leute. Um mich nicht *zu* gewählt auszudrücken, die unbewegten Massen heißer Luft auf dem Capitol haben immer noch *keine Auswirkung* auf die Situation. Eine kleinere, aber nichtsdestoweniger turbulente Luftmasse, die zwischen der Pennsylvania und der Executive Avenue eingeklemmt ist, hat begonnen, sich im Einklang mit den sie umgebenden Luftströmungen zu drehen. Obwohl *das* für euch erfahrene Wetterberichtsgucker dort draußen keine Überraschung sein dürfte. Der Wind weht aus …«

Tom schaltete den Ton aus. Er hatte vergessen, wie nervtötend Lessees Stimme war, und er wußte genau, daß er auf die Ansichten des albernen Liberalen verzichten konnte.

»Würde mich nicht überraschen, wenn Steele sich diesen verdammten Marschierern anschlösse. Der Kerl ist ein Weichling.«

Tom drehte sich um und sah Olivetti neben sich stehen. Die Zähne des Riggers glänzten in einem breiten Lächeln. Olivetti grüßte mit der rechten Hand, der fleischlichen.

»Was dagegen, wenn ich mich zu Ihnen setze?«

Tom hatte etwas dagegen. Olivetti gehörte nicht zu der Sorte, mit der er sich gerne abgab. Aber es gab Zeiten, in denen es ratsam war, höflich zu sein. »Dies ist ein freies Land.«

»Nicht alles davon«, erwiderte Olivetti.

»Wir sind nicht der Westen ohne den Westen.« Während Tom die traditionelle Antwort gab, hob er seine Tasse, und Olivetti tat es ihm nach, um mit ihm anzustoßen. Durch die Erschütterung kleckerte etwas von Toms Soykaf auf Olivettis Hand. Die dunkle Flüssigkeit perlte von dem glänzenden Metall ab und lief in dünnen Rinnsälen daran herunter.

»Entschuldigung«, sagte Tom automatisch.

»Spielt keine Rolle, Mann«, sagte Olivetti, indem er sich setzte. »Es sei denn, sie sind dazu übergegangen, den Kaf mit Batteriesäure aufzuschütten.« Er stellte seine Tasse ab und schüttelte dann mit einem raschen Schlenker des Handgelenks die letzten Tropfen ab. »Die Sensoren schalten sich im Schadensfall ab und hinterlassen lediglich digitale Updates, informativ, aber nicht schmerzhaft. Schließlich würde ich es erfahren wollen, wenn ich eine Hand verlöre, oder?«

Toms Ansicht nach war der vollständige Verlust einer Hand einem derart offensichtlich mechanischen Ersatzglied vorzuziehen. Was nicht unbedingt die vorherrschende Meinung in gewissen Kreisen war – Kreisen, in denen sich Olivetti offensichtlich bewegte. Es war nicht klug, wenn der Kommandant der Unterstützungsdrohnen seiner Einheit glaubte, daß man ihn für einen perversen Spinner hielt, auch wenn das stimmte. Tom war längst nicht mehr so sicher wie früher, daß Cyber-Ersatzglieder pervers waren – schließlich gab es medizinische Notwendigkeiten –, aber er fühlte sich immer noch unwohl in Gegenwart von Leuten, die sich freiwillig damit ausrüsteten. Er hatte den Verdacht, daß Olivettis Cyber-Verstärkungen nicht medizinisch notwendig waren, aber solange er es nicht mit Sicherheit wußte, wollte er den Mann auch nicht verurteilen.

»Konnten Sie auch nicht schlafen?« fragte er, in der Hoffnung, ein angenehmeres Thema anzuschneiden.

»Schlaf ist nur was fürs Fleisch«, sagte Olivetti, was keine Hilfe war.

»Tja, nun, was man braucht, das braucht man eben.« Tom deutete mit dem Kopf auf den Bildschirm. »Haben Sie Interesse an einem Programmwechsel?«

Olivetti warf einen Blick auf den Schirm, runzelte die Stirn und sah sich dann in der Messe um. Als sich seine Cyberaugen wieder auf Tom richteten, sagte der Rigger: »Kann nicht von allzu vielen gewählt worden sein. Was wollten Sie sehen?«

»NewsNet.«

»Gute Wahl.«

Olivetti winkelte sein Handgelenk an. Ein Datenzapfen fuhr aus einem Hohlraum über den Fingerknöcheln aus. Er schob den Zapfen in das Terminal des Tisches, und das Bild änderte sich. Seine Stimme hatte den Ausschlag gegeben. Das Nachrichtenprogramm berichtete über eine Rede, die Präsident Steele vor dem Unternehmerrat für Wissenschaftsförderung gehalten hatte.

»Steele.« Olivetti schüttelte den Kopf und schnaubte verächtlich. »Er hat nur Glück gehabt, daß Adams den Löffel abgegeben hat. Andernfalls würde unser verehrter Oberkommandierender nicht im Oval Office sitzen und an der großen Konzerntitte saugen. Kein denkendes Wesen hätte dem Arschloch je seine Stimme gegeben.«

»Komisch, ich hätte Sie für einen Technokraten gehalten.«

Die kalten Chromaugen betrachteten ihn lange, bevor Olivetti sagte: »Sie waren zu lange bei der Hokuspokus-Truppe. Ich bin seit seiner Gründung im Jahre '32 eingetragenes Mitglied des Technorepublik-Policlubs.« Olivetti tippte sich mit einem Finger gegen den Augapfel, und Metall klickte gegen Metall. »Dem Chrom gehört die Zukunft. Wer sich nicht verchromt, lebt hinterm Mond, und das ist die Wahrheit. Die Zukunft hat bereits begonnen.«

Tom wollte auch nicht über Techno-Philosophie diskutieren. »In der letzten Meinungsumfrage, die ich gelesen habe, war Steeles Beliebtheitsgrad ziemlich hoch.«

»Meinungsumfragen sind nicht das Papier wert, auf dem man sie druckte, wenn sie nicht auf elektronischem Weg gemacht würden. Außerdem – da Steele ein verdammter Technokrat ist, können die elektronischen Umfragen gar nicht anders, als positive Ergebnisse für ihn erbringen. Was mich betrifft, ich bin ebenso fortschrittlich wie jeder Durchschnittsbürger, aber diese Technokraten-Bande? So sicher, wie es einen Gott in der Maschine gibt, werden sie das Land tiefer in den Drek reiten, denn je. Sie waren schon 'Kraten, lange bevor sie Techno wurden, und wie alle guten 'Kraten würden sie nicht mal ihren Hintern ohne Straßenkarte und Führer finden. Drek, ohne einen Ausschuß können sie ja nicht mal die Entscheidung fällen, kacken zu gehen. Und ich bin nicht der einzige, der so denkt, das kann ich Ihnen sagen.«

Tom brauchte es sich nicht erst von Olivetti sagen zu lassen. Auf der Akademie hatte man ihm die Ohren mit antitechnokratischen Ansichten vollgequatscht, und in Denver war es noch schlimmer gewesen. Das meiste kam von Leuten, von denen man es auch erwartete: Ultrakonservativen, Vertriebenen, Humanis-Sympathisanten, der Hokuspokus-Fraktion, Metamenschen und so ungefähr allen anderen, die nicht verchromt waren. Wenn Anhänger der Cyberrevolution wie Olivetti diese Ansichten vertraten, mußten sie allgegenwärtig sein. Tom war, was die technokratische Doktrin anbelangte, nicht auf dem laufenden, aber er fragte sich, ob der einst rationalste Zweig der Demokratischen Partei nicht vielleicht ein wenig vom Weg abgekommen war, nachdem er sich selbständig gemacht hatte.

Steele mochte ein Technokrat sein und vielleicht sogar so unfähig, wie Olivetti andeutete, aber er war immer noch der Präsident, und das bedeutete Tom noch etwas. Olivettis Phrasendrescherei erinnerte Tom an das Geflüster, das er in Denver gehört hatte, Gerüchte über Fraktionen, die den Präsidenten ungeeignet fanden, Fraktionen, die daran interessiert sein mochten, deswegen etwas zu unternehmen. Waren diese Gerüchte vielleicht mehr als nur heiße Luft?

»Steele ist immer noch unser Oberkommandierender«, sagte Tom, nur um zu sehen, wie Olivetti darauf reagieren würde.

»Ja? Nächstes Jahr kriegen wir einen neuen. Vielleicht sogar noch früher, wenn Steele über diese Penner vor seiner Haustür stolpert.«

Nicht über eine Verschwörung? »Sie meinen die Kompensationsarmee?«

Olivetti nickte. »Ein Haufen gefährlicher Unzufriedener. Man sollte sie wie Ungeziefer aus der Stadt jagen. Wenn sie nicht in Frieden gehen wollen, können sie, was mich betrifft, auch mit den Füßen voran rausgetragen werden. Die Welt wäre ohne diese Bettler besser dran.«

In Toms Ohren klang das nach Endlösung oder auch nach dem ›Humanis-Entwurf für ein besseres stärkeres Amerika‹. »Ziemlich hart.«

»Ist 'ne harte Welt«, sagte Olivetti scharf. »Ein *Mann* arbeitet für seinen Lebensunterhalt. Er geht nicht betteln.« Er hieb mit seiner Chromfaust auf den Tisch. »Was es ihn auch kosten mag, oder?«

»Sie verlangen nur, was man ihnen schuldet.«

»Ja? Das behaupten *die*. Aber wissen Sie, was? Ich glaube, in diesem Fall gibt es noch eine tiefere Wahrheit. Eine, die sie nicht hören wollen. Sie ist ziemlich offensichtlich, aber Leute, die nur die Hand aufhalten und sagen: ›Gebt mir, gebt mir!‹, sehen nur, ›was man ihnen schuldet‹. Ungeziefer! Wir hätten den Westen immer noch, wenn diese Schlappsäcke nicht gekniffen hätten. Worüber beklagen sie sich? Das, was ihnen einmal gehört hat, haben sie nett und friedlich aufgegeben. Aber, hey, wo sie doch alle so nette kleine Kinder sind, warum streicheln Sie ihnen dann nicht einmal übers Haar und schicken sie nach Hause? Es wäre mal ganz gut, wenn ihnen allen der Kopf etwas zurechtgerückt würde.«

Trotz Olivettis bierernstem Vortrag faßte Tom die Bemerkung als Witz auf. Er mußte, weil er andernfalls erwogen hätte, den Mann anzuspucken. Außerdem ... »In nächster Zeit werde ich nicht dorthin kommen. Mein Urlaubsantrag ist gerade abgelehnt worden.«

»Unmöglich. Der Enkel des alten General Rock wird nicht nur rumsitzen und Däumchen drehen«, verkündete Olivetti. »Kann gar nicht sein. Privilegien des Dienstrangs und der ganze Drek.«

Tom wollte Olivetti sagen, er solle das Maul halten, aber er sagte nur: »Alle derartigen Privilegien sind die meines Großvaters, nicht meine.«

»Was soll's, Mann? *Erinnern* Sie sie einfach ein wenig daran, wer Sie sind. Mehr brauchen Sie gar nicht zu tun. Erwähnen Sie einfach den Namen, mehr ist gar nicht nötig. Sie werden sehen, dann sitzen Sie im nächsten Flugzeug.«

Tom hatte plötzlich Olivettis Drillich in seinen geballten Fäusten. »Ich brauche kein wandelndes Ersatzteillager von einem Mann, der mir sagt, wie ich mich zu verhalten habe. Ich habe mir alles selbst verdient, was ich in dieser Armee erreicht habe.«

»Hat nichts zu bedeuten, Mann.« Olivettis Stimme war um eine Oktave gestiegen. »Hat nichts zu bedeuten. Niemand hat je behauptet, Sie wären nicht cool. Cool, Mann.«

Tom konnte sich nicht erinnern, aufgesprungen zu sein, aber offensichtlich war er das. Er ließ die Uniform des Riggers los und trat einen Schritt zurück. Verlegen zog er seinen Stuhl heran und setzte sich wieder. Er griff nach seinem Soykaf, aber der Becher war nicht mehr da. Olivettis Becher stand noch auf dem Tisch, aber in einer sich rasch ausbreitenden schwarzen Lache.

»Das sind die Hallo-Wachs«, sagte Tom.

»Ja, Mann. Die Hallo-Wachs. Genau.« Er lächelte beschwichtigend. »Sehen wir uns einfach die Nachrichten an.«

»Ja, klar.«

»Ja, Mann. Echt cool.«

Aber Tom fiel auf, daß Olivetti ihm im Verlauf der Nachrichtensendung immer wieder Seitenblicke zuwarf.

**>>>>>NewsNet Downlink**
**-[06:36:43/15-8-55]**

KURSÄNDERUNG IN WASHINGTON

Nach Wochen der Besorgnis über die wachsende Unruhe in der Hauptstadt der Nation hat eine Allianz multinationaler Konzerne mit Geschäftsinteressen im Bundesdistrikt heute konkrete Schritte unternommen und eine »Politik der Grenzschließung« angekündigt. Unter dieser Politik, die heute gegen Mittag in Kraft tritt, erhalten Personen nur noch dann Zugang zu Einrichtungen eines Konzerns, wenn sie für diesen Konzern tätig sind. Durch diese Zugangsbeschränkungen werden Attraktionen wie die Telestrian-Plaza-Promenade, das Saeder-Krupp-Museum für Luft- und Raumfahrttechnologie und das Renraku-Konservatorium und -Arboretum faktisch geschlossen.

Stephen Osborne, Präsident von Telestrian Industries Ost und Vorsitzender der Allianz Besorgter Konzernbürger, wies Bedenken hinsichtlich der Auswirkungen dieser neuen Politik auf das Washingtoner Geschäftsleben zurück und rückte die Politik in ein positives Licht.

In einer vorbereiteten Stellungnahme sagte er: »Obwohl wir faktisch auf unsere Konzernrechte der Exterritorialität beharren, sollten unsere Aktionen in dieser Angelegenheit nicht als Anklage gegen die Polizeikräfte hier in Washington aufgefaßt werden. Wir von der ABKB empfinden nichts als Bewunderung für die Männer und Frauen, die täglich ihr Leben aufs Spiel setzen, um die guten, aufrechten Bürger Washingtons zu beschützen. Diese ehrenwerten Leute arbeiten unter Beschränkungen, die ihnen die Arbeit extrem erschweren, insbesondere auch unter Berücksichtigung der gegenwärtigen Personalsituation. Aber die ABKB kann nicht untätig danebenstehen und zusehen, wenn Angehörige unserer Konzernfamilien in Gefahr schweben.

Wenn eine Regierung den Frieden und den Wohlstand ihrer Bürger nicht gewährleisten kann, muß etwas unternommen werden. Die gegenwärtigen Verhältnisse in Washington sind dergestalt, daß vernünftige Leute Vorsicht walten lassen müssen. Und daher haben wir von der ABKB beschlossen, Vorsicht walten zu lassen. Wir tun, was wir können, um die Sicherheit aller Mitglieder unserer Konzernfamilien zu gewährleisten. Sobald die gegenwärtige Krise hinter uns liegt, können wir uns, wie wir glauben, auf den Tag freuen, an dem es allen Bürgern in einer angenehmeren Atmosphäre, die Geschäften zuträglicher ist, wieder besser gehen wird. Möge dieser Tag bald kommen.« < < < < <

## 8

Der Bürgersteig unter Andy war kühl, aber die Mauer in seinem Rücken hatte sich in dem grellen morgendlichen Sonnenlicht bereits erwärmt. Der Temperaturunterschied in seinem Körper war ebenso scharf umrissen wie der Gebäudeschatten, der auf ihn fiel. Er saß noch nicht lange vor der Betonmauer. *Daran* erinnerte er sich, auch wenn er sich nicht mehr erinnerte, wie er hierher gekommen war – wo *hier* auch sein mochte. In seinem Kopf war ein Summen, das seine Nerven strapazierte. Die Sonne hatte ihm bei seinem ersten kurzen Versuch, sich zu orientieren, in den Augen gebrannt, und er hatte nichts Nützliches gesehen, bevor er sie wieder geschlossen hatte. Er war noch nicht ganz bereit, den Versuch zu wiederholen. Er konnte riechen, daß es kein angenehmer Ort war, und das hektische Getrappel, das er hören konnte, verriet ihm, daß es sich um keinen Ort handelte, an dem man viel Zeit verbringen sollte. Es wurde Zeit, daß er sich zusammenriß und in die Gänge kam.

Die federleichte Berührung tastender Finger verriet ihm, daß er zu lange gewartet hatte.

Mit Armen und Beinen rudernd, versuchte er denjenigen wegzustoßen, der ihn belästigte, und gleichzeitig aufzuspringen, um weglaufen zu können. Der Angreifer, eine schmuddelige Straßenratte, war offenbar ebenso verängstigt wie Andy, als dieser sich erhob, da er rasch zurückwich.

»Wir hätten nachsehen sollen«, quiekte die Straßenratte mit schriller Stimme. »Wir hätten *nachsehen* sollen! Ich hab' dir doch gesagt, wir hätten nachsehen sollen.«

Andy sah sich hektisch um, da er befürchtete, die Straßenratte könne Freunde haben. Doch er sah nur eine, und die stand zwischen Andy und der Gasseneinmündung. Der Mann war klein und dünn, und seine Kleider waren eine Sammlung derart zerlumpter Fetzen, daß Andy nicht sicher war, wie viele Schichten der Mann trug, geschweige denn, um was für Kleidungsstücke es sich einst gehandelt hatte. Er war mit Knochenstücken, grauen und schwarzen Federn und kleinen funkelnden Dingern behangen, die alle mit Schnüren und Kordeln zusammengebunden waren. Manche hingen ihm sogar in seinen fettigen Dreadlocks. Fetische, erkannte Andy. Die Knochen klapperten, als er hektisch mit den Armen wedelte, um seinen mißlungenen Versuch, Andy auszurauben, von sich zu weisen.

»Tu mir nichts, tu mir nichts«, quiekte er.

Er nahm Andy damit die Worte aus dem Mund. Er schwieg in dem Versuch, seine eigene Angst unter Kontrolle zu bekommen. Wenn es nicht zu Gewalttätigkeiten kam, konnte ihm das nur recht sein – schließlich war er weder bewaffnet, noch sonderlich auf eine Auseinandersetzung vorbereitet. Sein Kopf tat weh, aber das dröhnende Summen schien ein Fehler in der Rückkoppelungsschleife zu sein, die seinen Cyberaugen vorgeschaltet war. Seine Headware war zwar nicht kurzgeschlossen, aber was Cybermodifikationen anbelangte, war Headware im Kampf nicht besonders nützlich, ob funktionstüchtig oder nicht. Selbst mit Kampf-Cyberware hätte Andy nicht gewußt, wie er sie benutzen sollte. Also beobachtete er die Straßenratte, die ihn beobachtete, und fragte sich, was er tun würde, wenn der schmuddelige kleine Mann beschloß, ihn trotzdem anzugreifen. Es war möglich. Die Knopfaugen des Mannes waren auf Andy gerichtet, und unter dem Schmutz des Obdachlosen-Lebens spiegelte sich eine unübersehbare Gier in seiner Miene wider.

»Du bist irgendwie verdreht worden«, sagte die Straßenratte.

Verdreht war höchstens dieser Haufen Abschaum.

»Ein Schatten liegt auf dir«, sagte die Straßenratte. »Ja, ein Schatten. Der deinen Verstand verdunkelt. Ein merkwürdiger Zauber, den ich nicht kenne, und stark ist er. Aber auch harmonisch. Vielleicht von einem Schamanen, aber von einem, den ich nicht kenne.«

Zauber? Schamane? Konnten die Talismane der Straßenratte echt sein? Wenn der dünne kleine Mann ein echter Schamane war, stand Andy auf verlorenem Posten. Wem wollte er etwas vormachen? Andy stand auf verlorenem Posten, egal, was die Straßenratte war.

»Wer könnte es gewesen sein?« fragte der Möglicherweise-Schamane. »Wer, wer? Wer hat dir das angetan?«

Andy wurde klar, daß er es nicht wußte. Ihm fiel weder ein Name noch ein Gesicht ein, als er darüber nachdachte. Vage, aber eben nur vage, erinnerte sich, daß es sich um eine Frau gehandelt haben mußte. An den lieblichen Klang ihrer Stimme erinnerte er sich noch am deutlichsten, aber er wußte nicht mehr, was sie gesagt hatte. Immerhin wußte er noch, daß sie bei ihm im Telestrian-Ost-Komplex gewesen war und nicht dorthin gehörte. Weder sie noch ihre Freunde gehörten dorthin.

Ihre Freunde? Es waren noch andere bei ihr gewesen, aber er konnte sich weder an Gesichter noch an Namen erinnern. Shadowrunner. Er war nicht einmal mehr sicher, wie viele es gewesen waren. Es ängstigte ihn, daß er sich nicht mehr erinnern konnte. Was hatten sie seinem Verstand sonst noch angetan? Er war sicher, daß sie ihm etwas weggenommen hatten. Er erinnerte sich an eine Maschine und an einen Troll. Oder war es ein Ork? Jemand hatte etwas in seinen Kopf gestöpselt.

»Wanderst im Körper und im Geiste herum. Bist weit weg von deinem Revier.« Während Andys Gedanken herumgewandert waren, war die Straßenratte näher gekommen. Schmierige Finger zupften an Andys Revers und zogen an seiner Konzernzugehörigkeits-Anstecknadel. »Du hast dich verirrt, ja?«

Andy fühlte sich so, aber irgendwie kam es ihm nicht sicher vor, das vor diesem verkommenen Exemplar des Straßenlebens zuzugeben, Schamane oder nicht. Es würde nicht schwer sein herauszufinden, wo die Shadowrunner ihn abgeladen hatten. Er brauchte nur ein Telekom zu finden. Und geistig? Das hing davon ab, was die Zauberin ihm angetan hatte. Was so viel nicht zu sein schien. Er konnte sich nur nicht mehr an Einzelheiten in bezug auf die Shadowrunner erinnern. War das so schlimm?

»Jetzt verirrt, aber nicht für immer«, sagte die Straßenratte. »Mit anderen wirst du in den Schatten laufen. Blutbande und Magie. Starker Magier bei dir. Könnte sein, du bist denen begegnet, denen du begegnen solltest. Vielleicht ist dies ein guter Morgen, wenn auch ein hungriger.«

Verrückte Worte. Wieviel wußte dieser unheimliche Kerl? Hatte er gesehen, wie die Shadowrunner Andy abgesetzt hatten? Kannte er sie? »Blutbande« – »Magie« – »Begegnet, denen du begegnen solltest«...? Das klang alles mehr als nur ein wenig verrückt. »Wovon redest du?«

»Von einem Karma«, sagte er, eifrig nickend. »Ich kann es riechen. Ja, du hast ein Karma.«

*Ja, klar.* Wenn Andy ein Karma hatte, dann das, daß ihm seine Mutter und Russ bei lebendigem Leib die Haut abziehen würden. Was, zum Teufel, wußte dieser kleine Rattenbursche schon über Karma? »Willst du so 'ne Art Wahrsager sein, oder was?«

»Wahrsager? Quatsch, Müll und Unsinn für Einfältige und Narren. Ich? Ich bin ein Schamane. Mein Totem ist stark in dieser Gegend.«

Ein Schamane? Der Bursche sah wie ein obdachloses Wrack aus. »Wenn du ein Schamane bist, was ist dann dein Totem?«

»Hat dir deine Mutter keine Manieren beigebracht?« sagte der selbsternannte Schamane empört.

»Tut mir leid. Mir war nicht klar, daß die Frage so persönlich ist.«

»Persönlich, ja. Sehr persönlich. So persönlich, wie es nur geht. Was sollte es sonst sein?« Der Schamane schnaubte einmal. Er fuhr sich mit der Hand über die Nase, inspizierte das Ergebnis und wischte sich die Hand am Ärmel ab. »Schon verziehen. Bin nicht so dumm, mich Karma in den Weg zu stellen. Habe meine Lektion schon vor langer Zeit gelernt. Schwimm mit dem Strom, sag' ich. Halt dich irgendwo fest und mach die Fahrt mit. Karma läßt sich nicht leugnen. Okay, sag' ich. Finde einen Halt und laß nicht los. Am Ende wird es für alle Kämpfe genug geben.«

»Ich glaube, ich sollte jetzt wirklich gehen.«

»Okay.« Die Straßenratte trat aus der Gasse zurück und auf den verlassenen Bürgersteig. »Wohin?«

Andy drückte sich an der Straßenratte vorbei, solange sich ihm die Gelegenheit bot. »Ich gehe nach Hause. Was mit dir ist, weiß ich nicht.«

»Nenn mich ZauberMann, ein Wort, großes M.«

»Nett, dich kennenzulernen, ZauberMann. Freut mich, daß wir Gelegenheit hatten, uns zu unterhalten.« Andy wich langsam zurück, während er noch redete. »Ich bin sicher, du hast noch einen Haufen Schamanenkram zu erledigen, warum fängst du also nicht gleich damit an, während ich einfach abschwirre.«

Andy fuhr herum und machte Anstalten, seine Worte buchstäblich in die Tat umzusetzen, als ZauberMann rief: »Du wirst Nuyen für die Metro brauchen, Andrew Walker.«

Andy erstarrte, als der Schamane ihn bei seinem Namen nannte. Er drehte sich um. ZauberMann hielt einen Kredstab hoch. Andys? Die Hülle trug die Farben Telestrians und das Cyberdyne-Wappen. Der Schamane schlurfte vorwärts und gab Andy zu dessen Überraschung den Kredstab. Es war tatsächlich seiner.

»Nette, frische Überweisung.« ZauberMann lächelte und enthüllte dabei spitze, verfärbte Zähne. »Sehr nett. Ganz frisch. Reichlich, um einen Freund zum Essen einzuladen.«

Andy preßte den Daumen auf das Kennpolster und rief seinen Kontostand auf. Er war wesentlich höher als zuvor. Die Shadowrunner hatten ihn nicht nur nicht ausgeraubt, sondern ihm noch Geld überwiesen. Vielleicht waren sie nicht so übel, wie sie ihm vorgekommen waren.

»Woher weißt du das mit der Überweisung?«

Der Schamane blinzelte. »Überlebenstalente.«

Ohne Lesegerät und Berechtigungscodes konnte eigentlich nur Andy dem Kredstab Informationen entlocken. »Du hast ein Lesegerät zwischen diesen Fetischen versteckt, oder?«

»Du warst ziemlich in Eile.« ZauberMann legte Andy einen Arm um die Schulter und schob ihn vorwärts. »Laß uns los. Wohin gehen wir übrigens?«

Andy schüttelte den Arm ab, setzte sich jedoch in Bewegung. Dieser Stadtteil schien verlassen zu sein, und dem nächsten Straßenschild entnahm er, daß sie sich im Südwesten befanden, an der Ecke C und Dritte Straße. Sie konnten nicht allzu weit von der Promenade entfernt sein. Die große Querstraße voraus mußte die

Independence Street sein. Zumindest hoffte er das – die Independence grenzte an die Promenade. Er wollte weg von diesen anscheinend toten Bürogebäuden und klappernden, defekten mechanischen Systemen. Sie boten ihm keinen Beistand gegen diese verdrehte Straßenratte, aber Leute würden es tun. In der Nähe der Museen und Denkmäler würden mehr Leute unterwegs sein. Eine Menschenmenge oder auch nur ein Polizist würde Andy Gelegenheit geben, diesen schäbigen Schamanen abzuhängen.

Die Straße war tatsächlich die Independence. Fahrzeugverkehr war nicht vorhanden, also überquerten sie die Straße sofort. Unglücklicherweise waren kaum Fußgänger unterwegs, und die Leute sahen mehr wie ZauberMann aus, nicht wie Andy. Er hatte nicht bedacht, wie wenig Leute so früh an einem Sonntagmorgen in der Innenstadt sein würden. Es würde nicht so leicht sein, wie er gedacht hatte, ZauberMann loszuwerden. Andys Blick fiel auf das Saeder-Krupp-Museum für Luft- und Raumfahrttechnologie. Natürlich hatte das Museum so früh am Morgen noch geschlossen, aber es erinnerte ihn an andere Dinge. Er lächelte, als er an den Metro-Eingang etwa einen halben Kilometer weiter dachte. ZauberMann hatte Andy das Mittel zurückgegeben, das Transportsystem zu benutzen. Andy bezweifelte, daß ZauberMann eine Systemidentifikationsnummer hatte, und die SINlosen waren in den öffentlichen Verkehrsmitteln nicht willkommen. Die Metro würde Andy nicht nur aus der Innenstadt bringen, sondern ihn auch von ZauberMann befreien. Er beschleunigte seinen Schritt.

Andy war keinen halben Block weit gekommen, als ZauberMann an seinem Ärmel zupfte und bremste. »Warte. Willst du dich nicht zu diesem Denkmal für eine bestimmende Kraft bei der Gestaltung deiner Vergangenheit bekennen?«

Andy war verwirrt. »Was für eine Art Frage soll das sein?«

»Eine neugierige.«

»Ich finde sie eher merkwürdig.«

Sie standen neben dem Block, einem zweistöckigen, rechteckigen Monument aus solidem, rauchgrauem Material, das den größten Teil des Blocks neben dem Luft- und Raumfahrtmuseum ausfüllte. In der Mitte des Blocks befand sich das Abbild einer dunklen, eingestürzten Gebäuderuine, aber sie war nur schwer zu erkennen – die Substanz des Blocks war kaum durchsichtig. Die einzige Verzierung des Blocks war ein in einer Höhe von etwa drei Metern angebrachtes Band aus hellen, erhabenen Buchstaben. Die Worte waren in Latein, das Andy nicht verstand, aber er hatte gehört, daß sie irgend etwas über Andenken und die Verheißung von Gerechtigkeit besagten. Der Block war ein Denkmal, gewiß, aber von einer merkwürdigen Art. Andy hatte ihn noch nie sonderlich beachtet. Warum glaubte ZauberMann, er hätte eine Verbindung zu ihm?

»Was hat das Ding mit mir zu tun?«

»Siehst du das nicht?«

Andy betrachtete den Block. Natürlich hatte er ihn schon zuvor gesehen. Wie konnte ihn jemand, der die Promenade besuchte, übersehen? Aber er hatte ihm nie irgend etwas bedeutet. Der Block sah jetzt auch nicht anders für ihn aus, von den seltsamen Dingen abgesehen, die davor lagen. Andy sah Kleiderstapel, Haushalts- und persönliche Gegenstände, Möbelstücke und Fahrzeuge, Kisten und Bündel mit unbestimmtem Inhalt, Krüge, die anscheinend mit Erde gefüllt waren, und sogar Umschläge und Papierblätter, die mit Steinen und Betonsplittern beschwert waren. Nach dem verbeulten, verrosteten und zum Teil verbrannten Zustand zu urteilen, war einiges von dem Zeug Schrott, aber ein Großteil war offenbar in ausgezeichnetem Zustand. Es war erstaunlich, daß das Zeug liegen blieb. SINlose Wracks wie ZauberMann konnten zumindest die Kleidung gut gebrauchen.

»Ich bin überrascht, daß du dich nicht neu eingekleidet hast«, bemerkte Andy.

»Ich bin nicht so dumm, mich an den Votivgaben zu vergreifen«, sagte ZauberMann.

»Votivgaben? Von wem?«

»Von denen, die sich erinnern. Dasselbe haben sie an der Mauer getan.«

Die Mauer war Teil der Gedenkstätte für die Vietnam-Veteranen. Andy erinnerte sich, gelesen zu haben, daß die Leute Dinge von ihren gefallenen Angehörigen zur Mauer gebracht und dort hinterlassen hatten. Er hatte noch nie gehört, daß hier dasselbe geschah. Wann hatte es begonnen und warum?

»Das hier war einmal ein Museum, nicht wahr?«

»Das und noch mehr. Es war ein Gebäude, das zu Ehren jener Leute errichtet wurde, die vor den Europäern hier waren. Es wurde in der Fünften Welt gebaut, und offenbar war ihm nicht bestimmt, ein Teil der Sechsten Welt zu sein. Glaubst du, daß das ein Fehler war?«

»Das nehme ich an.«

»Aber von welcher Welt?«

ZauberMann packte Andys Arm und zog ihn mit verblüffender Kraft näher zum Block.

»Faß ihn an.«

Der Schamane sprach in so zwingendem Tonfall, daß Andy gar nichts anderes übrigblieb, als zu gehorchen. Er rechnete halb und halb mit einer Art elektrischem Schlag, als seine Finger die Oberfläche des grauen Materials berührten, aber er spürte nicht mehr als die kalte Härte des Blocks. Es war eine Art von superhartem Plastik, absolut eben und glatt.

»Hier wurden Geister geweckt«, sagte ZauberMann. »Furchtbare Wesen. Manche sagen, sie schlafen hier immer noch und warten. Ich habe sie noch nie gesehen, aber es könnte sein, könnte sein. Klugerweise fürchteten sich die Normalsterblichen vor dem, was hier angerichtet wurde. Ihre Reaktion war krass, rüde, heftig, aber wirkungsvoll.« Er klopfte mit den Knöcheln gegen den Block. »Diese Masse toten Materials versiegelt die Wiege und macht einen Sarg daraus.«

»Sind dort Leute begraben?«

ZauberMann nickte. »Ich höre die Geister in der Nacht weinen. Letzte Nacht haben sie geweint und ihren und unseren Verlust betrauert, aber sie sind von Wut und Haß umgeben und können nichts tun.« ZauberMann wühlte unter seinen Lumpen und brachte ein Stück Kreide zum Vorschein. Er zog sie über den Block, aber der Strich verblaßte fast ebenso rasch, wie er entstand. »Eine Magie, die nicht magisch ist. Ein Vermächtnis der Macher, daß niemand die Reinheit ihres Hasses entweihen kann. Es ist ihre Schande und auch unsere Schande.«

ZauberMann kniete nieder und hob sanft eine der abgestellten Gaben auf. Er entfernte das karierte Tuch, in das sie eingewickelt war, und enthüllte eine verzierte Spange, die aussah, als sei sie tatsächlich aus Silber. »Und doch ist sie entweiht, auf eine Weise, die solche wie sie nicht verstehen können. Denn im Herzen des Hasses existiert oft Liebe. Liebe bindet auch und kann uns mit Scheuklappen auf den Weg in die Zukunft geleiten. Wir gehen, wir reden, wir spielen, aber die Zukunft kommt zu uns und läßt sich nicht verleugnen. Manchmal kämpfen wir gegen sie an, was nur beweist, daß wir Narren sind. Manchmal glückliche Narren, aber immer unwissende Narren.« Er wickelte die Spange wieder ein und legte sie behutsam zurück. »Die tote Masse, die diesen Ort versiegelt, *verspricht* nur das Ende des Ringens. Sie tut nichts, um es tatsächlich herbeizuführen.«

Andy hatte den Schamanen vor dieser Darbietung für ziemlich verdreht gehalten, aber jetzt war er davon überzeugt, daß er nicht mehr alle Tassen im Schrank hatte. Er sah in die Richtung der Straße, in der das Eingangsschild zur Metro lockte.

»Hör mal, ich muß jetzt gehen.«

»Das ist nicht dein Weg.«

»Ja, aber ein paar Leute werden sich wundern, wo ich geblieben bin.« Andy schlug den direkten Weg zur Metro ein. Die Zugangskontrollen würden ihm den Schamanen vom Hals schaffen.

ZauberMann seufzte und folgte ihm. Kaum hatten sie die Straße betreten, als sich die Stimmung des Schamanen aufhellte. Er redete jetzt fast im Plauderton.

»Die Stadt ist kein Ort für die natürliche Welt, kein Ort für die meisten Leute mit meiner Orientierung. Schamanen sind selten hier, und die meisten von uns binden sich an die Wesen, die der Mensch korrumpiert hat. Ich nicht. Weißt du, man sucht sich sein Totem nicht aus, sondern es sucht dich aus, weil du bereits eins mit ihm bist. Das läßt jene, die an korrumpierte Totems gebunden sind, in einem ganz anderen Licht erscheinen, nicht wahr? Was *hat* der Mensch geleistet? Aber ich bin hier, um dir zu sagen, daß der Mensch keine Macht über mein Totem hat. Wir kommen ohne, nein, trotz seiner Einmischung zurecht. Wir gedeihen. Und das werden wir auch in Zukunft. Du kannst ebenfalls gedeihen. Ist gar nicht so schwierig. Du mußt wissen, wer deine Chummer sind, du mußt wissen, wo das Geld und die Habgier ist und wie du beides für deine Zwecke ausnutzen kannst. Du mußt die Spalten und Risse suchen und dich darin verstecken.«

Verstecken hörte sich für Andy im Augenblick nach einer guten Idee an. Er fand ZauberManns gutgelaunten Ratschlag ebenso verblüffend wie seine mystischen Äußerungen. In mancherlei Hinsicht war der heruntergekommene kleine Schamane beunruhigender als die Shadowrunner, die sein Leben bedroht hatten. Andy fragte sich, wie er sich je gewünscht haben konnte, ein Schamane zu sein. Schamanen waren nicht alle so wie ZauberMann, oder? Sam Verner jedenfalls nicht. Oder doch? Verner war auch ein Shadowrunner, und die Shadowrunner, die Andy kennengelernt hatte, waren ganz und gar nicht wie jene, von denen er geträumt hatte. *Soviel* wußte er noch über sie.

Die Metro-Station und die Freiheit von dem plappernden Schamanen waren wenig mehr als einen Block entfernt, nur noch ein Stück an der Galerie und der Gartenanlage des Smithsonian Castle vorbei. Andy ging ein wenig schneller, aber als sie die Ecke der Freer-Galerie erreichten, blieb er verdutzt stehen, da er sah, daß das Summen, das er seit seinem Erwachen hörte, einen Ursprung hatte. Er hatte es für einen mechanisch verursachten Lärm gehalten, vielleicht für das Rattern eines großen Ventilators. Doch jetzt sah er die Ursache des Lärms durch eine Lücke zwischen den Häusern auf der Zwölften Straße.

Leute! Tausende von Leuten drängten sich auf der Promenade. Überall herrschte Bewegung. Aber dies war keine gewöhnliche Menschenmenge – auf der Promenade standen Zelte und provisorische Baracken, und diese Leute schienen darin zu wohnen. Was ging hier vor?

Fasziniert ging er um die Ecke und ein paar Schritte weiter. Das Westende der Promenade war mit Zelten, Baracken aus Pappe und Plastik und Hütten aus Altmetall übersät. Eine riesige schmutzig-weiße Plane bedeckte die sanfte Erhebung des Denkmalplatzes und sah aus wie ein Haufen schmutziger Schnee, der gegen das Fundament des Washington Monument gefegt worden war. Unmöglich zu sagen, wie weit sich der improvisierte Slum noch erstreckte. Es war, als sei die schäbigste Gegend der Barrens hierher in die Mitte Washingtons versetzt worden. Es war unglaublich – aber Lärm, Anblick und Gestank waren real!

Die Zwölfte Straße schien eine Art Grenze zu sein. Die Polizei hatte Gatter an der Ostseite aufgestellt, und Beamte in leichten Körperpanzern bewachten den improvisierten Zaun. Die dunkle Gestalt eines Citymaster-

Anti-Aufruhr-Fahrzeugs stand auf dem Rasen wie eine Art Wach-Ungeheuer. Einen Polizisten zu finden, war einer von Andys sehnlichsten Wünschen gewesen, aber dies hatte ihm dabei nicht vorgeschwebt.

»Was ist los? Wer sind diese Leute?« fragte sich Andy laut.

»Du warst zu sehr in deinen Konzern-Kokon gehüllt, wenn du nicht weißt, daß diese Leute hier sind«, sagte ZauberMann. »Es sind Wanderer, Bettler, Träumer, Diebe, Idealisten, Unruhestifter, ehrliche Leute, Heimatlose und Hoffnungslose. Wie auf die meisten Leute trifft auf einige mehr als nur eine dieser Bezeichnungen zu. Die meisten wollen Gerechtigkeit, ein paar haben Angst davor, und manche sind nur auf eine Schlägerei aus. Vielleicht gibt es ebenso viele Gründe dafür, hier zu sein, als Leute hier in den Winkeln und Nischen des Betons lagern. Es wäre nicht weiter überraschend.«

Andy fühlte sich, als schaue er durch ein Fenster in eine fremde Welt. Er hatte vorgehabt, den üblichen Eingang zur Metro zu nehmen, denjenigen auf der Promenade, aber der lag bereits innerhalb der Zeltstadt. So viele schmutzige, abstoßende Leute auf einem Haufen ängstigten ihn, und er fürchtete sich ein wenig, zu dem Eingang zu gehen.

Auf der anderen Seite der Independence war ein weiterer Eingang. Er würde ihn nicht direkt zu dem Bahnsteig führen, von dem sein Zug fuhr, aber das schien im Augenblick nicht so wichtig zu sein. Er ging über die Straße, ohne auf Autos zu achten, und rannte fast zum Eingang der Metro-Station. Die Rolltreppe funktionierte nicht, aber das war nichts Ungewöhnliches. Er nahm die ersten Treppenstufen im Laufschritt, bevor ihm auffiel, daß die Treppe keineswegs leer war.

Hier in der Enge des Metro-Eingangs drängten sich die Leute ebenso dicht wie ihre Doppelgänger zwischen den Zelten und Baracken. Die Masse regte sich, als Andy in sie eintauchte. Blutunterlaufene Augen starrten ihn aus Deckenbündeln an. Ausgemergelte Gesichter wandten sich in seine Richtung. Sie mußten schon länger hier sein: Es stank hier wie in einer Kloake.

Aber die Metro und seine Fluchtmöglichkeit aus der Innenstadt lagen jenseits von ihnen. Entschuldigungen an die Adresse jener murmelnd, die er störte, arbeitete Andy sich die Stufen der Rolltreppe hinunter. Er sah niemandem in die Augen, mied jeden Kontakt.

Auf halbem Weg nach unten fiel ihm plötzlich auf, daß ZauberMann verschwunden war. Wenngleich Andy den Schamanen hatte loswerden wollen, ängstigte ihn seine plötzliche Abwesenheit doch. Der Schamane war zwar verdreht gewesen, aber auch freundlich. Die meisten der auf Andy gerichteten Blicke waren gleichgültig, aber manche – viele – waren auch feindselig. Er fühlte sich wie unter wilden Tieren.

Jemand streckte die Hand aus, strich über seinen Rücken, zupfte an seiner Jacke. »Schicker Anzug.«

Andy nahm die nächsten drei Stufen auf einmal.

»Hey, Pinkel«, sagte eine heisere Frauenstimme. »Hast du Angst, so ganz alleine hier unten?«

Andy konzentrierte sich darauf, das Ende der Rolltreppe zu erreichen.

Ein Haufen in einer Ecke entfaltete sich zu einem graubärtigen Mann, als Andy sich dem Fuß der Rolltreppe näherte. Der Mann trug eine alte, abgetragene Uniform der Armee der Vereinigten Staaten, aber sein Haar war zu einem höchst unmilitärischen Pferdeschwanz zusammengebunden. Er versperrte Andy den Weg. Andy registrierte zwar mit Erleichterung, daß der Mann keine Waffen trug, aber die Körperfülle des alten Soldaten war Bedrohung genug. Andy war eingeschüchtert und befürchtete, daß er dies auch zu erkennen gab.

»Wohin willst du, Pinkel?« fragte der Soldat mit rauher Stimme.

»Nach Hause.« Andy hörte seine Stimme zittern.

»Bist du sicher? Vielleicht ist die Regierung hergegangen und hat's verschenkt, während du dich letzte Nacht amüsiert hast. Darin ist sie ganz groß. Hast du je darüber nachgedacht? Du glaubst wohl, du bist sicher. Eins kann ich dir sagen, Pinkel. Niemand ist sicher.«

Andy fühlte sich absolut nicht sicher. »Ich will keinen Ärger.«

Der Soldat lachte spöttisch. Er lachte, bis er tief und rauh zu husten anfing. Der Mann krümmte sich. Andy tat der offensichtlich leidende alte Soldat leid, aber er erkannte eine Gelegenheit, wenn sich ihm eine bot. Er holte tief Luft und schlängelte sich an dem Soldat vorbei, wobei er der Hand auswich, die nach ihm griff, um ihn aufzuhalten.

»Lauf weg, kleiner Pinkel«, rief jemand hinter Andy. »Lauf nach Hause zu deinem sicheren Verräter-Konzern.«

Andy lief tatsächlich, den ganzen Weg bis zu den Drehkreuzen. Von den Verwünschungen der Menge auf der Rolltreppe begleitet, schob er mit zitternden Fingern seinen Kredstab in den Schlitz. Das Lesegerät war langsam, und Andy flehte es im stillen an, sich zu beeilen. Er atmete erst wieder, als er sich auf der anderen Seite der Sperre befand. Die Stationswärterin hinter ihrem Schalter musterte ihn mit gleichgültigem, teilnahmslosem Blick, während er sich keuchend gegen die Wand lehnte.

Als er das letztemal hier gewesen war, hatte die Promenade noch nicht so ausgesehen. Sie hatte sich verändert, war sonderbar geworden.

**>>>>>NewsNet-Dateien**
**WFDC-Downlink-Möglichkeiten**

KONFÖDERIERTES SÄBELRASSELN?/
KOMMENTAR
Abriß: Der Senat der Konföderierten Amerikanischen Staaten hat allen nordamerikanischen und karibischen politischen Gebilden Unterstützung zugesichert, deren Interessen sich mit denen der CAS decken. Die Expertin für politische Analysen Sandra Coulson spricht einen Kommentar hinsichtlich der Implikationen der scheinbar harmlosen Formulierung des Senats der Konföderierten Staaten.
Letztes Update: [14:07:38/14-8-55]

KOMPENSATIONSARMEE-UPDATE/
HINTERGRUND
Abriß: Jüngste Ereignisse in Verbindung mit der Kompensationsarmee.
Letztes Update: [17:00:00/15-8-55]

EINSCHREITEN DER POLIZEI GEGEN
MARSCHIERER/BERICHTERSTATTUNG
Abriß: Polizei zerstreut zur Mahnwache am Block versammelte Demonstranten der Kompensationsarmee. Minimale Gewalt.
Letztes Update: [02:23:30/15-8-55]

KURSWECHSEL IN WASHINGTON/
BERICHTERSTATTUNG
Abriß: Die Allianz Besorgter Konzernbürger kündigt wegen der seit Wochen wachsenden Unruhe in der Hauptstadt der Nation »Grenzschließung« an. Verlautbarung vom Vorsitzenden der ABKB Stephen Osborne, Telestrian Ost.
Letztes Update: [06:36:43/15-8-55]

REIHEN DER KOMPENSATIONSARMEE WACHSEN/ERGÄNZUNG
Abriß: Straßeninterviews mit Einheimischen, Marschierern und SINlosen über das Gewissen Des Landes *[Querverweis »Gewis«]*, dem jüngsten Element der Kompensationsarmee. Positiver Tenor.

Letztes Update: [07:26:03/16-8-55]

*[Fortsetzung nächste Bildschirmseite]* < < < < <

# 9

Auf der ganzen Heimfahrt mußte Andy immer wieder daran denken, was ZauberMann gesagt hatte. Er hatte zwar abgestritten, ein Wahrsager zu sein, sich aber wie einer benommen und gesagt, Andy habe ein Karma. Die Vorstellung, eine Bestimmung zu haben – bedeutend zu sein –, gefiel Andy. Er *wollte* glauben, daß er ein Karma hatte.

Aber Karma mußte nicht zwangsläufig gut, sondern konnte auch schlecht sein.

Und wenn Andys Karma *schlecht* war? Wenn sein unglückliches Zusammentreffen mit den Shadowrunnern der Anfang einer Talfahrt war? Wenn seine Stellung bei Telestrian Cyberdyne kompromittiert war? Wenn sie ihn nicht mehr als Testfahrer arbeiten ließen? Er sah plötzlich eine Menge Wenns. Wie zum Beispiel: Wenn ZauberMann gar kein Schamane, sondern nur eine verrückte Straßenratte war?

Andy war danach, sich mit jemandem über das, was ihm widerfahren war, zu unterhalten. Seine Studienfreunde schieden aus, und dasselbe galt auch für seine On-Line-Chummer. Er wagte nicht, einem von ihnen mitzuteilen, daß es einen Datendiebstahl bei Telestrian gegeben hatte. Seine Mutter? *Konnte* er ihr erzählen, was er erlebt hatte? Was war mit seinen Schwestern?

Warum nicht? Sie waren schließlich seine Familie, oder nicht? Wenn sie ihm nicht dabei halfen, dieses Durcheinander zu ordnen, wer dann? Vielleicht sollte er sich mit Genifer in Verbindung setzen. Seine Halbschwester hatte nichts mit Telestrian zu tun und würde die Dinge aus einer anderen Perspektive sehen. Natürlich würde er dann das Haus des Generals anrufen müssen, und das haßte er.

Er konnte es mit Russ versuchen. Russ hatte immer ein offenes Ohr für Andys Probleme. Aber war das überhaupt möglich? Russ war einfach verschwunden, als Yates den Montjoy übernommen hatte, und Andy hatte keine Ahnung, was mit ihm geschehen war. Wahrscheinlich war Russ mit einem Auswurf-Schock davongekommen, aber Andy wußte es nicht. Er machte sich Sorgen um seinen Freund. Er stellte fest, daß er sich auch Sorgen machte, wie Russ wohl darauf reagieren würde, daß Andy mit den Runnern zusammengearbeitet hatte – *falls* er das getan hatte. Vom Zeitpunkt der Unterbrechung der Testfahrt an war alles immer noch sehr verschwommen. Ob Andy den Runnern geholfen hatte oder nicht, es würde mit Sicherheit so aussehen, da er mit ihnen verschwunden war. Russ war zwar ein untypischer Pinkel, aber er war seinem Konzern auch treu ergeben und würde sich verpflichtet fühlen, Andy zu melden. Das Gespräch mit Russ würde warten müssen, bis Andy die Situation besser einschätzen konnte. Er würde anfangen, indem er mit seiner Familie redete.

Trotzdem grübelte er den ganzen Weg zum Telestrian-Komplex, durch die Tür zur Eingangshalle, an der Sicherheit vorbei und im Aufzug, der ihn zu den Wohngeschossen bringen würde, über die Möglichkeiten nach.

Das Schild an der Wohnungstür besagte, daß seine Mutter Shayla zu Hause war. Andy fiel wieder ein, daß sie gerade Wechselschicht hatte. Heute war ihr freier Tag, also hatte er die Möglichkeit, es ihr gleich zu erzählen. Er fand sie im Wohnzimmer vor dem Trideo und an ihren letzten »Freund« gekuschelt, einen Ork namens Chunk Gonsalvo. Andy kannte Chunks richtigen Vornamen nicht. Normalerweise kümmerte er sich erst um derlei Kram, wenn ein Bursche mindestens einen Monat überstand. Auf dem Tisch neben der Couch stand eine kleine Phalanx leerer Bierflaschen. Das in Verbindung mit der frühen Stunde und dem zerknitterten Zustand seiner Kleidung verriet ihm, daß Chunk hier übernachtet hatte.

»Hi«, sagte Andy, als er den Raum betrat. Er war nervös, weil er nicht wußte, wie er anfangen sollte, und bereits halb und halb davon überzeugt, daß es besser war, wenn er ganz einfach über den Vorfall schwieg. Seine Mutter machte es ihm nicht leichter.

»Wo bist du gewesen?« Shaylas Stimme hatte bereits unüberhörbar den Zusammenstauch-Tonfall angenommen.

Da ihre Kleidung ebenso zerknittert war wie die Chunks, nahm er an, daß sie die ganze Nacht auf seine Rückkehr von der Arbeit gewartet hatte. Die Wache schien sich nicht positiv auf ihre Laune ausgewirkt zu haben, und wenn sie Erleichterung darüber empfand, daß er unbeschadet heimgekehrt war, verbarg sie sie sehr gut unter ihrem scharfzüngigen Ärger. Andy hoffte, daß sie verständnisvoller reagieren würde, wenn er ihr erklärte, was geschehen war. Aber wie sollte er anfangen? »Nun ...?«

»Ach, laß doch den Jungen in Ruhe, Shayla. Ein Mann redet über solche Dinge nicht gerne mit seiner Mutter.« Chunk blinzelte Andy zu. Er versuchte sich bei Andy lieb Kind zu machen, seitdem er zum erstenmal hier übernachtet hatte. »Wenn man Glück hat, hat man eben Glück, was, Andy? Schlaf dich erst mal aus. Nein, sag' gar nichts. Ich war auch mal so alt wie du und weiß, daß du's nötig hast. Shayla wird dich krank melden, wenn du willst.«

»Das werde ich nicht«, sagte Shayla.

»Keine Sorge«, sagte Andy. »Ich gehe hin.« Er konnte es sich nicht erlauben, heute nicht zum Track zu gehen. Wenn er zu Hause blieb, würde er sich verdächtig machen, und er wollte sich nicht verdächtig machen. Das war eines der Dinge, die er sich auf der Heimfahrt klar gemacht hatte. »Mom, ich will dir erzählen, was letzte Nacht passiert ist. Ich hatte Ärger mit ein paar Shadowrunnern …«

»Shadowrunner!« Shayla verdrehte die Augen. »Wenn du zur Arbeit willst, hast du keine Zeit mehr für deine Spiele. Sieh dich nur an! Du siehst aus, als hättest du in deinen Kleidern geschlafen. Du ziehst die Sachen aus und saubere an, bevor du diese Wohnung verläßt. Ich will nicht, daß die Leute meinen Sohn für einen Penner aus irgendeinem Slum halten.«

»Aber das ist kein …«

»Kein Aber! Zieh dich um, sonst kommst du zu spät.«

»Aber …«

»Was habe ich gerade gesagt?«

»Hör auf deine Mom, Andy«, riet Chunk.

Andy funkelte sie an. Soviel dazu, daß Chunk sich bei ihm lieb Kind zu machen versuchte. Shayla hatte *unrecht*, und daran würde auch noch so viel mütterliche Schelte nichts ändern. Aber er konnte erkennen, daß er hier keine Sympathien gewinnen würde. Er beschloß, es bei seinen Schwestern zu versuchen.

Um diese Uhrzeit waren Cyndie und Lola natürlich damit beschäftigt, sich für die Arbeit fertig zu machen. Die Mädchen waren mitten in ihrem üblichen Wirbelsturm der Vorbereitungen – *sie* hatten jedenfalls nicht die Absicht zuzulassen, daß irgend jemand Shayla Walkers Mädchen für Penner aus irgendeinem Slum hielt. Außerdem hatten sie keine Zeit, Andy zuzuhören. Wie Shayla glaubten sie, Andy versuche ihnen eine weitere Geschichte über virtuelle Abenteuer zu erzählen, und sie gaben ihm keine Gelegenheit, sie vom Gegenteil zu überzeugen.

Schade, daß Asa nicht da war. *Sie* hätte ihn verstanden. *Sie* hätte ihm zugehört. Er hätte sie anrufen können, aber der Anruf würde vermerkt werden, und er war nicht sicher, ob er das wollte. Was, wenn er mit dem Diebstahl der Shadowrunner in Verbindung gebracht wurde?

Irgendwo im Hinterkopf versicherte ihm eine Stimme, daß er mit den Taten der Shadowrunner nicht in Verbindung gebracht würde.

Aber wenn das nun nicht stimmte. Wenn jemand Andy mit dem Diebstahl in Verbindung brachte? Andy gehörte zur Telestrian-Familie, um Gottes willen! Wie sollte der Konzern ihm nicht nachspionieren, wenn man der Ansicht war, er hätte Verrat begangen, indem er den Runnern geholfen hatte? Wenn er Asa anrief, zog er sie damit nur in den Schlamassel hinein, und Konzerne wie Telestrian glaubten an Gruppenverantwortlichkeit. Was mochte ein Konzern, der seine Daten mit schwarzem Ice sicherte, der Familie eines Datendiebs antun?

Telestrian benutzte schwarzes Ice? Woher hatte er *diese* Idee? Er hatte nie irgendein Indiz dafür gesehen, oder doch?

Man hatte in seinen Erinnerungen herumgepfuscht. *Das* war sicher. Er wußte, daß ihm die Runner die Erinnerung daran genommen hatten, wer sie waren und was sie getan hatten. Was hatte er noch vergessen?

Wut flackerte in ihm auf, als er daran dachte, was sie ihm angetan hatten. Was gab ihnen das Recht, in seinem Kopf herumzupfuschen, seinen Verstand umzukrempeln und zu entscheiden, was er behalten durfte und was nicht? Er war eine Person, gottverdammt noch mal! Sie hatten ihn benutzt und dann weggeworfen wie ein wertloses, nicht wiederverwendbares Stück Schrott.

Aber warum auch nicht? Was hatte Andy, der pflichtbewußte Telestrian-Angestellte, der er war, getan, um sie aufzuhalten? Was hatte er tun *können*? Er war wertlos für den Konzern. Die Shadowrunner hatten nur seine Wertlosigkeit demonstriert.

Vielleicht wollte er doch niemandem erzählen, was geschehen war.

Er duschte und zog sich um, wobei er sich die ganze Zeit fragte, ob es überhaupt einen Sinn hatte, zur Arbeit zu gehen. Hatte er überhaupt noch eine Arbeit, zu der er gehen konnte? Spielte es eine Rolle? Er wußte, wo er die Antwort auf die erste Frage finden konnte – er brauchte nur an seinen Arbeitsplatz zu gehen. Nachdem er die Wohnung verlassen hatte, fand er es sonderbar schwierig, durch die Gänge der Cyberdyne-Abteilung des Komplexes zu gehen, aber er zwang sich dazu.

Der Track war ruhig, als er dort ankam, und Russ wartete nicht auf ihn. Niemand wartete. Andy versuchte es im Bereitschaftsraum. Russ war nicht da. Auch keiner seiner Stellvertreter. Unüblich, aber nicht das erstemal, daß so etwas vorkam. Dem schwarzen Brett entnahm Andy, daß für heute Testläufe mit dem Montjoy vorgesehen waren, doch sein Name war nicht auf der Liste der Testfahrer. Er rief die Arbeitseinteilung auf und stellte fest, daß er für Schreibtischarbeit eingeteilt worden war.

Wußten die hohen Tiere Bescheid? Aber wenn ja, hätten sie ihn dann nicht einfach von der Sicherheit abholen lassen und einem Verhör unterzogen? Die Tatsache, daß sie ihn nicht wegschleppten, mußte bedeuten, daß sie ihn nicht mit dem Shadowrun in Verbindung brachten. Vielleicht war der Run auch noch gar nicht entdeckt worden. Waren die Runner so gut? Ein Teil von ihm hoffte, daß dies der Fall war. Wenn niemand wußte, daß sie zugeschlagen hatten, würde auch niemand erfahren, wie wertlos Andy gewesen war.

Aber er selbst wußte es, und dieses Wissen förderte nicht gerade sein Selbstwertgefühl.

Die Schreibtischarbeit, für die man ihn eingeteilt hatte, war belanglose Beschäftigungstherapie. Seit über einem Jahr hatte er sich nicht mehr mit derartigem Drek abgeben müssen. Es war eine Degradierung, mußte eine sein. Nun, das war ihm recht, weil er sie verdient hatte. Andy stöpselte sich ein und verbrachte den größten Teil des Morgens damit, sich oberflächlich mit den ihm zugewiesenen Datenbearbeitungen zu beschäftigen, während der Hauptteil seines Verstandes über die Ereignisse des Vortags brütete. Gestern war er noch ein glücklicher Lohnsklave gewesen, so glücklich, daß er sich über die Bezeichnung lustig gemacht hatte. Er hatte eine strahlende Zukunft vor sich gehabt, aber die schien jetzt verschwunden zu sein. Das hatten ihm die Shadowrunner angetan. Sie hatten ihm seine Zukunft geraubt. Und wofür?

Er konnte sich nicht einmal daran erinnern.

Und *das* hatten sie ihm ebenfalls angetan.

Sein Zorn über seine Verluste wuchs und erstickte schließlich Enttäuschung, Verlegenheit und Selbsthaß. Was *hatten* die Runner nur mit seinem Kopf angestellt? Er war ganz sicher, daß sie mehr getan hatten, als nur seine Erinnerungen zu löschen, wenngleich er sich natürlich nicht vorstellen konnte, was. Er wollte es wissen. Er *mußte* es wissen. Er konnte die Cyberware in seinem Kopf überprüfen. Und das war genau das, was er auch tun würde.

Er mochte erregt und beunruhigt sein, aber er war nicht völlig beschränkt. Er setzte eine spezielle Subroutine auf seine Arbeitsdateien an. Das System würde jetzt beschäftigt aussehen, so daß man ihn nicht mit noch mehr sinnloser Beschäftigungstherapie eindecken würde.

Unter der Maske seiner Phantombeschäftigung rief er sein bestes Diagnoseprogramm auf und setzte es auf seine Headware an. Als er die Meldung erhielt, daß alle Systeme normal funktionierten, hielt er nach etwas Ungewöhnlichem Ausschau, nach etwas, das er nicht dort abgelegt hatte. Nichts. Trotzdem kam ihm etwas nicht richtig vor. Er prüfte wieder und wieder, beinahe besessen, und hielt nach versteckten Daten Ausschau, bis er etwas fand: eine Datei, die größer war, als sie eigentlich hätte sein dürfen, eine ausführbare Datei. Und nicht einfach irgendeine Datei, sondern die Haupt-Ressource-Datei – das Herz und die Seele seiner Headware.

Das Cyberterminal, an dem er arbeitete, verfügte über die Mittel, und Andy setzte sie rücksichtslos ein, um die verfälschte Datei auseinanderzunehmen und ihren Inhalt zu untersuchen. Abgesehen von den erwarteten Systemroutinen, fand er ein Programm, das dafür vorgesehen war, zusammen mit und innerhalb eines anderen zu arbeiten. Bei näherer Untersuchung schien es sich um einen Assoziationsverstärker oder Stimmungsmodifikator zu handeln. Was es auch war, es hatte geringe SimSinn-Funktionalität. Er ging das Programm mit einem Codeleser durch und erfuhr, daß es sich um einen Assoziationsverstärker handelte, der immer dann freundliche Gefühle in ihm weckte, wenn Telestrian Cyberdyne erwähnt wurde oder in einer internen Datei auftauchte.

Er bezweifelte, daß *dafür* die Runner verantwortlich waren. Die Erkenntnis, daß die Shadowrunner nicht die ersten waren, die sich an seinem Kopf zu schaffen gemacht hatten, schockierte ihn. Das Programm war so tief eingebettet, daß es nur zusammen mit dem grundlegenden Betriebssystem für seine Headware installiert worden sein konnte, was zu einer unausweichlichen Schlußfolgerung führte: Telestrian war dafür verantwortlich.

Er löschte das Programm, indem er den Code in seine Bestandteile zerlegte und jedes einzelne mit grimmiger Freude tilgte. Nachdem sein Zerstörungswerk vollendet war, fühlte er sich ausgelaugt und ein wenig verlegen. Bei Licht betrachtet, war der Assoziationsverstärker gar keine so schlechte Sache. Schließlich übte das Programm keinen Zwang aus, sondern war nur ein Überredungskünstler. War es schlimmer als die Assoziationsverstärker, die in der Werbung benutzt wurden?

Die ganze Zeit hatte er gedacht, er gehöre zur Telestrian-Familie, weil es ihm *gefiel* dazuzugehören. Nun, es hatte ihm tatsächlich gefallen. Er hatte die Headware erst mit fünfzehn bekommen, also hatte er vorher ohne den Assoziationsverstärker gelebt. Warum hatte Telestrian an der Headware-Programmierung herumgedoktert? Traute man ihm nicht zu, daß ihm der Konzern ohne das gefiel?

Plötzlich schien sich alles um Vertrauen zu drehen. Die Runner hatten ihm nicht vertraut. Telestrian offensichtlich auch nicht. Wem, zum Teufel, konnte *er* vertrauen?

Die Beschäftigungstherapie, für die er eingeteilt worden war, konnte eine direkte Folge der Vertrauensfrage sein. Was war, wenn die hohen Tiere bei Telestrian den *Verdacht* hatten, daß er an dem Datendiebstahl beteiligt war, es aber nicht genau *wußten*? Wenn sie ihn von wichtigen Dingen fernhielten, während sie Nachforschungen anstellten? Sie würden vielleicht – nein, wem wollte er etwas vormachen –, mit Sicherheit nicht wollen, daß etwas davon an die Öffentlichkeit drang. Das Bekanntwerden eines Datendiebstahls konnte einen Konzern ein Vermögen an der Börse kosten.

Zuviel Spekulation. Zu viele Unbekannte. Er mußte wissen, wo er stand.

Er würde mit seiner eigenen Personalakte beginnen. Jeder hatte über seine Systemidentifikationsnummer direkten Zugang zu seiner Personalakte, doch Andy glaubte nicht, daß ihm der direkte Zugang irgend etwas bringen würde. Wenn er unter Verdacht stand, würde sich nichts in seiner Akte befinden, was ihn beunruhigen konnte – jedenfalls nichts, wozu er direkten Zugang hatte. Wenn er sich mit einem anderen Telestrian-Zugangscode Einlaß verschaffte, hatte er immerhin die Möglichkeit zu sehen, ob man andere Konzernmitglieder vor ihm gewarnt hatte. Glücklicherweise hatte er außer seinem eigenen noch einen anderen TZC: Russ' Code, den er vor zwei Jahren aus einem zufällig aktiven Terminal im Bereitschaftsraum abgestaubt hatte. Damals hatte Andy gedacht, eines Tages würde er vielleicht sehen wollen, was sein Boß über ihn sagte, aber bis jetzt hatte er noch nicht den Nerv gehabt, ihn zu benutzen. Heute schien der richtige Tag zu sein, ihn auszuprobieren.

Er verschaffte sich mit Russ' TZC Zugang, und nichts fiel über ihn her. Ermutigt rief Andy seine Akte auf. Er fand keine Alarmsirenen und auch nichts vor, das sich als Mahnung zur Vorsicht hätte interpretieren lassen – bis er sich Russ' Zugangscode zunutze machte und die Hintergrundstruktur seiner Akte unter die Lupe nahm. Er fand einen Wachhund und einen Spürer mit einem Übertragungs-Relais am Zugangstor zu seiner Akte. Der Wachhund würde demjenigen, der ihn darauf angesetzt hatte, melden, daß sich jemand Zugang zu der Akte verschafft hatte, und der Spürer würde dem Eindringling folgen, wohin er danach in der Matrix auch gehen mochte, während das Übertragungs-Relais nach Belieben Meldungen über seine Aktivitäten herausgeben konnte. Es handelte sich um das Matrix-Äquivalent einer Beschattung, die im allgemeinen von einem Sicherheitsunternehmen durchgeführt wurde, wenn es jemandes Matrixaktivitäten beobachten wollte. Nach einer Analyse der Plazierung der Programme kam Andy zu dem Schluß, daß sie nicht der Telestrian-Matrixsicherheit gehörten. Die Wachhunde der Sicherheit wären in die Akte eingebettet gewesen, anstatt angeheftet.

Wenn nicht die Telestrian-Sicherheit für diese Falle

verantwortlich war, wer dann? Die Runner? Das ergab keinen Sinn. Warum sollten sie sich jetzt noch für ihn interessieren? Ein Konkurrent der Runner, der hoffte, über Andy Zugang zu ihnen zu bekommen? Das ergab nur wenig mehr Sinn. Derjenige, welcher den Wachhund auf ihn angesetzt hatte, mußte glauben, daß Andy etwas wußte. Unter Berücksichtigung der Lücken in seinem Gedächtnis war das eher ein Witz.

Aber vielleicht auch nicht. Er war sich zwar keiner Information bewußt, die eine derartige Aktion rechtfertigte, aber vielleicht begriff er auch ganz einfach nicht die Bedeutung von etwas, das er wußte. Er wußte, wie eines zum anderen kommen konnte. Niemand würde ihm glauben, daß er nichts wußte. Wenn es denjenigen, die ihn beschatten wollten, ernst war – und Andy hatte allen Grund, das zu glauben –, konnten sie beschließen, seine Familie zu benutzen, um ihn zur Zusammenarbeit zu bewegen. Unglücklicherweise war ihm das nicht möglich – aber würden sie ihm das glauben? Unwahrscheinlich. Und selbst wenn er alles ausplauderte, was er wußte, was wußte er schon? Nichts. Mit Sicherheit nicht genug, um diejenigen zufriedenzustellen, die hinter ihm her waren. Sie würden ihren Unmut an seiner Familie auslassen. Das durfte er nicht zulassen. Er durfte nicht zulassen, daß seiner Mutter und seinen Schwestern etwas geschah.

Also, was *konnte* er tun?

Er untersuchte den Wachhund und den Spürer. Die Qualität der Programme auf seiner Akte legte nahe, daß er dem Decker, der die Arbeit erledigt hatte, im direkten Vergleich hoffnungslos unterlegen war. Andy war zwar als Decker nicht schlecht, aber sein eigentliches Talent war das Riggen. Auch mit mehr Zeit und besserer Hardware als der, die ihm zur Verfügung stand, würde es ihm vermutlich nicht gelingen, etwas zu knacken, das der Decker geschützt hatte. Seine Jäger aufzuspüren und zu identifizieren schied als Möglichkeit aus, und zu warten, bis sie zu ihm kamen, war nicht besonders klug.

Jede Ecke, um die er bog, wartete mit neuen, besorgniserregenden Überraschungen auf. Er fühlte sich mehr als nur ein wenig überfordert.

Er konnte zur Telestrian-Sicherheit gehen. Dort würde man sich mit Feuereifer daran machen, denjenigen in die Finger zu bekommen, der in die Telestrian-Matrix eingedrungen war. Da Andy jedoch von den Runnern benutzt worden war, traf diese Charakterisierung unglücklicherweise auch auf ihn selbst zu. Also schied auch diese Möglichkeit aus.

Schade, daß er sich nicht an Buckhead und Feather wenden konnte, aber dies hier war kein virtuelles Abenteuer. Abenteuer sollten lustig sein und nicht beängstigend. Dies hier war real.

Und beängstigend.

Andy der Shadowrunner hätte sich in einer Mikrosekunde für ein Vorgehen entschieden und den Plan dann auch ungeachtet der Konsequenzen ausgeführt, aber der Andy aus der realen Welt konnte das nicht. Er schwankte hin und her und wußte nicht, welches Vorgehen ungefährlich sein würde. Schließlich wurde ihm klar, daß es falsch war, nach einem ungefährlichen Vorgehen Ausschau zu halten, weil es keines gab. Er wünschte, er könnte Andy den Shadowrunner nach einer besseren Lösung fragen, aber Antworten aus einer Scheinwelt konnten reale Probleme nicht lösen.

Vielleicht boten ihm seine virtuellen Shadowruns trotz alledem eine Antwort. Er hatte oft genug gespielt, um einige der Regeln des Schattengeschäfts zu verstehen, und er wußte zwar, daß der Spiegel der Virtualität keine originalgetreuen Abbildungen lieferte, aber er wußte auch, daß die strategischen Grundprinzipien innerhalb wie außerhalb der Matrix galten. Wie in einem Traum sah er einen Ausweg.

Nachdem er die Idee gründlich betrachtet und nach

Schwächen abgeklopft hatte, kam er zu dem Schluß, daß sie eine Chance sei. Sie war drastisch, würde aber gewährleisten, daß seine Familie nicht in den Schlamassel hineingezogen wurde, der sich um ihn herum entwickelte. Um sie in die Tat umzusetzen, würde er viel arbeiten und bis an die Grenzen seiner Fähigkeiten gehen müssen, aber er glaubte, daß er es schaffen konnte, wenn seine Nerven mitspielten.

Unter neuerlicher Ausnutzung von Russ' Code unternahm Andy einen ernsthaften Ausflug in die Matrix. Es war drei Uhr morgens, als er endlich fertig war.

Ihm blieb nicht mehr viel Zeit. Die falsche ID, die er unter Benutzung von Russ' TZC zusammengebastelt hatte, würde beim morgendlichen System-Update gelöscht werden, und bis dahin blieben ihm nur noch zwei Stunden.

Er ging in die Wohnung zurück. Es war still, und er tat nichts, um diese Stille zu stören. Seine Mutter wartete diesmal nicht auf ihn. Ein simpler Anruf im Lokalisierungs-Zentrex würde ihr verraten haben, daß sich Andy immer noch in der Sicherheit des Telestrian-Ost-Komplexes befand und Überstunden machte. Aber er war nicht in Sicherheit. Keiner von ihnen war es oder würde es sein, wenn sein Plan nicht funktionierte.

Aus seinem Zimmer holte er sich diejenigen seiner Habseligkeiten, von denen er glaubte, daß sie ihm nützlich sein konnten. Es war nicht viel, was auch gut so war, weil er nicht viel mitnehmen konnte, ohne verdächtig auszusehen. Er wählte Kleidung, die einerseits robust und andererseits möglichst unauffällig war. Von dem Zeug, das er mitnahm, war das wichtigste sein Sony CTY-370 Cyberdeck und sein Werkzeugsatz. Damit war seine Tasche fast voll, also blieb ihm gar keine andere Wahl, als mit leichtem Gepäck zu reisen. Als letztes nahm er die Narcoject-Nachbildung und einige der Talismane, die er sich in seiner Verner-Phase gekauft hatte. Die Kanone war nicht echt, sah aber so aus, und die Talismane – nun, sie konnten nicht schaden.

Trotz aller Versicherungen seinen Schwestern gegenüber hatte er die Talismane nicht weggeworfen. Er hatte sie aus einer Laune heraus behalten, und vielleicht machte sich diese Laune jetzt bezahlt. Sie sollten angeblich Schutz vor Zaubern und böswilligen Geistern bieten. Man hatte ihm versichert, sie seien echt, als er sie gekauft hatte, aber er war ein Normalsterblicher – woher sollte er es wissen? Vielleicht waren sie echt, und in diesem Fall würden sie helfen. Er konnte weiß Gott alle Hilfe brauchen, die er bekam.

Denn schließlich, wenn alles nach Plan verlief, würde er in einer Stunde tot sein.

**>>>>>NewsNet Tiefenhintergrund**
**GOBLINISIERUNG**

Der dreißigste April 2021 war ein Tag, der in der überlieferten Geschichte ohne Beispiel ist. Heute ist dieses Datum weltweit als Tag der Goblinisierung bekannt. Trotz der ständig wachsenden Bemühungen gewisser Minderheiten, den Tag zum Feiertag zu erklären, halten diejenigen, deren Leben aus den Fugen geriet, diesen Tag nicht in angenehmer Erinnerung. Denn an diesem Tag *verwandelten* sich Millionen gewöhnlicher Leute und wurden etwas anderes. Seitdem ist der *Homo sapiens* nicht mehr derselbe.

Wenngleich die Schätzungen schwanken, wird generell davon ausgegangen, daß an diesem einen Tag mindestens zehn Prozent der menschlichen Bevölkerung eine Metamorphose durchgemacht haben und bei weiteren zwanzig Prozent eine länger dauernde somatische Veränderung einsetzte. Mittlerweile werden die Verwandelten Varianten als Metatypen bezeichnet. Aus den meisten Verwandelten wurde das, was allgemein als »Orks« bezeichnet wird *(H. sapiens robustus)*, und der danach am weitesten verbreitete Metatyp wird oft »Troll« *(H. sapiens ingentis)* genannt. Doch es hat eine verblüffende Vielfalt Verwandelter gegeben, deren Bandbreite von so gut wie vom Menschen ununterscheidbar bis hin zu kaum noch menschenähnlich reicht. Trotz auffallender physischer Unterschiede haben Forschungen ergeben, daß sich die gewöhnlichen Metatypen artentreu reproduzieren, wenn sie unter sich bleiben, aber darüber hinaus fähig sind, sich mit dem *H. sapiens sapiens* zu paaren und dabei die ganze Vielfalt innerhalb der wissenschaftlichen Definition einer Spezies aufrechterhalten.

Im Jahre 2021 war das neue magische Zeitalter erst ein Jahrzehnt alt, und viel von dem, was wir heute für selbstverständlich halten, war neu oder gar unbekannt.

Die Verwandlung war schrecklich und furchterregend und konnte nichts anderes als Panik erzeugen. Das Entsetzen griff auf Wohnhäuser, Geschäfte, Schulen und die Straße über. Familien wurden auseinandergerissen, manchmal im buchstäblichen Sinn, nämlich von den Pöbelhaufen oder zum Teil geistesgestörten Opfern der Verwandlung. Angst und Schmerz regierten. Jetzt, eine Generation später, hat sich all das geändert – >>>>>DATEIUNTERBRECHUNG: »Schwachsinn, sagen die Unterdrückten.« – Trogs Über Norms<<<<<

## 10

Die Genehmigung für Toms Urlaubsgesuch kam am 19. August, fast drei Wochen, nachdem er sie hätte bekommen sollen. Tom sah sie mit Befriedigung, bis ihm der Vermerk auffiel, »Härtefall wegen Tod eines Familienmitglieds«. Er war sicher, daß es sich um seinen Großvater handelte, bis er die begleitende E-Mail von seiner Schwester Genifer las. Das alte Schlachtroß war gesund und munter. Tatsächlich war die Genehmigung seines Urlaubsantrags sogar auf seinen Einfluß zurückzuführen, wobei Genifer an den Drähten gezogen hatte. Auf diese Weise hatte Tom seinen Urlaub nicht durchsetzen wollen, aber nun, da die Genehmigung einmal erteilt war, sah er keinen Sinn mehr darin, deswegen einen Aufstand zu machen.

Der verstorbene war Andy Walker, sein Halbbruder und das jüngste seiner vier Halbgeschwister. Tom freute sich keineswegs auf die mit der Beerdigung verknüpften, unvermeidlichen gesellschaftlichen Zusammenkünfte. Er hatte noch nie viel mit diesem Teil der »Familie« zu tun gehabt. Alle Kontakte, die es mit jenem »Zweig« gegeben hatte, waren durch Genifers Machenschaften zustande gekommen.

Er und seine Schwester hatten sich oft wegen ihrer

Versuche gestritten, eine Familie aus allen Kindern von Matthew Walker zu machen. Sie beschwerte sich immer über seinen Mangel an Mitgefühl und Liebe, und er konterte mit ihrem Mangel an Verstand und Familienstolz. Die Streitereien hatten noch nie etwas gebracht. Sie versuchte es immer wieder, und er wich immer wieder aus. Sie weigerte sich auch weiterhin zu glauben, daß Tom kein Interesse an den Angelegenheiten der zweiten Familie seines Vaters hatte und er nichts mit dem Bastard zu tun haben wollte, von dem sie abstammten.

Er benutzte Flugkarten, die Genifer besorgt hatte, und flog mit einem Can-American-Kurzstreckenflug zum Balt-Wash-Flughafen. Wie die Urlaubsgenehmigung waren auch die im voraus bezahlten Flugkarten vollendete Tatsachen. Genifers Stil. Sie wußte, daß er einen Armeetransporter nach Andrews vorgezogen hätte, und auch, daß er den Flug mit dem Armeetransporter nicht trotzdem arrangieren und sich das Geld für die Flugkarten nicht ausbezahlen lassen würde. Sie kannten einander zu gut, weshalb er auch sicher war, daß sie ihn beim Verlassen der Maschine in Empfang nehmen würde.

Was sie auch tat.

Er sah sie inmitten der Traube von Leuten vor der Sicherheitsschranke. Ihr Haar konnte er gar nicht übersehen. Sie hatte dasselbe rabenschwarze Haar wie er, obwohl sie es viel länger trug, und sie trug immer noch die graue Strähne, die sie sich in ihrer rebellischen Phase nach dem Tod ihrer Mutter gefärbt hatte. Der Anblick weckte Erinnerungen.

Genifer war im ersten Jahr nach dem Tod ihrer Mutter in der Nacht des Zorns im Jahre '39 kaum zu ertragen gewesen. Sie hatten bei ihren Großeltern gewohnt, seit ihr Vater seine Familie verlassen hatte. Doch mit Moms Tod änderten sich die Dinge. Großmutter war an Genifers oft beschworener Absicht, die Schule hinzuwerfen und auf der Straße zu leben, sobald sie volljährig war, fast verzweifelt und war nicht müde geworden, immer wieder zu versichern, daß Genifer sie noch ins Grab bringen würde. Großvater hatte bei derartigen Gewittern immer nur schweigend genickt, wenngleich er Tom einmal im Vertrauen gestanden hatte, er glaube, daß Genifer einfach nur den Tod ihrer Mutter etwas zu schwer nahm. Großvater hatte nicht viel übrig für die Hysterie der weiblichen Familienmitglieder. »Genifer hat etwas vom Blut ihres Vaters«, hatte der alte Mann gesagt. »Und dieses Blut wird sich bemerkbar machen.« Aber der General hatte sich geirrt – natürlich nicht in bezug auf ihre Abstammung, sondern hinsichtlich des zwangsläufigen Resultats. Weder in Genifer noch in Tom hatte sich je das Blut ihres Vaters bemerkbar gemacht. Sie blieben Un-Verwandelte, normale Leute.

Vor der Verwandlung hatte sich Tom jahrelang gefürchtet. Sein Vater war ein Ork geworden, und seine Mutter wäre fast daran gestorben. Die Verwandlung *hatte* die Ehe ihrer Eltern zerstört. Glücklicherweise hatten Toms Großeltern seine Mutter und ihre Kinder aufgenommen, und so war Tom in einer guten, intakten Familie aufgewachsen – was nicht Matthew Walkers, seines Vaters, Verdienst war. Der betrunkene Ork war an Toms elftem Geburtstag aufgetaucht und hatte Toms Glauben zerstört, sein Vater sei tot. Für Tom war das der Beginn von elf Jahren voller Alpträume gewesen, da er auf seine Goblinisierung wartete. Erst, als er ein Jahr älter war als Matthew bei seiner Goblinisierung, war Tom sicher gewesen, daß ihm dieses Schicksal erspart bleiben würde. Dafür dankte er seitdem, seit fast fünfzehn Jahren, jeden Tag dem Herrgott. Er mochte immer noch keine Orks – geschweige denn seinen Vater.

Doch alte Alpträume waren an einem schönen, heißen Sommertag unangebracht. Er sah, wie sich Genifers Miene aufhellte, als sie ihn inmitten der anderen Passagiere ausmachte. Er setzte ein Lächeln für sie auf.

»Hallo, Tommy.«

Die noch aus ihrer Kindheit stammende Koseform seines Namens ließ er ihr durchgehen. Sie haßte jede Koseform ihres Namens, also benutzte Tom nur dann eine, wenn er sie wütend machen wollte. Dies war dafür weder die richtige Zeit noch der richtige Ort.

»Es ist lange her, Genifer.«

»Zu lange, Tom.«

Sie wirkte zögerlich und unsicher. Er kam zu dem Schluß, daß sie etwas brauchten, was das Eis brach. »Du siehst gut aus – für eine ältere Schwester, meine ich.«

»Was weißt du schon davon, Soldatenbubi?« fragte sie, indem sie seinen neckenden Tonfall aufnahm. »Wie ich höre, denkt euresgleichen, alles mit der richtigen Ausstattung sieht gut aus.«

»Du hast den falschen Leuten zugehört. Ich habe einigen Scharfblick, weißt du. Kannst du die Uniform sehen?«

»Ich sehe sie.«

»Ja? Wie kannst du mich dann mit der Marine verwechseln?«

Sie runzelte in gespieltem Ärger die Stirn und versuchte ihm einen Schlag auf die Schulter zu verpassen. Er wich ihm aus und umarmte sie ganz fest. Sie erwiderte die Umarmung. Ungeachtet seines Scherzes sah sie tatsächlich gut aus, und er war froh, daß sie gekommen war, um ihn abzuholen. Vielleicht war er tatsächlich zu lange weggeblieben.

»Wo ist der General?« fragte er, während sie durch die Ankunftshalle gingen. Er hoffte, ihr Großvater würde bei ihr sein.

»Du kennst ihn doch«, sagte Genifer, wobei sie theatralisch die Augen verdrehte. »Er wollte nicht mit ins Flughafengebäude kommen. Er wartet im Wagen.«

»Umkreist er den Flughafen?«

Sie nickte. »Er würde auf keinen Fall die halsabschneiderischen Parkgebühren bezahlen. Sind alle Armeeangehörigen so verrückt in bezug auf das Geldausgeben, oder sind es nur die Rocquettes?«

»Wahrscheinlich alle. Zu viele Jahre der Budgetkürzungen. Pfennigfuchserei wird schnell zur Gewohnheit.« Er zuckte die Achseln. »Du hättest die Flugkarten nicht kaufen brauchen.«

»Nicht? Wärst du sonst gekommen, Major Soldat Sparsam?«

»Soldaten, ob sparsam oder nicht, lassen sich keinen Urlaub entgehen.«

»Aber sie gehen auch nicht gerne auf Beerdigungen. Ich brauchte die Gewißheit, daß du herkommen würdest, anstatt dich in irgendein kitschiges Urlaubsdorf von Club Carib zu flüchten und Elfenschicksen nachzujagen.«

»Du weißt genau, daß ich daran nicht einmal im Traum denken würde«, sagte er, indem er sich nach einer jungen Elfe umdrehte, die ihnen entgegenkam. Genifer boxte ihn gegen die Schulter. Tatsächlich hatten Frauen, ob Elfen oder andere, für ihn seit Winonas Tod wenig Reiz. Elf Jahre waren seitdem vergangen, und er fühlte sich immer noch nicht bereit, was ihn weder überraschte noch aufregte. Aber er wußte, wie er es vortäuschen konnte, was er gerade eben getan hatte, um Genifer in dieser Angelegenheit den Wind aus den Segeln zu nehmen. Eines Tages würde er bereit sein für eine neue Beziehung. Nur eben jetzt noch nicht.

»Großvater wird schon warten und sich fragen, wo wir bleiben«, sagte Tom, um sie auf andere Gedanken zu bringen.

Wenn er sich auch nicht fragte, wo sie blieben, so wartete Großvater doch wenigstens. Der Mitsubishi Gallant, das ausgefallene Transportmittel der Rocquette-Familie in den letzten fünfzehn Jahren, stand am

Ende der Kurzparkzone. Ein wenig älter, ein wenig mitgenommener und angestaubter, aber immer noch fahrtüchtig. Genau wie sein Besitzer. Er saß hinter dem Steuer, und sein weißes Haar war ein wenig dünner, als Tom in Erinnerung hatte. Sein Großvater mußte in den Rückspiegel geschaut haben, weil er ausstieg und winkte, kaum daß Tom und Genifer das Gebäude verlassen hatten. Als sie sich ihm näherten, straffte er sich zu einem militärischen Gruß. Auch ohne den Gruß hätte seine Freizeitkleidung die militärische Haltung des Generals nicht verbergen können. Tom blieb stehen und erwiderte den Gruß mit einer zackigen Ehrenbezeugung.

»Willkommen zu Hause, Major Rocquette«, sagte der General mit einem Lächeln.

»Es ist zu lange her, General.« Toms Zweifel waren vergangen. Es *tat* gut, den General zu sehen und wieder daheim zu sein.

Als sie sich die Hände schüttelten, sagte der General: »Es ist gut, dich wieder daheim zu haben, Tom. In den letzten Jahren habe ich wirklich wenig von dir gesehen.«

»Du weißt ja, wie das Leben ist.«

»Ja, das weiß ich.«

Sie sahen einander in die Augen. Sie wußten beide, daß Toms Ausrede eben nur das war, aber der General war ein zu großer Mann, um etwas dazu zu sagen, und Tom war nicht dazu bereit. Er wechselte das Thema.

»Wie geht es Großmutter?«

»Sie wird langsam wunderlich.« Der General blinzelte. »Aber nicht mehr als normal, dem Herrgott sei Dank. Sie freut sich darauf, ihren einzigen Enkel zu sehen.«

»Dann wollen wir sie nicht warten lassen«, sagte Tom, indem er zwischen den General und die Fahrertür trat. »Ich fahre.«

Der General schüttelte resigniert den Kopf. »Dir

einen Platz auf der Akademie zu beschaffen, war das letzte, was du mich hast für dich tun lassen.«

»Und das hätte ich auch nicht zugelassen, wenn ich es gewußt hätte«, sagte Tom nicht zum erstenmal.

»Du kannst vorne sitzen, Großvater«, sagte Genifer, wobei sie die hintere Tür öffnete.

Die Fahrt nach Columbia und zum Haus der Rocquettes war schnell vorbei. Großvater füllte die Zeit aus, indem er Tom von seinen letzten Holzschnitzereien erzählte. Es war ein Thema, das Tom nicht sonderlich interessierte, aber er hörte dem alten Mann zuliebe zu. Genifer telefonierte ihre Ankunftszeit durch, und Großmutter hatte Tee und Gebäck fertig, als sie eintrafen. Tom rechnete damit, daß er den Abend haben würde, um sich zu entspannen, aber bevor der Tee kalt war, brachte Genifer wieder die Beerdigung zur Sprache und bestand darauf, daß Tom mit ihr kam, um noch einen letzten Blick auf den Toten zu werfen. Er hielt dagegen, daß seine Anwesenheit unter Berücksichtigung ihrer Beziehung bei der Beerdigung völlig ausreichte, doch Genifer wollte nichts davon hören.

»Andy war unser Bruder«, beharrte sie.

Er sah seine Großeltern um Unterstützung heischend an, aber sie blieben vernünftigerweise neutral. »Das liegt ganz bei dir, Tom«, sagte sein Großvater, was bedeutete, daß er nicht gewillt war, sich wegen dieser Angelegenheit mit Genifer zu streiten. Letzten Endes kam Tom zu dem Schluß, daß er es auch nicht war, aber als sie ihm nahelegte, einen Anzug anstatt seiner Uniform zu tragen, war die Grenze erreicht. Schließlich war er, was er war.

Genifer, die sich vor dem Chaos in der Innenstadt fürchtete, bestand darauf, den Wagen zu nehmen und nicht die Metro. Die Metro hätte sie direkt zur Telestrian-Enklave befördert, und die Passierscheine, die Shayla besorgt hatte, hätten sie von der Station ebenso mühelos hineingebracht wie von einem öffentlichen Parkhaus. Doch Genifer wollte nicht auf seinen Einwand hören, daß der alte Gallant eine prächtige Zielscheibe für alle abgeben würde, die nach »Reichen« Ausschau hielten. Überzeugt davon, daß sich der Ärger, wenn überhaupt, dann über die öffentlichen Verkehrsmittel ausbreiten würde, hielt sie es für ungefährlicher, mit dem Wagen anstatt mit der Bahn zu fahren. Wiederum gab Tom nach. Es war kein so großes Zugeständnis, da er ohnehin nicht mit Ärger rechnete. Er fuhr nur nicht mehr so gerne mit dem Wagen in der Stadt.

Unterwegs fiel ihm auf, daß er überhaupt nichts über die Umstände von Andys Tod wußte. Er dachte sich, daß er über die Grundzüge Bescheid wissen sollte, und sei es auch nur, um sich später Peinlichkeiten zu ersparen.

»In deinem Brief stand nicht, was Andy zugestoßen ist.«

»Es war ein Unfall. Offenbar hat er bis zum frühen Morgen in einer Art experimentellem Simulator gearbeitet. Die Techs waren alle nach Hause gegangen, und dann muß irgendwas schiefgegangen sein. Da Andy in der Matrix war und an einer virtuellen Simulation arbeitete, wußte er nicht, was in der wirklichen Welt geschah, und der Fehler hatte die Warnschaltkreise lahmgelegt. Es gab eine Explosion und ein Feuer. Er hatte keine Chance. Lola sagt, wenn sie nicht aus den Computeraufzeichnungen gewußt hätten, daß Andy in dem Simulator war, wären sie gar nicht in der Lage gewesen, ihn zu identifizieren. Die Leiche war zu Asche verbrannt.«

»Dann wird der Sarg wohl geschlossen sein, nehme ich an. Ein Haufen Asche ist kein schöner Anblick. Na ja, ich hätte ihn sowieso nicht erkannt.«

»Sei nicht so unsensibel.«

Er hielt sich nur für praktisch.

Tom wußte tatsächlich nicht mehr, wie Andy aussah. Es war ein paar Jahre her, seit er ihn zuletzt gesehen hatte, und da war Andy noch ein Kind gewesen. Er mußte sich ziemlich verändert haben, vielleicht sogar Verwandelt – aber Tom war ziemlich sicher, daß Jennifer ihm gesagt hätte, wenn das der Fall gewesen wäre. »Was ich meinte, war, daß Andy – wie alt? – zehn oder elf war, als ich ihn zuletzt gesehen habe. Er war noch nicht mal in der Pubertät.«

Natürlich hatte Genifer ein Foto neueren Datums. Als ihr betrunkener Vater wieder in ihr Leben gepoltert war, hatte sich Genifer gefreut, ihn zu sehen und die Bekanntschaft ihrer Halbgeschwister zu machen. Auch nachdem ihr Vater getötet worden war, hatte sie die Verbindung aufrechterhalten, die Tom lieber gelöst hätte. Da das Spatzenhirn des Wagens das Fahren auf der Autobahn übernahm, konnte es Tom nicht vermeiden, sich das Foto anzusehen, daß sie aus ihrer Handtasche holte. Er gab ein paar, wie er hoffte, anerkennende, halbbrüderliche Laute von sich. Sie reichten, um Genifer zufriedenzustellen. Unglücklicherweise hielt sie sein vorgetäuschtes Interesse für echt und verbrachte den Rest der Fahrt damit, ihm die Einzelheiten der langweiligen Konzern- und Schullaufbahn des Jungen nahezubringen. Sie war immer noch dabei, als sie den Wagen verließen und zum Eingang der Familienenklave Telestrian Ost gingen, wo der Leichnam – oder vielmehr das, was von ihm übrig war – im Öffentlichkeitszentrum aufgebahrt war.

Die Konzernsicherheit am Eingang nahm ihren Job ziemlich genau. Genifer mußte sich auf ihre Familienbande berufen, um an den Wachposten vorbeizukommen. Die Wachen trugen Körperpanzer und mehr als nur ihre Dienstwaffen. Tom fragte sich, ob vielleicht doch etwas an Genifers Befürchtungen dran war. Er hatte in den Nachrichten von den tumultartigen Zusammenstößen zwischen den Polizei und

den »Gib mir«-Bettlern der Kompensationsarmee gehört, jedoch das ganze Angst-Gerede als typische Übertreibung der Medien abgetan. Jetzt war er nicht mehr so sicher. Konzerne ließen sich nicht so leicht erschrecken wie der durchschnittliche Trideo-Junkie. Er vergegenwärtigte sich noch einmal das Parkhaus, das er gewählt hatte, und kam zu dem Schluß, daß es sicher genug war – er hatte nichts Ungewöhnliches auf den Straßen gesehen, durch die sie gefahren waren. Er beschloß jedoch, so schnell wie möglich wieder zu gehen. Es hatte keinen Sinn, das Schicksal herauszufordern.

Ihre Eskorte zum Öffentlichkeitszentrum war ebenfalls unüblich. Genifer schien sie als Höflichkeit zu betrachten, aber Tom hatte so etwas schon öfter erlebt und wußte, worum es sich handelte: um einen Mangel an Bereitschaft, Nichtangestellte frei herumlaufen zu lassen. Aus irgendeinem Grund hatte Telestrian Hummeln im Hintern.

Der Raum, in dem die letzte Ehrerweisung stattfand, war klein und überfüllt. Auf den ersten Blick sah Tom niemanden ohne eine Anstecknadel, die ihn als Angestellten von Telestrian auswies. Er erkannte Shayla Walker und ging davon aus, daß es sich bei den beiden fast gleich aussehenden jungen Frauen neben ihr um zwei von Andys drei Schwestern handelte. Er hatte die Drillinge noch nie auseinanderhalten können. Er fragte sich, wo die dritte war. Wenn *sie* nicht hier sein mußte, brauchte *er* es ganz gewiß nicht.

Genifer zerrte ihn zu der kleinen Gruppe. Tom stutzte, als er den Ork bemerkte, der Shayla besitzergreifend den Arm um die Hüfte gelegt hatte.

»Wer ist das?«

Genifer brauchte nicht erst zu fragen, wen Tom meinte. »Shaylas Freund. Er heißt Ricky Gonsalvo. Jeder nennt ihn Chunk.«

»Er ist ein *Ork.*«

»Also, Tom…«

»Nicht, daß ich etwas gegen sie habe…«, sagte Tom automatisch.

»Nur, wenn sie zur Familie gehören. Können wir heute abend nicht einfach nur höflich sein?«

Tom sagte nichts mehr. Noch ein Wort von ihm, und sie würden in die nächste Runde eines sehr alten Kampfes gehen. Was er auch von Shaylas Geschmack in bezug auf Freunde halten mochte, dies war nicht der Ort, eine Szene zu machen.

Er sagte hallo, sprach sein Beileid aus, ließ die Vorstellung über sich ergehen und zog sich bei der ersten Gelegenheit unauffällig aus der Unterhaltung zurück. In einer Ecke war ein Büfett mit Erfrischungen aufgebaut. Da es keine vernünftigen Getränke gab, beschaffte sich Tom ein großes Glas Mineralwasser. Ohne es zu beabsichtigen, beschaffte er sich auch einen Gesprächspartner.

»Hi! Ich bin Josh Barnaby«, sagte der magere Schreibtischhengst in dem schlechtsitzenden Anzug. Die Telestrian-Anstecknadel bestätigte den Namen und verriet außerdem, daß Barnaby für Cyberdyne in einer Abteilung namens Software-Überarbeitung tätig war. »Ich habe mit Andy zusammengearbeitet. Sie müssen sein Bruder sein.«

»Halbbruder.«

»Ach so. Okay. Das wußte ich. Derjenige in der Armee.«

Tom hoffte, die Software brauchte nur offensichtliche Überarbeitungen. Schließlich trug er seine Uniform.

Barnaby schien Toms nicht so warme Aufnahme seiner Gesprächseröffnung nicht zur Kenntnis zu nehmen, aber dafür war ihm etwas anderes aufgefallen. »Zufällig habe ich Ihre Reaktion gesehen, als sie den Raum betraten. Kennen Sie Mr. Gonsalvo?«

»Ich bin ihm bis heute nie begegnet.«

»Sie mögen Orks wohl nicht besonders, oder?«

»Es sind Leute wie alle anderen auch«, gab Tom die Antwort, die zu geben er gelernt hatte.

»Sie werden entschuldigen, wenn ich feststelle, daß Sie diesen öffentlich anerkannten Spruch mit wenig Überzeugung vorbringen.«

Tom warf Barnaby einen mißtrauischen Blick zu. »Was glauben Sie eigentlich, was für eine Art von Gespräch wir hier führen, Mr. Barnaby?«

»Ein freundliches, hatte ich gehofft. Schließlich findet sich Menschlichkeit unter den Menschen, oder?«

Das war es also. Tom kannte den Spruch aus seiner Zeit bei Humanis, bevor er von den wahren Absichten des Policlubs und seinen Beziehungen zur Terroristengruppe Alamos 2000 erfahren hatte. Er sympathisierte immer noch mit den Ansichten, war aber nicht mit den Mitteln einverstanden, wie sie zum Ausdruck gebracht wurden. »Das ist lange her. Jetzt bin ich Armeeoffizier.«

»Das Militär verbietet die Mitgliedschaft in Policlubs nicht.«

Das stimmte. Schließlich war dies hier Amerika. »Aber sie spricht sich klar gegen eine öffentliche Verbindung der Uniform mit einer politischen Organisation aus. Wie es so schön heißt, ein Soldat dient seinem Land, nicht den Politikern seines Landes.«

»Und das ist in meinen Augen auch richtig, Sir«, sagte Barnaby ernst. »Jeder Patriot weiß, daß das Land an erster Stelle steht. Die Dinge werden nicht immer so sein, wie sie jetzt sind.«

»Ich glaube nicht, daß dieses Gespräch stattfindet, Mr. Barnaby.«

»Aber ich dachte ...«

»Denken Sie noch einmal.«

Genifer stellte sich neben Tom, während sich Barnaby zurückzog. »Wer war das, Tom?«

»Jemand, der es nicht gelernt hat, mit der Zeit zu

gehen. Und da wir gerade von Zeit reden, haben wir hier genug investiert?«

Sie sah ihn an, suchte in seinem Gesicht nach etwas. Was sie dort auch fand, es ließ sie zustimmen. »In Ordnung. Wir können gehen.«

Und das taten sie auch.

**››››NewsNet Infomercial-Datei**
**Telestrian Cyberdyne**
**[Mit Genehmigung-Tel Indus.]**
**North Virginia Fokus-Datei**
**[Aufnahme: 21-8-55]**

TELESTRIAN CYBERDYNE:
DAS ABENTEUER DER ZUKUNFT
Haben Sie kürzlich Ihren Wagen durch die Stadt navigiert? Stunden mit der Haushaltsplanung verbracht? In einem Zimmer Ihres Hauses nicht die optimale Temperatur vorgefunden? Natürlich nicht. Zumindest nicht, wenn Sie die Vorzüge kybernetischer Kontrollsysteme oder Computerhilfen von Telestrian Cyberdyne genießen.

Sie kennen uns, Sie vertrauen uns, und wir sind froh, daß es so ist. Wir sind mehr, als Sie ahnen, und wir helfen Ihnen in vielerlei Hinsicht. Nur, weil wir keinen direkten Kontakt zu Ihnen haben, bedeutet das nicht, daß wir nicht da sind oder nicht helfen. Zum Beispiel wurde ein Großteil dessen, was Sie besitzen und wertschätzen, an Robot-Bandstraßen gebaut, die von Telestrian-Cyberdyne-Systemen gesteuert werden. Wir erleichtern Ihnen das Leben auf unzählige Weisen, und wir haben gerade erst angefangen.

Aber wir wollen uns nicht mit der Vergangenheit aufhalten. Unter Stephen Osbornes Führung haben wir uns von der uniformen Herde der Hersteller von Computer- und Robot-Systemen an die Spitze der Innovation abgesetzt. Wir schreiten voran und schaffen uns mit allem, was wir herstellen, einen festen Platz in der Welt, von Interfaces für alltägliche Haushaltsgeräte angefangen, über Gouverneur Saul Jeffersons persönlichen Terminplaner bis zu unentbehrlichen elektronischen Systemen für den Stonewall-Kampfpanzer der CAS-Streitkräfte. Andere Gesellschaften mögen einen Schritt von der Zukunft entfernt sein, aber wir bei Telestrian Cyberdyne programmieren sie bereits.‹‹‹‹‹

# 11

Andy brauchte sich keine Gedanken zu machen, wo der Stachel des Todes war – er hatte ihn gefunden. Überall um ihn herum. Er hatte gewußt, daß das Leben außerhalb der Konzern-Enklave rauher, schmutziger, geräuschvoller und weniger geordnet war, als er es gewöhnt war, aber ihm war nicht klar gewesen, wieviel *mehr* es all das war. Doch er war jetzt ein Shadowrunner, und das war sein Leben. Und wenn es nicht seinen Vorstellungen davon entsprach, wie es aussehen würde, mußte er sich eben umgewöhnen.

War die Vortäuschung seines Todes die richtige Entscheidung gewesen? Es hatte Vorteile, »tot« zu sein. Denn wer würde sich schon die Mühe machen, einen Toten zu jagen?

Aber er war ein Toter mit einem Plan. Er starrte die Wände seines neuen Heims an und versuchte sich darüber klar zu werden, ob er bereit war, damit fortzufahren. Die Wände mit ihrer abblätternden Farbe und den unidentifizierbaren vielfarbigen Flecken waren entmutigend. So wie fast alles seit seinem »Tod«.

Er hatte diese winzige Ein-Zimmer-Wohnung in den Green Tree Hill Apartments bezogen, einem abgewirtschafteten, heruntergekommenen Motel, das monatsweise vermietete. Die Reklame für das Apartment hatte sich wesentlich besser angehört, als es in Wirklichkeit war, aber es war besser als die übrigen, die Andy sich angesehen hatte. Einige der anderen hatten nicht einmal ein Schloß an der Tür gehabt. Er hatte es genommen, weil er einen Platz zum Schlafen brauchte, und er mußte Geld sparen, besonders nachdem er so viel für Verbesserungen an seinem Sony ausgegeben hatte.

Obwohl Andy für alle Sicherheitsvorkehrungen, die Green Tree Hill anbot, extra bezahlt hatte, fühlte er sich nicht sicher. Wie konnte er auch, wenn er diesen Vorkehrungen nicht traute? Er war sicher, daß es sich bei der Hälfte um hochtrabende Namen für heiße Luft handelte und die Hälfte des Rests außer Betrieb war. Fenster- und Türschlösser funktionierten. Das hatte er in der ersten Nacht herausgefunden, als jemand einzubrechen versuchte. Er hatte den Alarmknopf gedrückt, doch ohne Wirkung, weshalb er wußte, daß *dieses* System nicht funktionierte, aber glücklicherweise war es dem Einbrecher nicht gelungen, das Türschloß zu knacken, und schließlich hatte er aufgegeben, vermutlich, um sich leichtere Beute zu suchen. Der Vorfall hatte bei Andy ein Gefühl der Verwundbarkeit hervorgerufen. Wenn nun der Einbrecher ein Troll gewesen wäre? Einen Eindringling mit derartiger Kraft hätten die Schlösser gewiß nicht aufgehalten.

Wenn Andy in den Schatten überleben wollte, brauchte er Kontakte. Runner hatten *immer* Kontakte. Doch Angst zu haben, nach draußen zu gehen, war gewiß nicht die beste Methode, Kontakte herzustellen.

Oder Freunde zu finden.

Zum erstenmal in seinem Leben war Andy auf sich allein gestellt, *wirklich* auf sich allein gestellt. Er hatte niemanden, an den er sich wenden konnte: keine Freunde, keine Familie, keine Kollegen, nicht einmal einen Boß oder Lehrer. Ihm war nicht klar gewesen, wie schnell eine Person vereinsamen konnte. Er wollte mit jemandem reden – nur reden, mehr nicht –, ohne sich Gedanken darüber machen zu müssen, ob dieser Jemand ihn vielleicht schon als Ziel für einen räuberischen oder sexuellen Überfall auserkoren hatte – womit alle anderen Bewohner der Green Tree Hill Apartments, die er bisher gesehen hatte, ausschieden. Hätte er ein paar von ihnen besser gekannt, würde er vielleicht nicht gedacht haben, daß sie ihn als leichte Beute betrachteten. Doch er kannte keinen von ihnen. Er kannte niemanden auf der Straße. Alle, die er kannte, lebten in der Konzernwelt. Wenn er mit jemandem zu reden versuchte, den er tatsächlich kannte, würde sein Geheimnis verraten werden, und dann wäre alles umsonst gewesen.

Was ohnehin der Fall war, wenn er nicht bald ein paar Kontakte knüpfte.

Er mußte aufhören, es vor sich herzuschieben. Es wurde Zeit, sich einzustöpseln und es zu versuchen. Andy hatte es schon immer vorgezogen, Leute in der Matrix kennenzulernen. Die Matrix war ein sinnvoller Ausgangspunkt.

Als ersten Haltepunkt wählte er Nells Keller, eine Adresse, die er im Shadownet aufgeschnappt hatte. Angeblich war der Laden mit Eskimo-Nell verbunden, Gerüchten zufolge einem Treffpunkt für Runner, der in seinen virtuellen Phantasien seine Operationsbasis war. Er ging davon aus, daß die virtuelle Bar in der Hauptsache voller Möchtegerns wie ihm selbst sein würde, aber er hoffte, daß sich auch ein paar Talentsucher dort aufhielten. Er konnte keine direkte Connection zu irgendwelchen Runnern erwarten. Die Adressen der Läden, in denen echte Runner herumhingen, wurden nicht dorthin ausposaunt, wo jeder an sie herankommen konnte. Wenn sie irgendwo veröffentlicht waren, dann im Shadowland, dem echten Shadowrunner-Netz, aber dazu hatte Andy keinen Zugang. Einstweilen mußte er es einfach versuchen. Wenn er echtes Glück hatte, konnte ihn jemand bei Nell vielleicht ins Shadowland einklinken.

Er schaltete das Sony ein und fuhr eine Diagnose seiner Modifikationen ab. Die Konsole war jetzt ein echtes Cyberdeck – kein gutes, aber besser als die Dutzendware, die es zuerst gewesen war. *Richtige* Decker benutzten keine Dutzendware, weil sie ihnen keine Vorteile gab, und Vorteile waren das, was einen in den Schatten am Leben hielt.

In der Hoffnung, daß sein physischer Körper während seines Ausflugs durch nichts gestört würde, stöpselte er sich ein.

In Nells Keller zu decken war leicht. Es gab nur wenig Ice, und das war strahlend weiß, wenngleich so knifflig, daß einiges Geschick erforderlich war. Andy hatte mehr als genug, um durchzukommen.

Die virtuelle Bar war voller Persona-Icons, manche an der Bar, die meisten an den Tischen. Bei der überwältigenden Mehrheit der Bilder handelte es sich um Metamenschen aus Chrom, die mit Kleidungsstücken, Juwelen oder Neonmarkierungen verziert waren, um ihnen so etwas wie Persönlichkeit zu verleihen. Es gab eine ganze Reihe von Cartoon-Charakteren und klassischen, kantigen Icons aus der Frühzeit des Computerzeitalters. Ein paar Gäste hatten sich für animierte leblose Gegenstände wie gehende Toaster und obskurere Dinge entschieden. Nicht alle in der Menge waren Decker, manche waren Tramper. Andy erkannte den Unterschied, wenn er genau hinsah. Die Tramper hatten nicht dieselbe Auflösung, und manchmal sah er auch eine dünne Linie, die den Tramper mit seinem Decker verband.

Nells Keller war in verschiedenen Grautönen eingerichtet. Sogar die Icons, die unter den an der Decke hängenden Scheinwerfern hergingen, blieben in dem Licht blaß und farblos. Irgend etwas in der virtuellen Konstruktion, vermutete Andy, eine atmosphärische Sache. Andy sah sich nach einem Tisch mit einem Licht um, das eine offene Gesprächsrunde signalisierte, sah jedoch keinen. Weiter hinten waren noch mehr Tische, die jedoch vom Eingang aus nicht deutlich zu sehen waren. Er würde ein wenig herumgehen müssen.

Er war keine virtuellen drei Meter weit gekommen, als ihm ein ausgestrecktes Bein den Weg versperrte. Wenigstens nahm er an, daß es ein Bein war. In dem Strahl gebändigter Flüssigkeit waren keine Gelenke oder Wölbungen zu erkennen, aber er war mit der Hüfte eines Icons verbunden, das wie ein Mann aus Zeichentrickfilm-Blitzstrahlen aussah. Der Kopf des

Icons bestand aus einem glatten menschlichen Gesicht mit leuchtenden Augen. Die Augen musterten Andy von oben bis unten. Dasselbe galt für die Augen der anderen Icons an dem Tisch.

»Hoi, Chummer, seht mal hier«, sagte der Blitzstrahlen-Mann. »Hier will jemand Arnold sein und hat keine Ahnung, wo die Struktur-Karten geblieben sind.« Und zu Andy: »Du hast wohl zu viel Speicher, daß du ihn für dein Icon verschwendest, Grünschnabel. Willst du dich mal im Dschungel umsehen, oder bist du einfach nur dumm?«

Es war eine herausfordernde Frage. Ein Runner würde eine coole Antwort geben, also sagte Andy: »Weder, noch.«

»Oooh. Tatsächlich nicht?« Die leuchtenden Augen verengten sich zu rechteckigen Schlitzen. »Ich bin Zagfoot. Vielleicht hast du von mir gehört.«

»Nein«, erwiderte Andy aufrichtig.

»Dann bist du also doch dumm«, sagte Zagfoot.

»Laß ihn in Ruhe, Zagfoot«, sagte ein Wolf-Ork-Hybrid, der dem ursprünglichen *Schloß Löwengrimm*-Spiel-Icon so nahe kam, daß ein R in einem Kreis in der Luft über ihm schwebte.

»Seit wann bist du so ein Schlaffie, Wolfie?« konterte Zagfoot.

Da Zagfoots Aufmerksamkeit abgelenkt war, machte Andy Anstalten, die Barriere zu umgehen, während er sagte: »Ich suche keinen Streit, Zagfoot.«

Im nächsten Augenblick landete er mit dem Gesicht auf dem Boden. Die SimSinn-Schaltkreise in seinem Deck vermittelten ihm den Eindruck, als sei es tatsächlich geschehen. Andy war nicht über seine eigenen Füße gestolpert, sondern Zagfoot hatte ihm ein Bein gestellt. Der Decker grinste ihn höhnisch an.

»Für dich heißt das Mr. Zagfoot, Grünschnabel. Jammerschade, daß du keinen Streit suchst, weil du ihn nämlich gefunden hast.«

Andy versuchte aufzustehen, aber die motorischen Funktionen des Terminators waren blockiert. Zagfoot lachte über Andys Bemühungen. »Seht euch das an«, sagte der Decker.

Fotorealistische Blitze nagten an Andys Icon, schwärzten und entfärbten den Terminator, wo Zagfoots Angriffsprogramm Andys grafisches Interface löschte. Andys SimSinn-Verbindung übermittelte ihm die Angriffe als schmerzhafte Elektroschocks. Seine physischen Finger flogen über die Tastatur seines Decks, da er einen Fluchtweg zu finden versuchte. Zagfoots Blockade hielt, und die glänzende Oberfläche des Terminators korrodierte weiter.

Andys Qualen endeten abrupt, und er blieb schlaff und desorientiert liegen. Einen Augenblick lang dachte er, er stehe unter Auswurf-Schock, aber dann wurde ihm klar, daß er alles nur grau in grau sah, weil er sich immer noch in Nells Keller befand. Er wußte, daß er nichts getan hatte, um den unnachgiebigen Druck des Programms seines Peinigers zu brechen. Dankbar für die Atempause, konnte er nur verblüfft zusehen, wie sich Zagfoot nun unter dem Angriff eines anderen wand. Der Blitzstrahl-Mann erstarrte, wobei er mehr denn je wie eine Zeichentrickfigur aussah, und verschwand dann einfach. Wie auf ein Stichwort trat ein kleiner ebenholzfarbener Junge in einem silbern glitzernden Mantel unter den nächsten Scheinwerfer und sagte: »Wahrhaftig, heute abend muß doch noch geeigneteres Jagdwild in der Matrix unterwegs sein.«

Ein allgemeines zustimmendes Gemurmel ertönte, während sich Icons abwandten oder einfach verschwanden. Mehrere nannten einen Namen, während sie Entschuldigungen und Begrüßungen an den Neuankömmling richteten. Andy hatte diesen Namen auch schon im Shadownet flüstern hören, aber er konnte nicht glauben, daß er ihn richtig verstanden hatte. *Der Dodger*. Die Tatsache, daß sich das Icon vor ihm in sattem Schwarz zeigte, demonstrierte, daß dieser Decker dazu in der Lage war, sich über Nells atmosphärisches Matrixkonstrukt hinwegzusetzen. Aber es konnte nicht der Dodger sein, oder? Nicht Verners Decker, nicht hier! Erstens würde solch ein legendärer Decker nicht an einem Ort wie Nells Keller herumhängen. Zweitens hätte so ein erstklassiger Runner keinen Grund, sich für Andy einzusetzen. Drittens, nun, drittens konnte es einfach nicht sein. Wie konnte ein Decker mit dem Ruf des Dodgers ein so wenig imposantes Icon haben?

»Bist du wirklich der Dodger?«

»Das ist ein Name, auf den ich höre«, erwiderte der Ebenholzjunge, indem er sich an den nun leeren Tisch setzte, über den Zagfoot geherrscht hatte. »Bitte, Sir, nehmt Platz und sagt mir, wie man Euch nennt.«

»C-drei«, sagte Andy zufrieden, weil er nicht vergessen hatte, daß er diese Abwandlung seines üblichen C-Kubik benutzen wollte. Er setzte sich auf den Stuhl Dodger gegenüber. Er wollte nicht zu vertraulich wirken.

Die Lippen des Ebenholzjungen verzogen sich zu einem neugierigen Lächeln. »Könnte Euer Nachname zufällig P-O lauten?«

»Nein«, erwiderte Andy. Hatte er einen Fehler gemacht? Gab es noch einen C-drei? »Warum?«

»Stört Euch nicht an meiner Bemerkung. Sie war nur ein scherzhafter Verweis und ohne Bedeutung.« Der Ebenholzjunge betrachtete Andy einen Augenblick, bevor er weitersprach. »Es will mir seltsam erscheinen, daß Ihr nur unter einem Buchstaben und einer Zahl bekannt seid. Das ist kein Name, ganz gewiß nicht für freie Leute, wie Ihr und ich es sind. Folglich müssen wir die Nummer von vornherein streichen, werter Herr. C, sagtet Ihr? Wie in dem glänzenden, mit Cylindern übersätem Cybermann, der Ihr zu sein scheint? Nein, erspart Euch die Mühe einer Antwort, denn es geht mich nichts an. Aber es ist mir, so muß ich annehmen, eine Ehre, Eure Bekanntschaft zu machen, Meister Cylinder.« Der glitzernde Mantel wurde herumgewirbelt, als sich der Ebenholzjunge verbeugte. »Ihr seid, würde ich meinen, einigermaßen neu hier in dieser digitalen Domäne. Wie Ihr am eigenen Leibe erfahren habt, ist das eine Beute, die ganz nach dem Geschmack dieses Grobians Zagfoot ist.«

Andy bestritt, daß er ein Neuling sei, aber er wußte, der Dodger würde ihm nicht glauben.

»Du beweist Charakter, indem du scherzt, aber es bleibt nur ein Scherz. Die Wahrheit läßt sich nicht so einfach verbergen, denn Churl Zagfoot ist zwar ein Flegel, aber er hatte recht. Es ist offensichtlich, daß Ihr für ein derart bescheidenes Deck wie das Eure viel zuviel in Euer Icon investiert habt. Der Fehler eines Neulings. Ihr wäret gut beraten, ein paar Veränderungen vorzunehmen, bevor Ihr Euch das nächstemal hinauswagt.«

Das würde Andy tun. »Hast du noch einen anderen Rat für mich?«

»Ich? Ich erteile niemals Ratschläge.« Der Ebenholzjunge lächelte, wobei er glänzende, nachtschwarze Zähne zeigte. »Das heißt, nicht ohne eine Vergütung. Kostenlose Ratschläge werden mit dem Respekt gewürdigt, der allem entgegengebracht wird, was umsonst ist.«

»Ich wäre bereit, für einen guten Rat von jemandem zu bezahlen, der sich wirklich auskennt«, sagte Andy, der bezweifelte, daß er genug anzubieten hatte, um sich die Zeit eines derart berühmten Deckers leisten zu können.

»Wahrhaftig?«

»Ja. Einiges.«

»Man sagt, ein wahrer Ritter hilft den Unterdrückten um der Tugend willen und zum Wohle der unglücklichen Bedürftigen. Leider ist es mein Unglück, daß Ihr in mir keinen wahren Ritter seht. Und es ist vielleicht mein noch größeres Unglück, daß Ihr die Wahrheit seht.« Eine Pause. Die Miene des Ebenholzjungen wurde ernst. »Ihr sagtet, Ihr verfügt über Mittel.«

Andy zückte einen virtuellen Kredstab, den er auf die Hälfte seiner verfügbaren Mittel begrenzt hatte. Er hoffte, das würde reichen, um Dodger zu überreden, ihm zu helfen. Er dachte daran, die Summe zu erhöhen – die Hilfe des Dodgers konnte von unschätzbarem Wert sein –, beschloß es jedoch erst, nachdem er den Kredstab bereits auf den Tisch gelegt hatte. Und da war es zu spät, ihn zurückzunehmen. Das wäre zu uncool gewesen.

Kohlschwarze Finger strichen einen Moment lang über Andys Kredstab und zogen sich dann zurück. Dodger saß so lange schweigend da, daß Andy schon befürchtete, sein mageres Angebot könne ihn beleidigt haben.

»Wie seltsam«, sagte der Ebenholzjunge leise. »Ihr gehört zu Telestrian.«

»Woher weißt du das?« platzte es aus Andy heraus.

»Technomantie«, sagte der Ebenholzjunge mit einer wegwerfenden Handbewegung. »Dann stimmt es also?«

»Früher einmal«, sagte Andy. Als der Dodger nicht antwortete, fügte er hinzu: »Ganz bestimmt. Ich arbeite für niemanden. Aber ich würde gern. Wenn du verstehst, was ich meine.«

»Ihr werdet für niemanden arbeiten, solange Ihr noch Verbindungen zu Telestrian unterhaltet.«

»Ich sagte doch schon, meine Arbeit für den Konzern ist Geschichte. Ich bin ein freier Agent.«

»Ich wäre glücklicher, wenn das stimmte.«

»Ich weiß nicht, wie ich es dir beweisen soll.«

»Kannst du das denn nicht?«

Andy wußte wirklich nicht, wie. »Nein, kann ich nicht.«

»Wollt Ihr mir nicht ein offenes Portal zu ihren Geheimnissen anbieten? Ihr habt Euch erst vor so kurzer Zeit von Eurem Arbeitgeber getrennt, daß Eure Codes und Protokolle noch nicht alle ungültig sein können. Solch ein Angebot wäre viel mehr wert als das hier.« Der Ebenholzjunge rollte Andy den Kredstab zu.

Andy hatte nicht einmal daran gedacht, solch ein Angebot zu machen. Er hätte es machen können. Zwar waren seine legitimen Codes und Zugänge mit Sicherheit ungültig gemacht worden, sobald sein »Tod« bekannt geworden war, aber er hatte sich ein paar Hintertüren offengelassen. Er konnte immer noch in das System gelangen. »Wenn das der Preis für deine Hilfe ist, läßt sich vielleicht etwas arrangieren. Aber ich werde dir nicht dabei helfen, etwas zu stehlen.«

Der Ebenholzjunge neigte unmerklich den Kopf. »Ich verstehe. Ihr werdet die Tür öffnen, aber darüber hinaus nichts tun, während ich alleine eindringe, um zu rauben und zu plündern.«

»So etwa in der Art.«

»Das ist eine Vereinbarung, mit der ich eine flüchtige Bekanntschaft habe. Und als Gegenleistung verlangt Ihr nichts weiter als Rat? Ein kleiner, unbedeutender Preis. Sagt, welche Art von Rat sucht Ihr?«

Das klang so, als würde ihm Dodger helfen. Der Ausflug in Nells Keller entwickelte sich viel besser, als Andy hatte hoffen können.

»Ich will ein paar Leute treffen«, sagte Andy. »Die Sorte Leute, die ich kennen muß, um auf der Straße zu überleben und ins Geschäft zu kommen. Du weißt schon, die Sorte Leute, mit denen du zusammenarbeiten würdest.«

»Vielleicht genau diejenigen Leute, mit denen ich verkehre?«

»Das wäre Sahne! Wenn es dir recht ist. Ich meine, ich will dir keine Geschäfte wegschnappen, aber, Jesus, die Connections des Dodgers zu haben. Wer hätte das gedacht?«

»Ja, wer. Und sonst nichts?«

Andy konnte kaum glauben, wie entgegenkommend Dodger war.

»Tja ...« Ihm spukte noch etwas anderes im Kopf herum. Er war nicht sicher, ob es ihm wirklich gelungen war, seine Spuren vollständig zu verwischen. Wenn jemand entdeckte, daß er seinen Tod nur vorgetäuscht hatte ...

»Wenn du mir dabei helfen könntest zu gewährleisten, daß ich ein Schatten bin.«

Der Ebenholzjunge lächelte breit. »Es gibt viele Möglichkeiten, das zu gewährleisten.«

Also doch! »Ich glaube, ich habe alle grundlegenden Dinge erledigt, aber jemand hat einen Wachhund auf mich angesetzt, bevor ich ausgestiegen bin. Ich weiß nicht, wer, will es aber wissen. Ich will ganz sichergehen, daß sie nichts haben, was sie gegen mich benutzen können. Und ich wüßte auch gerne, warum sie überhaupt gesucht und was sie gefunden haben.«

»Alles sehr löbliche Ziele.« Aus den Tiefen seines Mantels zückte der Ebenholzjunge ein Frettchen aus Chrom. »Das ist ein Spürprogramm. Es ist sehr gut darin, Verbindungen aufzuspüren, wenn es auch sehr kurzlebig ist, und darauf abgerichtet, die Hand zu beißen, die sich an ihm zu schaffen macht. Man muß seine Geheimnisse bewahren, wie Ihr gewiß versteht. Ich kann diese edle Bestie darauf ansetzen, alle Dateien aufzuspüren, die mit Euch zu tun haben, darin eingeschlossen alle etwaigen Spuren, die Eure Jäger hinterlassen haben, wenn Ihr die richtigen Source-Codes zur Verfügung stellt. Würde das ausreichen?«

»Klingt toll.« Andy griff über den Tisch, um das Frettchen zu nehmen, doch der Ebenholzjunge gab es ihm nicht.

»Die Codes sind erforderlich, um es abzurichten.«

»Richtig.« Andy gab ihm ein virtuelles Faksimile seines alten Konzern-Identifizierungskennzeichens.

In der Hand Dodgers verwandelte es sich in etwas, das wie Katzenfutter aussah. Er fütterte das Frettchen damit, stellte es auf den Tisch und tätschelte sein Hinterteil. Es hoppelte über den Tisch zu Andy. »Das Frettchen steht bis zum Morgengrauen zu Eurer Verfügung.«

»Sahne!« Andy nahm das Frettchen und öffnete eine Klappe in der Brust des Terminators, um das Tier darin zu verstauen. »Was ist mit den Connections?«

»Zeigt mir zuerst Euer magisches Portal.«

Das war nur fair. Der Dodger hatte ihm bereits geholfen, und jetzt lag es an Andy, seinen Teil der Abmachung zu erfüllen. Sie verließen Nells Keller und flogen durch die Matrix zum Telestrian-System. Die Cyberdyne-Abteilung war eine Eiche aus geschmolzenem Gold, die mit Wurzeln und Ästen am Elektronenhimmel hing. Mit Andy in Führung tauchten sie in das Gewirr der Wurzeln ein. Als sie die richtige Stelle gefunden hatten – sein zweitsicherster Weg hinein –, zeigte Andy dem Dodger die Hintertür. Der Ebenholzjunge blieb stehen, um den Eingang zu begutachten.

»Gute Arbeit.«

Das Kompliment des Dodgers traf ihn unvorbereitet. Von einer der größten Legenden der Matrix gelobt zu werden, war in der Tat ein großes Kompliment! Vielleicht hatte Andy eine Zukunft als Runner.

Aber er mußte ganz eindeutig noch viel lernen. Der Dodger verbrachte viel Zeit in der Tür. Andy hatte damit gerechnet, daß er einfach hineingehen und tun würde, was er im Telestrian-System vorhatte.

»Was machst du?« fragte Andy.

»Ich ergreife Vorsichtsmaßnahmen«, antwortete der Dodger freundschaftlich. »Etwas, das ein kluger Mann sehr oft tut, Meister Cylinder.«

»Das klingt ganz nach einem kostenlosen Rat.«

»Tatsächlich? Wie könnte es ein Rat von mir sein, wenn er kostenlos ist?« Der Ebenholzjunge beendete seine Untersuchung, machte jedoch keine Anstalten, in das Telestrian-System einzudringen.

»Willst du denn nicht hinein?« fragte Andy.

»Nein, ich glaube nicht. Vielleicht ein andermal.« Der Ebenholzjunge trat von der Tür zurück. »Eine letzte Sache, Meister Cylinder. Der Platz, von dem Ihr in unsere gemeinschaftliche Halluzination startet. Ist er sicher?«

»Es ist das Beste, was ich im Augenblick tun kann. Ich habe zusätzlich für Sicherheitsoptionen bezahlt.«

»Bezahlt? Zweifellos mit Euren hervorragenden Konzern-Kreds.«

*So* dumm war Andy nun auch wieder nicht. »Nein. Mit anderem Geld.« Mit dem Geld, was ihm die Runner hinterlassen hatten.

»Das fröhlich Eurem Kredstab innewohnt.«

»Ja.«

»Ach, armer, naiver Meister Cylinder. Welch formidable Erscheinung und dabei doch so eine zarte reale Präsenz. Elektronisches Geld ist elektronisches Geld, aber sogar Elektronen hinterlassen Spuren für diejenigen mit den Augen, sie zu sehen.« Der Ebenholzjunge zückte eine weiße Karte und schob sie in den Mehrfach-Ziffernmanipulator des Terminators. »Nehmt diese Adresse eines relativ ehrlichen Geldwäschers. Sagt ihm, Ihr sucht eine Anfängerarbeit und erwähnt den Dodger.«

Damit wirbelte der Dodger seinen Mantel herum und wurde zu einer kreisenden Säule aus blitzendem Silber. Die Säule löste sich in einem glitzernden Wirbel von Sternen auf, und als sich die Sterne ausbreiteten und verblaßten, erteilte seine Stimme noch einen letzten, kostenlosen Rat. »Und, bitte, sucht Euch eine bessere Bleibe.«

Nun, da der Dodger verschwunden war, wußte Andy nicht, was er als nächstes tun sollte. Er war zum Telestrian-System gekommen und hatte die Hintertür in der Erwartung geöffnet, den Dodger darin verschwinden zu sehen. Doch statt dessen war nur der Dodger verschwunden. Nun stand er also hier, die Tür war offen, und der Dodger hatte gesagt, daß das Frettchen-Programm nur eine begrenzte Lebensdauer hatte. Konnte es einen besseren Zeitpunkt geben? Schließlich hatte er keine Verabredung, die er einhalten mußte. Andy glitt in das Telestrian-System und ließ das Frettchen frei.

Das Frettchen führte ihn zu einer ganzen Reihe von Dateien, in denen sein Name vorkam. Da er sich Sorgen machte, weil er ein unbefugter Benutzer im System war, kopierte Andy die Dateien, die er noch nicht kannte, in der Absicht, sie später zu lesen. Sie zu kopieren, war weniger offensichtlich, als sie zu verstümmeln oder zu löschen. Beide Möglichkeiten würden wesentlich deutlichere Spuren hinterlassen, und dieser Run sollte geheim bleiben. Alles lief Sahne, bis das Frettchen eine Datei über eine Sicherheitsverletzung aufstöberte. Die Entdeckung, daß Telestrian ihn mit einer Sicherheitsverletzung in Verbindung brachte, gab Andy zu denken. Eine oberflächliche Betrachtung verriet ihm, daß die Datei nicht leicht zu öffnen sein würde, also kopierte er sie ebenfalls und fuhr fort. Das Frettchen, das eine weitere Spur verfolgte, rannte direkt in die gepanzerten Beine eines schwarzgesichtigen goldenen Ritters. Andy zögerte nicht. Er machte kehrt, floh und überließ es dem Frettchen, den ersten Angriff des schwarzen Ice hinzunehmen.

In seinem heruntergekommenen kleinen Zimmer starrte er keuchend auf das Datenkabel in seiner Hand. Sein Kopf schmerzte, und sein Blickfeld war verschwommen, wobei leuchtende farbige Punkte an den Rändern flimmerten. Er war noch einmal davongekommen.

Natürlich hatte er den Run verdorben, weil er verschwunden war, ohne die Hintertür zu schließen. *Die-*

*sen* Zugang würde er nie wieder benutzen können. Ebensowenig hatte er alle Dateien des Systems über sich zusammengetragen. Das Frettchen war erwischt worden, während es noch auf der Jagd war, aber im Augenblick war ihm das egal. Wichtig war, daß er dem schwarzen Ice entkommen und noch am Leben war, um es ein andermal erneut zu versuchen.

Wenn er es wagte.

Andy war zu aufgedreht, um zu schlafen, und das Licht, das durch die Fenster fiel, zeigte, daß der Morgen angebrochen war. Er probierte es mit dem Kontakt, den ihm der Dodger genannt hatte, konnte jedoch erst für den nächsten Tag ein Treffen vereinbaren. Er verbrachte einen unruhigen Tag damit, die Daten durchzustöbern, die er dem Telestrian-System entnommen hatte, wobei er nach einem Anhaltspunkt suchte, der es ihm ermöglichen würde zu verstehen, was ihm widerfahren war. Als er entdeckte, daß der auf seine Datei angesetzte Wachhund seine Ergebnisse an einen militärischen Briefkasten liefern sollte, sah er ein, daß es zuviel gab, was er nicht wußte. Er brauchte mehr Daten, aber er war erst bereit, wieder auf die Jagd zu gehen, wenn er sich sicherer fühlte. In dieser Nacht bekam er ein wenig mehr Schlaf, aber nicht viel.

Am Morgen machte er sich auf den Weg zu seinem Treffen, froh, etwas Konkretes anzusteuern. Mit dem Schieber zurechtzukommen erwies sich als nicht sonderlich schwierig, besonders nachdem Andy den Dodger erwähnte. Dennoch hätte ihn die Transaktion mehr gekostet, als er sich hätte leisten können, wenn der Dodger das Geld genommen hätte, das Andy ihm angeboten hatte, aber zu Andys Überraschung hatte der es nicht angerührt. Die Hilfe des berühmten Deckers war umsonst gewesen. Trotz seiner Proteste hatte sich der Dodger als wahrer Ritter erwiesen.

Andy hatte nach Beendigung des Treffens ein gutes Gefühl hinsichtlich seiner Aussichten. Der Schieber hatte Andys Kredstab genommen und ihm eine Handvoll neue gegeben, beglaubigte, sowie einen weiteren unter einer falschen SIN eingerichtet, seiner neuen Identität. Er konnte wieder Metro fahren, eine viel bessere Art, zu seiner Absteige zurückzukommen, als der stinkende, überfüllte, nicht klimatisierte Bus, mit dem er hergefahren war. Am besten war, daß der Schieber gesagt hatte, er hätte vielleicht eine Arbeit für ihn. Andy sollte sich in ein oder zwei Tagen noch einmal melden.

Nun, da sich die mit dem Treffen verbundene Anspannung gelöst hatte, stellte Andy fest, daß er sehr hungrig war. Er lief ein wenig herum und hielt nach einem Laden Ausschau, in dem er etwas essen konnte. Er kannte die Gegend nicht besonders gut, und die ersten Straßen, die er entlangging, hatten kaum Geschäfte oder Läden, nur Wohnhäuser und ein paar umgebaute Bürogebäude. In der nächsten Straße sah er eine vielversprechende Möglichkeit in einem Mehrzweckgebäude. Das Haus enthielt wohl zum größten Teil Büros, aber im Erdgeschoß befanden sich breite Schaufenster, und es sah groß genug aus, um darin ein Delikatessengeschäft oder zumindest einen Stuffer Shack unterzubringen. Von seinem knurrenden Magen getrieben, steuerte er das Haus direkt an und wäre beinahe mit einem Pinkel zusammengestoßen, der aus einer Gasse kam.

»Drek, Junge! Paß doch auf, wo du hingehst«, sagte der Mann.

Andy setzte zu einer automatischen Entschuldigung an und hielt dann stammelnd inne. *Junge?* Andys Gedanken überschlugen sich. Er kannte diesen Burschen. Oder nicht? Das Gesicht des Mannes kam ihm nicht bekannt vor, und sein Anzug war nichts Besonderes, nur billige Dutzendware von der Stange. Auch nichts Auffallendes an seinen Accessoires. An seinem Kurzhaarschnitt war ebenfalls nichts Bemerkenswertes, aber das

Gesicht war eine schroffe, zerklüftete Landschaft, die man kaum vergessen konnte. Und doch hatte Andy es vergessen.

*Es vergessen?*

Wieherndes Gelächter hallte durch die Straße und erregte Andys Aufmerksamkeit. Ein paar Blocks entfernt schubsten sich ein paar Orks gegenseitig herum und amüsierten sich dabei offenbar köstlich, während sie sich Andy näherten. Sie waren unwichtig. Andy richtete seine Aufmerksamkeit wieder auf das Rätsel vor ihn und stellte fest, daß der Bursche weitergegangen war und gerade das Haus betreten wollte.

»Hey, warten Sie mal«, rief Andy.

Der Mann blieb stehen, die Hand auf der Klinke der Eingangstür. »Kenne ich dich, Junge?«

*Junge.* Ja. Andy kannte diesen abwertenden Tonfall. Ein Name fiel ihm ein: Marksman. »Ja. Ja, das tun Sie. Telestrian Cyberdyne. Letzte Woche. Wir haben uns in einem sehr kleinen Raum getroffen. Was ist los, Marksman, hast du nicht geglaubt, daß ich mich an dich erinnern würde?«

Der Mann starrte ihn mit ausdrucksloser Miene an. Andy wußte nicht, ob er mit seiner Bemerkung ins Schwarze getroffen hatte oder nicht.

»Ich heiße Markowitz, nicht Marksman, und ich habe keine Ahnung, wovon du redest, Junge. Und jetzt schwirr ab. Wenn ich du wäre, würde ich zusehen, daß ich von der Straße komme, bevor es zu ungesund wird.«

Der Mann drehte Andy den Rücken zu und ging in das Gebäude. Andy starrte ihm ratlos hinterher und fragte sich, ob er recht hatte oder ob ihm sein Verstand einen Streich spielte. Er merkte erst, daß er in Schwierigkeiten war, als der erste Ork seinen Arm packte. Er hatte kaum begonnen, sich zu wehren, als sie ihn in die Gasse schleiften.

**>>>>>WNVA-Berichterstattung -[12:10:18/22-8-55]**
**Reporter: Katherine Kristin Kaye [KAYE-328]**
**Uplink-Station: Fredericksburg, North Virginia**

*Kaye:* »Wir sind hier in Fredericksburg auf dem Traditionsfestival und haben eine Menge Spaß. Aber in die gute Laune mancher Leute, die hier und heute feiern, fällt ein Wermutstropfen. Wie Sie zweifellos wissen, hat Innensenator Wendell North gestern seinen Gesetzentwurf für einen Volksentscheid über die Abspaltung North Virginias von den UCAS vorgestellt. Das Gesetz hat den Senat bei der ersten Anhörung passiert und wird morgen dem Abgeordnetenhaus vorgelegt. Es scheint ziemlich klar zu sein, was die Politiker denken. Wir wollten es von der Öffentlichkeit hören. Also haben wir sie nach ihrer Ansicht gefragt.«

*Gutgekleideter Vater mit zwei Kindern:* »Ich finde, es ist eine Schande, wie North Virginia von Washington behandelt wird. Atlanta kann unmöglich schlimmer sein. Also, ja, ich halte es für eine gute Idee.«

*Orkwirt:* »Abspaltung? Ja, ich schätze, ich bin dafür. Ich meine, warum nicht? Was hat Washington in letzter Zeit für uns getan?«

*Tourist aus Richmond:* »Was North und der Innensenat getan haben, ist im Rahmen der Verfassung der UCAS selbstverständlich illegal, wenn auch nicht im Rahmen der Verfassung der CAS. Sie glauben offenbar, daß sie bereits den Gesetzen der CAS unterstehen. Ich glaube, sie werden feststellen, daß sie sich irren.«

*Zwergenfrau:* »Ich bin eine Konzernbürgerin. Mich betrifft das alles nicht.«

*Zwei Teenager, die identisch aussehende Cyberchrom-Mode tragen:* »Ich hab' nichts davon gehört.« – »Sind Sie sicher, daß das kein Scherz ist? Ich glaube irgendwie, daß das ein Scherz sein muß.« – »Für mich hört es sich jedenfalls nach einem Scherz an. Ich meine, echt.«

*Mann in einem »Ist nur menschlich«-T-Shirt:* »Die Abspaltung war 1861 genauso eine schlechte Idee wie 2034, und sie ist jetzt nicht besser geworden. Wenn es North nicht gefällt, in unserem Land zu leben, soll er doch auswandern!«

*Frau mit grauem Käppi:* »Hurra, sage ich, und es wird auch langsam Zeit. Wie ich höre, haben die Konföderierten Staaten zwei Panzerdivisionen direkt hinter der Grenze in Virginia stationiert. Kommt schon rüber, Jungens. Ihr seid schon lange überfällig. Der Süden wird sich wieder erheben!« < < < < <

# 12

Das Begräbnis ging fast so schmerzlos vonstatten, wie Tom es zuvor nur hatte hoffen können. Es hatte sich eine anständige Menschenmenge versammelt, darunter auch zwei steife Exec-Typen, die den üblichen, formellen Konzern-Beileidsbesuch machten – wenngleich die Art, wie sie sich die meiste Zeit im Hintergrund hielten, Tom eher an Sicherheitsoffiziere als Beerdigungsbesucher erinnerte. Barnaby war ebenfalls anwesend, unternahm jedoch keinen Versuch, mit Tom zu reden, was hervorragend war. Sogar die dritte Schwester, Asa, war irgendwann im Laufe der Nacht angekommen. Sie stand bei ihren Schwestern und weinte während der ganzen Zeremonie, und die drei sahen in ihrer schwarzen Beerdigungskluft wie schluchzende Krähen aus. Geringfügige Unterschiede in ihrer Kleidung ermöglichte es ihm, sie auseinanderzuhalten, aber Tom konnte der richtigen Frau immer noch nicht den richtigen Namen zuordnen, was er bewies, als sich die Menge zerstreute. Nach der Beerdigungszeremonie auf dem Friedhof war ein Leichenschmaus geplant, aber

Tom hatte Genifers Sicherheitsbefürchtungen ausgenutzt, um sie zu überreden, nicht daran teilzunehmen. Sie hatten ihre Pflicht erfüllt.

»Andy war ein guter Junge«, sagte Shayla anstelle einer Abschiedsfloskel.

Tom nahm an, daß sie wohl recht hatte. Er hatte praktisch keine Erinnerung mehr an den Jungen. Das, was ihm noch geläufig war, paßte zu der lobenden Beschreibung des Pfarrers eines aufgeweckten und eifrigen Jungen, der wohl etwas von einem Langweiler an sich gehabt hatte. Gar nicht so übel, vermutete Tom. Er war selbst einmal jung und nervtötend gewesen. Und letzten Endes konnte man Andy nicht die Schuld für die Sünden seines Vaters geben. Tom konnte das ganz gewiß nicht. Den Sohn für die Verfehlungen des Vaters verantwortlich zu machen, war eine Haltung, die Tom sich nicht leisten konnte. Wenn überhaupt, dann steckte in Andy weniger von Matthew Walker als in Tom.

Genifer sagte nicht viel auf der Heimfahrt, aber nicht deshalb, weil sie sich über seine beharrliche Weigerung ärgerte, an der Feier teilzunehmen. Sie war einfach in nachdenklicher Stimmung. Tom war ebenfalls still. Es kam ihm richtig vor. Als sie wieder im Haus ihrer Großeltern waren, verkündete sie, sie hätte Millionen Dinge zu erledigen, und verschwand zum Telekom, um sich darum zu kümmern.

Nun, da die Morgenverpflichtung erfüllt war, nutzte Tom den Rest des Tages, um nach Herzenslust zu faulenzen. Er verbrachte die Zeit in der Horizontalen oder sah sich gedankenverloren an, was das Kabel zu bieten hatte. Er mied sorgfältig alles, was nach Nachrichten oder Kommentar roch. Großmutters Abendessen war eine Übung im Überfressen. Da sie die meisten Lieblingsgerichte seiner Kindheit gekocht hatte, mußte er von allem zweimal nehmen. Nach dem Abendessen half er dem General dabei, seine Waffensammlung zu reinigen und zu ölen. Jene ehrwürdigen Waffen waren die ersten, die Tom je hatte anfassen dürfen, und sie zu reinigen war zwischen ihm und seinem Großvater schon vor langer Zeit zu einem Ritual geworden. Sie saßen zusammen und arbeiteten, und der Geruch nach gut geöltem Stahl und altem Schießpulver drang ihm in die Nase und ließ ihn unwillkürlich an alte, einfachere Zeiten denken. Die Ruhe, die Teil jener Reinigungssitzungen gewesen war, überkam ihn auch jetzt wieder.

Als das letzte Gewehr weggestellt, das Öl eingepackt, die Putzlappen weggeworfen und der Schrank verschlossen war, sagte der General: »Weißt du, ich habe ein paar Anrufe für Genifer gemacht.«

»Das würde ich dir nie vorhalten. Ich weiß, wie sie sein kann.«

»Das habe ich nicht gemeint, Tom.« Auf der Stirn des Generals stand ein besorgtes Stirnrunzeln. »Bei diesen Anrufen habe ich auch mit ein paar alten Kameraden geredet. Aus fast allem, was sie gesagt haben, glaube ich einen Unterton herausgehört zu haben. Ich habe das Gefühl, daß eine Menge Unruhe im Offizierskorps herrscht. Viel mehr als zur Zeit meiner Pensionierung. Jetzt bist du der Mann im Feld. Spürst du etwas von dieser Strömung?«

»Ich war noch ein Grünschnabel, als du ausgemustert wurdest, also kann ich keinen Vergleich anstellen, aber ich muß sagen, daß du recht hast – es gibt viele Unzufriedene in Uniform. Es gibt einen Haufen Leute, die nicht viel Respekt vor unserem Oberkommandierenden haben.«

»Wäre nicht das erste Mal.«

»Vielleicht nicht. Aber ich habe ein paar Leute davon reden hören, daß sie seinen Befehlen nicht folgen würden, wenn er sie gäbe. Das ist ernst.«

»Aber ist es ihnen ernst genug, um etwas deswegen zu unternehmen?«

»Schwer zu sagen. Ich glaube, einigen schon.«

»Hat sich jemand mit dir darüber unterhalten?«

»Nicht direkt, obwohl mir schon einige hypothetische Fragen untergekommen sind.«

»Und?«

»Und ich hoffe, daß sie mir meine Antworten, oder vielmehr das Ausbleiben derselben, nicht übelgenommen haben. Politik ist nicht Sache des Soldaten, auch wenn man im Dienst in begrenztem Ausmaß damit konfrontiert wird. Das hast du mir selbst beigebracht.«

»Ich habe nicht viele Schüler im aktiven Dienst.«

»Das ist mir auch aufgefallen.«

Der General lehnte sich zurück und seufzte müde. »Kommt mir so vor, als würden unsere Waffengattungen mehr als nur ein wenig lahmen. Man muß gar kein altes Schlachtroß wie ich sein, um das zu erkennen. Es ist einfach alles anders geworden, seit die Luftwaffe den größten Teil ihrer strategischen Aktiva und die Marine die Marines an die Konföderierten Staaten verloren hat und praktisch auf einen Ozean und die großen Seen beschränkt ist. Unserer Waffengattung ist es besser ergangen, aber nicht gut. Wir sind schrecklich weit von der Supermacht entfernt, die wir am Ausgang des letzten Jahrhunderts waren. Könnte sein, daß sich das Land auf sich selbst zurückgezogen hat, vielleicht ein wenig zu sehr. Wir sind immer noch größer und mächtiger als England zu den Zeiten, als die Sonne über seinem Imperium nie untergegangen ist.«

»Imperium? Von Wirtschaftsimperien abgesehen, ist diese Welt vor langer Zeit untergegangen.«

»Es gibt genug Leute, die dir sagen würden, daß das, was geht, auch wiederkommt.«

Unterhielt sich Tom gerade mit einem dieser Leute? Er war es nicht gewöhnt, solche Dinge von dem General zu hören.

»Tom, du siehst mich an, als sei mir gerade ein zweiter Kopf gewachsen. Was, glaube ich, die Antwort ist, die ich hören wollte. Ich bitte um Verzeihung, falls ich dir zu nahe getreten bin, aber du bist auch früher schon in schlechte Gesellschaft geraten.«

»Das ist längst Vergangenheit. In den Zeiten meiner halsstarrigen Jugend.«

»Deine Halsstarrigkeit ist wohl kaum Vergangenheit. Frag nur Genifer.«

»Das mag sein, aber was ich sonst auch sein mag, ich bin meinem Land gegenüber loyal.«

»Ich bin froh, das zu hören, Tom. Sehr froh. Und ich bin froh, daß du nachdenkst. Das ist wichtig.« Der General hielt einen Augenblick inne, was auf einen Themawechsel hindeutete. »Du bist in General Osmolskas Kommando für Sonderressourcen. Was hältst du von der Cyberisierungs-Strategie?«

»Wie du schon sagtest, ich *bin* in General Osmolskas Kommando. Wie du weißt, auf eigenen Wunsch.«

»Also befürwortest du die ganze Sache?«

»General Osmolska betrachtet jede Diskussion, die nicht seinen Standpunkt wiederholt, als politisch, und ich habe meine Ansicht zu politischen Aussagen bereits geäußert.« Der General hob daraufhin das Kinn, also fügte Tom rasch hinzu: »Bei allem gebührenden Respekt, Sir.«

»Du bist nicht die Marionette des alten Russki geworden, oder?«

»Nein. Aber ein guter Offizier verhält sich loyal gegenüber seinem Vorgesetzten.«

»Nun, so, wie ich das sehe, warst du nicht loyal genug, um dich für das Programm Cyberverstärkte Soldaten zu melden. Ich sehe nicht einmal eine Datenbuchse.«

»Das ist richtig. Rein äußerliche Hilfen versetzen diesen Soldaten immer noch in die Lage, seinen Job zu erledigen.« Womit Tom der Aussage, daß er Osmolskas Programm Cyberverstärkte Soldaten für einen Fehler hielt, so nah kam, wie es ihm überhaupt möglich war. Die mit der Rückkehr eines Soldaten ins Zivilleben verbundenen psychologischen Faktoren waren schon immer ein Problem gewesen. Eine physische Komponente hinzuzufügen machte es nur noch schlimmer. Das geringste Problem dabei würde die Frage sein, wie man einen Soldaten mit eingebauten Waffen entwaffnete, wenn es an der Zeit war, ihn zu entlassen.

»In Denver hast du einen Zug mit Gefechts-Riggern geführt, nicht wahr?«

»Offiziell waren wir eine Gefechtseinheit, aber wir wurden nur für Grenzpatrouillen und Schmuggelbekämpfung eingesetzt. Nichts, was ich Gefecht nennen würde.«

»Und alle deine Soldaten hatten Datenbuchsen. Die Offiziere auch?«

»Datenbuchsen sind ziemlich weit verbreitet.« Für die meisten Leute war das Einsetzen einer Datenbuchse ein so normaler Vorgang wie eine Korrektur der Sehstärke. Tom war von Offizieren anderer Einheiten oft wegen der Tatsache gehänselt worden, daß er sich nicht wie sie einstöpseln konnte.

»Eine Datenbuchse ist der erste Fuß in der Tür«, sagte der General. »Ich weiß, ich klinge wie ein Fossil, aber ein Mann ist nun mal, was er ist. Weißt du, die Fernlenk-Revolution war bereits zu meiner Zeit im Gange und sickerte in alle Bereiche der Armee ein, die es gibt. Ich kann dir sagen, sie ist keine Antwort. Dieser ganze Rigger-Kram ist auf seine Art schlimmer als Interkontinentalraketen. Entmenschlichend, *das* ist er. Was ist ein Krieg ohne das menschliche Element? Dieser Verstärkungs-Kram ist noch schlimmer. Er überträgt die Entmenschlichung auf die persönliche Ebene. Ich kann nicht verstehen, warum er vorangetrieben wird.«

»Präsident Steele steht dahinter.«

»Steele, der Technokrat.« Der General schüttelte traurig den Kopf. »Er will kleinere, wirkungsvollere Einheiten und hält hochtechnisierte Einheiten mit geringer Mannschaftsstärke für die Lösung. Er vergißt wieder einmal die Leute. Typischer Technokrat. Präsident Adams mag Demokrat gewesen sein, aber er hat wenigstens begriffen, daß wir Männer und Frauen in der Armee brauchen. Gott sei Dank ist Steele bisher zu unentschlossen gewesen, um Adams' Rekrutierungspolitik rückgängig zu machen und die Mannschaftsstärke zu reduzieren. Ich nehme an, er glaubt, wenn er die Stellen erhält, läßt ihn das wie einen Menschenfreund aussehen.«

Tom hatte gehört, daß Verringerungen der Mannschaftsstärke bevorstanden, aber jetzt, wo sich der General ohnehin schon derart ereiferte, war nicht der geeignete Zeitpunkt, das zu erwähnen. »Du hast mit der Frage, wie eine autokratische Armee in einem demokratischen Staat lebt, mehr Erfahrung als ich. Glaubst du, die Leute würden sich bereitwilliger mit ihm abfinden, wenn Steele direkt gewählt worden wäre?«

Präsident Steele war zu Amt und Würden gekommen, als Präsident Adams am Tag nach seiner zweiten Amtseinführung einem Schlaganfall erlegen war. Wie erwartet, hatte es Gerüchte gegeben, daß daran etwas faul gewesen sei, aber die Gerüchte hatten sich rasch zerstreut.

Der General dachte nur kurz darüber nach. »Vielleicht, aber ich bezweifle es. Ein Technokrat ist ein Technokrat. Und er hätte auch nicht Booth zu seinem Vizepräsident ernennen sollen. Booth ist auch Technokrat, um Himmels willen. Steele hatte seine Vizepräsidentschaft einer Koalition zu verdanken. Adams wußte, was er tat, als er die Demokraten mit den Technokraten verheiratete. Man sollte meinen, Steele hätte es bemerken müssen, wo er doch eine ganze Regierungsperiode neben ihm verbracht hat. Ich hätte gedacht, Steele sei vernünftig genug, um zu erkennen, daß er diese Koalition noch braucht, aber ich nehme an, er ist mit der normalen Technokraten-Blindheit hinsichtlich der Bedürfnisse der Leute geschlagen. Das wird auch der Grund sein, warum er diese Sache mit der Kompensationsarmee vor seiner Haustür vor sich hinfaulen läßt.«

Ihre Unterhaltung wanderte von der tatsächlichen Armee zur sogenannten Kompensationsarmee. Die zusammengewürfelte Bettlerhorde, die den Bundesdistrikt überschwemmt hatte, war keine Armeeangelegenheit und daher etwas, worüber Tom frei seine Meinung äußern konnte. Das tat er auch und sein Großvater ebenfalls. Tom stellte zu seiner Überraschung fest, daß seine eigene Haltung härter war als die des Generals, was daran lag, daß ehemalige Armeeangehörige an dem Protest beteiligt waren. Der General hegte eine gewisse Sympathie für sie, weil sie mit ihm in den Auflösungsfeldzügen, wie der General die militärischen und paramilitärischen Operationen in Verbindung mit dem Zusammenbruch der alten Vereinigten Staaten nannte, gedient hatten. Tom glaubte trotzdem nicht, daß die Beteiligung derartiger Veteranen ein Grund war, ihren zivilen Ungehorsam einfach abzutun. Das Gespräch, das nur gelegentlich in einen Streit ausartete, dauerte bis spät in die Nacht und weiter bis zum Morgen. Sie hatten sich so lange nicht mehr gesehen, daß keiner der beiden gewillt war, die Gelegenheit zu verpassen, Versäumtes nachzuholen. Tom war gerade aufgefallen, daß sie seit einiger Zeit Vogelgezwitscher hörten, als das Klingeln des Telekoms in den morgendlichen Chor einfiel.

Der General runzelte die Stirn. »Das ist nicht das normale Klingeln unseres Anschlusses. Wer, zum Teufel, deckt um diese Uhrzeit in unsere Leitung?«

»Niemand«, sagte Tom, indem er sich erhob, um zu antworten. »Das ist mein Kontaktsignal.«

Tom loggte sich ein und nahm die Befehle on-line entgegen. Er las sie, als sie entschlüsselt waren, und fluchte laut. Soviel zu seinem Urlaub.

»Was ist los?« fragte der General, indem er Tom über die Schulter sah.

Technisch gesehen, waren Toms Befehle streng vertraulich, aber der General hatte einen Unbedenklichkeitsstatus, auf den Tom mindestens noch ein Jahrzehnt warten mußte. Er war kein Sicherheitsrisiko. Dennoch schaltete Tom den Bildschirm aus, bevor er sich von ihm abwandte. »Keine Einzelheiten. Es ist ein allgemeiner Rückruf. Alle Armeeangehörigen auf Urlaub werden zu ihrer Truppe zurückbeordert. Ich muß mich in Fort Meade melden und den ersten verfügbaren Transport zu meiner Einheit abwarten.«

»Das klingt nach einer Mobilmachung. Den Frauen wird das ziemlich mißfallen.«

»Wem nicht? Wenn ich gleich packe, bin ich weg, bevor sie aufwachen.«

»Wenn es wirklich Ärger gibt, wird es ihnen ganz bestimmt nicht gefallen, wenn du dich einfach davonschleichst. Du hast bis zum Mittag Zeit«, stellte der General fest.

Also hatte er den Bildschirm gesehen. »Ich will nicht zu spät kommen.«

»Was *du* nicht willst, ist, Genifer und deiner Großmutter gegenüberzutreten und ihnen zu sagen, daß du dich in Gefahr begibst.«

Der Vorwurf traf ihn um so mehr, als er berechtigt war. »Also schön, ich will mich nicht damit auseinandersetzen.«

»Du brauchst dich deswegen nicht schlecht zu fühlen, Tom.« Der Tonfall des Generals war nun, da Tom sich zur Wahrheit bekannt hatte, mitfühlend. »Ich wollte das auch nicht. Aber wenn du vorhast, noch einmal nach Hause zu kommen, rate ich dir, es zu versuchen. Ich habe das auch schon erlebt, und es ist besser, wenn sie Gelegenheit haben, sich zu verabschieden.«

Tom wußte, daß der General recht hatte, aber er ging trotzdem packen. Es brauchte nicht viel Zeit, aber er trödelte so lange herum, bis er wußte, daß er noch ein wenig länger warten sollte – wenigstens so lange, bis die Frauen wach waren. Zwar hatte er beschlossen, sich anständig zu verabschieden, aber er mußte feststellen, daß er seltsam unwillig war, das Gespräch darauf zu bringen, sobald er mit Großmutter und Genifer beim Frühstück saß.

Das Frühstück verlief schweigsam, und aus der Art, wie Großmutter immer wieder fragte, ob er noch irgend etwas wolle, schloß Tom, daß der General es ihr erzählt hatte. Doch sie war eine Soldatenfrau. Sie würde erst etwas sagen, wenn Tom das Thema anschnitt. Er bat sie, sich zu ihnen zu setzen, und wiederholte, was er dem General über seine Befehle mitgeteilt hatte. Genifer meldete sich als erste zu Wort.

»Also hast du keine Ahnung, worum es bei diesen Befehlen geht?«

Er hatte ein paar Vorstellungen, aber dies war nicht der Ort, sie darzulegen. Das Manöver, das er mitgemacht hatte, war streng geheim gewesen. Soweit er es vernünftigerweise beurteilen konnte, brauchte niemand aus seiner Familie davon zu wissen. Außerdem war er nicht sicher, und wenn er ihnen sagte, wie gefährlich der Dienst seiner Ansicht nach wurde, würden sie sich noch mehr Sorgen machen. Sie machten sich bereits Sorgen genug.

»Hast du noch Zeit, mit uns in die Kirche zu gehen?« fragte Großmutter.

»Wenn wir in die spätmorgendliche Messe gehen«, erwiderte er. Er würde sich von der Kirche aus gleich auf den Weg machen.

Genifer, die an Tom vorbei und aus dem Fenster schaute, versteifte sich ein wenig. »Da kommt ein Allzweckfahrzeug der Armee die Auffahrt herauf.«

Alle drehten sich um, während das GMC-Allzweckfahrzeug vor dem Haus hielt. Rita Furlann saß hinter dem Steuer. Als sie ausstieg, sah Tom, daß sie Zivilkleidung unter ihrem schwarzen gepanzerten Duster des Thaumaturgischen Kommandos trug. Der Mantel verbarg größtenteils das Halfter, das sie im Widerspruch zu den Uniformvorschriften in Friedenszeiten trug. Der General ging hinaus, um sie zu begrüßen.

»Ich bin wegen Major Rocquette hier«, sagte sie, während sie einen Blick auf den in der Tür stehenden Tom warf und ihm zulächelte. »Morgen, Major.«

»Was machen Sie denn hier, Furlann?« fragte Tom.

»Sie abholen.«

Das hatte er sich gedacht. »Ich meinte eigentlich, daß ich nicht damit gerechnet habe, Sie vor meiner Rückkehr nach Schwartzkopf wiederzusehen.«

»Ich habe eine Überraschung für Sie. Sogar Eisherzen haben Familien und Freunde, die sie im Urlaub besuchen.« Sie warf den Kopf in den Nacken, um ihr Haar aus dem Gesicht zu schütteln. »Als die Bombe geplatzt ist, hörte ich, daß Sie hier in der Gegend wären, und bekam den Auftrag, Sie abzuholen. Sind Sie abmarschbereit?«

»Ich muß nur noch meine Tasche holen.«

Und mich verabschieden, fügte er im stillen hinzu. Großmutter versprach, für ihn zu beten, Genifer verlangte E-Mail, sobald er Gelegenheit dazu bekäme, und der General schüttelte ihm schweigend die Hand. Furlann sah sich alles mit ihrer üblichen Distanziertheit an. Sie stieg in das Allzweckfahrzeug, während er seine Tasche in den Laderaum warf, und fuhr dann los, bevor er die Tür geschlossen hatte. Als sie auf die Straße bogen, fragte er: »Wissen Sie, was los ist?«

»Hier oder in Chicago?«

»*Chicago?*«

»Sie haben wohl keine Nachrichten gehört, wie?«

»Nein«, gab Tom zu.

»Sie sollten sich wirklich auf dem laufenden halten, sogar im Urlaub. Man wird sie ins Bild setzen. Im Moment brauchen Sie nur zu wissen, daß wir denselben Weg haben. In der Innenstadt geht es ziemlich drunter und drüber, und es ist bereits ein Osprey III zu uns unterwegs. Wir treffen so schnell wie möglich mit dem Vogel zusammen und fliegen dann weiter. Das wird viel schneller gehen, als die Straße entlangzukriechen.«

»Ich bin diese Art von Transport nicht wert.«

»Nein, aber ich. Sie haben nur den gemeinsamen Vorteil eines glücklichen Aufenthaltsortes und derselben Landezone.«

**>>>>>Live-Berichterstattung -[05:34:51/23-8-55]**
**Reporter: Suzie Chiang [CHIA-704]**
**Uplink-Station: Elgin, IL**

*Chiang:* »Hier spricht Suzie Chiang von WCHI mit freundlicher Genehmigung von WLGN, weil ich nicht zu meinem Studio durchkomme. Ich kann nicht einmal *Kontakt* mit meinem Studio aufnehmen. Starke Störsignale, die ihren Ursprung irgendwo in der Nähe des O'Hare-Flughafens haben, überlagern alle Sendefrequenzen, und alle normalen Kommunikationssatelliten-Verbindungen zur Stadt sind unterbrochen. Wir suchen immer noch nach alternativen Verbindungslinien.

Klar ist, daß irgend etwas Furchtbares in Chicago geschehen ist. Truppen des Bundes und der Nationalgarde sind mobilisiert worden und haben die Stadt abgeriegelt. Die Truppen halten jeden an, der hinein oder heraus will. Jene, die aus der Stadt zu fliehen versuchen, werden verhaftet oder zurückgeschickt. Überall arbeiten private Sicherheitstruppen, die der Ares-Macrotechnology-Tochter Knight Errant Security angehören, mit dem Militär Hand in Hand.

Die Behörden schweigen. Das Büro des Gouverneurs hat gegenwärtig noch keine Verlautbarung herausgegeben. Was geht vor? Die Soldaten reden nicht. Gerüchte eines Ausbruchs der VITAS-Seuche überschlagen sich. Ein Flüchtling erzählte mir, daß im Herzen Chicagos eine neue Goblinisierung stattfinde. Was auch in Chicago vorgeht, wir sollen es nicht erfahren. Außenverbindung um Außenverbindung wird die Stadt isoliert.

Die Öffentlichkeit hat ein Recht, es zu erfahren. Deshalb machen mein Team und ich weiter. Wir glauben, daß wir eine Möglichkeit haben, die illegale Nachrichtensperre zu umgehen, also werden wir uns an den Panzern und Soldaten vorbeischleichen, um Ihnen die

Geschichte frei Haus zu liefern. Wenn Sie das nächstemal von mir hören, werde ich direkt aus Chicago senden und Ihnen die Wahrheit berichten.« < < < < <

# 13

Andy schlug mit der Schulter gegen die Mauer, aber nicht nur das Blut floß, als seine Wange über den rauhen Beton schrammte. Der Aufprall schüttelte ihm das Hirn durch.

Etwas strich über seine Hüfte. Benommen wandte er den Kopf und sah einen der Orks seine Nachbildung der Narcoject halten. Drei weitere Orks lauerten hinter dem ersten, und zwei andere standen Posten an der Gasseneinmündung. Sie wirkten alle noch sehr jugendlich, aber selbst heranwachsende Orks waren größer und bulliger als die meisten erwachsenen Norms. Mehrere trugen geometrisch gestaltete Gesichtsbemalungen oder Tätowierungen – das Zeichen irgendeiner Gang-Zugehörigkeit? Andy befürchtete es. Es gab Gegenden in DC, in denen sich die Gangs unbehelligt austobten. Ihm war nicht klar gewesen, daß Arlington auch dazugehörte. Sein Fehler. Sein echt übler Fehler.

»Oh, oh. Er hat uns gesehen. Was machen wir jetz' bloß?« Der Ork richtete die Pistole auf Andy und lächelte. Es war kein freundliches Lächeln, und die dunkle Linie der Fäule, welche die gelblichen Hauer des Orks von der Linie seines rosafarbenen Zahnfleisches trennte, machte es nur noch schlimmer.

»Johnson sagt, ›Laßt euch nich' erwischen‹«, sagte der eine mit einem übergroßen linken Auge. Der Ork hatte sich einen burgunderroten Stern über das Auge gemalt, als wolle er die Asymmetrie noch betonen.

»Aber wir sind schon erwischt worden. Was sollen wir jetz' bloß machen?« fragte Faule Zähne mit gespielter Bestürzung.

»Johnson sagt, ›Räumt alle Schweinereien auf, die ihr macht‹«, erwiderte Sternauge.

»Ich mach' gerne Schweinereien«, sagte die einzige Frau. Ihr Haar war ebenso stoppelkurz geschnitten wie das der anderen, und ihr Gesicht war ebenso rauh und hart, aber die zwei Wölbungen auf ihrer Brust verrieten ihr Geschlecht. Sie wedelte mit ihren Fäusten vor Andys Gesicht herum und ließ ihn die Worte »Hab Schiß« sehen, die auf beide Hände tätowiert waren. »Mach schön bitte-bitte und bring die Jungens zum Weinen.«

Plötzlich machte sie Anstalten, Andy zwischen die Beine zu greifen. Er wehrte sie unbeholfen ab. Sie schlug ihm ins Gesicht, und er fiel in den stinkenden Abfall, von dem die Gasse übersät war, und sein Deck glitt ihm aus den Händen. Dann trat sie ihm in den Bauch, und er übergab sich – eine Reaktion nicht nur auf den Tritt, sondern auch auf den Abfall, der sein Gesicht bedeckte.

»Is' gar nich' nett, 'ne Dame abzuweisen«, sagte Hab Schiß zu ihm.

Alle Orks lachten.

»Johnson sagt, ›Spielt nich' rum‹«, ermahnte sie Sternauge.

»Ich spiel nich' rum«, sagte Hab Schiß. »Ich bin 'n echt treues, liebevolles Orkmädel. Ich zerreiss' mich förmlich, um mich nur um meinen bleichen, glatten, milchgesichtigen Weichling von Norm-Pinkelbubi zu kümmern. Ich hab' immer nur einen Typ. Ich bin keine undankbare, miese, räudige Schlampe, die nich' weiß, wenn sie's gut hat. Ich bin die kleine Miß Treusorgend. Ich spiel nich' rum. Er is' der dämliche, dreimal verfluchte Schwachkopf, der nich' weiß, was Treue heißt.«

Sie betonte jedes Adjektiv mit einem Tritt. Andy versuchte sich zusammenzurollen und seine empfindlichsten Körperteile zu schützen, aber sie fand jedesmal eine Stelle, die er nicht abgedeckt hatte. Als sie aufhörte, lag er schluchzend da, und jeder Atemzug erfüllte ihn mit brennenden Schmerzen. Die Tränen liefen ihm in Rinnsalen über das schmutzige Gesicht. Er wimmerte, als sie seine Kleidung durchsuchte und sich nahm, was sie wollte. Er spürte, wie sie ihm seinen Umhängebeutel abstreifte, hörte das Knacken des Cyberdeck-Gehäuses, als sie es achtlos zu Boden fallen ließ. Außerdem betatschte sie ihn auch. Er konnte sie nicht daran hindern.

Alle Orks, die Andy kannte, waren Leute wie alle anderen auch. Aber diese hier, das waren Tiere. Nicht einfach nur Tiere, Raubtiere … und er war zu ihrer Beute geworden.

Irgendwo weit weg grunzte einer der Orks verwirrt. Andy zwang sich, die Augen zu öffnen. Faule Zähne betrachtete stirnrunzelnd die Narcoject. Der Ork wog die Kanone in der Hand und schüttelte den Kopf. Er betätigte den Magazinauslöser mit dem Daumen, und die Kassette sprang heraus. Als er sah, daß es nicht mehr als ein solider Plastikklumpen war, schnaubte er verächtlich.

»Das is' kein zäher Möchtegern. Johnson hat uns für dumm verkauft. Dieser Norm hier, der is' 'n reines Konzern-Weichei«, sagte Faule Zähne angewidert. Er warf das Magazin seinen Kumpanen zu.

Alle Orks begutachteten es der Reihe nach, schnaubten oder glotzten und warfen es dem nächsten zu. Als der letzte es sich ansah, wieherten sie verächtlich. Schlechte Zähne hockte sich hin und rammte beinahe sein Gesicht in das von Andy. Der Atem des Orks war noch schlimmer als sein Körpergeruch, und Andy wäre beinahe ohnmächtig geworden. Er versuchte das Gesicht abzuwenden, aber der Ork packte sein Kinn mit einer fleischigen Pranke und drehte seinen Kopf zurück. »Was machst du draußen in der wirklichen Welt, Weichei?«

»Johnson sagt, ›Redet nich' mit dem Opfer‹«, sagte Sternauge warnend.

»Das ergibt keinen Sinn«, sagte Faule Zähne zu ihm. »Vielleicht isses gesund zu wissen, warum.«

»Is' auf jeden Fall gesünder, es einfach zu tun und fertig«, sagte Sternauge.

»Du bis' nich' der Boß, oder?« Faule Zähne redete mit Sternauge, rammte Andy jedoch bei jedem Wort einen Finger in die Brust. »Paß auf. Wir reden mit diesem Norm, vielleicht erzählt er uns was, was wir hören wollen, vielleicht wandert er nich' auf 'n Müll.«

»Das wird Johnson nich' gefallen«, sagte Sternauge.

»Johnson hat uns mit 'nem Haufen ›braucht ihr nich' zu wissen‹ abgespeist. Tja, das hier is' 'n ›braucht er nich' zu wissen‹ für Johnson. Is' alles freie Marktwirtschaft. Begriffen?«

»Ich weiß nich' so recht. Is' 'n schlechtes Geschäft, Johnson aufs Kreuz zu legen«, sagte Hab Schiß, indem sie Andy mit gespielter Lüsternheit angrinste. »Und außerdem nich' so lustig.«

Sie stritten sich. Andy wußte, daß er an Flucht denken sollte, aber er konnte nur daran denken, wie starke Schmerzen er hatte. Wenn sie ihren Streit beendeten, würden sie ihm noch mehr Schmerzen zufügen. Vielleicht sogar töten. Er wollte nicht in einem Müllhaufen sterben.

Ein Zischen von der Gasseneinmündung her beendete den Streit. Faule Zähne stapfte los, um nachzusehen, was seine Posten entdeckt hatten. Auf dem Bürgersteig jenseits der flüsternden Orks hasteten Leute, hauptsächlich Leute von der Straße, vor etwas davon. Die Orks ließen niemanden in die Gasse und schlugen alle nieder, die es dennoch versuchten. Der Rest der Gang gesellte sich zu Faule Zähne an der Gasseneinmündung. Sie fingen einen neuen Streit an. Er wurde leise geführt, und Andy konnte ihn nicht verstehen.

Das war Andys Chance, aber er hatte zu große Schmerzen, um wegzukriechen.

Die Orks flohen plötzlich von der Einmündung wie

Schakale vor einem Löwen. Sie schwärmten an Andy vorbei, doch einer blieb stehen. Hab Schiß beugte sich über ihn. Ein Messer funkelte in ihrer Hand.

»Keine Zeit mehr zum spielen, Pinkel-Bubi«, sagte sie.

Andy erwartete, das Messer zu spüren, doch statt dessen ging ein Regen winziger Betonsplitter auf ihn nieder, während ein Donnerschlag durch die Gasse hallte. Eine Kanone. Hab Schiß fluchte und war einen Sekundenbruchteil später verschwunden. Jemand stand in der Einmündung, jemand, der groß und klobig war und einen geschwollenen, überdimensionalen Kopf hatte. Andy sah nur noch verschwommen. Ein Troll? Zu klein. Für einen Augenblick klärte sich Andys Blickfeld. Kein Troll, sondern ein Soldat im Körperpanzer. Der Soldat jagte den fliehenden Orks einen weiteren Feuerstoß hinterher, der weitere Betonsplitter aus der Mauer kratzte.

»Hey, Sarge«, rief der Soldat, indem er den Kopf zur Straße wandte. »Sieht ganz so aus, als hätten sich die Hauer etwas amüsiert.«

Rasselnd und surrend hielt ein gewaltiges Fahrzeug vor der Einmündung. Jemand stand in der Dachluke. Er trug Körperpanzer und Helm wie der erste Soldat.

»Ein Bürger?« fragte der Fahrer.

»Keine Ahnung, Sarge.«

»Gehen Sie hin und sehen Sie nach.«

Der Soldat pirschte sich vorsichtig durch die Gasse, den Blick immer auf das andere Ende gerichtet, da er offenbar eine Rückkehr der Orks nicht ausschloß. Andy versuchte ihm dafür zu danken, daß er ihn gerettet hatte, brachte jedoch nur ein Pfeifen zustande, das den Soldat erschreckte und ihn veranlaßte, seine Waffe auf Andy zu richten. Andy beschloß, nicht mehr zu versuchen, etwas zu sagen oder sich zu bewegen. Nervöse Leute mit Waffen waren gefährlich. Er war kurz vor der Hinrichtung begnadigt worden und würde sein Leben jetzt nicht wegwerfen.

Der Soldat nahm sein Gewehr hoch, offenbar überzeugt, daß Andy ihn nicht angreifen wollte. Er kniete sich neben Andy und durchsuchte ihn rasch mit einer Hand. Der Soldat fluchte, als er sich die Hand mit Blut und Erbrochenem verschmierte, und wischte sie an Andys Hosenbein ab. Als er fertig war, richtete er sich wieder auf.

»Und?« fragte der Sergeant. »Ist er ein Bürger?«

»Vielleicht. Er hat eine Datenbuchse, aber er sieht mehr wie Abfall von der Straße aus. Kein Ausweis. Wahrscheinlich haben ihn die Hauer mitgenommen.«

»Nennen Sie mir die Seriennummer der Datenbuchse.«

Der Soldat hockte sich hin und drehte Andys Kopf mit dem Gewehrkolben ins Licht. Dennoch mußte er sich bücken und blinzeln, um den Code auf der Chromumrandung der Datenbuchse lesen zu können. Der Sergeant verschwand in seinem Fahrzeug, um dann eine Minute später wieder aufzutauchen.

»Die Buchse ist auf einen Toten eingetragen«, sagte er. »Sieht dieser Bursche für Sie tot aus?«

»Noch nicht ganz.«

»Die Datenbank besagt, daß er eine Datenbuchse trägt, die ihm nicht gehört, also ist er ein Illegaler. Drek, diese schwarzen Docs sind echt schnell. Der Pinkel ist kaum kalt, und schon ist seine Headware wieder auf der Straße.«

»Dieser Bursche braucht einen Arzt, Sarge.«

»Er hat schließlich auch einen gefunden, um sich die heiße Buchse in den Schädel implantieren zu lassen, oder? Kommen Sie zurück, Espinoza. Wir haben anderes zu tun.«

»Was ist mit diesem Burschen?«

»Wir sind nicht die Cops. Lassen Sie ihn in Ruhe.«

Der Motor des Panzerfahrzeugs heulte auf, und es rollte an. Espinoza zögerte einen Augenblick, dann trabte er hinterher.

Mehr Fahrzeuge fuhren an der Gasse vorbei. Soldaten trotteten neben ihnen her. Keiner von ihnen hatte Zeit für einen zusammengeschlagenen jungen Burschen in einer Gasse. Schade, daß er kein Bürger war. Andy war Bürger gewesen, bis er selbst diesen Zustand geändert hatte.

Er mußte etwas tun. Er wollte sich wirklich nicht zwischen all dem Müll zum Sterben hinlegen. Aber er hatte so große Schmerzen. Selbst das Atmen tat ihm weh.

Einige Zeit, nachdem die Soldaten vorbeigezogen waren, rappelte er sich in einem Wirbel aus grauen Schlieren und unerträglichen Schmerzen auf. Er brach zusammen, nachdem er versuchte, sein Deck aufzuheben, und dann noch dreimal, bevor er die Einmündung der Gasse erreichte.

Die Straße war nicht verlassen, hätte es aber ebensogut sein können. Keiner der Passanten machte Anstalten, ihm zu helfen. Die meisten sahen ihn nicht einmal an. Er versuchte um Hilfe zu bitten, brachte jedoch nur ein heiseres Krächzen heraus. Hab Schiß hatte ihm einen Tritt gegen die Kehle verpaßt.

Er wußte, daß er nicht weit kommen würde. In dem Gebäude, an dem er sich abstützte, gab es Büros, vielleicht auch einen Arzt. Er schleppte sich zur Tür und zwang sich, das Schild zu betrachten, auf dem die Mieter aufgelistet waren. Keine Ärzte. Keine Hoffnung. Oder doch? Unter den Mietern im ersten Stock gab es eine »Harry Markowitz Corp., Ermittlungen«. Markowitz. Marksman. Andy hatte einmal etwas für ihn getan, nicht wahr? Er würde ihm helfen. Er mußte einfach.

Als er sich schließlich auf dem Treppenabsatz im ersten Stock wiederfand, konnte er sich nicht mehr erinnern, sich dazu entschlossen zu haben, die Treppe zu erklimmen. Die Anstrengung hatte seine letzten Kraftreserven verbraucht. Er mußte sich an der Wand abstützen, als er durch den Flur schlurfte. Vor Markowitz' Tür angekommen, war er sicher, daß er innere Blutungen hatte. Er würde sterben, wenn er keine Hilfe bekam. Das hier war wirklich seine einzige Chance.

Er konnte seine Finger einfach nicht um den Türknauf schließen, sondern lediglich gegen die Mattplastikscheibe stoßen. Der armselige Abklatsch eines Klopfens. Er hinterließ einen blutigen Film auf dem Wort »Ermittlungen«.

So laut, wie das Blut in seinen Ohren hämmerte, konnte Andy nicht sehr gut hören, aber er glaubte eine Stimme zu vernehmen, die möglicherweise »herein« gesagt hatte, aber wenn das der Fall war, vermochte Andy der Aufforderung nicht nachzukommen. Es gelang ihm, noch einmal gegen die Tür zu stoßen, dann waren seine Kräfte endgültig verbraucht, und er fiel gegen die Tür. Das Mattplastik war angenehm kühl auf seiner verschrammten Wange.

Dann kippte die Welt, als jemand die Tür öffnete. Andy verlor seine Stütze und fiel über die Schwelle. Er ging zu Boden wie eine Puppe.

Jemand sprang über ihn hinweg. Markowitz. Der Mann drückte sich gegen den Türrahmen und zog eine kurzläufige Automatik aus einem Schulterhalfter. Er lugte vorsichtig in den Flur, zuerst in Richtung der Treppe, über die Andy gekommen war, dann in die andere Richtung.

Andy spürte Fell an seiner Wange. Irgend etwas packte ihn am Hemdkragen und zog, schleifte ihn in das Büro. Der Winkel war zu flach, als daß es ein Mensch sein konnte – es sei denn, die Person lag oder hockte neben ihm auf dem Boden, und dafür war der Zug zu stetig. Und das Fell? Irgendein Hund? Was spielte das für eine Rolle, er hatte zu starke Schmerzen. Er schloß die Augen und wünschte, die Schmerzen würden aufhören.

»Nur der Junge«, sagte Markowitz. Andy hörte, wie

sich die Tür schloß. Krallen klickten leise über den Boden, als das Tier weglief. Markowitz' Schritte kamen näher. Seine Stimme kam von weit oben.

»Drek, Junge, du blutest mir den Boden voll.«

*Tut mir leid. War nicht meine Absicht. Ich sterbe nur gerade.*

»Toll. Er kann nicht mal reden.« Markowitz seufzte erbost. »Warum mußtest du herkommen, Junge?«

»Beruhige dich, Harry«, sagte eine weiche feminine Stimme. Nackte Füße tappten leise über den Boden und kamen näher. Ein blumiger Duft stieg Andy in die Nase. So völlig fehl am Platz. Er öffnete die Augen und sah ein wunderschönes asiatisches Gesicht, das sich zu einer Miene der Besorgnis verzogen hatte. Die Frau hatte etwas klassisches, alterslos Gewinnendes an sich, das sich mit ihrem weißen Haar biß. Der Gegensatz löste eine Erinnerung aus. Andy verglich Gesicht und Stimme mit der Erinnerung: Das war Kit. Andy konzentrierte sich auf ihre dunklen Augen. Er kannte die Augen, konnte sich aber nicht mehr erinnern, woher. Ihre zierlichen Finger hoben Andys Augenlider, erst das eine, dann das andere. Ihre Miene wurde traurig. »Es geht ihm schlecht.«

»Das sehe ich auch. Ich will trotzdem wissen, warum er hergekommen ist.«

»Du sagtest, er hätte dich wiedererkannt.«

»Und *du* sagtest, das wäre unmöglich.«

Sie zuckte die Achseln. »Hast du noch nie einen Fehler gemacht? Wir müssen etwas unternehmen. Er braucht Hilfe.«

»Wer nicht? Haben wir im Moment nicht schon genug Schwierigkeiten? Wir können ihn unterwegs am Krankenhaus absetzen.«

»So lange macht er es vielleicht nicht mehr«, sagte Kit ernst. »Wir sind in sein Leben getreten. Jetzt tritt er in unseres. Karma, *neh?*«

»Wirst du etwas für ihn tun?«

»Ich werde es versuchen.«

»Tu nur das Nötigste, damit er auf die Beine kommt und wir ihn von hier wegbringen können. Du brauchst deine Kräfte nicht an einen Dummkopf wie ihn zu verschwenden. Er ist eine Komplikation, die wir gerade jetzt nicht brauchen können. Tatsächlich wären wir besser daran, wenn er den Löffel abgäbe.«

»Harry, das ist nicht dein Ernst.«

»Da wäre ich nicht so sicher. Hör mal, ich häng' mich wieder ans Kom und frage Cog, ob er einen Ersatzmann für uns auftreiben kann. Wenn sich der Zustand des Jungen nicht gebessert hat, wenn ich fertig bin, setzen wir ihn ab. Okay?«

Das Streitgespräch wurde fortgesetzt, doch Andy klinkte sich aus. Es kam ihm zu unwichtig vor. Außerdem waren die Schmerzen nicht so schlimm, wenn alles dunkel war. Er träumte, er sei wieder ein Kind und renne über grüne Felder, wie er sie noch nie gesehen hatte. Er hatte einen weißen Hund mit buschigem Schwanz bei sich. Eine Wölfin. Sie liebte ihn und schleckte ihm sofort das Gesicht ab, wenn er ihr auch nur die Andeutung einer Gelegenheit dazu gab. Sie wollte nur spielen, und ihr Bellen forderte ihn auf, mit ihr zu spielen, zerrte ihn aus der Dunkelheit zurück.

Aus seinem Traum heraus.

Sein Verstand war klar. Er erinnerte sich jetzt an Kit und Marksman. Auch an Yates, Rags und Shamgar, den Ork-Samurai. Da waren noch zwei andere Runner, noch ein Ork und eine Norm-Riggerin, aber er kannte ihre Namen nicht. Er erinnerte sich, wie die Runner plötzlich bei ihm hereingeplatzt waren. An Yates' Rettung und seinen anschließenden Zusammenstoß mit dem tödlichen Ice. An die Hatz durch die Wartungstunnel des Telestrian-Komplexes. An die Maschine, mit der Rags das Zeug aus Andys Headware gesaugt hatte, das Yates hineingepfropft hatte. An die Fahrt in die Innenstadt, die damit geendet hatte, daß Andy in Kits unendlich tiefe Augen starrte. An die Wolke, die sich daraufhin herabsenkte, und daran, wie er abgesetzt worden war. Er erinnerte sich an alles.

Er lag in einem Bett. Nicht in seinem eigenen. Dem Bettzeug haftete ein Anflug von Blumenduft an. Der Raum war überhaupt nicht feminin, stellte er fest, als er ihn sich ansah. Aber Kit war da.

»Fühlst du dich besser?« fragte sie.

»Ich fühle mich wie Drek, aber wenigstens fühle ich mich nicht mehr, als wäre ich tot. Du hast etwas mit mir gemacht.«

Sie sah zu Boden wie ein sittsames, bescheidenes Mädchen. »Du hattest Glück.«

»Das glaube ich. Danke.«

»Unser Karma ist jetzt verbunden, Andrew.«

Andy war klar, daß er ihr eine Menge schuldete. Er würde sich revanchieren. Wie, wußte er noch nicht.

»Wer hat dich so zugerichtet?« fragte sie.

Ihre Fragen zu beantworten, würde kaum die Zinsen dessen abdecken, was er ihr schuldete. »Eine jugendliche Ork-Gang. Sie haben mich draußen in eine Gasse geschleift. Ich glaube, sie wollten mich umbringen.«

»Es wäre ihnen fast gelungen. Hatten sie einen Grund?«

»Braucht der Abschaum auf der Straße heutzutage einen Grund?« fragte Markowitz. Er stand in der Tür des Zimmers. Hinter Markowitz konnte Andy das Büro sehen, in dem er zusammengebrochen war. Dies war Markowitz' Bude, was bedeutete, daß Kit – etwas für Markowitz war, worüber er nicht nachdenken wollte.

»Und? *Hatten* sie einen Grund, Junge?« fragte Markowitz.

»Einer von ihnen sagte andauernd ›Johnson sagt‹«, antwortete Andy. »Ich glaube, jemand hat sie angeworben.«

»Weißt du, wer?«

»Nein.«

»Warum?«

»Nein.«

»Wie wär's damit, woher sie wußten, daß sie dich dort treffen würden?«

»Keine Ahnung.«

»Toll.« Markowitz verdrehte die Augen. »Du bedeutest Ärger, Junge, und ich will nichts damit zu tun haben.«

»Es ist nicht seine Schuld, Harry«, sagte Kit.

Markowitz schüttelte den Kopf. »Sicher. Natürlich nicht. Ist es nie.«

Er verließ den Raum, und Kit sagte: »Mach dir nichts draus. Er ist nicht so hart, wie er sich gibt.«

»Ich will es ebensosehr wissen wie er«, sagte Andy zu ihr.

»Wir finden es heraus«, versicherte sie ihm. »Eins nach dem anderen.«

Andy konnte Markowitz im anderen Raum ein Telekomgespräch führen hören. Nach kurzer Zeit schrie Markowitz seinen Gesprächspartner am anderen Ende an.

»Ich habe kein Zeit, und das weißt du auch. Wenn du versuchst, mich hinzuhalten, um eine Prämie rauszuschlagen, wird das nicht klappen. Es gibt andere Leute, die den Job erledigen können.« Eine Pause, dann ruhiger: »Ja, ja. Ich weiß.«

Der Rest des Gesprächs wurde leiser geführt, und Andy konnte nichts mehr verstehen. Kit sah in Richtung des anderen Zimmers, als lausche sie noch. Andy wußte nicht, was los war, aber offensichtlich war er in ihr Leben eingedrungen, während sie sich mitten in einem Job befanden.

»Was ist das Problem?« fragte er.

Kit sah ihn an, antwortete jedoch nicht sofort. »Harry hat sich bereit erklärt, gewisse Arzneimittel aus den Konföderierten Staaten über die Grenze zu transportieren. Diese Arzneimittel sind nur bis zu einem gewissen

Zeitpunkt wertvoll. Wenn sie heute nacht nicht am Übergabepunkt abgeliefert werden, sind sie wertlos. Und ohne sie werden viele Menschen sterben.« Der Gedanke schien Kit zu bestürzen.

»Das verstehe ich nicht. Warum könnt ihr den Run nicht durchziehen?«

»Sammy Locksley, unsere Fahrerin, ist wie vom Erdboden verschwunden. Das sieht ihr gar nicht ähnlich. Sie weiß, wie wichtig der heutige Run ist. Harry befürchtet, daß ihr etwas zugestoßen sein könnte. Das macht ihn … unglücklich. Deswegen ist er auch so grob zu dir. Normalerweise ist er freundlicher zu unseren Gästen.«

»Ich könnte helfen.«

Sie lächelte milde. »Der Wagen ist etwas Besonderes, ein Rigger-Modell.«

»Ich bin Rigger.« Das hätte er auch gesagt, wenn er überhaupt keine Erfahrung gehabt hätte. Er wollte etwas tun, um einen Teil seiner Schulden zu tilgen. Und er wollte Kit glücklich machen. »Ich könnte ihn fahren.«

»Echt?«

»Echt.«

Ihre Miene hellte sich auf und wärmte Andy mit der Sonne ihres Lächelns.

Markowitz kam zu ihnen zurück. »Wir können nur hoffen, daß wir keinen Ärger bekommen, Kit. Cog hat niemanden auf Lager. Ich werde fahren müssen.«

»Wie denn?« fragte Kit. »Du sagst Sammy doch andauernd, daß du kein Rigger bist.«

»Bin ich auch nicht, aber mit der Datenbuchse kann ich den Autopiloten leiten. Was uns verdammt wenig nützen wird, wenn der Drek anfängt zu dampfen, also können wir nur hoffen, daß wir Glück haben. Kennst du irgendwelche Glückszauber?«

»Mehrere, aber sie haben alle unerwünschte Nebenwirkungen, wenn sie zum Nutzen des Wirkenden oder ihm nahestehender Personen angewandt werden. Vielleicht gibt es noch eine andere Möglichkeit. Andrew ist ein Rigger.«

»Ach ja?« Markowitz beäugte Andy mißtrauisch. »So ein Zufall. Ich muß ohnehin ständig an die heutigen Zufälle denken. Woher weiß ich, daß du kein trojanisches Pferd Telestrians bist?«

Andy war niemandes trojanisches Pferd. »Wahrscheinlich nirgendwoher, aber ich arbeite nicht mehr für Telestrian. Ich habe Yates geholfen, weißt du noch?«

»Yates ist deine Hilfe nicht besonders gut bekommen. Weißt du noch?«

Andy würde sich von Markowitz nicht die Schuld dafür in die Schuhe schieben lassen. Ihm reichte diejenige, die er sich selbst gab. »Das schwarze Ice hat ihn erwischt. Yates war derjenige, der entschieden hat, daß ich ihm nicht gegen das Ice helfen kann. Er hat mich aus der Matrix ausgeworfen, weißt du noch? Außerdem, glaubst du wirklich, ich ließe mich fast umbringen, nur um dich einzuwickeln?«

Markowitz sah aus, als ziehe er genau diese Möglichkeit in Erwägung.

»Er war wirklich schwer verletzt, Harry«, sagte Kit.

»Du und Kit, ihr habt mir geholfen, und das gibt mir die Gelegenheit, mich zu revanchieren.«

»Glaubst du, du könntest die Schuld dadurch abtragen, daß du dich hinter ein Lenkrad klemmst?«

»Nein, aber irgendwo muß ich schließlich anfangen.«

»Laß ihn helfen, Harry.«

Kits Bitte ließ Markowitz' frostige Miene ein wenig auftauen. »Hast du Erfahrung mit einem Cougar-6200 Rigger-Interface?« fragte er.

»Das will ich meinen«, sagte Andy. »Ich war einer der Fahrer beim Beta-Test.«

»Wir brauchen einen Rigger«, erinnerte Kit Markowitz.

»Keine Bezahlung«, sagte Markowitz.

»Okay.«

»Du bist verrückt, Junge«, sagte Markowitz. »Aber vielleicht ist es Karma, daß du hier bist. Ich würde dir gerne mehr Fragen stellen, habe aber keine Zeit, und mir fällt kein guter Ort ein, an dem ich dich bis nach dem Run unterbringen könnte, also gebe ich dir eine Chance.« Er warf Andy ein Armband zu. »Hier, leg das um.«

Andy versuchte es. Der Verschluß rastete ein, und eine LED-Anzeige erwachte zum Leben, die besagte: »Scharf.«

»Was, zum Teufel, ist das?«

»Eine Versicherung«, sagte Markowitz. »Wenn ich nicht in der Nähe bin, um jede Stunde oder so den Verzögerungscode einzugeben, hast du eine Hand weniger.«

»Harry!« Kit klang entsetzt.

»Du bist ruhig«, sagte er zu ihr. »Wir können es uns nicht leisten, ein Risiko einzugehen. Das weißt du. Und jetzt zieh deinen Mantel an, es wird Zeit.«

>>>>>NewsNet-Downlink
-[12:06:49/23-8-55]

BESPRECHUNGEN IM WEISSEN HAUS
AUF HÖCHSTER EBENE

Im Weißen Haus herrschten heute morgen tumultartige Zustände, da außerplanmäßiger Besuch kam. Delegationen der Elfennationen Tir Tairngire und Tir na nOg trafen unabhängig voneinander und im Abstand weniger Minuten im Weißen Haus ein und verlangten eine sofortige Unterredung. Die Delegierten, die der Pressesprecher des Präsidenten nur als »äußerst hochrangig« beschreibt, wurden sofort vorgelassen und konferieren nach nun mittlerweile fast fünf Stunden noch immer mit Präsident Steele. Zwar wurde keine Erklärung oder Verlautbarung abgegeben, aber Gerüchten zufolge heißt es, der Grund für die Anwesenheit der Besucher der beiden Elfennationen und das Thema der Besprechung sei die zunehmende Krise in Chicago. Zu einer Zeit, in der die Bevölkerung der UCAS sehr wenig über das erfährt, was in einer der größten Städte des Landes vorgeht, kann sich die Öffentlichkeit nur wundern, welches Interesse diese ausländischen Mächte an den inneren Angelegenheiten des Landes haben.

Gut unterrichtete Kreise im Weißen Haus berichten, daß die Besprechung vor einer Stunde durch einen Telekom-Anruf des berüchtigten Drachen Lofwyr unterbrochen wurde. Hartnäckige Gerüchte, Lofwyr hätte eine Art »Endlösung« für die Probleme in Chicago angeboten, wurden vom Pressesprecher des Präsidenten, Lee Atwhiler, als »unsinnig und übertrieben« bezeichnet.

In einer eindeutig damit im Zusammenhang stehenden Aktion hat General Lewis Draeger, der Vorsitzende der Vereinigten Stabschefs, heute mittag eine kurze Pressekonferenz abgehalten, um eine vorbereitete Verlautbarung abzugeben, in der bestätigt wird, daß sich das gesamte UCAS-Militär im Alarmzustand befindet. In der anschließenden kurzen Fragestunde weigerte sich General Draeger, zu bestätigen oder zu bestreiten, daß es sich bei der Bedrohung um eine ausschließlich interne Angelegenheit handele, wenngleich er eine von ihm sogenannte »Warnung an alle Unruhestifter« äußerte, die UCAS seien »mehr als willens und bereit, *alle* ihre Interessen zu verteidigen«. < < < < <

## 14

Tom sah die Luftwaffenbasis Andrews unter dem Osprey vorbeigleiten. Die Maschine änderte weder ihre Flugrichtung noch wechselte sie in den vertikalen Flugmodus. Er zeigte aus dem Fenster, als die letzte Rollbahn aus seinem Blickfeld wich. »Ich dachte, wir fliegen dorthin.«

Furlann legte den Kopf zurück und schloß die Augen. »Da haben Sie falsch gedacht.«

Offensichtlich hatte er auch falsch gedacht, als er geglaubt hatte, ihr vertrauen zu können. »Was ist los? Wir haben Befehl, uns dort bis zwölf Uhr zur Weiterbeförderung zu melden.«

»Spielt keine Rolle.«

»Für mich schon. Ich habe Befehle.«

»Die Befehle sind geändert worden.«

Niemand hatte ihm etwas davon gesagt. »Nein, sind sie nicht.«

Furlann seufzte. »Beruhigen Sie sich, Walker. Man wird Sie ins Bild setzen, wenn wir gelandet sind. Entspannen Sie sich, genießen Sie den Flug.«

Entspannen und genießen? Man zwang ihm gerade eine unerlaubte Entfernung von der Truppe auf. Er erwog, ins Cockpit zu gehen und dem Pilot zu befehlen, umzukehren und Andrews anzufliegen, kam dann aber zu dem Schluß, daß er damit wahrscheinlich nicht weit kommen würde. Wenn der Pilot keine Befehle von weiter oben hatte, lief es darauf hinaus, daß er zwischen Tom und Furlann wählen mußte. Die Magierin würde diesen Wettstreit trotz ihres niedrigeren Rangs gewinnen. Es wäre nicht das erstemal gewesen. Die Leute legten sich ganz einfach nicht gern mit Magiern an.

In was zog Furlann ihn jetzt hinein? Sie folgte ganz eindeutig dem Plan eines anderen. Er hoffte, daß es sich nicht um eine ihrer verdrehten magischen Schnepfenjagden handelte. Dies war nicht der richtige Zeitpunkt. Was es auch war, sie wußte mehr darüber, als sie erzählte. Er hatte es in Denver gehaßt, wenn sie Informationen zurückgehalten hatte. Geheimhaltung war eine Angewohnheit von ihr, eine Angewohnheit, mit der Tom sich auch im Laufe der Zeit nicht hatte anfreunden können.

»Ich glaube, Sie schulden mir ein paar Antworten.«

»Wenn wir gelandet sind, Walker«, sagte sie in einem Tonfall, als rede sie mit einem lästigen Kind, das wissen wollte, wann sie endlich ankommen würden. »Wenn wir gelandet sind.«

Bis nach der Landung zu warten schien, von Gewaltanwendung abgesehen, seine einzige Möglichkeit zu sein, also wartete er.

»Nähern uns Fort Belvoir«, verkündete der Pilot über Bordfunk, kurz bevor der Osprey erbebte, als sich die Kipprotoren an seinen Stummelflügeln in den Vertikalflugmodus drehten. Sie gingen tiefer. Durch die Fenster auf Furlanns Seite sah Tom flüchtige Eindrücke einer gewaltigen geodätischen Kuppel und einer Vielzahl Antennen.

Furlann war auf den Beinen, noch bevor der Pilot die Triebwerke ausgeschaltet hatte. »Kommen Sie, Walker. Sie bleiben bei mir, bis man Ihnen etwas anderes sagt.«

Ihr Verhalten überstieg den Grad von Freiheit, den

man den Offizieren des Thaumaturgischen Korps einräumte. Tom wußte nicht, wie lange er sich das noch bieten ließ. Wenn sie sich irrte, was die Befehlsänderung betraf, saß er wirklich und wahrhaftig tief im Drek. Es blieb nicht mehr genug Zeit, um es bis 1200 Uhr nach Andrews zu schaffen. Magierin oder nicht, sie würde mit ihm in derselben Brühe schmoren, die sie für ihn aufgesetzt hatte.

Der Aktivität nach zu urteilen, waren sie soeben mitten in einem aufgescheuchten Ameisenhaufen gelandet. Tom betrachtete das geschäftige Treiben. Er sah, wie die Antennen geschwenkt wurden und die Reihe der Konsolen unter einer zwischen Panzerfahrzeugen gespannten Plane zum Leben erwachen. Die reglose Wachsamkeit der bewaffneten Posten war ein auffallender Gegensatz zur hektischen Aktivität der anderen Soldaten im Fort.

»Dies ist ein Gefechtshauptquartier«, sagte Tom, während sie sich dem Punkt näherten, bei dem es sich um das Zentrum der Betriebsamkeit zu handeln schien. Er strich mit der Hand über die graue Tarnbemalung der Seite einer fahrbaren Taktischen Operationszentrale. Dies war Feldkommandokram, genug für eine Division, vielleicht sogar für ein Korps.

»Was haben Sie denn erwartet, daß ich Sie zu einer Tanzveranstaltung abschleppe?« fragte Furlann sarkastisch.

»*Erwartet* habe ich den Rücktransport nach Fort Schwartzkopf«, erinnerte er sie.

»Vielleicht bekommen Sie den noch, aber wir sind zunächst einmal hier, um mit General Trahn zu reden«, sagte Furlann.

Tom blieb wie vom Donner gerührt stehen. Trahn war einer der ganz wenigen Offiziere, die die Auflösungsfeldzüge mit anständiger Akte und sauberem Ruf überstanden hatten. Gerüchten zufolge war er der am schnellsten aufgehende Stern in der Armee und für die

Position eines Stabschefs vorgesehen. »Trahn? Warum? Und warum will er mich jetzt sprechen? Ich habe eine Verantwortung gegenüber …«

»Sie sind auf meinen Befehl hier, Major.«

Tom nahm augenblicklich Haltung an, als er die Sterne auf dem Kragen des Mannes sah, der aus dem TOZ-Fahrzeug getreten war. Er brauchte nicht das Namensschild zu lesen, um Trahn zu erkennen. Der General war oft genug in *Stars and Stripes* abgebildet.

Einen Moment lang wirkte die Szenerie wie eingefroren. Trahn hatte jenes glatthäutige, exotische eurasische Aussehen, das wenige Altersanzeichen verriet. Er hätte dreißig oder auch sechzig sein können. Mit seinem Rang und seiner Stellung mußte er letzterem Alter näher sein. Die Glattheit gab ihm ein unglaubliches Pokerface. Tom konnte die Laune des Mannes nicht einschätzen. Der General mochte verärgert über den frisch beförderten Major sein, dessen Verhalten man als Fragestellung der Autorität des General betrachten konnte, oder auch nicht.

»Gibt es ein Problem?« fragte Trahn.

»Kein Problem, Sir! Ich bin nur ein wenig verwirrt.«

Erst jetzt erwiderte Trahn Toms Gruß. »Verwirrung ist mir nicht unbekannt. Wir haben gerade jetzt viel zuviel davon. Ich bin froh, daß Sie so schnell herkommen konnten, Major.«

»Ein Kinderspiel«, sagte Furlann.

Trahn ignorierte sie und zog Tom mit sich zum TOZ-Fahrzeug. »Sie sind Matt Walkers Junge, nicht wahr? Ich habe damals im Jahre '17 unter Ihrem Vater gedient. Guter Mann, bevor er sich ›veränderte‹.«

»Wenn Sie das sagen, General. Ich kannte ihn da noch nicht.«

Einer von General Trahns Stabsoffizieren beendete den peinlichen Augenblick, da die Frau mit einem ganzen Fragenkatalog die Rampe heraufgestampft kam. Sie wollte Informationen hinsichtlich der Vorstellungen des Generals in bezug auf den technischen Aufbau, aber ihre Fragen gaben Tom keinen Anhaltspunkt, was eigentlich los war. Als er ihre Fragen beantwortet und sie entlassen hatte, wandte sich der General wieder an Tom.

»Wie ich schon sagte, Captain Furlann erzählt mir, Sie hätten ein besonderes Händchen bei den Sonderressourcen. Da diese Operation hier in aller Eile zusammengeschustert worden ist, stehen mir nicht besonders viele SRs zur Verfügung, und das, was ich habe, ist eine ziemlich bunte Mischung. Mein regulärer SR-Offizier war in Fort Schwartzkopf, als in Chicago die Bombe geplatzt ist, und ist gleich dabehalten worden. Ich brauche jemanden, der sich um meine SRs kümmert und sie in Form bringt. Sind Sie dieser Mann?«

»Ich dachte, ich wäre unterwegs zu meiner Einheit.«

»Ihre Einheit ist bereits mitten im dichtesten Getümmel von Chicago«, bekannte der General. »Wir können Sie jetzt unmöglich dorthin schaffen.«

*Bereits mitten im dichtesten Getümmel?* »Das verstehe ich nicht, Sir. Warum wurde ich nicht vorher zurückbeordert?«

»Man hat mich nicht zu Rate gezogen, Major. Der Ärger in Chicago hat sich schneller entwickelt, als alle erwartet hatten, und wir alle gewöhnen uns noch an die Situation. Sie sind nicht der einzige Offizier, den es von seinem Posten verschlagen hat. Im Augenblick besetzen die Leute einfach dort Posten, wo sie sich gerade aufhalten. Wir improvisieren alle und machen uns nicht viele Gedanken um Nettigkeiten. Für mich waren Sie zufällig zur rechten Zeit am rechten Ort, und ich habe die Absicht, das auszunutzen. Da die Operation in Chicago alle verfügbaren Ressourcen sehr stark in Anspruch nimmt, bin ich hier etwas knapp, und ich brauche so viele gute Offiziere, wie es eben geht.«

Es wäre wunderbar, mit einem Offizier wie Trahn zusammenzuarbeiten, aber … »Ich sollte wirklich bei meinen Männern sein, Sir.«

Trahn runzelte die Stirn. »Ich halte es für wichtiger, daß wir Sie hier einsetzen, Major. Ich hatte angenommen, Sie würden das verstehen.

Wir müssen uns mit dieser Schweinerei befassen, die unser verehrter Präsident so lange hat vor sich hin eitern lassen, daß jetzt ein Einschnitt vorgenommen werden muß, eine Operation, wenn Sie so wollen. Chicago ist schlimm, aber auch nur ein Symptom für ein größeres Problem. Ein weiterer Offizier dort würde keinen Unterschied machen. Wenn wir versuchten, Sie nach Chicago zu bringen, Sie dort Ihrer Einheit zuzuführen und bei der Truppe mitten im Gefecht die Pferde wechselten, würden wir den Männern dort keinen Gefallen tun. Sie können ihnen helfen, indem Sie hier arbeiten. Sie wollen doch nicht, daß sie in der Luft hängen, weil die Heimatfront zusammenbricht, oder?«

»Nein, Sir.«

Trahns Stirn glättete sich wieder, und er fuhr fort: »Captain Furlann hat mir außerdem erzählt, daß Sie bei Green Twilight die Normen entwickelt haben.« Green Twilight war der Codename für die Ausbildungsübungen, die aus den Resultaten von Toms erstem, alptraumhaftem Manöver in Fort Schwartzkopf entwickelt worden waren. »Wenn Sie diese Leute ausgebildet haben, werden die es schon schaffen. Und wenn sie es ohne Sie nicht schaffen, haben Sie Ihren Job nicht richtig erledigt, was Sie meiner Überzeugung nach gewiß getan haben. Ihre Leute werden sich prächtig schlagen. Haben Sie denn kein Vertrauen?«

Vertrauen hatte er. Sorgen auch.

Trahn setzte nach. »Ihre Leistung in Fort Schwartzkopf verrät mir, daß Sie eine besondere Begabung für das Feld und für Organisation haben. Da ich knapp an Leuten bin, brauche ich Doppelbegabungen, wenn ich sie bekommen kann. Ich will, daß Sie mich im Bereich

Spezialunternehmen beraten, und ich will Ihnen die taktische Verantwortung über die SR-Einheit geben, sobald Sie sie eingerichtet haben.«

Sowohl Stabs- als auch Feldarbeit? Trahn mußte tatsächlich knapp an Leuten sein. Eine verteufelt schwierige Aufgabe, aber auch eine Gelegenheit zu glänzen, und das direkt unter Trahns Augen. Seinen Beifall zu haben konnte Toms Karriere eigentlich nur guttun. Aber warum versuchte Trahn, ihm den Job zu verkaufen, anstatt einfach einen Versetzungsbefehl auszugeben? Er fragte ihn.

»Ich brauche Leute, die hier sein *wollen*«, erwiderte Trahn. »Die gegenwärtige Krise ist eine Angelegenheit für eine Art Feuerwehr. Vielleicht ist sie nur ein Vorbote für schlimmere Dinge. Wenn ja, können gute Leute auf den richtigen Positionen den Unterschied zwischen Untergehen und Überleben dieses Landes und des Lebens ausmachen, wie wir es kennen. Man hat mir gesagt, daß Sie aus dem richtigen Holz geschnitzt sind.«

»Ich hoffe es, Sir.«

»Sie hoffen es?«

»Ich meine, jawohl, Sir!«

»Also gut.« Trahn streckte die Hand aus, so daß Tom sie schütteln konnte. »Willkommen an Bord. Nur vergessen Sie nicht, ich erwarte einhundert Prozent und mehr.«

»Ich werde Sie nicht enttäuschen, Sir.« Tom hoffte, daß es stimmte.

Trahn begleitete ihn aus dem TOZ-Fahrzeug, stellte ihn rasch seinen Stabsoffizieren vor und überließ ihn dann der Obhut von Colonel Jemal Jordan, seinem J2. Der Nachrichtendienstoffizier weihte Tom in ihren Grundauftrag ein: sich für den Fall bereitzuhalten, daß die Gewalt in der Stadt eskalierte.

»Und wie wahrscheinlich ist das?« fragte Tom, während er sich überlegte, ob er trotz allem auf Chicago bestehen sollte. Er hatte in Denver genug Unterstützungsarbeit für die Polizei geleistet.

Jordan konterte seinerseits mit einer Frage. »Wetten Sie gerne, Rocquette?«

»Manchmal.«

»Nun, wenn Ihnen jemand hundert zu eins für eine Wette gegen die Eskalation bietet«, Jordan ließ zwei Reihen strahlend weißer Zähne aufblitzen, »lehnen Sie ab.«

Der Colonel teilte Tom einen Arbeitsplatz zu, richtete seine Zugangscodes ein und verließ ihn dann, um weiter seinem Job nachzugehen. Während Tom sich informierte, womit er arbeiten konnte, traf ein Schwarm von Konzerntypen ein. Tom fiel auf, daß die meisten Telestrian-Anstecknadeln trugen, aber er sah auch welche von Fuchi, Ares Macrotechnology, Shiawase, Oracular Systems und Geistco. »Vertreter der Allianz Besorgter Konzernbürger«, verkündete ein Adjutant.

Trahn unterbrach seine Besprechung mit Jordan, in der er sich gerade befand. Er ging hinaus, um den Pinkeln nahe der Rampe zu einem der TOZ-Fahrzeuge zu begegnen.

»Wollen wir hineingehen, meine Herren?« fragte Trahn, wobei er seinen persönlichen Wohnwagen anbot. Es gab kein gegenseitiges Vorstellen. Trahn mußte sich schon früher mit diesen Pinkeln getroffen haben. Tom fragte sich, wer sie sein mochten, daß der General seine Beschäftigung unterbrach, um mit ihnen zu reden.

Der offensichtliche Sprecher der Gruppe, ein gertenschlanker Elf mit aschblondem Haar im bei Konzernen unüblichen Schrott-Look, schüttelte unmerklich den Kopf, ohne sein Lächeln aufzugeben. »Wir würden es vorziehen, draußen zu bleiben. Unser Anliegen ist öffentlicher Natur, wenngleich einige Formulierungen dieses Anliegens besser unter uns bleiben. Vielleicht sollten wir uns dort drüben im Schatten jener Bäume unterhalten, wo uns vielleicht eine frische Brise überrascht. Sie brauchen sich keine Gedanken hinsichtlich etwaiger Übergriffe zu machen. Mein Stab kann problemlos für die nötige Abgeschiedenheit sorgen.«

Der General war einverstanden und ging mit den Pinkeln zu den Bäumen. Unterwegs schien plötzlich die ganze Gruppe unscharf zu werden. Tom blinzelte. Nein, die Bäume hinter ihnen sahen noch ganz normal aus. Nur die unmittelbare Umgebung der Leute wirkte verschwommen. Toms Augen waren in Ordnung. Es mußte Magie sein. Vermutlich dämpften die Zauber auch alle Geräusche.

Das zum Stab des Elfs auch einer oder mehrere Zauberkundige gehörten, war nicht unüblich. Im allgemeinen waren die Konzerne viel besser mit Zauberkundigen bestückt als die Regierung, das Militär eingeschlossen. Gewöhnlich trug die Höhe des Gehalts den Sieg über den Patriotismus davon.

Colonel Jordan trat in sein Blickfeld. Der Nachrichtendienstoffizier sah Tom geradewegs an. »Haben Sie Ihre Einheit bereits organisiert?«

»Nein, Sir.«

»Dann haben Sie zu arbeiten. Sie haben keine Zeit zu verschwenden, wenn Sie die Absicht haben, dem General pünktlich Bericht zu erstatten.«

Jordan hatte recht. Tom hatte keine Zeit, sich Gedanken darüber zu machen, welches Anliegen diese hiesigen Pinkel hatten. Er mußte einen Job erledigen. Er vertiefte sich in die Einzelheiten. Er bekam erst mit, daß Trahn in das TOZ-Fahrzeug zurückgekehrt war, als er die Stimme des Generals hörte.

»Also gut, Leute. Hören Sie zu. Von diesem Augenblick an sind wir einsatzfähig.«

Colonel Jordan fügte hinzu: »Alle anstehenden Berichte sind in einer halben Stunde zu leisten, wenn eine vollständige Stabsbesprechung stattfinden wird.«

»In der Zwischenzeit habe ich nicht die Absicht, auf

dem Hintern zu hocken«, sagte Trahn. »Wir verfahren nach Einsatzplan Baker. Jemal, während Sie die Konferenzleitung für die Kommandeure einrichten, machen Sie mir auch eine sichere Leitung zum Präsidenten frei.« Trahn betrachtete die Offiziere, Techs und Helfer in der TOZ. »Zeit, sich den Sold zu verdienen, Leute. Machen Sie sich an die Arbeit.«

Das tat Tom. Er kannte Plan Baker nicht, aber wenn die Sonderressourcen daran beteiligt gewesen wären, hätte man ihm das mitgeteilt. Wie es aussah, würde er alles bei der Besprechung erfahren. Bis dahin hatte er reichlich zu tun, da die einzigen verfügbaren Sonderressourcen Personen und ein paar Experimentaleinheiten waren, die zu Testzwecken in Belvoir stationiert waren. Alle bestehenden Einheiten waren nach Chicago verlegt worden. Eine eingespielte und gefechtsfähige Einheit zu organisieren war eine Herausforderung. Dies in einer halben Stunde zu schaffen, war unmöglich.

**>>>>>WFDC-Lokalberichterstattung -[01:17:05/24-8-55]**
**WFDC-Nachrichtenmoderatorin: Shimmer Grace [GRAC-A303]**
**Uplink-Station: Bethesda-Studio, FDC**

*Grace:* »Ich bin soeben darüber informiert worden, daß unsere Spitzentechs hier die Einspielung, die wir gerade miterleben mußten, tatsächlich aufgezeichnet haben. *Ich* bin immer noch nicht ganz sicher, was ich davon halten soll. Was ist mit *Ihnen*? Wie wär's, wenn wir sie uns noch einmal ansehen?« *[Kameraschwenk auf Fragezeichen]*

*[Publikumsreaktion: 91 % positiv]*

»Also gut, ihr Jungens von der Technik, dann fahrt sie ab!« *[Einspielung der Wiederholung]*

*Weingartner:* »Hier spricht Taylor Weingartner, der sich von den Stufen des Lincoln-Denkmals meldet, dem stolzen Symbol von Amerikas Bekenntnis zu Gleichheit und Gerechtigkeit. Die heutige Nacht begann für die Mitglieder der Kompensationsarmee wie jede andere Nacht des Umherziehens und Plünderns, aber das hat sich geändert. Die gestrigen Gerüchte, UCAS-Truppen marschierten auf die Stadt zu, haben sich bewahrheitet, doch während die Befürchtungen vor einer gewaltsamen Konfrontation mit dem Militär abnehmen, sind die Spannungen zwischen den Marschierern und der Polizei dramatisch angewachsen. Den ganzen Abend sind wir Zeuge kleinerer Handgemenge zwischen der Polizei und aufgebrachten Marschierern geworden. Die Wellen schlagen sehr hoch. Jetzt scheinen wir einen kritischen Punkt erreicht zu haben. Sogar jetzt, während ich zu Ihnen spreche, scheint etwas zwischen den Zelten und Baracken vorzugehen ...«

*[Flimmern und statisches Rauschen, das sich kurz darauf auflöst: Frau in extremer Nahaufnahme:]* »Wir nennen uns die Kompensationsarmee, und es wird Zeit, daß die

Schleimer und Lügner in Washington erfahren, warum. Mit friedlichen Gesprächen haben wir nichts erreicht. Wir sind gekommen, um unsere gerechte Entschädigung einzufordern! Wir werden uns nicht mit Schweigen und Lügen abspeisen lassen. Wir wollen, daß etwas passiert! Wenn wir unsere Entschädigung nicht von den Konzernmarionetten-Politikern bekommen, nehmen wir sie uns. Präsident Steele, die Zukunft liegt in Ihren Händen.« *[Flimmern und statisches Rauschen: Rückkehr zum normalen Programm; Umblendung auf Studio]*

*Grace:* »Wow! Was soll man dazu sagen? Wie Sie sehen konnten, trug die namenlose Sprecherin das blaue Barett des sogenannten ›Gewissens des Landes‹, einer Unterabteilung der Kompensationsarmee. Sieht ganz so aus, als hätten die Gewis die ganze Zeit eigene Pläne verfolgt. Sehen wir unruhigen Zeiten hier im alten DC entgegen?« *[Kameraschwenk auf Fragezeichen]*

*[Publikumsreaktion: 83 % positiv]* < < < < <

# 15

Die Concordia prallte hart auf, und irgend etwas schrammte den Unterboden entlang, als Andy sie herumriß und sie auf den grasbewachsenen Randstreifen rutschten. Er war sicher, daß ihnen etwas von dem Wagen abhanden gekommen war. Aber es gab Dinge, die man gerne zurückließ. Über die Außenmikrofone kam das Knattern von MG-Feuer, das den Asphalt an der Stelle aufriß, wo sie sich gerade noch befunden hatten. Über ihnen dröhnte das Schrappen der Rotoren des Yellowjacket-Kampfhubschraubers.

Das Monitorbild zeigte den Yellowjacket, der sich in eine enge Kurve legte, um für einen weiteren Anflug zu wenden. Andy gab der Concordia die Sporen, und die Motorendrehzahl schnellte hoch, während das Cougar-6200-Interface Andys Herz schneller schlagen ließ und den Adrenalinausstoß erhöhte. Das lag an der Verbindung, die ein Rigger mit seinem Gefährt einging. Doch die Angst dämpfte Andys normales Leistungshoch. Es war mehr als Gasgeben und Adrenalin erforderlich, um dem Jäger zu entkommen. Diese Concordia war bewaffnet, aber sie war ausschließlich auf den Straßenkampf ausgelegt und nicht mit Boden-Luft-Waffen bestückt.

Wäre es *seine* Concordia gewesen …

Aber Wunschdenken brachte ihn jetzt auch nicht weiter. Der Yellowjacket wendete und nahm Anlauf, um sie in ihre Bestandteile zu zerlegen, während Andy die Concordia wieder auf den Asphalt lenkte. Sie war nicht dafür eingerichtet, mit ihrer derzeitigen Geschwindigkeit querfeldein zu fahren, und der letzte Ausflug hatte ihr weh getan. Die Straße war kurvig, und Andy hielt sich am Rand und schlingerte ständig und unregelmäßig hin und her, um dem Piloten des Yellowjacket ein möglichst schlechtes Ziel zu bieten. Der Yellowjacket kippte seitlich weg und gewann an Höhe, um sich auf einen weiteren Anflug vorzubereiten. Andy war es gelungen, dem Piloten auf diesem Anflug einen gutgezielten Feuerstoß unmöglich zu machen. Er war erleichtert. Echtes Riggen war nicht so leicht wie virtuelles Riggen.

Er erhöhte die Leistung der Klimaanlage, weil er so stark schwitzte, daß er langsam anfing, unangenehm zu riechen.

»Navigations-Update zeigt, daß die Roosevelt Bridge immer noch gesperrt ist«, sagte Markowitz. Diesen Weg hatten sie nehmen wollen. Markowitz' Tonfall klang so gelassen, als mache er eine Bemerkung zur Verkehrsdichte während der Stoßzeit, als er fortfuhr: »Für einen Verkehrsunfall brauchen sie verdammt lange, um die Brücke wieder klarzumachen.«

»Wie, zum Teufel, sollen wir dann über den Fluß kommen!«

Andy wollte es wissen, und zwar bald. Das Ende der Straße war fast erreicht. Bis jetzt hatten ihnen die Bäume am Rand des George Washington Parkway ein wenig Deckung geboten. Das würde sich ändern, sobald sie Arlington erreichten – in etwa einer Minute. Die Roosevelt Bridge war die schnellste Übergangsmöglichkeit über den Potomac. Und wenn sie die nicht nehmen konnten, mußten sie weiter nach Süden fahren. Und wenn sie weiter nach Süden fuhren, würden sie in der Gegend des Arlingtoner Friedhofs auf beunruhigend freies Gelände stoßen. Dort waren sie leichte Beute für den Yellowjacket.

Der wieder da war. Seine Nerven waren bis zum Zerreißen gespannt, als Andy Deckung suchte. Nicht genug. Er fuhr zick-zack. Der Yellowjacket klebte an ihnen. Er schoß. Kugeln hämmerten gegen den rechten hinteren Kotflügel, aber der Panzerung der Concordia machte das herzlich wenig aus.

Unglücklicherweise traf wenigstens eine Kugel den rechten Hinterreifen. Die Rückkoppelung bewirkte, daß Andy einen Stich im rechten Bein verspürte, während er sich alle Mühe gab, die Concordia am Ausbrechen zu hindern. Es schmerzte wie die Hölle, aber es war nicht weiter schlimm. Das Druckluft-System sprang an und flickte den Reifen. Kurz darauf reagierte die Concordia wieder normal. Solange der Pilot des Yellowjacket nicht besser zielte, würden sie sich noch eine Weile halten.

»Was ist mit der Key Bridge?« fragte Markowitz.

»Nicht, solange er uns so dicht auf den Fersen ist.« Andy hatte Schwierigkeiten, genug Luft zu finden, um gleichzeitig atmen und reden zu können. »Außerdem verfransen wir uns in Georgetown, wenn wir es über die Brücke schaffen.«

»Okay, okay. Dann fahr nach Rosslyn.«

»Die Straßen werden uns aufhalten.«

»Aber ihm helfen sie auch nicht.«

Andy befolgte Markowitz' Vorschlag. Den Wagen auf

der Straße zu halten und dem Yellowjacket auszuweichen, ließ ihm keine Zeit, eine Route zu suchen. »Mach schon«, drängte er Markowitz. »Gib mir Anweisungen.«

»Fahr zurück nach Norden auf die Military Street und dann in Richtung Chain Bridge«, sagte Markowitz. Andys Karte veränderte sich. Markowitz' vorgeschlagene Route wurde hervorgehoben. »Müßte uns genug Deckung geben, um ihn abzuschütteln.«

»Auf der anderen Seite werden wir langsamer sein«, stellte Andy fest.

»Wenigstens ist die Brücke für den Verkehr geöffnet. Das letzte Update zeigt, daß alle anderen Flußübergänge gesperrt sind.«

Dagegen konnte Andy nichts einwenden, aber dann kam ihm ein neuer Gedanke. »Der Pilot des Yellowjackets wird das auch wissen. Die Brücke ist viel unwichtiger als die anderen. Was sollte ihn davon abhalten, ein Sieb aus uns zu machen?«

»Nur unser Timing. Wir müssen die Brücke überqueren, wenn er gerade nicht hinsieht. Also mußt du ihn zuerst abschütteln.«

»Was ist bloß aus den Shadowrunnern geworden, die in den Schatten geblieben sind?« fragte Andy.

»Frag mich nicht, Junge. Ich fliege diesen Vogel nicht.«

Andy versuchte sich zu verstecken, während der Yellowjacket-Pilot nach ihnen suchte. Auf seinen virtuellen Runs hatte er solche Spiele oft gespielt, aber dies war kein Spiel, woran ihn der nachlassende Schmerz in seinem Bein nachdrücklich erinnerte. Zum Glück für sie schien der Pilot Bedenken zu haben, in den Wohngebieten, durch die sie jetzt fuhren, auf sie zu schießen. Ein Brand auf einem Schrottplatz in der Nähe der Überführung über die Glebe Road bot ihnen die Gelegenheit, auf die sie gewartet hatten. Sie erreichten den Brandherd in dem Augenblick, als der Yellowjacket gerade an ihnen vorbeigeflogen war, und Andy fuhr direkt am Rande des Flammen hinter eine Deckung, so daß die Hitzeabstrahlung der Concordia mit dem Feuer verschmolz und sie für alle Infrarot-Abtaster unsichtbar wurden. Als er es schließlich für ungefährlich hielt, fuhr er vorsichtig weiter und hielt mit dem Radar nach dem Hubschrauber Ausschau. Er fand ihn über dem Potomac, wo er patrouillierte, indem er zwischen den Brücken hin und her flog, um zu gewährleisten, daß er da sein würde, wenn sie sich an der Flußüberquerung versuchten.

Andy richtete es so ein, daß der Hubschrauber nach Süden unterwegs war, als er über die Chain Bridge raste, dann entfernte er sich vom Fluß und fuhr in das ruhige mit Bäumen bepflanzte Wohngebiet um MacArthur herum ein. Das Radar blieb stumm und meldete nichts dergleichen, daß ihnen der Yellowjacket auf den Pelz rückte. Andy entspannte sich. Er fuhr gerade die Loughboro Road entlang, als er erfuhr, daß nicht er der gerissene Bursche war – der Yellowjacket schoß um ein Gebäude herum und zeigte sich auf dem Radar nicht eher als auf dem optischen Monitor.

Der Pilot des Yellowjacket *hatte* sie gesehen, aber so getan, als hätte er sie verloren, und dann die Häuser als Deckung benutzt, um sich ihnen zu nähern. So müde Andy auch sein mochte, Erschöpfung war keine Entschuldigung für Dummheit. Keine Entschuldigung war gut genug. Dies war kein Spiel, und die Suche einer Entschuldigung war gleichbedeutend mit dem Versuch, Kugeln auszuweichen. Das Problem war nur, daß es keine Ausweichmöglichkeit gab, als der Yellowjacket zu seinem Anflug ansetzte.

Der Pilot hatte seine Lektion gelernt und zielte auf die verwundbaren Reifen der Concordia. Ein Bleihagel zerfetzte Mantel, Schlauch und Füllmasse. Der Wagen legte sich schräg und geriet ins Schleudern. Andy kämpfte dagegen an, aber zwischen den simulierten

Schmerzen einerseits und dem Verlust der Kontrolle über den Wagen andererseits konnte er nicht viel tun.

Die Concordia kippte auf die Seite und rutschte einen halben Block weiter, bevor sie von einem Laternenpfahl am Kotflügel erwischt wurde. Sie wurde brutal herumgerissen und prallte gegen ein Gebäude. Andy fühlte sich wie die kleine Kugel in einer Sprühdose, die jemand loszuschütteln versuchte. Die Concordia kippte wieder auf die Räder zurück und kam mit einem heftigen Ruck zum stehen. Die Airbags explodierten förmlich und hüllten Andy und Markowitz ein. Die Fahrer hatten überlebt, aber die Concordia war tot. Das Interface war zerstört, die Fenster waren dunkel, und der Gestank nach verbranntem Gummi und brennendem Plastik verpestete die Luft in dem Wagen. Andy mußte in dem rasch dichter werdenden Qualm husten.

»Bist du okay, Junge?« fragte Markowitz.

Verbeult, verschrammt, verbrannt, benommen von der Fahrt und dem jähen Abreißen der Verbindung mit dem Cougar-6200 und am Rande einer Rauchvergiftung. Ja, klar, er war okay.

»Junge?«

»Ich werd's überleben.« Andy zog sich das nutzlose Datenkabel aus der Buchse. »Was jetzt?«

Markowitz drehte sich um und zerrte etwas von einem der Gestelle im rückwärtigen Bereich: eine Art Gewehr mit einem extrem großkalibrigen Lauf.

»Was ist das?«

»Eine Netzkanone. Normalerweise benutzt man das Ding, um ein Netz über unnatürliche Tiere zu schießen. In Eisen gefaßte Maschen aus versponnenen Kohlefasern mit versilberten Spitzen an den Knotenpunkten. Macht alle möglichen Viecher unglücklich. Obwohl das Silber nicht viel Wirkung gegen *dieses* unnatürliche Tier haben wird.« Markowitz stieß die Tür auf und ließ frische Luft in die Fahrerkabine. Es wurde zwar nicht kühler, aber ein Teil des Rauchs zog ab. »Bleib ruhig.«

Markowitz setzte sich eine Verstärkerbrille auf und glitt dann aus seinem Sitz, um sich unter die Deckung der Flügeltür zu hocken.

Der Yellowjacket kam zurück. Zweifellos, um sich über seinen Abschuß zu vergewissern. Dem Geräuschpegel konnte Andy entnehmen, daß der Pilot die Schalldämpfer eingeschaltet hatte. Warum auch nicht? Geschwindigkeit war jetzt nicht mehr wichtig.

Andy spielte an der manuellen Steuerung der Concordia herum, um die Fenster dazu zu bringen, sich zu polarisieren, damit er etwas sehen konnte. Es gelang ihm gerade noch rechtzeitig, um mitanzusehen, wie der Hubschrauber seinen Anflug stoppte, um dann auf der Stelle zu schweben. Einen Block entfernt hing der Yellowjacket wie eine riesige Libelle aus Metall in der Luft, um seinem Opfer den Rest zu geben. Das MG unter seiner Nase drehte sich, den Lauf vorgereckt, als schnüffle er nach Beute.

Der Yellowjacket schob sich etwas zur Seite, da der Pilot seinen Blickwinkel zu ändern versuchte, um einen Blick durch die offene Tür der Concordia zu werfen. Markowitz bot ihm ein Ziel, als er einen Schritt vortrat und seine Waffe schulterte.

*Selbstmord.*

Doch Markowitz hatte den Zeitpunkt seiner Aktion gut gewählt. Das MG des Yellowjacket zeigte in eine andere Richtung. Während es sich in seine Richtung drehte, schoß Markowitz. Er wartete das Ergebnis seines Schusses nicht ab, sondern hechtete in den Wagen zurück. Kugeln rissen den Asphalt auf und prallten gegen die Panzerung des Wagens, doch keine erwischte den verwegenen Runner.

Markowitz, der quer über seinen Sitz lag, konnte nicht sehen, ob sein Schuß getroffen hatte, aber Andy hatte einen Platz in der ersten Reihe. Der Behälter, den das Gewehr abgefeuert hatte, öffnete sich und spie das Netz aus, das sich im Flug ausbreitete. Der Pilot versuchte dem Geschoß auszuweichen. Das Netz verfehlte zwar den Rumpf, hüllte jedoch die wirbelnden Rotoren der Maschine ein. Die Rotorblätter peitschten das Netz herum und wickelten es um die Rotornabe. Das Triebwerk des Hubschraubers heulte auf, als es gegen die Strangulierung des Netzes ankämpfte. Rauch quoll aus Abzugsöffnungen, und der Yellowjacket neigte sich zur Seite. Als die Rotoren blockierten, fiel er wie ein Stein vom Himmel. Die Nase prallte zuerst auf, und das Kanzeldach zersplitterte. Durch die Erschütterung des Aufpralls rissen sich die Rotoren aus der Fesselung des Netzes los. Ein Blatt schlug auf den Bürgersteig, verbog sich und stoppte. Der Yellowjacket bockte und drehte sich auf den Rücken, bevor er endgültig auf die Straße krachte. Eine Stichflamme schoß aus dem zerschmetterten Kanzeldach, dann folgte eine ölige Rauchwolke folgte. Sekunden später war das Hubschrauberwrack in Flammen gehüllt.

»Du hast ihn erledigt.« Andy war verblüfft und wußte, daß er auch so klang.

»Glaubst du, mein Straßenname wäre leere Prahlerei?«

Er war überhaupt nicht auf die Idee gekommen, daß Marksman tatsächlich ein Scharfschütze sein könnte.

Andy hoffte, daß der Pilot schon bei dem Absturz ums Leben gekommen war. Andy hatte sein vorgetäuschter Tod bei einem Cockpitbrand ereilt. Er wünschte niemandem, tatsächlich auf diese Weise zu sterben. »Mußtest du ihn töten?«

»Meinst du nicht, daß er es herausgefordert hat? Schließlich hat *er* versucht, *uns* zu töten. Schon vergessen?« Markowitz zerrte die Kühlbox aus dem rückwärtigen Teil des Wagens. »Komm schon, Junge, hier dürfen wir nicht bleiben.«

Andy mußte zur Beifahrertür hinauskriechen und kroch gleich wieder zurück, um sein Deck zu holen. Er hatte die Info-Dateien in seine Headware kopiert, aber er würde die Hardware brauchen, wenn er das Zeug entschlüsseln wollte, und das Deck war alles, was ihm dafür zur Verfügung stand. Er hätte das Fuchi fast an die Ork-Gang verloren, als sie es ihm abgenommen hatten, aber er hatte Glück gehabt. Nachdem Kit ihn geheilt und sein Verstand wieder gut genug funktioniert hatte, um sich daran zu erinnern, daß Hab Schiß das Deck fallen gelassen hatte, war er zurückgegangen, um es zu suchen, und hatte es – zu seinem Erstaunen – tatsächlich in der Gasse gefunden. Er konnte nicht darauf hoffen, noch einmal soviel Glück zu haben, wenn er es hier im Wagen ließ.

In der Zwischenzeit hatte Markowitz die Schlösser der Kühlbox geknackt und den Kasten mit den Medikamenten herausgeholt, und jetzt war er dabei, sich einzelne Röhrchen und Döschen in die Taschen zu stopfen. Er schien die Leute, die sie aus Häusern und hinter Ecken beobachteten, überhaupt nicht zur Kenntnis zu nehmen.

»Ein Glück, daß wir es nicht mehr weit haben. Ohne Kühlung wird das Zeug die Hitze nicht lange überstehen.« Er ging zur Concordia zurück und strich mit der Hand über eine Reihe von Geschoßnarben. Mit einem Seufzer warf er etwas auf den Rücksitz. Als sie sich entfernten, loderten Flammen im Innern der Concordia auf.

»Sie war schon ein gutes altes Roß«, sagte Markowitz. »Ich werde sie vermissen. Wahrscheinlich werden wir uns noch wünschen, wir hätten sie noch, bevor dieser Run vorbei ist.«

Markowitz ging wortlos an dem abgeschossenen Yellowjacket vorbei. Einen halben Block weiter bückte er sich und hob – wiederum wortlos – etwas auf. Andy folgte ihm. Was hätten Worte auch für einen Sinn gehabt? Er drehte sich nach den beiden brennenden Fahrzeugen um. Das war keine virtuelle Realität mehr. In der virtuellen Realität roch man es nie, wenn die Schurken verbrannten.

Trotz Markowitz' böser Ahnungen wickelten sie die Übergabe der Medikamente ohne weitere Schwierigkeiten ab. Die Medizin hatte es überstanden und würde Leben retten. Kit würde sich freuen. Sie hatten tatsächlich geholfen. Wog das das Leben des Mannes auf, den Markowitz getötet hatte? Der Hubschrauberpilot hatte tatsächlich versucht, sie umzubringen. Markowitz hatte sich nur gewehrt.

Die virtuellen Schurken umzubringen war viel leichter. Andy hatte den Gestank des brennenden Hubschraubers immer noch in der Nase.

»Denk nicht zuviel darüber nach«, sagte Markowitz.

»Was ...«

»Es ist besser so. Vertrau mir.« Er nahm Andys Arm und führte ihn vom Treffpunkt weg. »Komm, Junge. Ich kenne einen durchgehend geöffneten Laden nicht weit von hier. Du wirst dich besser fühlen, wenn du etwas in den Magen bekommst, was ihn unten hält. Oder auch umstülpt, wenn es so sein soll.«

Der durchgehend geöffnete Laden war ein All Hours, ein dunkles, ruhiges kleines Geschäft, das den normalen Lebensmittelverkauf mit einem Schnellimbiß verband. Sie waren die einzigen Gäste an den Tischen. Markowitz traf eine Wahl an der Theke und stellte etwas vor Andy auf den Tisch. Andy sah den Teller nicht einmal an, schloß jedoch die Hände um die Tasse mit dampfendem Soykaf. Seine Hände fühlten sich trotz der schwülen Nacht kalt an. Markowitz beachtete sein Essen ebenfalls nicht. Statt dessen zog er etwas aus der Tasche und fing an, es in den Händen herumzudrehen und von allen Seiten zu betrachten. Trotz seiner Laune war Andy neugierig.

»Was ist das?«

»Ein Stück von dem Vogel, der uns erledigen wollte.« Markowitz fuhr fort, das Stück Schrott in den Händen zu drehen. Nach einer Weile hörte er auf und wischte mit dem Daumen über eine Stelle. Dann hielt er es ins

Licht und blinzelte es an. »Das stammt aus Militärbeständen. Wir haben Ärger mit der *Armee*.«

»Mach dich nicht lächerlich. Auf der Straße findet man haufenweise überschüssige und geklaute Ware. Das ist nur ein Zufall.«

»An Zufälle zu glauben kann einen schneller das Leben kosten, als man meint.«

»Verschwörungen zu sehen, wo es keine gibt, kann zu demselben Ergebnis führen.«

»Junge, ich sage dir, daß man es sich gar nicht leisten kann, *keine* Verschwörungen zu sehen. Besser, man geht davon aus, daß der Drek, in dem man steckt, tiefer ist, als er in Wirklichkeit herausstellt, als zu glauben, man springe in eine Pfütze, und plötzlich steht einem das Wasser bis zum Hals. Der Yellowjacket war im aktiven Dienst. Wenn nicht, wäre die Seriennummer, die ich auf diesem Stück Schrott entdeckt habe, mit einem Laser weggebrannt worden.«

»Dann war er eben im aktiven Dienst. Muß eine Grenzpatrouille gewesen sein. Schließlich haben wir tatsächlich geschmuggelt.« Andererseits waren in der Datenbank der Concordia keine Yellowjackets in Diensten der Grenzpatrouille aufgelistet gewesen. Andy hatte nachgesehen, als er den Hubschrauber auf dem Radar entdeckte.

»Dir fällt bestimmt noch was Besseres ein, Junge.«

»Okay. Die Grenzpatrouille kann unter gewissen Umständen Militärgerät anfordern, um den Drogen- und Chiphandel zu unterbinden. Wir hatten Drogen dabei.«

»Nicht diese Art Drogen.«

»Also schön. Wenn es eine Verschwörung gibt, wo ist die Verbindung?«

»Wir können bei dem Johnson anfangen, der mein Team für den Run gegen Telestrian angeheuert hat. Er muß von der Armee gewesen sein.«

»Er hat dir das gesagt, und du hast ihm geglaubt?«

»Gesagt hat er uns gar nichts, aber er roch nach Armee. Damals habe ich nicht weiter darüber nachgedacht. Viele ehemalige Armeeangehörige arbeiten als Teil des symbiotischen Eine-Hand-wäscht-die-andere-Systems für die Konzerne. Die Verbindung war die ganze Zeit vor meiner Nase, und ich habe sie nicht gesehen. Jesus, ich muß langsam nachlassen.«

»Habt ihr ihn nicht überprüft?«

»Natürlich haben wir«, schnauzte Markowitz. »Wir haben alles genommen, was er uns gesteckt hat, haben ihn durchleuchtet und hier und da herumgeschnüffelt, und herausgekommen ist Fuchi. Was meiner Ansicht nach auch logisch war. Fuchi hat ein geschäftliches Interesse an allem, was Telestrian tut, und wenn das Montjoy-Projekt tatsächlich so bahnbrechend ist, wie Johnson behauptet hat, war klar, daß Fuchi alles tun würde, um die Daten in die Finger zu bekommen. Ich dachte, der Schwindel ergäbe einen Sinn, aber irgendwas daran hat Yates mächtig gestört. Er hat tiefer gegraben, und als er nichts finden konnte, hat er sich den Frame angesehen, in dem alles gekommen ist. Er sagte, unser Johnson benutze militärische Hardware für seine Deckerei. Ich Idiot hielt das für keine so große Sache. Wie du schon sagtest, die Maschen des Militärs sind so groß, daß man seine Hardware überall auf der Straße sieht.

Aber wenn man *zu* viel von dem Zeug an einem Ort sieht, besonders eine komplette Ausrüstung, hat man es tatsächlich mit dem Militär zu tun. Warum? Weil die meisten Schattenspieler den Kram benutzen, den sie haben, weil sie daran gewöhnt sind und Vertrauen darin haben. Warum auch nicht? Schließlich rechnen sie nicht damit, erwischt zu werden. Es hätte mir früher auffallen müssen, aber besser spät als post mortem. In dieser Sache stolpert man viel zu oft über die Armee. Sie stinkt.«

»Aber warum sollte uns die Armee umbringen wollen?«

»Die Regierung mag es nicht, wenn sich ihre Unterabteilungen in Dinge einmischen, die sie nichts angehen. Spionage ist die Domäne von DSA, CIA und FBI. Alle drei haben ein Stück vom Kuchen, aber was eigene autorisierte Schattenressourcen anbelangt, steht die Armee mit leeren Händen da. Jawoll. Alles läuft auf die Armee hinaus. Alle von Yates' Verbindungen deuteten auf Armee hin, und die Armee ist der einzige Dienst, der Kampfhubschrauber fliegt.«

»Die DSA hat Verbindungen zum Militär einschließlich der Armee.« War es nicht sinnvoll für einen Geheimdienst, Armee-Ressourcen zu benutzen, wenn er in verdeckte Aktivitäten verwickelt war? »Vielleicht hat sie den Run finanziert.«

»Vielleicht«, sagte Markowitz. »Aber du vergißt eine Sache. Wenn einer der Geheimdienste dahintersteckte, wäre ein Shadowrun eine ganz normale Angelegenheit. Es gäbe keinen Grund für sie, das Werkzeug aus dem Verkehr zu ziehen.«

Plötzlich ging Andy ein Licht auf, und er sah, worauf Markowitz hinauswollte. »Also glaubst du, die Armee hat dein Team für den Run angeheuert und will jetzt jeden loswerden, der sie mit dem Unternehmen in Verbindung bringen kann, damit ihre Weste sauber bleibt.«

»Es gefällt mir zwar nicht, aber so stellt sich die Sache für mich dar. Sammy ist verschwunden. Heute nacht waren sie hinter dem Wagen her. Normalerweise hätten Kit und ich darin gesessen. Zwei Fliegen mit einer Klappe für sie. Keine Runner bedeutet, keine Möglichkeit, sie mit ihrem illegalen Unternehmen in Verbindung zu bringen.«

»Das wäre ein eiskalter Plan.«

»Es gibt ein paar ziemlich kalte Fische in Uniform. Hast du je von Newmans Grove gehört?«

»Nein.«

Markowitz nickte wissend. »Hätte mich auch gewundert. Sie haben die Sache äußerst geheim gehalten.

Wahrscheinlich wirst du nie etwas darüber hören, wenn du nicht zufällig jemanden triffst, der dabei war.«

»Jemanden wie dich?«

»Hab' ich nie behauptet.« Markowitz warf das Stück Schrott auf den Tisch. »Wer den Hubschrauber geschickt hat, wußte über den heutigen Run Bescheid.«

Markowitz wollte das Thema Newmans Grove nun, da er seinen Standpunkt klargemacht hatte, ganz eindeutig nicht weiterverfolgen. Andy fügte sich. »Woher sollte jemand unseren Zeitplan und unsere Route kennen? Wir haben nichts Schriftliches fixiert.«

»Ich habe eine Idee. Chichi Davis.«

»Der Zwerg an der Tankstelle?« Andy hatte den Zwerg für okay gehalten. Markowitz schien etwas zu wissen, was Andy nicht wußte.

»Jawoll. Der kleine Schweinehund war in der Armee. Er muß uns verkauft haben.«

War das möglich? Andy hatte den Yellowjacket auf dem Radar entdeckt, kurz nachdem sie Davis' Laden verlassen hatten. Konnte doch etwas an Markowitz' Paranoia dran sein?

»Da ist noch eine andere Sache, die mir zu denken gibt«, sagte Markowitz. »Mittlerweile hätten die Cops längst auf unser kleines Gefecht reagieren müssen. Wir sind hier nicht gerade in den Barrens.«

Er hatte recht. Sie waren nah genug an der Absturzstelle, daß sie die Sirenen hätten hören müssen. Warum hörten sie keine? Andy erinnerte sich an den Kordon um das Lager der Kompensationsarmee auf der Promenade und an denjenigen, den er auf seinem Weg zu dem Schieber in der Nähe der Brücken beim Pentagon gesehen hatte. Man brauchte einen Haufen Leute, um diese Barrikaden zu besetzen. Wenn der größte Teil der Polizei dort im Einsatz war, bedeutete das, daß sie anderswo knapp an Leuten waren. »Vielleicht sind sie beschäftigt.«

»Genau meine Meinung. Wir brauchen Informationen.« Markowitz rief dem Ladenbesitzer zu: »Hey,

Johnny, schalt die Kiste ein und hol uns die Nachrichten rein.«

Der Videoschirm des Ladens erhellte sich und zeigte ein verrücktes Gewirr von Bildern, bis sich das Gesicht von Shimmer Grace stabilisierte, der Top-Nachrichtenmoderatorin von WFDC. Das grelle »Live«-Logo des Senders tanzte in einer Ecke des Bildschirms, was bedeutete, das Shimmer Überstunden machte. Offensichtlich ging tatsächlich irgend etwas vor.

Live-Übertragungen von Kameras in mehreren Distrikten des DC-Sprawls zeigten Bilder urbaner Gewalt oder Polizeistreifen in leeren, verwüsteten Straßen. Die meisten Bilder aus den Barrens wurden von Feuern erhellt. Shimmer kommentierte die Bilder aufgeregt, wobei sie immer wieder auf »die furchtbaren Gewalttaten« und die Bemühungen der »schwergeprüften Bundespolizei«, die Dinge in den Griff zu bekommen, zu sprechen kam. In regelmäßigen Abständen wurde eine »bedrohliche Piratensendung« wiederholt, in der von Aktionen die Rede war, die von der Kompensationsarmee unternommen würden.

»Hey, Johnny, wann hat das angefangen?« fragte Markowitz.

»Gestern. Die Bundespolizei hat ungefähr um neun Uhr abends für die südlichen und mittleren Subdistrikte eine Empfehlung für eine Sperrstunde ausgesprochen. Dadurch war's 'ne ziemlich tote Nacht. Genauso schlimm wie heute.«

Eine Empfehlung für eine Sperrstunde war keine bindende Vorschrift, sondern mehr eine Warnung an die guten Bürger, auf sich aufzupassen und sich aus allem Ärger herauszuhalten, indem sie zu Hause blieben. Das erklärte auch, warum sie so wenige Leute auf der Straße gesehen hatten und warum der Laden so leer war. Wie Markowitz schon gesagt hatte, sie waren hier nicht gerade in den Barrens. In diesem Distrikt gab es einen Haufen guter Bürger.

Ganz anders als im Arlingtoner Distrikt. Vor gar nicht allzu langer Zeit war es dort anders gewesen, aber seit dem Blutbad vor drei Jahren fielen die Grundstückspreise in direkter Proportion zum Anstieg der Kriminalität.

»Sieht aus, als könnten wir ein paar Schwierigkeiten haben, nach Hause zu kommen«, sagte Markowitz.

»Einen *Haufen* Schwierigkeiten.« Es war Kit. Unter ihrem Poncho in stadtgrauer Tarnfarbe blitzten nackte Beine und Füße auf, als sie an ihren Tisch kam. Die Ladentür war noch nicht wieder ganz geschlossen. »Dort sind wir nicht mehr sicher. Wir sind kompromittiert worden.«

»Hattest du Probleme? Haben sie dich gesehen?« fragte Markowitz beunruhigt.

»Keine Probleme. Und sie haben mich zwar gesehen, aber es war ihnen nicht bewußt.« Sie machte einen zufriedenen Eindruck.

»Gut«, sagte Markowitz. Andy hatte das Gefühl, vor einem Rätsel zu stehen, doch Markowitz stellte bereits die nächste Frage, bevor er darüber nachdenken konnte. »Was hast du gesehen?«

Kit erzählte ihnen, daß drei bewaffnete Männer in Markowitz' Büro-Apartment eingebrochen waren. Sie hatten es durchsucht und waren offenbar enttäuscht gewesen, niemanden anzutreffen. Zwar hatte einer die Bude nicht antasten und sie als Falle benutzen wollen, aber ein anderer hatte darauf bestanden, zu nehmen, was sie kriegen konnten, und zwar mit dem Argument, daß sich Markowitz und Anhang aus dem Staub gemacht hätten und nicht mehr zurückkommen würden. Der dritte hatte dem zweiten recht gegeben. Sie hatten das Telekom, die Computer, die Kontrollbox für das Sicherheitssystem und alle Waffen an sich genommen und waren dann wieder gegangen. Kit hatte beschlossen, lieber Markowitz zu warnen, als die Diebe zu verfolgen.

Markowitz sah Andy an. »Wie denkst du jetzt über Verschwörungen, Junge?«

»Du überzeugst mich langsam, aber...« Er war in Gedanken bei Kit. »Wir wissen immer noch nicht, wer sie waren. Es gibt auch dann noch Zufälle, wenn man es mit Verschwörungen zu tun hat.«

»Was ist mit ihnen, Kit? Irgendwelche Ideen?«

»Es waren graue Männer, Harry. Seltsame Männer. Ausländer, und doch wieder nicht.«

»Werd mir nicht zu mystisch«, sagte Markowitz. »Erklär das näher.«

Kit zuckte die Achseln. »Entweder eine Aura verzahnt sich mit einem Ort oder nicht. Es ist eine Frage des Sichwohlfühlens, der Vertrautheit und des Übereinstimmens.«

»Das habe ich noch nie gehört.« Nicht, daß es eine Menge in bezug auf Magie gab, die Andy gehört *hatte*. Er hatte sich nicht sonderlich dafür interessiert – und tat es auch jetzt nicht –, aber er wollte an der Unterhaltung teilnehmen.

»Die Abstufungen sind subtil, Andrew. Vielen Zauberkundigen entgehen sie.«

»Wir wissen alle, daß du gut bist, Kit«, sagte Markowitz. »Was, glaubst du, hat dieser Aura-Kram zu bedeuten?«

»Ich hatte den Eindruck, als hätten sie das Gefühl, sich auf fremdem Territorium zu befinden, aber auf fremdem Territorium, das kein fremdes Territorium sein sollte, oder jedenfalls glaubten sie das. Ihre Einstellung war nicht auf persönliche Bindungen zurückzuführen, sondern auf ein Dazugehörigkeitsgefühl. Eine Art Familienschwingung. Die Art, die politische Zugehörigkeit nahelegt.«

»Als kämen sie aus einem anderen Land?« fragte Andy.

»Vielleicht. Ich verstehe das mit den Ländern nicht gut genug.« Kit zuckte die Achseln. »Sie trugen Beretta 200STs.«

»Die Standarddienstwaffe der SIA«, sagte Markowitz.

Das war ein gefundenes Fressen für Andy. »Du glaubst, es war der Geheimdienst der Konföderierten Staaten?«

»Hast du die Nachrichten über Fredericksburg gehört? Dieses ›fremde Territorium, das nicht fremd sein sollte‹ hört sich ganz nach der Haltung der CAS in bezug auf North Virginia an«, sagte Markowitz.

»Vielleicht haben sie die Berettas nur getragen, weil sie wie Konföderierte *aussehen* wollten«, schlug Andy vor.

»Kit würde sich hinsichtlich ihrer Einstellung nicht irren«, sagte Markowitz kategorisch, aber ohne Erklärung. »Sieht so aus, als seien uns zwei Rudel Bluthunde auf den Fersen. Ich würde sagen, wir brauchen einen Platz, wo wir uns verkriechen können.«

»Was ist mit Shamgar, Rags und Beatty?« fragte Kit.

»Die sind alle schlau genug, um auf sich selbst aufzupassen«, sagte Markowitz. »Aber es ist wohl besser, wenn wir trotzdem versuchen, mit ihnen Kontakt aufzunehmen. Sieht so aus, als sei das jetzt der richtige Zeitpunkt, sich für eine Weile in die Schatten zu verkriechen und sie mitzunehmen.«

**>>>>>WFDC-Berichterstattung -[06:12:11/24-8-55]**
**Reporter: Taylor Weingartner [WEIN-324]**
**Uplink-Station: Regierungsbezirk, FDC**

*Weingartner:* »Die in der Nacht begonnenen gewalttätigen Auseinandersetzungen im Bundesdistrikt zwischen den Marschierern der Kompensationsarmee und der Bundespolizei setzen sich auch heute morgen fort. Der öffentliche Nahverkehr ist zum Erliegen gekommen, und alle Brücken über die Flüsse sind gesperrt, da sich die Polizei bemüht, die Tumulte auf die Zone beschränken, die mittlerweile wie ein Kriegsgebiet aussieht.

In einem Interview, das in einem Kommandostand im Regierungsbezirk geführt wurde, hatte Polizeichefin Cynthia Locke auf die Frage nach den Ursachen der Gewalttätigkeiten folgendes zu sagen: ›Wir haben damit nicht angefangen. Meine Männer haben eine bewundernswerte Zurückhaltung an den Tag gelegt. Ich wünschte, ich könnte dasselbe von Randolphs Kompern behaupten. Mit der Besetzung der Metro Zentral sind sie eindeutig zu weit gegangen. Seit Wochen werde ich von meinen regionalen Dienstellenleitern mit Anträgen bombardiert, die Stadt von der Armee zu räumen. Ich hätte auf sie hören sollen.‹«<<<<<

**>>>>>Live-Berichterstattung -[06:13:51/24-8-55]**
**Reporter: Suzie Chiang [CHIA-704]**
**Uplink-Station: Elgin, IL**

*Chiang:* »Hier spricht Suzie Chiang von WCHI aus Elgin, Illinois. Unser Versuch, in die sogenannte ›Sperrzone‹ einzudringen, ist gescheitert. Wir wurden von bewaffneten und feindseligen Bundestruppen aufgehalten und zurückgeschickt, als wir die Stadt betreten wollten.

Chicago ist isoliert und von einem Konglomerat aus Truppen des Bundes, des Staates und der Konzerne von der Welt abgeschnitten. Nichts kommt aus der Stadt heraus, aber einiges geht hinein: Lebensmittel und Medikamente, die aus der Luft abgeworfen werden, aber auch ganze Staffeln von Kampfhubschraubern. Die offizielle Stellungnahme ist die, daß es sich um Maßnahmen zur Eindämmung der VITAS-Seuche handelte. Aber stimmt das auch?

Einige der Truppen, die die Stadt absperren, tragen *keine* Bioanzüge. Zwar haben wir von den medienwirksam in Szene gesetzten medizinischen Notfallteams einen Lagebericht erhalten, aber wir haben immer noch kein einziges Feldlazarett zu Gesicht bekommen. Tatsächlich ist uns niemand begegnet, der mehr als eine Sommererkältung hat. Die Isolierung von Chicago hat nur wenig mit einer medizinischen Quarantäne gemein. ›Es geht voran‹, behauptet die PR-Flak des Militärs. Aber diese Reporterin muß die Frage stellen: welche Art Seuche läßt sich mit Kampfhubschraubern eindämmen?« < < < <

## 16

Plan Baker war ein Verteidigungsplan für den Fall eines Aufstands, der es erforderlich machte, daß Armee-Einheiten den Schutz gewisser Schlüsselstellen übernahmen, was sie binnen einer Stunde nach dem Anlaufen der Aktion auch getan hatten. Auf dem Weg zu ihren Stellungen waren die Truppen an einigen Stellen auf den Widerstand der Kompensationsarmee gestoßen. Die Abteilung, die zum Weißen Haus unterwegs war, hatte die Hauptlast des Zorns der Marschierer zu spüren bekommen. Doch Beleidigungen, Buh-Rufe und vereinzelte Würfe von Steinen oder Abfällen reichten nicht, um die UCAS-Armee aufzuhalten. Alle Abteilungen nahmen ihre Stellung ein und meldeten vor Einbruch der Dunkelheit die Sicherung der ihnen zugewiesenen Zonen. Alles war sehr glatt gelaufen.

Die heiße Sommernacht hatte friedlich begonnen. Dann war die Piratensendung gekommen, in der die Gewi-Frau für die Kompensationsarmee gesprochen hatte. Armee? Kein Angehöriger des Militärs nannte sie so. Sie waren als »Marschierer« oder »Demonstranten« bezeichnet worden. Seit letzter Nacht lautete die bevorzugte Bezeichnung »Aufrührer«. Das erste Feuer war Minuten nach der Piratensendung um etwa 2200 Uhr gemeldet worden. Ein Stabssergeant, der sich auf dem Bildschirm in der Messe die Nachrichten angesehen hatte, wußte zu berichten, wie sehr ihn die Bilder an die Nacht des Zorns erinnerten. Viele derjenigen, die sie ebenfalls gesehen hatten, stimmten ihm zu.

Diese Beschreibung hatte Tom Angst eingejagt. Die Tumulte waren nicht *so* schlimm. Sie konnten es gar nicht sein – die Nacht des Zorns hatte die Welt erschüttert, und diese Gewalttätigkeiten beschränkten sich auf die Stadt. Aber das machte kaum einen Unterschied für jemanden, der dem Tod ins Auge sah, wenn sich der Pöbel auf ihn stürzte. Es gelang ihm, seinen Großvater telefonisch zu erreichen, wobei er sich der Connections bediente, von denen er geschworen hatte, sie nie zu benutzen, und seinen Großeltern und Genifer nahezulegen zu glauben, was sie in den Medien sahen und hörten, und im Haus zu bleiben.

General Trahn hatte das Kommando über die Südöstliche Militärregion, die von Pennsylvania und New Jersey bis nach Virginia reichte, aber wegen der Krise in Chicago waren kaum Streitkräfte verfügbar. Trahn hatte praktisch alle seine Truppen im Bundesdistrikt zusammengezogen, aber dennoch waren die Einheiten dünn gestreut, zu dünn, um einem echten Ansturm standzuhalten. Wenigstens ging man allgemein *nicht* davon aus, daß sie das erwartete.

So dünn die Linien der konventionellen Truppen auch waren, die unkonventionellen Einheiten wie die Einsatztruppe Rocquette, Toms Provisorisches SR-Bataillon, waren über jedes vernünftige Maß hinaus gestreckt. Unter Berücksichtigung ihres defensiven Auftrags und der Unzuverlässigkeit der Transportwege zwischen den zu verteidigenden Stellungen hatte Tom seine Ressourcen so gleichmäßig wie möglich verteilt, aber die Aufsplitterung seiner Kräfte bereitete ihm Sorgen. Jede Stellung war so wichtig, daß sie den Einsatz der besonderen Möglichkeiten rechtfertigte, die der Abteilung Sonderressourcen zur Verfügung standen, aber nachdem er für jede zu verteidigende Stellung Unterstützung abgestellt hatte, blieben ihm nur noch zwei Einsatzteams in Reserve, und einem der beiden fehlte ein Magier.

Nach einer Nacht voller Sorge waren Toms Augen blutunterlaufen, als er zum Morgenrapport eintraf. Der Morgenbericht, den er über sein Bataillon abgab, gefiel ihm nicht, und das, was er beim Rapport hörte, gefiel ihm noch weniger. Laut Colonel Jordan hatte sich die Lage über Nacht extrem verschlechtert.

»Wie Sie der Darstellung entnehmen können, meine Damen und Herren, hat sich der Aufruhr von den Lagern der Kompensationsarmee ausgebreitet und auf Arlington, Alexandria und Rosslyn im Distrikt Arlington und auf Foggy Bottom, Shaw, den Regierungsbezirk und alle südlichen Wohngegenden im Washingtoner Distrikt übergegriffen. Wir wissen alle, daß Ärger weiteren Ärger erzeugt, und diese Schweinerei bildet da keine Ausnahme. Eigenständige Krawalle gibt es auch in den Anacostia Barrens, und die unter dem Namen Halfies bekannte Motorrad-Gang war letzte Nacht überaktiv und hat Capitol Heights und Seat

Pleasant heimgesucht. Zuviel Inspiration, nehme ich an.

Die Gebiets-Commissioner schreien Zeter und Mordio, und die Bundespolizei gibt sich alle Mühe, ist aber überfordert. Irgend etwas wird nachgeben, und zwar bald, meine Damen und Herren.

Die Sicherheitstruppen der Konzerne beschränken sich auch weiterhin auf eine ausschließlich auf Reaktion abgestellte Strategie. Gegenwärtig reagieren sie nur auf direkte An- und Übergriffe auf wichtige Einrichtungen ihrer Besitzer. Die Pinkel scheinen erkannt zu haben, daß ihre bisherigen uneingeschränkten Bemühungen ihre Möglichkeiten überstiegen, und haben daher die Versuche, alle Basen zu schützen, zugunsten von Verteidigungsringen um ihre primären Geschäftseinrichtungen und Enklaven aufgegeben. Dadurch hat sich die Anzahl der sichtbaren disziplinierten, bewaffneten Truppen auf der Straße reduziert, was möglicherweise zum gestiegenen Selbstvertrauen der Aufrührer beigetragen hat. Wie die Politiker schreien auch die obersten Pinkel, nur geben sie uns ebenso wie der Bundespolizei die Schuld am Zusammenbruch der öffentlichen Ordnung.«

»Ist nicht unsere Aufgabe«, sagte jemand. »Was für ein Haufen Dreksäcke.«

»Vielen Dank für diese Lagebeurteilung, Captain Black. Das war mir nicht klar«, erwiderte Jordan. »Falls Sie keine weiteren Einsichten haben, fahre ich jetzt fort.

Die Anzahl der Aufrührer hat abgenommen. Über zehntausend haben die Stadt verlassen, aber damit sind immer noch schätzungsweise dreißigtausend übrig. Diese dreißigtausend müssen als harter Kern betrachtet werden, als die entschlossensten der Marschierer. Unseren Schätzungen nach ist mindestens die Hälfte bewaffnet und zum Widerstand bereit.«

»Denkt an Grozny«, knurrte eine andere Stimme.

»Wir erinnern uns alle an dieses Debakel, Captain Petrovsky. Wir haben nicht die Absicht, es in unserem eigenen Land zu wiederholen. Das bedeutet nicht, daß wir die Aufrührer als Gegner nicht ernst nehmen. Wir wissen definitiv, daß ihre Bewaffnung wenigstens teilweise dem Armeestandard entspricht und sie mit Sturmkanonen und schweren Maschinengewehren ausgerüstet sind. Die Herkunft dieser Waffen ist ungeklärt, aber eine ausländische Quelle kann nicht ausgeschlossen werden.«

Womit die Konföderierten Staaten gemeint sind, dachte Tom, der es jedoch jemand anderem überließ, diesen Gedanken auszusprechen. Captain Black übernahm es prompt.

»Wir können diese Quelle nicht ausschließen«, sagte Jordan. »Außerdem verbessern die Aufrührer ihre Bewaffnung durch das, was sie erbeuten, und durch eigene Produktion. Sie haben einen Mobmaster und mehr als ein Dutzend leichte Anti-Aufruhr-Fahrzeuge von der Bundespolizei erbeutet. Außerdem haben sie eine Werkstatt im alten Güterbahnhof in der Nähe des National Airport eingerichtet und bauen Baufahrzeuge und Lastwagen zu Panzerfahrzeugen um.«

»Die haben keine Chance gegen einen Panzer.« Wiederum Captain Black.

Oder gegen einen Steel Lynx, der auf Panzerabwehr eingerichtet war.

»Nicht jeder sitzt in einem Panzer, Captain«, stellte Jordan fest. »Und sind Sie sicher, daß Sie Ihre Panzer wirklich auf der Straße haben wollen? Wir haben zwar noch nicht erlebt, daß die Aufrührer panzerbrechende Waffen einsetzen, aber bisher hatten sie dazu auch noch keinen Grund. Melden Sie sich freiwillig, um herauszufinden, ob die Aufrührer welche haben? Das dachte ich mir.

Nun, wie ich schon sagte. Nicht alles sieht so finster aus. Unsere Linien am Weißen Haus, dem Kongreß-Komplex und dem Pentagon-Fort-Meyer-Komplex sind intakt und haben erfolgreich und ohne eigene Verluste Sondierungsangriffe auf sie abgewehrt. Wir haben keine Hinweise darauf, daß die Aufrührer Vorbereitungen treffen, um uns die Kontrolle dieser Orte streitig zu machen. Die Linien in Langley, dem National Airport und dem Frederick Douglas Bridge Triangle sind von den Aufrührern bisher nicht behelligt worden, aber im Triangle hat es unorganisierte Einbrüche am Südufer des Anacostia gegeben. Dabei scheint es sich jedoch nicht um eine signifikante Bedrohung zu handeln.

Unsere größte Sorge besteht im Augenblick darin, den Informationsfluß aufrechtzuerhalten. Satellitenverbindungen stehen nur in Zwölfstundenabschnitten zur Verfügung, was einer derart im Fluß befindlichen Situation wie dieser kaum angemessen ist. Da wir bereits zwei Aufklärungsflugzeuge durch die Luftabwehr der Aufrührer und ein weiteres durch Magieeinwirkung verloren haben, beschränken wir die Luftaufklärung auf Beobachtungsdrohnen. Sie erleiden ebenfalls überraschend starke Verluste. SR meldet, daß unsere Feldaufklärungsressourcen nur noch zu etwa fünfzig Prozent einsatzfähig sind.«

»Zweiundfünfzig Prozent«, nannte Tom die genaue Zahl. »Aber wir haben drei geborgen und müßten eine davon jeden Augenblick und die anderen beiden in etwa fünf Stunden wieder einsatzbereit haben.«

»Das ist trotzdem zu wenig«, sagte Trahn. »Verringern Sie die Überflüge einstweilen um die Hälfte.«

»Es ist eine große Stadt«, sagte Jordan.

»Und wenn wir die Drohnen jetzt nicht schonen, könnten wir später größere Probleme bekommen. Einstweilen wissen wir, was wir wissen müssen.«

Ein Funktech schob den Kopf durch den Trennvorhang. »General, Polizeichefin Locke ist hierher unterwegs und bittet um Landeerlaubnis. Sie will Sie sprechen, Sir.«

»Ich hatte mich schon gewundert, wo sie bleibt. Bringen Sie sie her.« Trahn richtete seine Aufmerksamkeit wieder auf Jordan. »Jemal, was hat sie aufgescheucht?«

Jordan drückte ein paar Knöpfe, und die Anzeige wechselte auf das Bild einer Straßenkarte. »Eine bedeutsame Änderung der Gleichung ist die Tatsache, daß die Aufrührer unter der Erde aktiv geworden sind. Sie haben die Kontrolle über die folgenden Metro-Stationen übernommen: Metro Zentrum, Gallery Place, Smithsonian, L'Enfant Plaza, Federal Triangle, Waterfront und Rosslyn. Zu den besetzten Stationen gehören alle Umsteigebahnhöfe zu den inneren Zonen des Bundesdistrikts. Mehrere Züge sind vom Netz gegangen, was zur Abschaltung des gesamten Systems um 2107 Uhr letzte Nacht geführt hat. Wir glauben, die Aufrührer haben die Züge requiriert und mit manueller Steuerung versehen, um sie sich als Transportmittel zunutze zu machen.

Einheiten der Bundespolizei haben Barrikaden in den nach Arlington Cemetery, Union Station, Capitol South, Howard University und Rhode Island Avenue führenden Tunnels errichtet. Ein Versuch, den Bahnhof Farragut North zu sichern, führte zu einem Feuergefecht. Die Station muß derzeit als umkämpft betrachtet werden. Der Status anderer Stationen in der Innenstadt ist unbekannt. Bislang sind von den verbarrikadierten Stationen noch keine Berührungen mit den Aufrührern gemeldet worden, aber ich glaube, die Versuche, die Metro zurückzuerobern, haben die Kräfte der Bundespolizei erheblich überstrapaziert.«

Jordan nannte die anderen Gebiete, die von den Aufrührern gehalten wurden, und hatte gerade die Aufzählung der Brücken beendet, als Polizeichefin Locke eintraf.

»Überall heißt es, Sie seien der Mann, mit dem man reden muß«, sagte sie, indem sie auf General Trahn zuging. Anders als die Geschäftsleute am Vortag schien Locke nicht zu glauben, daß sie Abgeschiedenheit benötigte. Ihre wütende Stimme war so laut, daß sie jeder in der TOZ verstehen konnte. »Ich habe es mit einem verdammten Krieg zu tun. Und Krieg ist Ihr Geschäft, General. Wie wär's mit etwas Hilfe?«

»Ich sehe nicht, was ich für Sie tun kann, Chief Locke«, stellte Trahn gelassen fest. »Zumindest einige der Aufrührer sind Bürger, so daß es sich um einen zivilen Aufruhr handelt und nicht um einen Krieg. Meine Befehle erstrecken sich nicht auf Aufruhrbekämpfung. So lautet mein Auftrag nicht.«

Aber es gab einen Plan dafür, das wußte Tom. General Trahn gehörte nicht zu der Sorte, die Eventualitäten übersah.

»Wollen Sie auf dem Emmitsburg-Gesetz bestehen? Dort draußen sterben Menschen.«

»In Emmitsburg sind auch Menschen gestorben. Der Kongreß hat es für richtig gehalten, ein Gesetz zu erlassen, um das Militär am Eingreifen zu hindern, falls sich ein derartiger Vorfall wiederholen sollte. Wir haben es hier zwar nicht mit einem einzelnen Metatyp zu tun, aber ansonsten weist diese Situation große Ähnlichkeit mit jener von damals auf, Chief. Vielleicht können Sie den Kongreß dazu bewegen, das Gesetz aufzuheben und eine Intervention des Militärs zu legalisieren.«

»Wer redet von einer Intervention? Ich brauche Informationen. Ich brauche Unterstützung. Ihre Leute verteidigen bereits einige Gebiete. Warum nicht ein paar mehr? Wenn ich nicht so viele Beamte mit Beobachtungsaufgaben betrauen müßte, könnte ich ein wirkungsvolles Vorgehen organisieren. Wie steht es damit?«

»Im Moment übernehmen wir lediglich die Verteidigung für Anlagen von echtem nationalen und militärischen Belang. Das heißt, wir beschränken uns schlicht auf das, was uns anvertraut ist. Ihre ›paar mehr‹ Gebiete würden uns abnötigen, unseren Zuständigkeitsbereich zu überschreiten. Und wenn diese Gebiete nun angegriffen werden?«

»Dann verpassen sie den Wichsern eine blutige Nase. Selbstverteidigung. Kein Problem.«

»Ich bin nicht davon überzeugt, daß der Kongreß ›kein Problem‹ darin sehen wird, wenn wir in diese Rolle schlüpfen. Die ehrenwerten Damen und Herren haben dem Militär gegenüber eine Haltung eingenommen, die man nicht unbedingt als wohlwollend bezeichnen kann«, äußerte Trahn eine Ansicht, von der Tom bezweifelte, daß sie irgend jemand im TOZ nicht teilte.

Lockes Gesicht rötete sich. »Drek! Was, zum Teufel, wollen Sie?«

»Ein klares Mandat«, sagte Trahn schlicht.

»Kriegsrecht?«

»Das wäre ein klares Mandat«, stimmte Trahn zu. »Aber dazu wäre ein Befehl des Präsidenten erforderlich, möglicherweise angeregt durch einen Appell vom Chief Commissioner für die Bundeshauptstadt.«

Locke war nicht dumm. »Und Sie wollen, daß ich das arrangiere?«

Trahn bedachte sie mit seinem Pokerface.

»Können Sie für mich eine Verbindung nach draußen herstellen?« fragte Locke.

»Sergeant Clay, stellen Sie Chief Locke eine sichere Leitung zum Büro des Chief Commissioners zur Verfügung.«

Locke setzte das Kommunikations-Kopfset auf. Das Mikrofon verbarg ihre Lippen beim Sprechen, und der Rauschgenerator bewirkte, daß ihre Worte das Mikro nur durch die sichere Leitung verließen. Als sie fertig war, gab sie das Kopfset zurück und sagte: »Chief Commissioner Ericson ruft den Präsidenten an.«

Trahn nickte. »Hätten Sie gern eine Erfrischung, während wir warten? Colonel Jordan, weisen Sie eine Ordonnanz an, sich um Chief Lockes Bedürfnisse zu kümmern.«

Locke nahm lediglich eine Tasse Soykaf, die unberührt kalt wurde, während sie die taktischen Anzeigen studierte und Fragen stellte, die laut Trahns Anweisungen beantwortet werden sollten, »aber natürlich unter Einhaltung der üblichen Sicherheitsmaßnahmen«. Was bedeutete, daß niemand Locke mehr erzählte als jedem beliebigen Zivilbeamten, dessen Büro wahrscheinlich ebenso leck war wie ein Ruderboot nach einem Techtelmechtel mit einem Maschinengewehr. Der eigentliche Rapport war unterbrochen, solange sie anwesend war. Es dauerte nicht lange, bis ein Funktech meldete: »General, der Präsident.«

»Ihr Chief Commissioner ist ein schneller Redner, Chief Locke«, sagte Trahn. Sie lächelte grimmig, sagte jedoch nichts. Trahn setzte das Kopfset auf und klappte den Mikrofonschutz zur Seite. Mit einem Nicken signalisierte er dem Funktech, die Leitung zu öffnen.

»Hier spricht General Trahn.« Eine Pause. »Guten Morgen, Mr. President.« Das Gespräch dauerte einige Zeit, wobei sich Trahns Beiträge in erster Linie auf »Jawohl, Sir« und »Korrekt, Sir« beschränkten. Einmal hielt er inne, um eine Datenübertragung zum Weißen Haus anzuordnen, eine Synopse der taktischen Situation. Schließlich hörte Trahn längere Zeit zu, um dann zu sagen: »Jawohl, Mr. President, ich verstehe.« Eine Pause. »Und Ihnen ebenfalls viel Glück.«

Alle Augen in der TOZ ruhten auf dem General, als er das Kopfset absetzte.

»Meine Damen und Herren, der Präsident der Vereinigten Kanadischen und Amerikanischen Staaten hat mir befohlen, die Zivilbehörden des Bundesdistrikts dabei zu unterstützen, die Ordnung wiederherzustellen. Der Distrikt steht nicht, ich wiederhole, *nicht* unter Kriegsrecht. Da der Präsident bereits für das Gebiet Chicagos den Notstand ausgerufen hat, ist er der Ansicht, daß ein derartiges Vorgehen derzeit nicht gerechtfertigt wäre.«

Tom entging nicht Trahns leichte Betonung des Wortes »derzeit«, und er sah Jordan daraufhin nicken. Der Nachrichtendienstoffizier war nicht der einzige, der den Verdacht hatte, daß die Ausrufung des Kriegsrechts nur eine Frage der Zeit war. Der Präsident schob es nur lange genug auf, um sich abzusichern.

Trahn wandte sich an seinen J3. »Colonel Lessem, ist Plan Charley auf dem neuesten Stand?«

»Brandaktuell, Sir.«

»Dann geben Sie ihn aus. Etwaige Fragen können in zehn Minuten on-line gestellt werden. Ich erwarte, daß wir in dreißig Minuten ausrücken.«

Und sie rückten aus. Einsatzgruppe Lessem verließ Fort Belvoir und näherte sich dem Regierungsbezirk von Süden, während Einsatzgruppe Kemper aus Fort Meade von Norden kam. Tom ließ alle Aufklärungsdrohnen aufsteigen, hielt nach Problemzonen Ausschau und überwachte das Vorankommen der Einsatzgruppen. Er konzentrierte sich auf Einsatzgruppe Lessem, da sie den Aufrührern näher war. Obwohl Captain Black, der die Panzereinheiten der Einsatzgruppe befehligte, seine Panzer zurückhielt und die Marschwege von der Infanterie sichern ließ, kam die Einsatzgruppe gut voran. Binnen drei Stunden hatten sie Alexandria im Distrikt Arlington durchgekämmt und in einem zehnminütigen Gefecht am alten Güterbahnhof kurzen Prozeß mit den rudimentären Panzertruppen der Aufrührer gemacht. Blacks Vorsicht erwies sich als berechtigt, als die Truppen die Werkstatt durchsuchten und einen Vorrat an Panzerabwehrraketen entdeckten, die aus Schulterwerfern abgeschossen werden konnten.

»Konföderiertes Material«, stellte Tom fest.

»Könnte Schmuggelware sein«, erinnerte ihn Jordan. Als Tom skeptisch dreinschaute, fügte er hinzu: »Aber ich bezweifle es. Wir können nur hoffen, daß Johnny Reb sich damit begnügt, Waffen zu liefern, und keine Männer schickt, weil wir jetzt, wo Trahn sich auf die Sicherung Washingtons konzentriert, nach Süden hin praktisch völlig offen sind.«

Das Eingeständnis des Nachrichtenoffiziers beunruhigte Tom. Er wußte aus dem Rapport, daß es südlich der Grenze in Virginia Aktivitäten gab. Diese Aktivitäten zu ignorieren war nicht angeraten, aber begrenzte Mittel bedeuteten begrenzte Möglichkeiten. Glücklicherweise nahm das Unternehmen bisher einen so guten Verlauf, daß die Grenze wohl nicht sehr lange unbewacht bleiben würde.

Bedauerlicherweise stieß Einsatzgruppe Lessem unmittelbar nach der erfolgreichen Aktion gegen den Güterbahnhof auf Schwierigkeiten. Die Einheit hatte sich mit Erfolg den Jefferson Davis Highway entlang und durch die Barackenstadt gearbeitet, die beim Gravelly Point begann und dem Südufer des Potomacs folgte. Die behelmten und gepanzerten Soldaten zogen wie eine Heuschreckenplage weiter und hinterließen überall leergefegte Straßen. Es war keine sehr passende Metapher, wenn man das plötzliche Auftauchen insektoider magischer Wesen in Chicago bedachte, aber Tom konnte es nicht ändern, daß er die Soldaten so sah. Vielleicht war es die Situation in Chicago, die ihn zu dieser Sichtweise verführte.

Aber die Insekten in Chicago gewährten den unglücklichen Leuten, die ihnen dort in die Quere kamen, keinen Pardon. Hier wurden humanitäre Gesichtspunkte berücksichtigt. Die Panzer und Kampffahrzeuge waren mit Lautsprechern bestückt, welche die Marschierer unablässig aufforderten, sich friedlich zu zerstreuen und sich an die Gesetze zu halten, und gleichzeitig versprachen, daß es keine Vergeltungsmaßnahmen gegen Aufrührer geben würde, die sich freiwillig in Militärgewahrsam begaben. Der größte Teil der Bevölkerung der Barackenstadt kam heraus und beobachtete das Spektakel, aber die Aufrührer, die die Brücken hielten, blieben standhaft hinter ihren Barrikaden. Sie waren gut bewaffnet und wurden von einem Zauberkundigen unterstützt, und Blacks Panzer waren ob der Notwendigkeit, ernsthafte Schäden an den Brücken zu vermeiden, praktisch lahmgelegt.

Der erste Panzer fuhr auf die George Mason Bridge zu, um die Barrikaden der Aufrührer zu überrollen, und blieb dann einfach auf der Zufahrtsrampe stehen, als sich eine Wolke aus Dunkelheit ausbreitete und ihn bedeckte. Die Wirkung des Zaubers erlosch fast augenblicklich, aber wie Truppen, die mit unbekannter Magie konfrontiert wurden, es zu tun pflegten, verhielt sich Blacks Kommando passiv. Als der Panzer wieder sichtbar wurde, hatte er gewendet und fuhr rückwärts auf die Barrikaden zu. In der Annahme, daß das Fahrzeug unter feindlicher Kontrolle stand, eröffneten Blacks andere Panzer das Feuer und zerstörten es.

»Wir müssen diese Brücken räumen«, sagte Trahn mit einem eindringlichen, auf Tom gerichteten Blick.

Damit waren die Sonderressourcen gemeint. »Ich nehme Team Eins, Sir.«

Trahn nickte. »Ermächtigen sie eine Staffel Yellowjackets, Team Eins zu unterstützen, Jemal, aber sagen Sie ihnen, daß sie sich zurückhalten sollen, bis sie gebraucht werden. Wir wollen die Provokation auf ein Mindestmaß beschränken. Und unterrichten Sie Archie Lessem, daß die Kavallerie unterwegs ist und er nicht zu eifrig sein soll, was das Einnehmen der Brücke betrifft.«

Team Eins hatte zwei gepanzerte Fahrzeuge, Toms Taktisches Kommandofahrzeug vom Typ Ranger und eine Hilfsdrohne. Weder das Kommandofahrzeug noch die Drohne waren für Gefechte in vorderster Front ausgelegt, und sie hatten keine Eskorte, was den Vorstoß in ein Aufruhrgebiet zu einer beunruhigenden Aussicht machte. In der städtischen Enge war die vorderste Front überall, wo sich Feinde verbarrikadiert hatten. Unter solchen Bedingungen war selbst ein schwer gepanzerter Schwebepanzer anfällig gegen einen Angriff aus dem Hinterhalt, und Team Eins hatte nicht die Infanterieunterstützung, von der Kommandeure von Panzereinheiten wie Black behaupteten, sie seien für den Einsatz von Panzern in Stadtgebieten unabdingbar. Doch sie hatten Furlann. Die Astralsicht der Magierin war ihr Schutz gegen Überraschung. Furlann mochte einen Angriff aus dem Hinterhalt zwar nicht stoppen können, aber sie sollte sie zumindest davor warnen können. Tatsächlich verließ Tom sich darauf.

Seine Besorgnis erwies sich als unbegründet, da sie ohne Zwischenfall durch die verlassenen Straßen rollten.

»Was ist nötig, um ihren Magier auszuschalten?« fragte Colonel Lessem, als sie an seinem Kommandostand eintrafen.

»Ich brauche freie Sicht auf die Brücken«, sagte Furlann, indem sie sich vorbeugte, um in Toms Mikrofon zu sprechen. »Der Übergang beim Pentagon sollte reichen.«

»Das war unsere Magierin«, sagte Tom entschuldigend.

»Verstanden«, sagte Lessem. »Sie sind am Zug, Team Eins. Sie haben freie Bahn.«

Tom befahl seinem Fahrer, das Kommandofahrzeug dort in Stellung zu bringen, wo Furlann dies wollte. Er ließ die Hilfsdrohne im Schutz der Pentagon-Einheiten anhalten und startete eine Aufklärungsdrohne. Er wollte sich ein Bild von der hiesigen Situation machen, über das höherrangige Kommandeure nicht nach Belieben verfügen konnten. Kaum in Stellung, begab Furlann sich in die Kommandokanzel des TKF und fiel in Trance. Tom beobachtete die Brücken über die Televerbindung mit der Drohne. Alle drei Fahrbahnen waren mit Autowracks und Trümmern verstopft und voller Menschen. Der Fußweg am Geländer war frei, allerdings fehlte ihm auch ein zehn Meter langer Abschnitt. Die Aufrührer brauchten ihn nicht zu verteidigen.

»Ich habe sie«, sagte Furlann, als sie aus ihrer Trance erwachte. »Dämliche Perverse.«

Tom glaubte nicht, daß Furlanns letzte Bemerkung für die Öffentlichkeit bestimmt war, aber er hatte sie trotzdem gehört. »Die Magierin?«

Furlann beschäftigte sich bereits mit ihren Fetischen. »Sie können dem Colonel sagen, daß er gleich eine Ablenkung bekommen wird.«

Tom hatte die Nachricht kaum weitergegeben, als auf der mittleren Fahrbahn ein Feuerball erblühte. Flammen hüllten die gesamte Breite ein und leckten zu den beiden benachbarten hinüber. Schreie von den Verwundeten ertönten, aber jene im Zentrum der Feuersbrunst schrien nicht – zu Asche verbrannt, bevor sie die Gelegenheit hatten. Der arkane Holocaust verzehrte lebende und organische Materie, ließ jedoch Beton und Asphalt der Brücke und Plastik und Metall der Fahrzeuge darauf unberührt. Es war eine beeindruckende Zurschaustellung thaumaturgischer Macht.

»Erwischt, du dämliche Schnalle«, sagte Furlann mit offensichtlicher Befriedigung.

Tom saß wie betäubt da, während Colonel Lessem seinen Truppen den Befehl gab, gegen die Brücken vorzurücken. Blacks Panzer rollten vorwärts, als Furlann in das Innere des Kommandofahrzeugs zurückglitt und sich mit einem müden Seufzer auf ihre Couch legte.

»Was haben Sie getan?« fragte Tom, für den außer Frage stand, daß sie für das Massaker auf der Brücke verantwortlich war. Sie hatte die andere Magierin ausgeschaltet, sonst wäre sie nicht so entspannt gewesen. Aber sie hatte viel mehr ausgeschaltet als nur die Magierin.

»Ich habe der Spuktänzerin einen Feuerball durch ihren Fokus geschickt«, sagte Furlann kategorisch. »Sie war zu langsam, um sich dagegen zu wehren. Ihr Pech.«

»Sie hätten das nicht zu tun brauchen. Sie war von vielen Leuten umringt. Wir haben Befehl, die zivilen Verluste so gering wie möglich zu halten.«

»Der größte Teil dieses Abschaums ist SINlos, und falls Bürger darunter waren, haben sie sich als dumm erwiesen, indem sie die falsche Seite unterstützten. Gut, daß sie nicht mehr im Gen-Pool sind.«

»Sie hätten trotzdem nicht ...«

»Wäre es Ihnen lieber gewesen, sie hätte mir einen geschickt und er wäre mitten in diesem gemütlichen kleinen Kasten explodiert?« schnauzte Furlann. »Sie war eine verdammte Toxische Schamanin, und sie wußte, daß ich hier bin. Sie hatte nicht Ihre Bedenken, von wegen ›schont die Bürger‹. Es hätte nicht lange gedauert, dann hätte sie denselben Stunt bei mir versucht. Ich habe das nur verhindert, indem ich ihr mehr geschickt habe, als sie verkraften konnte.«

»Es war übertrieben.«

»Ich bin auf Nummer sicher gegangen.« Furlann warf den Kopf in den Nacken und legte sich einen Arm über die Augen. »Wenn es Ihnen nichts ausmacht, werde ich jetzt ein Nickerchen machen. Van Dyne kann mit dem Pentagon-Team Wache halten.«

Sie hätte ihn nicht gründlicher abtropfen lassen können, wenn sie ein General gewesen wäre. Tom bestieg den Kommandositz und lehnte sich zurück. Auf den Brücken erzwangen sich die Soldaten den Übergang und setzten Colonel Lessems Befehl, die Brücken zu sichern, in die Tat um. Scharen von Gefangenen wurden zur Pentagon-Linie und zum Feldkommandostand zwischen dem Army- und dem Navy-Drive direkt unter ihm eskortiert. Sie waren ein bunt zusammengewürfelter, wenig beeindruckender Haufen, und die meisten sahen so aus, als könnten sie eine anständige Mahlzeit vertragen. Sie schlurften niedergeschlagen vorbei. Ein paar schauten zum Kommandofahrzeug auf und zeigten ihm den Finger. Einer sah auf und rief etwas.

»Tom? Tom Rocquette?«

Verblüfft musterte Tom die verdreckte Straßenratte, die seinen Namen kannte. Ein Soldat legte die Hand auf die Schulter des Jungen und sah Tom an in Erwartung des Nickens, den Jungen abzuführen.

»Erkennst du mich denn nicht?« rief der Junge. »Ich bin's, Andy, Andy Walker.«

Andy? Der Junge hatte Ähnlichkeit mit dem Bild, das Genifer ihm gezeigt hatte. Aber ... »Andy Walker ist tot«, rief Tom nach unten.

Der Junge fing an zu protestieren, und Furlann öffnete das Turmluk. Sie knurrte Tom an und musterte den Jungen mit höhnischem Grinsen von oben bis unten. »Wissen Sie, Walker, meiner fundierten Ansicht nach ist dieser Bengel hier sehr lebendig. Wir Magier kennen uns mit diesen Dingen aus. Und er sagt, was er für die Wahrheit hält. Warum sind Sie also nicht so nett und feiern Ihr Wiedersehen ein Stück weiter weg vom Fahrzeug, damit sich ein anständiges Mädchen ein wenig ausruhen kann?«

Tom befolgte Furlanns Vorschlag, aber nicht, um ihr einen Gefallen zu tun. Wenn das wirklich Andy war, wollte er wissen, was los war. Er stieg aus dem Kommandofahrzeug und bedeutete dem Soldat, den Jungen zur Uferstraße zu bringen.

»Du hast hoffentlich eine gute Erklärung«, sagte er zu dem Jungen, als sie sich von Angesicht zu Angesicht gegenüberstanden. »Besonders dafür, warum alle dich für tot halten.«

»Das ist eine lange Geschichte.« Andy sah zu Boden und trat nach einem Stein. »Hör mal, Tom, wir haben nichts mit dem Aufruhr zu tun. Ehrlich nicht. Wir saßen in der Nacht auf der anderen Seite der Stadt fest, okay? Wir versuchten wieder über die Brücke zu kommen, als auf einmal die Panzer auftauchten. Ich schätze, wir waren einfach nur zur falschen Zeit am falschen Ort.«

»Das ist wohl wahr.« Andy wich Toms erster Frage aus, während er zugleich neue aufwarf. »Warum sagst du immer *wir?*«

»Ich bin mit Freunden zusammen.« Andy schien plötzlich zu bemerken, daß er allein war. »Wenigstens war ich das.«

Immer mehr Fragen. Tom wandte sich an den Soldat. »Corporal, helfen Sie diesem Jungen, seine Freunde zu suchen, und bringen sie dann alle wieder hierher zurück.« Falls Andy Komplizen hatte, war es am besten, wenn Tom sie alle an einem Ort versammelte, bevor sie sich in den Einrichtungen verloren, die Colonel Lessem für die Verwahrung der Gefangenen vorgesehen hatte.

Zehn Minuten später brachte der Corporal den Jungen in Begleitung eines Mannes mittleren Alters in einem zerknitterten Geschäftsanzug zurück. Während sie sich näherten, drehte sich Andy immer wieder um, als hätte er seine Mutter in einem Einkaufszentrum verloren. Tom hörte, wie der Mann Andy etwas zuflüsterte: »Mach dir keine Sorgen um Kit. Sie kommt schon zurecht.«

»Wer ist Kit?« fragte Tom und handelte sich damit ein funkelndes Starren von dem Mann ein.

»Eine Freundin von mir«, sagte Andy. »Sie war bei uns, als wir versuchten, nach Arlington zu kommen. Sie muß von uns getrennt worden sein.«

Konnte Furlann sich geirrt haben? »Du wohnst nicht in Arlington.«

»Jetzt schon«, sagte der Mann. »Der Junge sagt, Sie sind sein Bruder.«

»Sein Halbbruder.«

»Wie auch immer. Er sagt, Sie sind in Ordnung, was ich ihm abkaufe, weil ich muß, aber ich glaube nicht, daß die Antworten, die Sie hören wollen, unbedingt auf der Straße herausposaunt werden sollten. Im Interesse des Jungen.«

»Und wer sind *Sie*?«

»Ich heiße Markowitz.« Er zog eine Visitenkarte aus der Tasche und gab sie ihm. »Ich führe Ermittlungen durch.«

Tom nahm die Karte, machte sich jedoch nicht die Mühe, einen Blick darauf zu werfen. Jeder konnte sich Karten drucken lassen. »Haben Sie auch einen Ausweis, Mister Markowitz?«

»Sicher.« Er zückte ihn, und Tom nahm ihn ebenfalls an sich. Er ging zum Kommandofahrzeug zurück, wobei er Furlann bei ihrem Nickerchen störte – was *ihn* nicht im geringsten störte –, und gab den Kredstab seinem Sergeant. »Überprüfen Sie den.«

»Wir haben nichts mit der Kompensationsarmee zu tun«, sagte Markowitz. »Wir haben nur versucht, wie gute Bürger nach Hause zu kommen und uns aus allem rauszuhalten, als Ihre Sturmtruppen über uns hergefallen sind wie eine Wagenladung Ziegelsteine.«

»Sie waren auf der Brücke«, stellte Tom fest.

»Wir haben nur versucht, sie zu überqueren«, sagte Markowitz.

Der Sergeant streckte den Kopf aus dem Kommandofahrzeug. »Major, dieser Mann wird vom Militärischen Nachrichtendienst gesucht. Man will ihm ein paar Fragen stellen.«

»Was?« Markowitz klang überrascht. »Aus welchem Grund?«

Der Sergeant betrachtete Markowitz mit ausdrucksloser Miene.

»Ich will es auch wissen«, sagte Tom.

»Die Gründe sind nicht im einzelnen genannt, Sir. Colonel Jordan hat Befehl gegeben, ihn zu ihm zu bringen. Dasselbe gilt für seine Begleiter.«

»Nun, Mr. Markowitz, möchten Sie vielleicht erklären, warum der Militärische Nachrichtendienst ein Interesse an Ihnen haben könnte?« fragte Tom.

Der Mann verzog lediglich das Gesicht.

»Es muß sich um einen Irrtum handeln«, sagte Andy. Der Junge klang verängstigt. »Tom, du mußt uns helfen. Das ist alles ein großer Irrtum. Du bist doch in der Armee. Du kannst uns dabei helfen, alles wieder geradezurücken.«

Tom glaubte, den charakteristischen Gestank von Schatten-Drek zu wittern. Runner waren oft Bekannte, manchmal sogar Familie, und der nicht-tote Andy wurde von jemandem zur Familie gezählt, den Tom zur Familie zählte. Konnte Genifer in Shadowruns verwickelt sein? Schwer zu glauben, aber sie lebten in merkwürdigen Zeiten. Und was hatte der militärische Nachrichtendienst damit zu tun? Genifer scheute sich nicht, Großvaters alte Connections auszunutzen. Konnte sie irgend etwas dazu veranlaßt haben, zu weit zu gehen und diese Connections zu mißbrauchen, vielleicht so sehr, daß die militärische Sicherheit davon berührt wurde? Tom mußte es wissen.

»Ich glaube, Geraderücken ist genau das, was in dieser Angelegenheit nötig ist. Ihr zwei steigt jetzt in meinen Wagen, und dann kümmern wir uns darum.«

**>>>>>WFDC-Lokalberichterstattung -[07:02:05/24-8-55]**
**WFDC-Nachrichtenmoderatorin: Shimmer Grace [GRAC-A303]**
**Uplink-Station: Bethesda-Studio, FDC**

*Grace:* »Uns zugeschaltet ist jetzt Worf Blitzer, NewsNets Spezialist für Militärfragen. Sind Sie bereit, die Hintergründe über all diese Soldatentypen zu erfahren, die in der Stadt herumballern?« *[Kameraschwenk auf Fragezeichen]*

*[Zuschauerreaktion: 96 % positiv]*

»Also *schön!* Sagen Sie, Worf, was läuft da eigentlich? Wer sind all die Jungens in Grau und Schwarz?«

*Blitzer:* »Wie Sie wissen, Grace, hat das Aufruhrbekämpfungszentrum noch keine offizielle Liste der Einheiten veröffentlicht, die an dieser Aktion beteiligt sind. Unsere eigene Liste zusammenzustellen, war nicht besonders schwierig. Wegen der Krise in Chicago befinden sich weniger als zwei Divisionen kampfbereiter Einheiten in diesem Gebiet, und die meisten davon sind an der Grenze in North Virginia stationiert. Um im Norden zu beginnen: Beide noch verbliebenen Bataillone der 101. Luftunterstützungsdivision in Fort Meade haben Meade als Kern der Einheit verlassen, die Einsatzgruppe Kemper genannt wird. Sie haben gerade Bilder ihrer Infanteriekampfwagen vom Typ MacAuliffe gezeigt, die auf der Route 95 unterwegs sind. Diese MacAuliffes sind recht wirkungsvolle Panzerfahrzeuge.«

*Grace:* »Panzerfahrzeuge? Sie haben *Panzer*?«

*Blitzer:* »Nein, nur IKWs. Leicht gepanzerte Fahrzeuge. Aber die Einheit im Süden, Einsatzgruppe Lessem, hat das 131. Schwere Bataillon der 100. Panzerdivision. Die haben Panzer. Richtig schwer gepanzerte Fahrzeuge.«

*Grace:* »Schwer gepanzerte Fahrzeuge? Also *Schwebepanzer*?«

*Blitzer:* »Schwere Panzer können auch Schwebepanzer sein, aber die Kampfbataillone der 100. Panzerdivision sind mit kettengetriebenen M2B2s und IKWs vom Typ Ranger ausgerüstet. Der Division ist eine Kompanie Schwebepanzer zugeteilt, die jedoch im Augenblick im Raum Chicago im Einsatz ist. Der Einsatz von Panzerfahrzeugen mag umstritten sein, aber vielleicht noch ungewöhnlicher ist die Aufstellung des Provisorischen Sonderressourcen-Bataillons 7711, einem zusammengewürfelten Konglomerat aus ferngelenkten Einheiten und Einheiten des Thaumaturgischen Korps, das als Einsatzgruppe Rocquette operiert. Wir wissen über diese Einheit kaum mehr als den Namen, aber wir können mit Sicherheit annehmen, daß sie für den Feuer-Zwischenfall auf der George Mason Bridge verantwortlich war.« < < < < <

## 17

Als Andy Tom Rocquette in seinem gepanzerten Fahrzeug gesehen hatte, war er bereit gewesen, alles zu tun, um den Soldaten zu entkommen. Sicher, Tom war auch ein Soldat, aber er war auch Andys Halbbruder. Das mußte doch etwas wert sein, oder? Tom hatte sich Andy gegenüber früher zwar nie besonders freundlich verhalten, aber auch nicht feindselig. Andy war ziemlich sicher, daß Tom ihn mochte.

Natürlich war Andy da nur ein Kind gewesen und kein SINloser Streuner, dessen Cyberdeck von den Soldaten konfisziert worden war.

Andy hatte zwar nicht gewußt, was auf ihn zukam, als er Tom Rocquette anrief, aber er hatte jedenfalls auf einen enthusiastischeren Empfang gehofft. Tom war zwar nicht offen feindselig gewesen wie die anderen Soldaten, aber er war kalt und distanziert. Er schien nicht zu glauben, daß Andy Andy war, was nicht unverständlich war. Als sie in Toms Panzerfahrzeug saßen und weiß der Henker wohin unterwegs waren, tat Andy sein Bestes, um seinen Halbbruder davon zu überzeugen, daß er tatsächlich noch lebte und kein Schwindler war, indem er über die Zeit redete, als sie sich kennengelernt hatten.

Bedauerlicherweise schien Markowitz seine Versuche, Tom für sie einzunehmen, mit Gewalt sabotieren zu wollen.

»Soldaten gegen Bürger«, sagte Markowitz. »Tolle Schau. Haben Sie sich Nazi-Ausbildungsfilme angesehen?«

Die spärliche Beleuchtung im Innern des Fahrzeugs erschwerte es Andy, in Toms Gesichtsausdruck zu lesen, als dieser tonlos fragte: »Nazi?«

»Ja, Sie wissen schon, im Stechschritt für das Reich, und die Absätze auf alles, was sich querstellt. Platz für die Herrenrasse und aus dem Weg mit den niederen Kreaturen. In die Lager mit den lästigen genetisch Unerwünschten, wo man sich so mit ihnen befassen kann, wie es sich gehört. Wandern die Marschierer dorthin? In Lager?«

»Seit '07 gibt es keine Nazis mehr«, sagte Tom ruhig. »Gehört Geschichte zu den Dingen, über die Sie ermitteln? Sie scheinen eine ganze Menge über untergegangene politische Systeme zu wissen.«

»Namen ändern sich, schwarze Herzen nicht«, erwiderte Markowitz. »Und warum sollte ich mich nicht in der Geschichte auskennen? Konkreter ausgedrückt: Sollten *Sie* sich nicht damit auskennen? Noch konkreter ausgedrückt: Ich erkenne Gewalt, wenn ich welche sehe. Und selbst wenn die Motive lauter wären, was diese Soldaten dort draußen tun, ist illegal.«

»Aha. Sie sind kein Historiker, sondern Anwalt. Ist es das, Mr. Markowitz?«

»Warum wollen Sie mich unbedingt in eine Schublade einordnen?« fragte Markowitz. »Nichts für ungut, spielt keine Rolle. Ein Mann in meinem Beruf muß sich mit dem Gesetz auskennen, wenn er zurechtkommen will, und das tue ich. Ich weiß zum Beispiel, daß es illegal ist, das Militär der UCAS gegen die Zivilbevölkerung einzusetzen.«

Das hatte Andy nicht gewußt.

»Ohne einen Befehl des Präsidenten«, sagte Tom.

Auch das hatte Andy nicht gewußt.

»Und haben Sie einen?« fragte Markowitz.

Tom nickte. »Zufälligerweise ja.«

»Dann kann ich nur sagen, Gott stehe uns allen bei. Die Nazis sind nicht tot, und wir haben die außerordentliche Ehre, die Wiederkehr der Säuberungen aus erster Hand mitzuerleben. Heil Steele.«

»Das ist keine Säuberung.« Toms Stimme klang ein wenig angestrengt. »Wir bemühen uns schlicht und einfach, die Ordnung wiederherzustellen und die Aufrührer an die Kette zu legen.«

»Aufrührer?« wiederholte Markowitz ungläubig. »Dort draußen sind keine Aufrührer, sondern nur Leute, die versuchen, sich gegen Lockes Schaftstiefel tragende Sturmtruppen zu verteidigen. Oder wenigstens haben sie das getan, bis Sie und Ihre gepanzerten Handlanger aufgetaucht sind. Peng! Und nieder mit dem Werkzeug des manifesten politischen Willens. Peng! Und wieder ein prima SS-Hammer, um die Untermenschen niederzuknüppeln. Was ist los, *Herr* Major, Sie sehen so verärgert aus? Sitzen die Schaftstiefel zu eng?«

»Das geht zu weit«, sagte Andy. Er hoffte, Tom würde sehen, daß ihn nicht alle für einen von diesen üblen Burschen hielten, von denen Markowitz redete.

Markowitz wandte sich an ihn. »Was seine Leute tun, das geht zu weit«, sagte er, indem er anklangend mit dem Finger auf Tom zeigte. »Dort draußen in den Lagern sind gute Leute, und sie sterben, weil sie es gewagt haben, für das einzutreten, was ihnen zusteht, weil irgendein vollgefressener Politiker eine bessere

Verwendung für das Geld hat. Diese guten Leute sterben, weil sie sich erhoben und verlangt haben, was man ihnen versprochen hat. Sie wollen nur eine Entschädigung.«

»Gute Leute?« Tom war jetzt erhitzt. »Gute Leute setzen nicht ihre Nachbarschaft in Brand. Mit den Feuern, die die Aufrührer letzte Nacht gelegt haben, sind sie zu weit gegangen.«

»Also haben Sie die Absicht, die Brände mit Blut zu löschen. Sehr demokratisch.«

»Wir haben die Absicht, dafür zu sorgen, daß keine weiteren mehr gelegt werden.«

»Wie? Indem Sie die Leute umbringen? Ich nehme an, das wird echt gut klappen. Die Dinge beruhigen sich schnell, wenn alle tot sind. Ist außerdem noch eine ziemlich bequeme Lösung. Keine Zeugen.«

»Sie übertreiben maßlos, Markowitz«, sagte Tom.

»Aber es stimmt«, warf Andy ein. »Ich habe gesehen, wie Soldaten Leute erschossen haben, die sich ergeben wollten.«

»Nein.« Toms Stimme war nicht sehr laut, und Andy war nicht sicher, ob er Tom wirklich sprechen gehört hatte.

»Glauben Sie nicht, daß Ihre Brüder in Uniform Mörder sind?« fragte Markowitz.

Tom räusperte sich. »Wenn jemand getötet wurde, dann deshalb, weil er bedrohlichen Widerstand geleistet hat. Obwohl ich von jemandem mit derartig linksgerichteten Ansichten nicht erwarte, daß er das versteht, Mr. Markowitz, kann ich Ihnen versichern, daß die Armee kein Sammelbecken für wahllos um sich schießende Mörder ist.«

»Oh, sie sind nicht *wahllos*«, sagte Markowitz. »Das habe ich nie behauptet. Tatsächlich ist mir eine eindeutige Vorliebe unter den Soldaten dafür aufgefallen, den Widerstand unter den Metamenschen zu finden. Du meine Güte, ich habe selbst erlebt, wie ein schlichter mürrischer Blick so bedrohlich für Ihre gut bewaffneten Soldaten war, daß sie sich gezwungen sahen, mindestens zwei Orks, einen Troll und eine Zwergenfrau mit ihrem Baby kurz und bündig zu exekutieren.«

»Sie müssen sich irren«, sagte Tom.

»Muß ich das?«

Tom antwortete nicht. Er starrte nur die Kabinenwand an.

»Sie sind eine Marionette«, sagte Markowitz zu ihm.

Tom drehte sich langsam zu ihm um und sagte: »Sie neigen zur Melodramatik, Mr. Markowitz.«

»Das liegt daran, daß ich ein verhinderter Romantiker bin, hat man mir jedenfalls gesagt. Vielleicht ist das der Grund, warum ich immer noch glaube, daß sich dann und wann ein Mann erhebt und das Richtige tut, auch wenn seine Chummer etwas ganz anderes tun. Es ist schwer, gegen den Strom zu schwimmen, aber manchmal muß man einfach. Ich weiß, daß Sie wissen, was ich meine. Andy hat mir gesagt, Sie wären in Ordnung. Nicht wahr, Andy?«

»Ja. Das habe ich ihm gesagt, Tom.«

»Genau. Hören Sie, Major. Sie haben jetzt die Möglichkeit, mir zu beweisen, daß ich mich in Ihnen irre. Der Junge hat Ihnen die Wahrheit gesagt: Keiner von uns hat etwas mit dem Aufruhr zu tun. Daß wir auf der Brücke erwischt worden sind, war einfach nur Pech und schlechtes Timing, das ist alles. Es hat nichts zu bedeuten. Wir wollen mit dieser Schweinerei nichts zu tun haben. Ich bin sicher, Sie werden das verstehen. Warum setzen Sie uns also nicht einfach ab, und wir vergessen alle, daß wir uns je begegnet sind?«

Tom schüttelte den Kopf, während sich seine Lippen zur Andeutung eines Lächelns verzogen. »Ich glaube mich zu erinnern, daß mir jemand erzählt hat, es gäbe gar keinen Aufruhr. Wie kann jemand in etwas nicht verwickelt sein, das gar nicht stattfindet?«

»Sie wollen ganz einfach kein zugänglicher Kerl sein.«

»Ich habe meine Befehle, Mr. Markowitz. Ich muß sie ausführen.«

»Jawohl, Sir, Major Nazi.«

»Ich glaube, es wird Zeit, daß Sie das Maul halten, Mr. Markowitz«, sagte Tom mit frostiger Stimme.

Andy erwog, Markowitz zu sagen, er sei derselben Ansicht, sah jedoch nicht, daß das etwas bringen würde. Glücklicherweise brauchte er es auch nicht. Markowitz verstand den Wink. Andy war erleichtert. Die Spannung war bereits zu hoch. Was war nur in Markowitz gefahren? Normalerweise war er viel versöhnlicher, wenn er mit Leuten zu tun hatte – wenigstens mit anderen Leuten als Andy. Vielleicht machte er sich Sorgen um Kit. Sie war immer noch irgendwo dort draußen. Hatten die Soldaten sie ebenfalls aufgegriffen? Andy hoffte es nicht.

Nachdem sie eine Weile schweigend gefahren waren, hievte sich Tom plötzlich aus seinem Sitz, ging durch die Kabine und glitt auf einen winzigen Klappsitz vor einer primitiven Kontrollstation für Drohnen. Andy hatte ähnliche Einrichtungen in den Tech-Hangars bei Telestrian gesehen, also wußte er, was Tom tat, als dieser Schalter betätigte und Befehle eingab. Er rief Bilder von einer Aufklärungsdrohne ab. Als sich das Bild auf dem Schirm erhellte, sah Andy, daß die Drohne über dem noch andauernden Scharmützel auf den Brücken schwebte. Niemand auf den Brücken oder am Ufer störte sich daran. Sie waren alle viel zu beschäftigt. Auf Toms Befehl zoomte die Kamera näher an die Soldaten in ihren schwarzgrauen Uniformen und das bunte Durcheinander ihrer Gegner heran.

Die wahnsinnige Gewalt der Auseinandersetzung war nicht zu übersehen. Tom konnte nicht bestreiten, was ihm der Bildschirm jetzt zeigte. Die Drohne übertrug Bilder von Soldaten, die Marschierer niederschossen. Der Blickpunkt der Drohne war hoch und weit entfernt. Daher ließ sich nicht feststellen, ob jene, auf die geschossen wurde, tot waren oder nicht, aber sie waren mit Sicherheit verletzt. Oft schossen die Soldaten ohne jeglichen Grund, ohne provoziert worden zu sein.

Als Markowitz etwas sagen wollte, trat ihm Andy gegen das Schienbein. Die Überraschung ließ ihn schweigen. Tom merkte nichts davon, was Andy nur recht war.

Tom schaltete auf Kommunikationsmodus.

»Colonel Lessem, hier spricht Major Rocquette. Ich glaube, wir haben ein Problem auf den Brücken.«

Die Antwort des Colonels kam fast sofort über die Innenlautsprecher. »Was gibt es denn, Rocquette? Haben die Aufrührer noch einen Magier?«

»Nein, Sir. Zumindest nicht, daß ich wüßte. Das Problem, Sir, sind unsere Leute. General Trahn wird nicht sehr glücklich darüber sein.«

Lessem kicherte. »Geht dem Alten wohl nicht schnell genug, wie? Tja, Sie werden ihm wohl sagen müssen, daß er mir mehr Leute geben muß, wenn er den Job schneller erledigt haben will. Entweder das, oder die Samthandschuhe müssen weg.«

Der Colonel glaubte, daß sich die Soldaten zurückhielten? Andy konnte es nicht glauben. Toms Schweigen legte die Vermutung nah, daß ihn die Antwort des Colonels ebenfalls überraschte.

»Nazi-Sturmtruppen-Taktik«, flüsterte Markowitz.

Andy hoffte, daß Tom die Bemerkung nicht gehört hatte.

Tom sprach in das Mikrofon. »Colonel, ich schlage mit allem Respekt vor, daß Sie sich die Bildübertragung von Drohne Alpha-Charley-zwo-drei ansehen. Ich denke, Sie werden feststellen, daß sich die Dinge nicht so glatt entwickeln, wie Sie glauben.«

»Tatsächlich?« Eine Pause. »Sie haben Befehl, sich mit einigen Gefangenen im HQ zu melden, nicht wahr?«

»Jawohl, Sir.«

»Dann schlage ich vor, daß Sie sich um Ihre Angelegenheiten kümmern.«

Die Verbindung wurde unterbrochen.

Nun, da er die exzessive Gewalt mit eigenen Augen gesehen hatte, konnte Tom Markowitz' Behauptungen nicht mehr widersprechen. Die Armee bediente sich tatsächlich Sturmtruppen-Taktiken. Das ergab keinen Sinn für Tom. Ebenso wie Furlanns Gewehr-auf-Spatzen-Taktik auf der Brücke war dies eine Überreaktion.

»Wollen Sie es sich jetzt noch einmal überlegen, uns ins HQ zu bringen?« fragte Markowitz.

»Nein«, antwortete Tom. Die Tatsache, daß andere Leute ihre Befehle mißachteten, entband ihn nicht von seinen. »Ich muß Sie beide abliefern.«

Markowitz räusperte sich. »Ich hoffe nur, in Ihrem Führerhauptquartier gibt es moderne Folterbänke. Die alten Modelle sind *echt* unbequem.«

»Folter?« Andy klang verängstigt.

»Er versucht dir angst zu machen und mich einzuschüchtern«, sagte Tom zu ihm. »Man wird euch nur ein paar Fragen stellen. Niemand wird irgendwen foltern.«

»Bist du sicher?« fragte Andy.

»Du hast meine persönliche Zusicherung, daß es keine Folter geben wird«, sagte Tom. Er gab dieses Versprechen leichten Herzens. Die UCAS-Armee war nicht wie die Aztlaner.

»Ich bin ja *so* erleichtert, das zu hören«, sagte Markowitz.

Tom musterte Markowitz. »Eine private Tracht Prügel danach, von Bürger zu Bürger, ist eine andere Sache.«

»Ich betrachte das als feste Verabredung«, sagte Markowitz. »Obwohl, wenn Sie sich irren, erwarte ich, daß Sie mir ein wenig Erholungszeit zugestehen, bevor wir uns unterhalten.«

»Sie werden in bester Verfassung sein müssen«, versprach Tom ihm.

Andy sah zwischen den beiden hin und her, als betrachte er zwei Wahnsinnige, was vielleicht auch der Fall war. Markowitz brachte Tom derart auf die Palme, wie er es schon lange nicht mehr gewesen war.

Als das Kommandofahrzeug auf dem Parkplatz neben General Trahns TOZ hielt, wurden sie bereits von Colonel Jordan und einem Quartett seiner weiß behandschuhten Militärpolizei erwartet. Tom übergab Andy und Markowitz dem Colonel.

»Hallo, Markowitz«, sagte Jordan. »Mal wieder in Schwierigkeiten, wie ich sehe.«

Markowitz nickte ihm zu. »Anscheinend. Die üblichen Irrtümer, nehme ich an. Wie geht's, Jemal? Was macht die Frau?«

Es entwickelte sich ein unglaublich harmloses, gewöhnliches Gespräch. Tom hörte verblüfft zu. Jordan wandte sich an Tom und salutierte. »Major, ich entbinde Sie von Ihren Gefangenen.«

Tom erwiderte den Gruß.

»Melden Sie sich beim General in seinem Fahrzeug«, sagte Jordan.

Furlann begleitete Tom in die TOZ. Sie sagte nichts, was Tom nur recht war. Tom war nicht danach, mit ihr zu reden. Ihre herbe, sarkastische Art ähnelte zu sehr der von Markowitz, und Markowitz hatte ihn schon genug Nerven gekostet. Tom ging hinein und suchte sich einen Platz, um dort zu warten, bis der General mit ihm zu reden geruhte. Offenbar war er so sehr damit beschäftigt gewesen, die Vorgänge noch einmal Revue passieren zu lassen, daß er nicht bemerkt hatte, daß Furlann gegangen war. Jedenfalls war sie nicht mehr da, als der General Tom zu sich beorderte. Nach Erledigung der militärischen Formalitäten forderte Trahn Tom auf, Platz zu nehmen.

»Ich hörte, Sie hätten ein Problem mit der Art und

Weise, wie diese Operation durchgeführt wird«, sagte er ohne Vorrede.

Colonel Lessem würde ihn über Toms Anruf in Kenntnis gesetzt haben. »Nichts gegen das Oberkommando, Sir, aber die Truppen scheinen sich außerhalb der Parameter dieser Operation zu bewegen.«

»Inwiefern außerhalb? Die Verantwortung liegt bei den Kommandeuren der einzelnen Einheiten. Sie scheinen deren Urteilsvermögen in Frage zu stellen. Was ist Ihr Problem, Rocquette?«

Trahn schüttelte traurig den Kopf. »Dies ist weder eine Übung noch eine Aufräumaktion nach einer ungesetzlichen Policlub-Ausschreitung. Dort draußen wartet ein großer und feindseliger Pöbelhaufen, der die Gesundheit und Sicherheit der Bürger bedroht, die zu schützen Sie geschworen haben. Immerhin ist es die Hauptstadt unseres Landes, die sich Randolph und seine undankbaren Anhänger ausgesucht haben, um sie zu verwüsten. Sie können unmöglich glauben, daß halbe Maßnahmen reichen. Halbe Maßnahmen kosten Sie das Leben, wenn die andere Seite alles gibt, und es gibt absolut keinen Grund zu glauben, daß die Aufrührer nicht alles geben. Verlangen Sie von unseren Soldaten, daß sie sich das Fell über die Ohren ziehen lassen?«

»Nein, Sir. Das habe ich absolut nicht damit sagen wollen.«

»Sie waren bei der Einsatzbesprechung anwesend, Rocquette. Sie wissen, daß unsere Truppen dem Pöbelhaufen zahlenmäßig stark unterlegen sind. Wir müssen alle unsere Vorteile geltend machen. Einer dieser Vorteile ist die Einheit unserer Kommandostruktur, Major. Wir können es uns nicht leisten zu debattieren. Das würde uns schwächen, aufhalten und auseinanderdividieren. Und wenn das geschieht, werden gute Soldaten sterben. Wollen Sie das?«

»Nein, Sir. Aber dort draußen sterben bereits Leute, General.«

»Leute, die sich außerhalb des Gesetzes gestellt haben.«

»Das Gesetz soll Leute schützen, sogar Verbrecher«, stellte Tom fest.

»Sie leben im letzten Jahrhundert, Rocquette.«

War das so schlimm? Es gab nicht wenige, die das Ende des letzten Jahrhunderts ein goldenes Zeitalter nannten. »Die Gesetze dieses Landes haben immer noch Gültigkeit.«

»Einige dieser Gesetze sind geändert worden«, erinnerte ihn der General. »Hören Sie zu, mein Sohn. Ich weiß, Sie sind intelligent. Sie können gewiß sehen, was um uns vorgeht. Sie können gewiß die moralische Verkommenheit sehen. Wir stöhnen unter der Last des Erbes dieses Schweinehunds Howling Coyote und seiner Jünger. Dies war einmal das bedeutendste Land auf der Welt. Und jetzt sehen Sie uns an. Man hat uns die Beine an den Knien abgetrennt und zu Bettlern gemacht, weil wir das Joch akzeptiert haben, daß uns von den Kreaturen dieses neuen Zeitalters aufgezwungen worden ist. Wie kann ein Mann in dieser Welt überleben?«

Trahn schien eine Antwort zu erwarten. Unglücklicherweise hatte Tom nur Fragen, keine Antworten. Grundsätzlich stimmte er mit Trahn überein, was den Zustand der Welt betraf, aber er wußte nicht, wie sich diese eher philosophische Position auf die gegenwärtige Situation anwenden ließ. Außerdem war er nicht so dumm, einem General zu widersprechen. Er versuchte es mit einer sicheren Antwort. »Ein Mann tut, was seine Ehre zuläßt.«

»Und Sie glauben, daß unser Vorgehen gegen die Aufrührer nicht ehrenhaft ist?«

Das war eine von Toms Befürchtungen. »Ein fairer Kampf ist ehrenhaft. Militärisch gesehen, sind diese Leute dort draußen ein unorganisierter Haufen.«

»Ich würde einen fairen Kampf vorziehen, aber diese

Art von Ehre ist gestorben, als die Sechste Welt geboren wurde. Menschen, richtige Menschen, können nicht fair gegen magische Dinge kämpfen. Die Auflösungsfeldzüge haben uns das gelehrt. Sie haben keine Chance, nicht die geringste, nicht ohne jede verfügbare Waffe zu benutzen und alle Nettigkeiten beiseite zu lassen.«

»Die Zeiten haben sich seitdem geändert, General.«

»Das haben sie, das haben sie in der Tat. Sie sind schlimmer geworden. Sehen Sie sich Chicago an – dort verlieren wir eine Stadt. Hätten wir eine richtige Armee, hätten wir meiner Ansicht nach keine derartigen Probleme. Wir hätten diese Wanzen zerquetschen können, sobald sie die Fühler aus dem Boden gestreckt hätten.«

Tom wußte nicht im einzelnen, was in Chicago vorging, aber er hatte gesehen, was hier in Washington geschah. »Aber hier haben wir es nicht mit Wanzen zu tun, General. Wir haben es hier mit Leuten zu tun.«

»Wir haben es tatsächlich mit Leuten zu tun«, räumte Trahn ein. »Mit Leuten, die die Korruption der Sechsten Welt akzeptiert haben. Mit Leuten, die sich auf den Rücken gelegt und die Beine für sie breitgemacht haben. Mit Leuten, die ehrliche Menschen verkauft haben. Mit Leuten, die ihr Recht auf eine faire und ehrenhafte Behandlung verwirkt haben. Wenn Sie irgendeinen Zweifel daran haben, brauchen Sie sich nur anzusehen, wie sie unsere Warnungen ignoriert haben, bevor wir gegen sie vorgerückt sind. Sie hatten die Gelegenheit, sich friedlich und ohne Gefahr für sie zu zerstreuen. Sie haben sie verstreichen lassen. Vielleicht glaubten sie, wir bluffen. Die Regierung hat weiß Gott oft genug geblufft. Aber die Zeit für Bluffs ist vorbei. Es ist Zeit zum Handeln, und Männer, *echte* Männer, müssen diesem Ruf folgen. Man sagte mir, Sie seien ein Mann, der diese Notwendigkeiten versteht, Rocquette. Hat man mir da etwas Falsches gesagt?«

»Ich weiß nicht genau, was man Ihnen gesagt hat,

General, aber ich bin immer ein guter Soldat gewesen.«

»Es gibt Zeiten, die mehr verlangen als nur gute Soldaten. Es gibt Zeiten, die nach Führern verlangen.« Trahn musterte ihn durchdringend. »Es gibt nicht wenige, die eine hohe Meinung von Ihnen haben, Rocquette. Die sagen, Sie seien mehr als ein guter Soldat. Sie seien ein Führer. Ein Mann, der den richtigen Weg erkennt, wenn er ihn sieht. Irren sich diese Leute?«

»Ich hoffe nicht, Sir.«

»Ich auch nicht.« Trahn warf einen demonstrativen Blick auf die Reihe der Monitore an der Wand der TOZ. »Gibt es sonst noch etwas?«

Es gab, aber nach allem, was Trahn gesagt hatte, wußte Tom nicht, ob es klug war, es noch einmal anzusprechen.

»Schon gut, Rocquette. Sie dürfen ganz offen sein.«

Also schön. »Ich fürchte, mir ist immer noch nicht klar, warum wir nicht einige der weniger tödlichen Methoden zur Aufruhrunterdrückung einsetzen, General.«

»Das reicht schon. Ich weiß, worauf Sie hinauswollen, Sohn, ich kenne die autorisierte Ausrüstung ebensogut wie Sie. Außerdem weiß ich ein paar Dinge, die Sie nicht wissen. Die Situation ist denkbar einfach. Aus einer Vielzahl von Gründen haben wir keinen Nachschub bekommen, und wir haben keinen Zugang zu unseren autorisierten nicht-tödlichen Mitteln. Uns bleibt nichts anderes übrig, als die verfügbaren Mittel einzusetzen. Wenn wir das Zeug hätten, glauben Sie nicht, daß wir es dann auch einsetzen würden?«

Tom nickte. Er wollte glauben, daß sie nicht tödliche Mittel einsetzen würden, wenn sie sie hätten.

»Also gut«, sagte Trahn. »Sie kümmern sich jetzt besser wieder um Ihren Job. Sie werden mich doch nicht enttäuschen, Major, oder?«

»Nein, Sir.«

Trahn lächelte väterlich. »Befolgen Sie einfach Ihre

Befehle, alles andere findet sich dann schon«, sagte der General und entließ ihn.

Als Tom die TOZ verließ, fragte er sich, ob die abschließende Bemerkung des Generals vielleicht genau das war, was die Nazi-Generäle ihren Sturmtruppen gesagt hatten.

**>>>>>WFDC-Live-Berichterstattung -[08:07:33/25-8-55]**
**DC Am Morgen mit Jess Bok [BOKX-345]**

*Bok:* »Willkommen bei DC Am Morgen und einer weiteren verkehrsfreien Stunde im Berufsverkehr, da auch weiterhin keine öffentlichen Verkehrsmittel in den Distrikt fahren und alle Hauptstraßen und Brücken zu den zentralen Subregionen für den privaten Fahrzeugverkehr gesperrt sind. Vergessen Sie nicht, wenn Sie die letzten Meldungen über die Schließung von Straßen und Standorte von Straßensperren der Bundespolizei und des Militärs in Erfahrung bringen wollen, rufen Sie uns an. ZUM ORTSTARIF.

Wie zu erwarten war, werden die Auslassungen verschiedener Lokalpolitiker von heute nacht nach oben weitergereicht. Ein zufälliger Querschnitt durch die morgendlichen Stellungnahmen unserer öffentlichen Beamten zeigt, daß unsere gewählten Repräsentanten im Dreieck springen. Eine weit verbreitete Ansicht ist die, daß die Bundespolizei versagt hat, und daß die von Präsident Steele angeordnete militärische Intervention mit dem Ziel, der Bundespolizei aus der Klemme zu helfen, ebenfalls scheitern könnte. Überall wächst die Furcht, der Aufruhr könnte sich ausbreiten.

Hey, Leute, glaubt ihr, ich spinne? Dann hört euch mal diesen Ausschnitt eines Interviews an, das WFDC-Reporter Derry Dale in Fredericksburg geführt hat, der Hauptstadt von North Virginia.«

*Dale:* »Gouverneur Jefferson, wie beurteilen Sie die militärische Intervention in der Hauptstadt der UCAS?«

*Jefferson:* »Dery, Sie wissen, daß es mir nicht zusteht, dazu Stellung zu beziehen, aber ich muß sagen, ich bin sehr besorgt darüber, daß die UCAS-Truppen so tief in die Sache verwickelt sind. Die Situation ist schlimm und wird immer schlimmer, und ich bin nicht sicher, ob sie damit fertigwerden. Daher mache ich mir große Sorgen um die Sicherheit unserer Bürger in Arlington.«

*Dale:* »Gouverneur, sagten Sie gerade ›*unserer* Bürger in Arlington‹?«

*Jefferson:* »Sagte ich Arlington? Ich meinte North Virginia. Habe ich das nicht auch gesagt? Jedenfalls bleibt die Sicherheit unserer Bürger mein oberstes Anliegen.«

*Bok:* »Irgendwie fühlt man sich fast erschlagen von so viel Lobhudelei, nicht wahr?« < < < < <

## 18

Colonel Jemal Jordan, der, wie Markowitz Andy zuflüsterte, General Trahns Nachrichtenoffizier war, nahm Andy und Markowitz in seine Obhut. Tom entfernte sich, offenbar auf dem Weg zu einer Unterredung mit Trahn. Die Frau mit den Insignien des Thaumaturgischen Korps auf ihrem langen Ledermantel ging mit ihm, doch der Rest der Besatzung des Kommandofahrzeugs blieb in der Nähe des Wagens. Andy sah, wie sie die Köpfe zusammensteckten und eine Unterhaltung anfingen, als er abgeführt wurde.

Die Magierin verwirrte ihn. Sie hatte sich für Andy eingesetzt, als er Tom anrief, seitdem jedoch kein Wort mehr gesagt. Nicht, weil sie nicht interessiert gewesen wäre. Er hatte mehrmals bemerkt, daß sie sie auf der Fahrt beobachtete, während sie angeblich schlief. Magier verfolgten eigene Pläne, das sagte jeder. Andy fragte sich, wie die ihren aussahen. Sie machte ihm ein wenig angst, aber er nahm an, das lag in erster Linie daran, daß er noch nie zuvor einem Magier begegnet war.

Natürlich war da noch Kit, aber Andy hatte Probleme, sie sich als Magierin vorzustellen. Sie war zu …

Nun, dies war weder die Zeit noch der Ort, um darüber nachzudenken.

Sie wurden in ein Gebäude geführt, dessen Dach mit Antennen übersät war. Drinnen gingen sie eine Treppe hinunter, dann durch mehrere nichtssagende Flure, bis sie einen Raum betraten, der mit Konsolen und daran arbeitenden Leuten gefüllt war. Jede Station war mit einem Sichtschirm ausgerüstet, der die Computerprojektionen ausschließlich auf die Person direkt davor beschränkte. Niemand sah bei ihrem Eintreten von seinem Arbeitsplatz auf, aber die Wachposten nahmen von ihnen Notiz. Stählerne Blicke fixierten sie, sobald sie auftauchten.

Der Raum konnte durch zwei Türen und drei Bogengänge, alle bewacht, verlassen werden. Sie gingen durch den mittleren Bogengang und einen weiteren Flur. Andy wurde in einen Raum ohne Tür gesteckt. Der Eingang wurde von zwei Posten bewacht. Colonel Jordan führte Markowitz weiter durch den Flur, bis sie aus Andys Blickfeld verschwanden.

Andy fühlte sich noch mehr allein als nach seinem Ausstieg bei Telestrian, der zumindest freiwillig erfolgt war. Er sah sich um. Keine Fenster. Das Licht kam von einer Leuchtstoffröhre an der Decke und erhellte schmutzig-beigefarbene Wände und einen abgewetzten grauen Betonboden. In dem Raum standen ein schlichter Holztisch und vier Stühle, ebenfalls aus schlichtem Holz. Die Stühle sahen nicht sehr bequem aus. Andy marschierte auf und ab.

Ein Offizier – ein Captain, dachte Andy – kam herein. Auf seinem Namensschild stand »Stratton«.

»Nimm doch Platz«, sagte Captain Stratton, indem er sich selbst einen Stuhl heranzog.

Der Captain kannte Andys richtigen Namen, was nicht weiter überraschend war, wenn man bedachte, daß er ihn Tom zugerufen hatte. Die Fragen des Captains verrieten Andy, daß er viel mehr wußte als nur Andys Namen. Er wußte, daß Andy für Telestrian gearbeitet und am Montjoy-Projekt teilgenommen hatte und daß sein »Tod« vorgetäuscht gewesen war. Der Captain wollte wissen, ob Andy Markowitz bei seinem Montjoy-Run von innen unterstützt hatte und wie lange er Markowitz' Shadowrunner schon kannte. Andy hielt es für eine schlechte Idee, diese Fragen zu beantworten, und für eine noch schlechter zu lügen.

»Ich glaube, ich würde gerne mit einem Anwalt reden«, sagte er.

»Tatsächlich?« Captain Stratton lächelte höflich. »Wäre das ein Anwalt von Telestrian, der die Interessen des verstorbenen Bürgers Andrew Walker vertreten soll, der keinen Rechtsbeistand mehr braucht? Oder wäre das ein Pflichtverteidiger, der sich für den namenlosen, SINlosen Abschaum aus der Gosse einsetzen soll, der hier ohne jede Bindung an Recht und Gesetz vor mir sitzt, und dem ohnehin kein Pflichtverteidiger zusteht?«

»Schon gut.«

»Schön. Ich hoffe, du siehst langsam den Wert einer Zusammenarbeit.«

»Ich schätze, ja«, sagte Andy, aber in Wirklichkeit stellte er sich den Ärger vor, den er bekommen würde, wenn er die Zusammenarbeit verweigerte.

»Gut.« Der Captain wiederholte seine Fragen.

Andy antwortete Stratton diesmal, wobei er die reine Wahrheit sagte, wenn die Frage auf etwas aus seinem Leben bei Telestrian abzielte, das sich nachprüfen ließ. Als das Thema des Datendiebstahls zur Sprache kam, retuschierte Andy die Tatsachen, indem er sagte, er sei gezwungen worden, und seine Hilfe verschwieg, die er Yates in der Matrix hatte angedeihen lassen. Er sagte Stratton, wiederum wahrheitsgemäß, daß es zuvor keinerlei Verbindung zu Markowitz oder einem seiner Runner gegeben habe.

»Wenn du nichts mit der Sache zu tun hattest, warum hast du dich dann abgesetzt?« fragte Stratton.

»Ich hatte Angst.« Und das war die reine Wahrheit. Andy hatte seinen Tod aus Angst vorgetäuscht, mit dem Datendiebstahl in Verbindung gebracht zu werden, und das sagte er dem Captain auch. »Es war vielleicht nicht das Klügste, was ich je gemacht habe.«

Stratton nickte, als stimme er ihm zu. »Erzähl mir, was danach geschehen ist.«

Andy erzählte ihm, daß er Markowitz auf der Straße begegnet war und wie er von der Ork-Gang zusammengeschlagen worden war, womit er sich ein wenig Mitgefühl zu verdienen schien.

»Das war also der Grund dafür, daß du dich in Markowitz' Gesellschaft befandest?«

»Ja. Es war reiner Zufall. Er half mir, nachdem ich zusammengeschlagen worden war. Ich wußte nicht, daß er der Bursche war, der den Run gegen Telestrian inszeniert hatte. Er hat versucht, mir dabei zu helfen, ein neues Leben aufzubauen.«

»Sehr nett von ihm«, sagte Stratton auf eine Weise, die besagte, daß seiner Ansicht nach Nettigkeit überhaupt nichts damit zu tun hatte. »Und in welche Aktivitäten war Mr. Markowitz in letzter Zeit verwickelt? Das heißt, abgesehen von der, dir zu helfen.«

»Das weiß ich nicht.«

»Du hast ihm nicht bei seinen Geschäften geholfen? Vielleicht eine Gefälligkeit mit einer Gefälligkeit erwidert?«

Andy wurde bei seiner Antwort unterbrochen, als die Magierin hereinschaute. »Und?« fragte sie.

»Mr. Walker und ich kommen prima zurecht«, sagte Stratton. Er lächelte Andy liebenswürdig zu.

Die Magierin nickte. »Wo ist Jordan?«

»Den Flur entlang. Er wartet auf Sie«, sagte Stratton.

Die Magierin ging. Captain Stratton hatte »noch ein paar Fragen«. Andy blieb bei seiner Geschichte von Markowitz' Hilfe, die er dergestalt ausspann, daß Markowitz versucht habe, eine Bleibe und eine Arbeit für Andy zu finden. Überraschenderweise schien Stratton sich mit dieser Geschichte zufriedenzugeben.

»Geh nicht weg«, sagte er zu Andy, als er ging.

Allein gelassen zu werden war nicht so toll. In dem Raum gab es nichts zu tun, also dauerte es nicht lange, bis Andy sich langweilte. Er marschierte wieder auf und ab und malte sich aus, in welchen Schwierigkeiten sie steckten. Er fragte sich, was wohl mit Markowitz geschehen war, als die Stimme der Magierin durch den Flur hallte.

»Bringen Sie mir meine Ritualtasche aus dem Wagen.« Dann ein wenig lauter, als riefe sie jemandem hinterher, der bereits unterwegs war: »Und bringen Sie auch die Ratten mit. Die Straßenratten, nicht die aus dem Labor.«

Die Ritualtasche verstand Andy mehr oder weniger. Magier brauchten Werkzeuge, um sich ihren Geschäften zu widmen. Aber die Ratten?

Er verstand das »Was« der Anforderung, als ein Soldat mit einem Stahlkäfig voller lebender Ratten an dem Eingang vorbeiging, aber das »Warum« war ihm ein Rätsel. Es sei denn...

Es sei denn, sie waren für ein Opfer vorgesehen. Nein. Die Armee konnte sich nicht mit schwarzer Magie abgeben, oder?

Als Tom Andy schließlich fand, wo Jordan ihn eingesperrt hatte, fing dieser sofort an, etwas von schwarzer Magie zu plappern. Tom sagte dem Jungen, er solle sich beruhigen und alles noch einmal erzählen. An dessen Geschichte wäre nicht besonders viel dran gewesen, wenn er Furlann nicht gekannt hätte. Nicht, daß Tom je mehr als nur einen Argwohn hinsichtlich ihrer magischen Moralvorstellungen gehabt hätte, aber eine Magierin, die der Präsident wegen ihrer magischen Verbrechen begnadigt hatte, war nicht die Art Person, die die Kirche für ihre Exorzismus-Staffeln in Betracht zog. Das Thaumaturgische Korps der UCAS war da weitaus weniger wählerisch. Der Junge mochte recht haben.

»Wohin haben sie Markowitz gebracht?« fragte Tom.

»Keine Ahnung«, sagte Andy. »Sie haben mich hier eingesperrt und sind mit ihm weitergegangen. Es kann nicht weit sein, wenn ich hören konnte, wie die Magierin ihre Opfertiere anforderte.«

»Schon gut, Andy. Schon gut. Bleib ruhig.« Tom wußte nicht recht, was er tun sollte. Wenn Andy recht hatte, war eine schlimme Sache im Gange, und sie platzen zu lassen war ein Gebot der Ehre. Aber wenn Andy sich irrte, war möglicherweise Tom derjenige, der platzte. Trotzdem, er mußte es wissen. »Ich werde das überprüfen.«

»Ich will mitkommen.«

»Das ist nicht sehr klug.« Nichts von alledem war das.

»Und mich hierzulassen soll klüger sein?« bettelte Andy. »Komm schon, Tom. Du bist außer Markowitz der einzige Freund, den ich hier habe. Du kannst mich jetzt nicht allein lassen. Wenn sie schwarze Magie gegen ihn einsetzen, wie lange wird es dann dauern, bis sie auch bei mir damit anfangen?«

Ein zusätzlicher Zeuge konnte nicht schaden. »Also schön, aber bleib nah bei mir.«

»Kein Problem.«

Draußen im Flur *war* ein Problem. Eigentlich sogar zwei. Die Posten würden Befehl haben, dafür zu sorgen, daß Andy blieb, wo er war. Doch was war, wenn er tiefer in den Komplex hineinging?

»Ich bringe diesen Gefangenen zu Colonel Jordan«, sagte Tom zu den Posten, als er mit Andy im Schlepptau den Raum verließ.

Die MPs wechselten einen Blick, sagten jedoch nichts. Ein Austausch von Grüßen, und Tom und Andy waren an ihnen vorbei und gingen den Flur entlang.

Tom hatte Vorbereitungen getroffen, um sich zu schützen, wenngleich dies nicht ganz das war, was er erwartet hatte. Im Gehen zog er einen kleinen Videorecorder aus der Seitentasche seiner Uniformhose, schaltete ihn ein und hakte ihn am Gürtel fest, wobei er sich noch einmal vergewisserte, daß er gut sichtbar war. Er hatte ähnliche Geräte in Denver benutzt, wenn er an Orten, wo Gefangene ausgetauscht wurden, oder bei anderen heiklen Zusammenkünften mit ausländischen Nationen zu tun gehabt hatte und die Leute zu Hause ganz genau wissen mußten, was vorgefallen war.

Sie passierten zwei weitere Wachen, und Tom wiederholte seine Halbwahrheit. Ein Stück weiter war eine Tür, geschlossen. Tom preßte sein Ohr dagegen und hörte Furlanns Stimme. Er identifizierte die Sprache als Latein, konnte jedoch nicht mehr als ein oder zwei Worte verstehen. Es reichte jedoch, um Andys Behauptungen zu stützen. Tom hatte sich davor gefürchtet, herauszufinden, daß Andy recht hatte. Jetzt sah es so aus, als hätte er recht.

Tom testete die Tür und stellte fest, daß sie unverschlossen war. Er klopfte einmal, stieß sie auf und marschierte dann in den Raum, ohne auf eine Antwort zu warten. Furlann, die sich über ein Räucherfäßchen gebeugt hatte, unterbrach ihren Singsang und sah auf. Colonel Jordan fuhr zur Tür herum und gab den Blick auf Markowitz frei, der auf einem Stuhl saß, welcher eine bemerkenswerte Ähnlichkeit mit der Behandlungscouch eines Zahnarztes aufwies. Er bewegte sich nicht. Jordans Hand lag auf dem Kolben seiner Dienstpistole, aber er zog sie nicht. Diese Drohgebärde war es nicht, die Tom innehalten ließ, sondern die bunten Kreidelinien auf dem Betonfußboden. Er streckte den Arm aus, um Andy, der ihm dicht auf den Fersen war, daran zu hindern, den Ritualzirkel zu durchbrechen.

»Was geht hier vor, Colonel?« fragte Tom in dem Bemühen, der Frage einen Unterton mitzugeben, der berechtigtes Verlangen nach Information zum Ausdruck brachte.

Jordan funkelte ihn an und verbiß sich eine Antwort, als er den Recorder an Toms Gürtel bemerkte. Die Funktionslämpchen leuchteten. Der Colonel würde wissen, daß das Gespräch nicht nur aufgezeichnet, sondern auch in Toms Kommandofahrzeug übertragen wurde, wo automatisch eine Kopie abgespeichert wurde.

»Wir verhören einen Gefangenen«, sagte Jordan, nachdem er sich gefaßt hatte. »Nicht, daß Sie daß etwas angehen würde, Major.«

»Ich habe diesen Mann hergebracht, Colonel. Ich fühle mich für ihn verantwortlich.«

»Was Sie tun, könnte man als Insubordination betrachten«, sagte der Colonel zu ihm.

»Fragwürdige Befehle müssen in Frage gestellt werden, Sir.«

»Ich habe Ihnen keine fragwürdigen Befehle erteilt.«

»Sie haben mir befohlen, Ihnen diesen Mann auszuliefern, Sir. Das lag durchaus im Rahmen Ihrer Befugnisse. Anschließend erfuhr ich, daß offenbar unorthodoxe Methoden benutzt werden, um ihn zu verhören. Ich hielt es für erforderlich, mich davon zu überzeugen, daß dies nicht der Fall ist. Bei allem Respekt, Sir, genau deswegen bin ich gekommen. Es scheint so, als wären meine Befürchtungen nicht ganz unbegründet gewesen, Sir.«

Tom nickte in Richtung der rituellen Gegenstände, um die Furlann sich kümmerte. Er war kein Magier, aber sein Job machte es erforderlich, daß er ausreichende theoretische und praktische Kenntnisse besaß. Was er sah, deutete auf die eher düsteren Aspekte der Magie hin. Die ausgeweidete Ratte war das i-Tüpfelchen. Er mußte schlucken, um seine Kehle so anzufeuchten, daß er weiterreden konnte. »Verstehen Sie das Wesen von Captain Furlanns Ausrüstung, Colonel?«

Jordans Augen verengten sich. Seine Antwort fiel

kühl aus. »Das tue ich. Ich glaube aber, daß Sie den Zweck dieser Anordnung mißverstehen.«

»Ich bin anderer Ansicht, Sir.« Tom vergewisserte sich, daß die Kameralinse des Recorders Furlanns Arrangement in allen Einzelheiten erfaßte. »Wenn Ihnen tatsächlich klar ist, was Captain Furlann hier aufgebaut hat, dann muß Ihnen auch klar sein, daß die Verfahrensweisen, für deren Anwendung Sie hier die Vorbereitungen treffen, illegal sind, auch und sogar für den Militärischen Nachrichtendienst, wenn er Sicherheitsfragen innerhalb des Militärs verfolgt. Im Hinblick auf Zivilisten, einschließlich mutmaßlicher feindlicher Agenten, sind solche Verfahrensweisen nur statthaft, wenn in einer Situation des nationalen Notstands, der noch nicht ausgerufen wurde, ausreichende Gründe geltend gemacht wurden. Da das Kriegsrecht noch nicht verhängt wurde, sind die bürgerlichen Freiheiten noch nicht außer Kraft gesetzt«, stellte Tom fest.

»Für den Augenblick«, erwiderte Jordan.

»Was bedeutet, daß für den Augenblick alle Gefangenen, insbesondere Zivilpersonen, so behandelt werden müssen, wie es das Gesetz vorschreibt. Und das Gesetz schreibt vor, daß ein Zivilist nicht verpflichtet ist, sich in ein Verhör zu fügen. Mr. Markowitz ist daher nicht verpflichtet, Ihre Fragen zu beantworten. Ganz sicher nicht ohne seine ausdrückliche Erlaubnis und höchstwahrscheinlich nicht ohne Beisein eines Anwalts.«

»Wollen Sie einen Anwalt, Mr. Markowitz?« fragte Jordan.

Markowitz grinste. »Nein, aber da ich einmal Gelegenheit zum Reden habe, möchte ich anmerken, daß ich nach Hause gehen will.«

Jordan lächelte dünn. »Dann stehen Sie auf und gehen Sie. Laut Major Rocquette können Sie das – ganz legal – tun. Zeigen Sie es uns.«

Markowitz rührte sich nicht.

Tom hatte Erfahrung mit Magie und kannte Furlanns Fähigkeiten. »Furlann soll ihre Zauber fallen lassen, Colonel. Magische Beeinträchtigung ist ebenfalls Zwang.«

Mit finsterem Blick nickte Jordan Furlann zu. Einen Augenblick später hatte sich Markowitz von der Couch erhoben.

»Wir sprechen uns wieder, Mr. Markowitz«, sagte Jordan.

Markowitz seufzte, während er sich die Arme rieb. »Ich hoffe nicht, Jemal. Sie haben mir besser gefallen, bevor Sie Trahns Bluthund wurden. Ich hoffe, er füttert Sie gut, weil Sie in ziemlich guter Form sein müssen, wenn Sie mich fangen wollen.«

»Deswegen machen wir uns keine Gedanken«, sagte Furlann, indem sie ein kleines Kästchen schloß und es in eine Manteltasche steckte. Sie flüsterte Jordan etwas zu. Er nickte.

»Da Sie nicht bereit sind, im Interesse Ihres Landes mit uns zusammenzuarbeiten, Mr. Markowitz, steht es Ihnen frei zu gehen.«

»Bekomme ich freies Geleit von der Basis?«

»Das wird nicht nötig sein. Vertrauen Sie mir nicht?«

»Das fragen Sie noch?« Markowitz zuckte die Achseln. »Einen Passierschein zu haben würde mir auch nichts nützen, wenn Sie mich zurückholen wollten. Komm schon, Junge. Laß uns von hier verschwinden.«

»Einen Augenblick«, sagte Jordan, als Tom sich zur Tür wandte und Andy vor sich her schob. »Der angebliche Andrew Walker ist kein Bürger. Ihm steht es nicht frei zu gehen.«

Andy schluckte hörbar.

»Er hat in Gegenwart von Captain Stratton seine Aussage gemacht. Wollen Sie das etwa bestreiten?« fragte Tom.

»Sie ist noch nicht überprüft worden«, sagte Jordan.

»Er ist einzig und allein aus dem Grund hier, weil ich

ihn hergebracht habe«, sagte Tom. »Ich gestehe Familieninteressen ein, weil Andrew Walker mein Halbbruder ist. Ich gestehe außerdem, daß ich die Behandlung ablehne, die ihm hier zuteil wurde.«

»Das ist Ihr gutes Recht. Er wird trotzdem zum Verhör gebraucht.«

Jordans Gefühllosigkeit erzürnte Tom. »Ach? Warum?«

»Wegen seiner Verbindung zu Markowitz.«

Er hatte gehofft, daß Jordan das sagen würde. »Tatsächlich? Nun, in der Mitteilung über Mr. Markowitz stand ausdrücklich, daß jeder, der mit ihm in *Verbindung* steht, ebenfalls hergebracht werden sollte. Andy hat Captain Stratton bereits gesagt, daß ihn nicht mehr als eine Zufallsbekanntschaft mit Mr. Markowitz verbindet. Seine *Verbindung* zu Mr. Markowitz ist rein zufälliger Natur.«

»Er wurde zusammen mit Markowitz auf der Brücke verhaftet.«

»Wenn Sie sich darauf berufen wollen, werden Sie ein ziemlich überfülltes Verhörzimmer haben. Es sind eine Menge Leute zusammen mit Mr. Markowitz verhaftet worden. Wollen Sie etwa behaupten, daß sie alle mit ihm in *Verbindung* stehen?«

»Machen Sie sich nicht lächerlich, Rocquette.« Jordan rieb sich mit einem Finger über die Wange. »Sie haben im Fall Markowitz stichhaltige Argumente vorgebracht«, räumte er ein. »Nehmen Sie ihn mit und verschwinden Sie. Was Walker angeht, so haben Sie verloren. Er bleibt hier.«

Andy packte Toms Arm. Tom hatte diesen Wink nicht nötig. »Wenn Andrew Walker hier bleibt, habe ich die Absicht, Ihr Verhör zu beobachten.«

»Sie überschreiten Ihre Befugnisse«, sagte Jordan.

»All meine Bedenken hinsichtlich Mr. Markowitz gelten auch für Andrew Walker. Daher muß ich darauf bestehen zu bleiben. Falls ich irgend etwas sehe oder höre, das die Grenzen der üblichen Verfahrensweise überschreitet, werde ich eine Beschwerde beim Kriegsgerichtsrat einreichen.«

»Treiben Sie es nicht zu weit, Rocquette«, warnte Jordan.

Tom war der Ansicht, das bereits getan zu haben. Ein wenig weiter konnte jetzt auch nicht mehr schaden. »Außerdem gehe ich davon aus, daß Mr. Markowitz sehr bald die Internationale Vereinigung zum Schutz der Bürgerrechte anrufen wird«, sagte Tom in der Hoffnung, daß der Mann mitspielen würde.

Jordan lächelte. »Das wäre nur ein Beweis für seine Verbindung zu Walker, was die Notwendigkeit rechtfertigen würde, sie beide zu verhören.«

»Eigentlich nicht«, sagte Markowitz, der den Wink offenbar verstanden hatte. »Nennen Sie es eine gute Tat. Sie wissen schon, man hilft jemandem, der in Not ist und keine Freunde hat, um ihn vor bösen, anmaßenden Regierungen und Militärs zu retten. Für mich klingt das wie die Tat eines guten, besorgten Bürgers.«

Furlann flüsterte wieder etwas in Jordans Ohr. Tom fragte sich, wie gut die Verstärker ihre Worte auf der Aufzeichnung erfaßt hatten. Er wollte *wirklich* wissen, was sie zu Jordan sagte. Wahrscheinlich war es ein vergeblicher Wunsch. Falls Furlann belastende Dinge sagte, war sie zu gerissen, um nicht irgendeinen Verzerrungszauber einzusetzen, der eine exakte Aufzeichnung verhinderte. Den würden die Verstärker nicht durchdringen können.

Was sie zu Jordan auch gesagt hatte, es machte ihn nachgiebig.

»Also gut, Major Rocquette. Ich akzeptiere die Stichhaltigkeit Ihrer Besorgnis. Ihre Einwände wurden zur Kenntnis genommen, aber da nichts geschehen ist, sind auch alle Schuldzuweisungen überflüssig. Sowohl Markowitz als auch Walker können gehen. Ihre Freilassung erfolgt auf Ihr Ersuchen. Wir können nur hoffen, daß

Sie damit nicht die nationale Sicherheit kompromittiert haben. Ich gehe davon aus, daß Sie sie aus der Basis führen und dafür sorgen, daß ihnen kein weiteres Unheil widerfährt.«

Mit diesem letzten Schuß bürdete Jordan Tom eine Last auf und sicherte sich gleichzeitig ab. Tom hoffte, daß er seine Laufbahn nicht völlig ruiniert hatte. Er hielt es nicht für wahrscheinlich, aber das konnte nur die Zukunft erweisen.

Jordan entließ sie. Furlann, die eine der überlebenden Ratten hielt und streichelte, beobachtete sie schweigend. Das spöttische Lächeln auf ihrem Gesicht rief in Tom die Frage wach, was er übersehen hatte.

»Haben Sie gehört, was er gesagt hat?« fragte Markowitz, als sie das Gebäude verlassen hatten. »Für den *Augenblick*. Für den verdammten *Augenblick*, als seien bürgerliche Freiheiten und verfassungsmäßige Rechte eine vorübergehende Unannehmlichkeit. Was sie für ihn und seine Herren und Meister auch sind, nehme ich an. Sie werden ihren Willen bekommen. Ja, das muß es sein! Das Komplott muß bereits geschmiedet sein. Passen Sie auf – die Politiker werden jetzt jeden Augenblick um Hilfe rufen, um den Aufruhr niederzuschlagen.«

Tom hatte die Morgennachrichten gehört und wußte, daß der Hilferuf bereits unterwegs war. »Und was dann?«

»Trahn wird den sogenannten Aufruhr sehr blutig niederschlagen«, prophezeite Markowitz. »Wenn er die Chance bekommt, wird er mit allem losschlagen, was er hat.«

»Warum sagen Sie das?« Tom wollte wissen, warum dieser Mann, der noch nie mit Trahn gesprochen hatte, denselben Eindruck hatte wie Tom selbst.

»Vielleicht will er so tun, als sei er wenigstens im Herzen bei dem Rest der Jungens in Chicago. Vielleicht will er auch nur mit seinem Spielzeug spielen. Ich weiß es nicht.« Markowitz zuckte die Achseln. »Aber es wird geschehen. Nennen Sie es eine Ahnung. So nenne ich es, wenn ich etwas in den Knochen spüre und keine unterstützenden Beweise haben. Ich habe *sehr* zuverlässige Knochen.«

»Man kann nicht handeln, nur weil man eine Ahnung hat.«

Markowitz betrachtete ihn forschend. Tom rechnete mit einer weiteren gewitzten Bemerkung, doch statt dessen sagte Markowitz nur: »Nein, das kann man nicht, oder?«

Tom nickte. »Sie brauchen Beweise, um Ihre Behauptungen zu erhärten. Also beschaffen Sie sie, wenn Sie können. Bis dahin sind Sie nur ein Windhauch, der versucht, am Ruf eines guten Mannes zu zupfen.«

»Und ein gescheiter Mann läßt seinen Hintern nicht im Wind hängen«, sagte Markowitz nickend. »Vielleicht habe ich Sie falsch eingeschätzt, Rocquette.«

»Ich bin sicher, das haben Sie«, sagte Tom. Als spielte das eine Rolle.

Ein gescheiter Mann tat sich nicht auf Gedeih und Verderb mit einem Haufen schattiger Charaktere zusammen, solange es noch andere Möglichkeiten gab, auch dann nicht, wenn einer davon sein Halbbruder war. Was Tom für sie getan hatte, ging bereits darüber hinaus. Jede Schuld, die er seinem Blut gegenüber hatte, war bezahlt. Wenn dies das letzte war, was er von diesen beiden sah, war er mit Sicherheit besser dran. Warum erwog er also, noch mehr zu tun? Glaubte er wirklich, daß Markowitz' linkslastige Paranoia eine Grundlage in der Realität hatte?

Tom vergewisserte sich, daß die beiden die Basis verließen. Fort Belvoir war so weit von dem Ärger in der Innenstadt entfernt, daß die Busse fuhren. Tom sorgte dafür, daß sie in einen davon stiegen, wobei er den Fahrpreis mit seinem eigenen Kredstab bezahlte. Kurz bevor er einstieg, kritzelte Andy eine E-Mail-Adresse auf einen Zettel, gab ihn Tom und sagte: »Laß uns in Verbindung bleiben.«

»Klar«, sagte Tom wenig begeistert. Mit etwas Glück würde der Junge vom Angesicht dieser Erde verschwinden. Er hatte schon zuviel von Toms Leben verpfuscht.

**>>>>>WFDC-Berichterstattung -[10:43:57/25-8-55]**
**Reporter: Derry Dale [DALE-365]**
**Uplink-Station: Fredericksburg, North Virginia**

*Dale:* »Der Gouverneur von North Virginia, Saul Jefferson, hielt heute morgen eine Rede vor der Generalversammlung. Nachdem er über die noch immer andauernden Tumulte im Bundesdistrikt berichtet hatte, rief er die Bundesbehörden auf, ›positive und wirksame Schritte‹ zu unternehmen, um die Ordnung im Distrikt wiederherzustellen. In den Bemerkungen des Gouverneurs spiegelte sich ein wesentlich höherer Grad der Unzufriedenheit wider, als in ähnlichen Reden, welche die Gouverneure Shales von Maryland und Landowne von West Virginia vor ihren Länderparlamenten hielten. Gouverneur Jefferson beendete seine Ausführungen mit den folgenden Worten:

›Die Gewalt greift von den zentralen Bezirken auf die Vorstädte über. Präsident Steele hat einen Stein ins Wasser geworfen, und die Wellen breiten sich aus. Und wie bei einem geworfenen Stein hat der Werfer keine Kontrolle mehr, wenn der Stein erst einmal die Hand verlassen hat. Die UCAS-Armee ist der Stein, meine verehrten Damen und Herren. Sie ist außer Kontrolle geraten und verursacht mehr Gewalt, als sie unterbindet. Wieder einmal sehen wir ein gutes Beispiel dafür, warum die Bundesregierung kein Recht hat, Distrikte zu regieren, die in andere Zuständigkeitsbereiche fallen. Werfen Sie einen ausgiebigen Blick auf das, was wir gar nicht so weit entfernt im Norden sehen. Und wenn Sie das tun, sollte sich jeder von Ihnen fragen: »Ist dies mein Land, das ich betrachte?« Sie werden die Antwort in Ihrem Herzen finden. Ich weiß, daß ich sie bereits gefunden habe.‹« *[Begeisterter Applaus]* <<<<<

# 19

Mit Andys und Markowitz' Verabschiedung aus der Basis waren Toms Sorgen nicht beendet. Das Problem, welches die beiden in seine Obhut befördert hatte, blieb, und die beiden Probleme, was auf den Brücken geschah und was deswegen *nicht* unternommen wurde, beunruhigten ihn weiterhin. Die Armee verfügte angeblich über Methoden zur Aufruhrbekämpfung, und zwar über nicht tödliche Methoden. Die Anerkennung der Notwendigkeit solcher Methoden war das Resultat der zivilen Unruhen zu Anfang des Jahrhunderts. Frühe Sonderressourcen-Einheiten hatten Geräte und Techniken für die Bewältigung derartiger Probleme getestet und herausgefunden, welche sich für die Übernahme in das Inventar und die Doktrin der Armee eigneten. Tom war ausgebildet worden, ein breites Spektrum technologischer und magischer Mittel einzusetzen, um zivile Unruhen mit minimalen Verlusten unterdrücken zu können. Und er wußte, daß die Truppen zumindest mit dem einen oder anderen Anti-Aufruhr-Techsystem Erfahrung hatten.

Warum machte man sich dann aber diese Erfahrung nicht zunutze? Warum verließ Trahn sich auf die alte Methode ›Rohe Gewalt‹? Trahn hatte als Grund dafür angegeben, die Armee habe nicht die Ausrüstung und das Material für die technischen Lösungen, und eine Überprüfung der Depots bestätigte, daß die erforderlichen Materialien nicht vorhanden waren. Die Zulieferer hatten nicht geliefert. Im Grunde war es keine Überraschung, daß die Armee nicht hatte, was sie brauchte. So war es viel zu oft während Toms Dienstzeit gewesen. Die Armee hätte nicht auf diese Weise beschnitten werden dürfen, aber die Politiker handelten nicht. Das taten sie nie.

Die Magie hätte Lösungen anbieten müssen, aber Tom hatte sich gar nicht erst die Mühe gemacht, dieses

Thema Trahn gegenüber anzusprechen. Weder die magischen Fähigkeiten Furlanns noch die der anderen verfügbaren Magier waren auf Aufruhrbekämpfung ausgerichtet. Angeblich konnten sich alle Mitglieder des Thaumaturgischen Korps im Feld anpassen, aber Tom kannte die Zuverlässigkeit magischer Feldadaption – was nichts anderes bedeutete, als daß es nicht ratsam war, auf die Magier zurückzugreifen.

Was *konnte* man also unternehmen?

Als Sonderressourcen-Offizier war Toms Aufgabenbeschreibung wesentlich weiter und lockerer gefaßt als die der meisten militärischen Spezialeinheiten. In mancherlei Hinsicht hatte er mehr Freiheiten als der militärische Nachrichtendienst. Sein Job zielte darauf ab, die Entwicklung neuer Technologien sowohl im natürlichen als auch im arkanen Bereich zu verfolgen und diese Technologien in konventionellen wie unkonventionellen Umfeldern einzusetzen. Kreativität und Innovation waren die Schlagwörter in SR-Einheiten.

Die Situation in Washington war auf gar keinen Fall konventionell. Und Aufruhrbekämpfung war auch kein konventionelles Einsatzgebiet für die Armee. War es also weit hergeholt zu glauben, daß die Aufgabe, etwas gegen die Schweinerei in der Innenstadt zu unternehmen, einem SR-Offizier zufallen könnte? Wenn der kommandierende Offizier die SR-Einheiten nicht aufforderte, eine Lösung auszuarbeiten, war es das mit Sicherheit. Ob weit hergeholt oder nicht, eine derartige Rechtfertigung mochte ausreichen, wenn die Person, die sich rechtfertigen mußte, Erfolg hatte. Die Armee verlangte nur selten, Erfolge zu rechtfertigen.

In Toms Augen waren es die Vorgänge auf den Straßen, die der Rechtfertigung bedurften.

Das andere, was der Rechtfertigung bedurfte, war seine Unterlassung, alles zu tun, was ihm einfiel, um die Situation zu verbessern. Unglücklicherweise lag das einzige, was ihm einfiel, außerhalb des Dienstwegs.

Gute Soldaten übergingen den Dienstweg nicht. Nun, es war nicht so, daß er den ganzen Tag lang ein Modellsoldat war.

Unter Benutzung der Funkeinheit in seinem Kommandofahrzeug, schaltete er sich in das lokale Telekommunikationsgitter ein. »Hier spricht Major Rocquette aus General Trahns Hauptquartier«, sagte er der synthetischen Sekretärin, die seinen Anruf entgegennahm.

Ohne Warnung löste sich das Bild auf dem Schirm auf und wurde von einem Warte-Bild von Telestrian Industries ersetzt. Angenehme Musik unterlegte die schwüle, weibliche Stimme, die sich in den Vorzügen und Tugenden von Telestrian Industries erging. Nach weniger als einer Minute zeigte der Schirm wieder ein echtes Bild: einen feudalen Konzernoffizier mit einem Schreibtisch so groß wie Toms Kommandofahrzeug. Der Exec hinter dem Schreibtisch war der Elf, der gekommen war, um mit dem General zu reden. Zu Toms Überraschung identifizierte die ID-Anzeige den Elf als Stephen Osborne. War das nicht der verdammte *Direktor* von Telestrian Industries Ost?

»Ja, Major Rocquette«, sagte der Elf. »Was kann ich für Sie tun?«

Tom war verunsichert. Er vergaß seine geplante Einleitungsfloskel und improvisierte. »Ich wollte mit jemandem über Telestrians Unterlassung reden, seinen vertraglichen Verpflichtungen nachzukommen.«

»Ist etwas vorgefallen, von dem ich nichts weiß?« fragte Osborne. Er klang wachsam.

»Ich verstehe Ihre Frage nicht, Mr. Osborne.«

»Was genau ist der Zweck Ihres Anrufs, Major – Rocquette, nicht wahr?«

»Tom Rocquette, Sir, Kommandant des Provisorischen Sonderressourcen-Bataillons 7711. Meine Unterlagen weisen eine Anomalie in unseren Nachschubdepots auf. Ich kann in den Akten keine Empfangsbestätigung für die Lieferung folgender Ausrüstungs- und Nachschubanforderungen finden.« Er zählte eine ganze Reihe von Auftragsnummern auf.

»Telestrian erfüllt immer seine Verpflichtungen, Major. Einen Augenblick, bitte, ich prüfe die Angelegenheit nach.« Osborne zog einen in seinen Schreibtisch eingebauten Computer zu Rate. »Sie haben recht. Wir haben diese Dinge nicht geliefert. Das Material wird zurückgehalten. Ich fürchte, die Regierung ist mit der Bezahlung ihrer Rechnungen zu stark in Rückstand geraten.«

*Wie bitte?* »Wir befinden uns mitten in einem Notfall! Dieses Material könnte Leben retten!«

»Ich bin mir der Situation bewußt«, sagte Osborne kühl. »Wenn Sie mir Einzelheiten in bezug auf das Interesse an diesem Material nennen könnten, wäre ich vermutlich eine größere Hilfe.«

Nun war es Tom, der vorsichtig war. »Sagen wir, der General zieht alle Möglichkeiten in Betracht. Wir brauchen diese Ausrüstung, Mr. Osborne.«

»Ist der General abkömmlich?«

»Im Augenblick nicht.«

»Ich verstehe. Nun, ich fürchte, ich habe nicht die Befugnis, gegenwärtig Ausrüstung auszuhändigen.«

»Warum nicht? Sie sind doch der Direktor der Gesellschaft, oder nicht?«

»Von Telestrian Industries Ost«, sagte Osborne. »Das macht mich zwar zum hochrangigsten Angestellten Telestrians in Washington, gibt mir aber keine freie Hand. Alle finanziellen Fragen in bezug auf ihr Material werden von Telestrian Industries, unserer Muttergesellschaft, abgewickelt, und der Lieferstop wurde vom Hauptquartier ausgesprochen. Damit steht die Angelegenheit außerhalb meiner Kontrolle. Sie sehen also, daß ich nicht die Befugnisse habe, irgend etwas von dem freizugeben, was Sie anfordern.«

Tom konnte nicht glauben, was er hörte. »Sie behaupten also, daß der aufrechte Konzern Telestrian auf diesem Zeug sitzt, während Leute sterben, denen dieses Schicksal erspart bliebe, wenn Sie lieferten, was wir benötigen.«

Osborne schien nicht im geringsten aus der Fassung zu sein. »Ich fürchte, ich habe mich nicht klar genug ausgedrückt. Telestrian ist sehr besorgt über die Situation in Washington. Aber wie Sie bin ich Regeln unterworfen. Ich bin zwar der Direktor von Telestrian Ost und der hochrangigste Vertreter meines Konzerns in dieser Region, aber ich habe nicht die Befugnis, Anordnungen zu widerrufen, die vom Hauptquartier getroffen werden. Bildlich gesprochen, sind mir die Hände gebunden. Wenn ich nichts Gegenteiliges vom Hauptquartier höre, wird nichts von diesem Material ausgeliefert.«

Tom war damit vertraut, den Schwarzen Peter weiterzureichen. Osborne schien ein Meister in dieser Technik zu sein, aber vielleicht hatte er Tom einen Punkt geliefert, an dem er einhaken konnte. »Sie sagten, sie seien sehr besorgt über die Situation in Washington?«

»Tief besorgt.«

»Und daß Sie etwas tun würden, wenn Sie könnten?«

»Wir sind aufrechte Konzernbürger, Major.«

»Nun, vielleicht müssen Sie das Material gar nicht freigeben, um etwas zu tun.«

Osborne musterte ihn abschätzend. »Was schlagen Sie vor, Major?«

»Ich schlage folgendes vor«, sagte Tom, der Mühe hatte, seine Gedanken so zu ordnen, daß sein Plan ausführbar klingen würde. »Bei zivilen Notfällen können Sicherheitskräfte von Konzernen rekrutiert werden, um die Behörden zu unterstützen. Richtig?«

»Das ist ein Teil der normalen Exterritorialitätsabkommens.«

»Nun, nehmen wir an, Telestrians Sicherheit wird rekrutiert. Und nehmen Sie an, daß das Material, was sich gegenwärtig in den hiesigen Telestrian-Depots befindet, an sie ausgegeben wird. Dann könnte die Telestrian-Sicherheit dieses Material einsetzen – natürlich mit der Unterstützung und unter dem Schutz unserer Einheiten. Das würde bedeuten, daß man den Aufrührern mit überwältigenden, aber nicht tödlichen Mitteln begegnen könnte. Wir könnten diese Schlacht gewinnen, und es wäre nicht nötig, den Lieferstop aufzuheben, da das Material in den Händen Telestrians bliebe.«

»Eine faszinierende Beugung der Regeln, Major. Bedauerlicherweise sind unsere Sicherheitskräfte vollkommen damit ausgelastet, die Belange meines Konzerns zu schützen. Ihr Plan würde es unumgänglich machen, unsere Sicherheit auf ein unannehmbar geringes Niveau zu reduzieren.«

»Wenn es keinen Aufruhr gäbe, brauchten Sie kein erhöhtes Maß an Sicherheit. Wichtig ist doch, daß der Aufruhr niederschlagen wird, oder nicht? Damit wäre allen gedient.«

»Telestrian hat natürlich vollstes Verständnis für die Situation.« Osborne sah eher verärgert, denn verständnisvoll aus. »Ich werde die Möglichkeit überprüfen, Ihre Idee in die Tat umzusetzen. Grüßen Sie General Trahn von mir.«

Die Verbindung wurde unterbrochen.

Nun, er hatte ins Blaue geschossen. Tom wußte nicht, was er anderes tun sollte, als abzuwarten, ob die Granate einschlug.

Der Bursche, der aus dem hinteren Büro von Eskimo-Nell kam, war der größte Norm, den Andy je gesehen hatte. Es gab Trolle, die kleiner waren. Er stapfte auf sie zu, wobei sein zotteliger Kopf beinahe die Rohre und Leitungen streifte, die einen Teil des Industrie-Looks der Bar ausmachten. Markowitz streckte die Hand aus, und der Mann nahm sie in eine seiner riesigen Pranken.

»Wie geht's, Kumpel?« fragte der Riese mit einer für einen Mann seiner Größe überraschend hohen Stimme. »Muß irgendwas im Busch sein, wenn du bei mir hereinschneist. Ich hörte, dein Büro ist ausgeräumt worden.«

»Stimmt«, gab Markowitz zu. »Aber ich bin noch nicht aus dem Geschäft.«

»Freut mich zu hören. Warst du auf Besichtigungstour?«

Markowitz gab ihm eine rasche Schilderung dessen, was sie von den Lagern der Kompensationsarmee und dem Aufruhr gesehen hatten. Andy hatte das Gefühl, daß dem großen Mann nichts davon neu war, bis Markowitz zu ihrer Begegnung mit Colonel Jordan kam.

»Dieser Jemal«, sagte der große Mann, indem er den Kopf schüttelte wie eine Mutter, die über ein Kind verzweifelt, das auf die schiefe Bahn geraten ist. »Das kommt davon, wenn man sich in schlechter Gesellschaft bewegt. Wo wir gerade von Gesellschaft reden ...«

Markowitz verstand den Wink. »Charlie, das ist der verstorbene Andy Walker. Wir müssen ihm eine Identität verpassen, die er mit etwas Glück diesmal nicht verliert. Außerdem brauchen wir Zugang zu einem Deck und einem Telekom.«

Der Riese kratzte sich den Bart, wobei er Andy mit seinen kühlen grauen Augen musterte. Er warf einen Seitenblick auf Markowitz, der eine Liste von Spezifikationen für die Geräte herunterrasselte, zu denen er Zugang haben wollte. Als Markowitz schließlich die Ansprüche, Wünsche und Forderungen ausgingen, hob der Riese eine Augenbraue. »Ist das Crunchers Junge?«

»Mein Vater hieß Matthew Walker«, meldete sich Andy zu Wort. Es schien ihm eine gute Idee zu sein, diesen Mann weder zu hintergehen noch zu belügen. »Nur seine Freunde nannten ihn Cruncher.«

Der große Mann nickte Markowitz mit seinem zotteligen Kopf zu. »Linda wird sich um euch kümmern. Normale Tarife.« Er schlurfte wieder in sein Büro zurück.

Linda war eine flotte Blondine, die sie durch die Bar führte, wobei sie ihnen die jüngsten Neuigkeiten aus dem Regierungsbezirk erzählte und sich über die Ursprünge des Namens der Bar ausließ. Die Gäste ignorierten sie. Sie hätte eine Hosteß sein können, die sie zu ihrem Tisch führte, doch sie brachte sie nicht zu einem Tisch, sondern führte sie durch eine Tür und eine Treppe hinunter in einen gekachelten Gang mit schlichten grünen Türen. Sie öffnete eine davon, griff hinter die Tür, um einen Lichtschalter zu betätigen und machte ihnen mit fordernd ausgestreckter Hand Platz. Markowitz gab ihr einen Kredstab. Obwohl sie ein Lesegerät am Gürtel hängen hatte, steckte sie den Kredstab ein und ging. Markowitz sagte kein Wort. Er legte Andy lediglich eine Hand auf den Rücken und schob ihn in das kleine Zimmer. Es war nicht viel mehr als eine Zelle mit einem Etagenbett, neben das ein Plastiktisch mit zwei nicht zueinander passenden Stühlen gezwängt war. Eine Toilette und ein Waschbecken füllten den größten Teil des übrigen Platzes aus.

Andy hatte andere Dinge im Kopf. Als sich die Tür hinter ihnen geschlossen hatte, flüsterte er: »War das *Mr. Crick*?«

Markowitz lächelte. »Der unvergleichliche, einzigartige Mr. Crick. Schon von ihm gehört?«

Welcher Washingtoner Möchtegern-Runner hatte noch nicht von Mr. Crick und Eskimo Nell gehört? Drek, er hatte den Laden bei seinen virtuellen Shadowrun-Spielen als Operationsbasis benutzt. Der Laden wurde in den Runner-Netzen als einer der primären Treffpunkte für alle diejenigen angepriesen, die im Geschäft waren. Andy hatte sich die Kundschaft angesehen, als sie durch die Bar und das Restaurant gegangen waren, und dabei mit Erstaunen die Mengen an Chrom,

Leder und auf kunstvolle Weise eher halbverborgenen Handwaffen zur Kenntnis genommen. Fast jede Person dort hatte wie ein Runner ausgesehen und eine Aura ausgestrahlt, die eindeutig besagte, daß es sich *nicht* um Möchtegerns handelte. Da war sogar ein Ork, der ein wenig wie Andys virtueller Straßensamurai-Partner Buckhead ausgesehen hatte. Es war unglaublich. Und am unglaublichsten war die Tatsache, daß Andy *hier* und im Schattengeschäft tätig war. Trotz der Tatsache, daß er in der Cyberspace-Entsprechung von Eskimo Nell dem Dodger begegnet war, hatte er nicht ganz glauben können, daß der echte Laden tatsächlich das war, was man über ihn munkelte. Aber es stimmte. Und er war hier. Es war eindrucksvoll!

Aber irgend etwas an dem Laden störte ihn. Abgesehen, natürlich, von dem Qualm oben, der ihn husten ließ. Wenn *er* den Laden kannte, dann kannten ihn mit Sicherheit auch eine Menge anderer Leute. Das sagte er auch zu Markowitz.

»Hast du jemals von einem Laden im Wilden Westen gehört, der Das Loch in der Wand hieß?« fragte Markowitz.

»Nein.«

»Der Laden wurde von Runnern und anderen Gesetzlosen des neunzehnten Jahrhunderts als Versteck benutzt. Ein Haufen Leute wußte darüber Bescheid, wenigstens allgemein, aber die Gesetzeshüter haben ihn nie auseinandergenommen – weil es zuviel Ärger gemacht hätte. Der mögliche Gewinn war es nicht wert, und das Gesetz mag es nicht, wenn es sich den Arsch umsonst aufreißt. Schlimmer, das Gesetz mag es nicht, wenn ihm der Arsch für das aufgerissen wird, was es tut.

Tja, damals im Jahre '44, kurz nachdem Nell geöffnet hatte, wollte man Mr. Crick aus dem Verkehr ziehen. Aber das Gesetz stieß in ein Hornissennest und konnte nicht viel machen, weil es einen Stich in den Hintern bekam, wenn es sich in die eine Richtung drehte, und wenn es sich wieder umdrehte, war der Störenfried längst wieder verschwunden. Das Gesetz mag es nicht, wenn sein Leben ungemütlich ist. Es hat seine Lektion gelernt und ist wieder zu Doughnuts und Soykaf zurückgekehrt, sieht in die andere Richtung und lebt und läßt leben. Es schadet auch nicht, daß Mr. Crick hin und wieder ein Dutzend Doughnuts spendiert. Dieser Laden ist das Loch in der Wand der Gesellschaft, Junge. Sei dankbar, daß es uns hier zum Hindurchspringen zur Verfügung steht.«

»Das bin ich.«

»Gut«, sagte Markowitz abwesend, während er die Geräte untersuchte, die auf dem Tisch in der Mitte des kleinen Zimmers standen. Andy hatte nur Augen für das Cyberdeck. Es hatte ein Fuchi-Cyber-6-Gehäuse, aber ob es mit der Kapazität und Software ausgerüstet war, die Markowitz verlangt hatte, mußte noch überprüft werden. Andy kümmerte sich darum, während Markowitz das Telekom benutzte.

Das Cyberdeck war ausgefallener als alles, was Andy je benutzt hatte, viel anspruchsvoller als sein Deck, das von den Soldaten konfisziert worden war. Die Modifikationen, die er sich hatte leisten und zusammenschustern können, sahen neben diesem hochgezüchteten Beispiel technologischer Raffinesse primitiv aus. Die Kraft der Utilities war beeindruckend. Und das Master-Persona-Kontrollprogramm – ein Traum! »Mit diesem Gerät könnte man bei Renraku oder sogar bei Fuchi einbrechen.«

»Das steht heute nicht auf der Liste, Junge. Tu nur das, was wir besprochen haben, und fang mit der Arbeit an diesen Dateien an.«

Es war ein Schande, diese Sahne-Hardware nicht dazu zu benutzen, in der Matrix zu surfen, aber Andy begriff die Notwendigkeit dessen, sich zuerst um die Angelegenheiten zu Hause zu kümmern. Er stöpselte sich ein und kopierte die Dateien aus seiner Headware in den Speicher des Cyberdecks. Mit Kopien zu arbeiten schützte die Originale, falls etwas mit den Daten geschah, während er sie zu knacken versuchte. Nachdem er die Dateien aus seiner Headware ausgelagert hatte, fühlte er sich, als habe er eine Grippe überstanden und sei endlich wieder in der Lage, frei zu atmen. Er wußte, daß sich der Platz in seinem Schädel nicht verändert hatte, aber es fühlte sich so an. Die Icons der Dateien funkelten vor seinen virtuellen Augen und ließen ihm die Wahl zwischen den Dateien, die er selbst aus der Telestrian-Matrix geholt hatte, und den Kopien jener Dateien, die Yates in Andys Headware gestopft hatte. Sie waren alle verschlüsselt, und keine schien leichter zugänglich zu sein als die anderen. Er suchte aufs Geratewohl eine aus, startete seine Entschlüsselungssoftware und machte sich an den Versuch, die Schutzhüllen der Dateien zu knacken.

Als Andy sich ausstöpselte, um eine Pause zu machen, sah er, daß Markowitz auf seinem Stuhl zusammengesunken war und den leeren Telekomschirm über die Finger seiner verschränkten Hände hinweg anstarrte. Er sah aus, als habe gerade jemand seinen Schoßhund verprügelt.

»Was'n los?« fragte Andy.

»Beatty hat's erwischt.«

Andy kam sich wie Drek vor, weil er derart frivole Dinge über Markowitz' Miene gedacht hatte. »Wie?«

»Auf dieselbe Art, wie es Shamgar fast erwischt hätte. Ich schätze, irgendwie ist das 'ne Reklame für Cyber-Verstärkungen. Shamgar hat sich die beiden Muskelmänner vorgenommen, die ihn verfolgt haben. Die beiden liegen als unidentifizierte Personen im Fairfax-Krankenhaus, aber unser verchromter Freund erfreut sich bester Gesundheit. Wenn es nach ihm geht, wird sich daran auch nichts ändern. Anscheinend schiebt er einen Urlaub ein, um einen Cousin in Seattle zu besuchen.«

Die beiden Orks waren bei Markowitz' Run gegen Telestrian für die Muskelarbeit zuständig gewesen. Jemand nahm mehr aufs Korn als nur Markowitz, was bedeutete, daß sie alle in Gefahr waren. »Irgendeine Nachricht von Kit?«

»Mit Kit ist alles okay, jedenfalls war es das noch vor zwei Stunden. Ich habe ihr eine Nachricht hinterlassen, daß sie herkommen soll.«

Das war gut, oder nicht? Aber zwei Stunden waren eine lange Zeit, in der viel passieren konnte.

»Mit Rags ist auch alles okay«, sagte Markowitz, was Andy daran erinnerte, daß das Runner-Team noch ein Mitglied hatte. Andy kam sich schon wieder mies vor. Irgendwie mochte er den Troll. Es kam ihm nicht richtig vor, daß er ihn vergessen hatte, auch wenn er sich Sorgen um Kit machte. »Er ist schon im Urlaub und hat die Stadt verlassen, bevor der Drek zu dampfen anfing. Ich habe ihm eine Nachricht zukommen lassen, daß er sich bedeckt halten soll, bis das hier vorbei ist.«

»Also sind wir auf uns allein gestellt?«

Markowitz nickte. »Das ist die schlechte Nachricht.«

Sie drei – vorausgesetzt, Kit schaffte es – gegen den Konföderierten Geheimdienst. Das war in der Tat eine schlechte Nachricht. »Gibt es auch eine *gute* Nachricht?«

»Das hängt davon ab, wie man die Sache betrachtet. So, wie ich es sehe, wissen die bösen Jungens nicht über uns Bescheid. Sie mögen Namen und Zahlen haben, aber sie wissen nichts Genaues. Wäre es anders, hätten sie mehr Leute auf Shamgar angesetzt. Was bedeutet, daß wir sie immer noch überraschen können. Wenigstens könnten wir das, wenn wir wüßten, wen es zu überraschen gilt.«

»*Das* ist die gute Nachricht?«

»In diesem Geschäft nimmt man, was man kriegen kann.« Markowitz zuckte die Achseln. »Wo wir gerade dabei sind. Hast du schon irgendwas aus den Daten herausgeholt, das wir benutzen können?«

Er hatte nicht, was der Grund dafür war, daß er sich für eine Weile ausgestöpselt hatte. »Das Entschlüsselungsprogramm hält sich immer noch ran. Es ist gut, aber derjenige, der die Daten verschlüsselt hat, ist es auch.«

Markowitz hieb mit der Faust auf den Tisch. »Verdammt noch mal, ich hasse es, wenn ich nur Nebelfetzen habe, mit denen ich arbeiten kann! Wo ist der Zusammenhang?«

»Wissen wir überhaupt, daß alles zusammenhängt?«

»Du machst Witze, oder?«

»Nein, eigentlich nicht.«

»Paß auf, Junge. So kompliziert manche dieser Schattenkomplotte auch sind, es ist tatsächlich viel einfacher, wenn es einen Zusammenhang gibt. Natürlich gibt es Zufälle, aber sie als Erklärung herzunehmen bringt einen früh ins Grab wie Beatty. Wenn ich früher dahintergekommen wäre, würde er vielleicht noch leben. Es gibt mehr als einen Grund dafür, daß wir auf dem Medikamenten-Run soviel Ärger hatten, und es gab auch mehr als einen Grund dafür, Sammy Locksley zu geeken. Es ist nicht so, als hätte sich keiner von uns Feinde gemacht. Aber es *gibt* einen Zusammenhang. Wenn ich das früher erkannt hätte ...«

Andy sah nicht, wie Markowitz sich die Schuld dafür geben konnte, was Beatty und der Riggerin zugestoßen war. »Woher hättest du es wissen sollen?«

»Spielt das eine Rolle? Jetzt ist es offensichtlich. Beatty hat es ungefähr zu dem Zeitpunkt erwischt, als Shamgar unter Druck geriet. Gleichzeitig ist mein Büro verwüstet worden. Das war ein koordiniertes Unternehmen. Sammy war nur der erste Streich. Das sind echt böse Jungens, die hinter uns her sind.«

»Schade, daß wir nicht wissen, wer es ist. Dann könnten wir vielleicht einen Handel abschließen.«

»Manchmal kann man handeln, aber dann braucht man etwas, womit man handeln kann. Wir stochern immer noch im Nebel herum.«

»Ja.« Das war echt schauerlich. Virtuelle Runs waren viel sauberer. Und vor allem viel sicherer. Andy kam zu dem Schluß, daß es ihm nicht gefiel, wenn Leute hinter ihm her waren, die ihn umbringen wollten. »Wir wissen nicht mal, wer hinter uns her ist.«

»Wir haben ein paar Anhaltspunkte und brauchen ihnen nur zu folgen. Unter Berücksichtigung dessen, was Kit uns über die Kerle erzählt hat, die in meinem Büro waren, würde ich sagen, wir haben es mit einer Geheimdiensteinheit der Konföderierten zu tun. Ferrets von der Marine oder vielleicht auch Agenten der SIA wären genau richtig für so ein Stoßtruppunternehmen, aber der Stil erinnert mehr an die Spionageläden.«

»Ein kombiniertes Unternehmen?« schlug Andy vor.

»Sie haben mehr oder weniger dieselben Bosse, aber *zusammen*arbeiten? Eher würden Katzen und Hunde zusammen auf die Jagd gehen.« Markowitz schüttelte den Kopf, um dann plötzlich innezuhalten. Seine Miene wurde nachdenklich. »Aber, weißt du, vielleicht ist der Gedanke gar nicht so dumm. Der Zeitplan für die Anschläge war echt straff. Ein wenig *zu* straff für einen von beiden Vereinen, insbesondere für ein Auslandsunternehmen.«

»Aber wenn sie diejenigen waren, die Sammy Lockley erwischt haben, warum haben sie sich da nicht gleich das ganze Team vorgenommen?«

»Gute Frage.« Markowitz runzelte die Stirn. »Es muß eine Schattenverbindung geben. Telestrian muß irgendein Interesse daran haben – abgesehen von den üblichen Besitzerüberlegungen in bezug auf gestohlene Daten.«

So etwas von Telestrian anzunehmen, kam Andy ein wenig paranoid vor. »Wie kommst du darauf?«

»Gar nicht. Es ist eine meiner Eingebungen, okay? Tu

mir einen Gefallen und bearbeite diese Dateien mit ›CAS‹ und ›Konföderierte‹ als Suchcodes. Versuch es auch mit ›Richmond‹ und ›Atlanta‹.«

Suchcodes boten der Entschlüsselungssoftware Festbegriffe, mit denen sie mögliche Datenkombinationen vergleichen konnten. Eine ausreichende Anzahl derartiger Schlüsselbegriffe konnte den Hebel liefern, der nötig war, um eine Verschlüsselung zu knacken. Andy war es immer merkwürdig vorgekommen, daß man wissen mußte, worum sich etwas drehte, um herauszufinden, worum sich dieses Etwas drehte, aber die Benutzung von Suchcodes konnte die Entschlüsselungszeiten auf Bruchteile dessen reduzieren, was sie sonst waren.

Andy versuchte es, und als er sah, daß Markowitz' Vorschläge zu etwas zu führen schienen, wechselte er von vollem Matrix-Interface auf User-Interface, um einen besseren Kontakt zu seiner Umgebung zu haben. Er zeigte auf Daten, die über den Schirm des Cyberdecks huschten. Es handelte sich um eine der Montjoy-Dateien, die Yates gestohlen hatte. »Sieh mal. Da und da. Das sind finanzielle Transaktionen, Geldüberweisungen, aber sie durchlaufen eine Menge unnötiger Stationen, als habe jemand versucht, Geld zu waschen. Wenn man die Überweisungen zurückverfolgt, hat es den Anschein, als stamme ein wesentlicher Teil der Finanzierung für das Montjoy-Projekt aus CAS-Verträgen.«

»Ja, ich verstehe. Vielleicht ist das der Grund, warum sich die Armee dafür interessiert hat.«

Eine weitere Datei enthielt einen Vertrag mit einem nicht näher benannten »Vertragspartner« hinsichtlich des kybernetischen Steuersystems für den Montjoy. Der Vertrag enthielt eine Klausel, die Vertraulichkeit unter Androhung enormer finanzieller Einbußen zur Bedingung machte. »Den Konföderierten würde es nicht gefallen, wenn man ihnen ihre Geheimnisse stiehlt, aber wenn Telestrian die Geheimhaltungsklausel nicht einhalten kann, verliert der Konzern einen Haufen Geld. Also war es vielleicht gar nicht die Armee, die hinter euch her war, vielleicht waren es nicht einmal die Konföderierten. Es könnte auch Telestrian gewesen sein. Wäre es nicht logisch, wenn sie versuchen würden, jedem auf die Finger zu klopfen, der ihnen das Montjoy-Projekt stiehlt?«

Markowitz schüttelte den Kopf. »Datendiebstähle kommen andauernd vor. Man geekt nicht jeden, der einem die Brieftasche klaut. Drek, selbst die Azzies sind nicht *so* verrückt aufs Geeken. Geschäft ist Geschäft, und diese Nichteinhaltungsklauseln können normalerweise ohnehin nicht gerichtlich durchgesetzt werden. Weil es nie die Schuld des kompromittierten Konzerns ist, das ist doch klar. Es muß so sein, sonst gäbe es keine Geschäfte.«

»Also glaubst du immer noch, daß die Armee hinter uns her war?«

»Hinter mir und dem Team«, korrigierte Markowitz.

»Was ist mit den Orks, die mich zusammengeschlagen haben? Irgend jemand hat sie mir auf den Hals gehetzt. Irgend jemand ist auch hinter mir her.« Andy schüttelte das Armband, das Markowitz ihm vor ihrem Run in der Concordia umgelegt hatte. »Du glaubtest, es sei nur ein Vorwand, um mir dein Vertrauen zu erschleichen.«

»Dafür warst du zu schlimm zugerichtet«, sagte Markowitz.

»Das ist aber nicht das, was du ...«

»Ich *weiß*, was ich gesagt habe«, schnauzte Markowitz. »So ein Job ist keine ganz unübliche Konzernreaktion auf einen Ausreißer, der zuviel weiß. Manchmal wollen sie dem Ausreißer Angst einjagen, damit er wieder in den Schoß der Konzernfamilie zurückkehrt, manchmal wollen sie auch einfach nur die Akte schließen. Da du ›tot‹ warst, war es vermutlich letzteres. Wenn diese Sache mit den anderen in direktem Zusammenhang gestanden hätte, hätte man mich bei der Gelegenheit auch angegriffen.«

Markowitz schien sich seiner Sache sehr sicher zu sein. »Vielleicht wärst du als nächster dran gewesen, und die Soldaten haben sie nur vorher verjagt.«

»Orks von der Straße und Killerkommandos der Konföderierten, die zusammenarbeiten? Glaube ich nicht. Jemand bei Telestrian wollte, daß du dich endgültig verabschiedest, das ist alles.«

»Wenn du das die ganze Zeit geglaubt hast, warum hast du mir dann den Sprengstoff umgehängt?« Andy hielt den Arm mit dem Armreif hoch.

»Es gibt keinen Sprengstoff.«

»Aber du sagtest doch ...«

»Ich weiß, was ich gesagt habe. Es wird dir nicht weh tun, okay? Also vergiß es einfach.«

»Aber ...«

Markowitz ergriff seinen Arm und riß den Armreif ab. Andy zuckte zusammen, doch nichts geschah. Keine Explosion. Markowitz warf den Armreif auf den Boden.

»Da. Siehst du? Kein Sprengstoff.« Markowitz seufzte. »Schalt deinen Verstand wieder ein, Junge. Wir haben andere, wichtigere Probleme.«

Andy starrte den Armreif an. Kein Sprengstoff?

»Die Armee hatte mich auf ihrer Fahndungsliste«, überlegte Markowitz. »Aber das ergibt keinen Sinn.«

Andy sah nicht ganz, warum. »Du hast mich davon überzeugt, daß sie uns mit dem Yellowjacket gezielt aufgelauert haben. Falls du recht hast mit deiner Theorie von den simplen Verschwörungen, müssen sie diejenigen gewesen sein, die dein Büro ausgeräumt haben, Beatty und Sammy erwischt haben und Shamgar an den Kragen wollten.«

»Du vergißt, was Kit uns über sie erzählt hat: daß sie Ausländer waren und auch wieder nicht.«

»Das verwirrt mich langsam.«

»Ohne Drek, Junge. Es ist eine verwirrende Situation.«

»Augenblick mal. Wenn die Armee deinen Tod will, warum hat dich Colonel Jordan dann gehen lassen? Wenn er über den Datendiebstahl Bescheid wüßte, hätte er allen Grund gehabt, dich festzuhalten. Toms Argument hinsichtlich deines Verhörs wäre nicht stichhaltig gewesen.«

»Ja, das ist mir auch sofort aufgefallen. Der Run gegen Telestrian hat uns in viel mehr verwickelt als nur das Montjoy-Projekt.«

»Wie zum Beispiel?«

»Sehe ich wie Sherlock Holmes aus? Ich blicke noch nicht durch. Laß uns noch einen Blick auf deine Dateien werfen. Wir haben noch nicht alle entschlüsselt.«

Andy sah sich die letzten Ergebnisse an. Sie hatten weitere Fragmente, die aber immer noch kein sinnvolles Ganzes ergaben.

»Gib noch ein paar Suchcodes ein«, sagte Markowitz.

»Wie es aussieht, sind die Grenzen meines aktiven Speichers erreicht.«

»Dann aktiviere zusätzlichen Speicher. Mr. Crick wird die Ressourcen vorstrecken. Tu es einfach.«

»Okay.« Andy tat es. Es waren nicht seine Kreds, die hier durch den Schornstein gejagt wurden. »Welche Codes?«

»›North Virginia‹ und ›Fredericksburg‹.« Markowitz nickte feierlich, als die Entschlüsselungssoftware in sich hinein kicherte, während das Deck die neuen Eingaben durchkaute. »Der String da. Versuch es mit ›Jefferson‹«, schlug Markowitz vor.

Wie die anderen Wörter, die Markowitz vorgeschlagen hatte, war Jefferson ein Name, der schon seit langem mit Virginia assoziiert wurde, aber Andy sah keinen Zusammenhang. Alles drehte sich um Virginia, aber warum? Und wie würde ihnen das helfen? Er gab den Namen ein.

Die Software verdaute die neue Anweisung und spie praktisch augenblicklich einen neuen, umfassenderen Text aus. Dreißig Prozent der Datei, in denen es hauptsächlich um finanzielle Dinge ging, waren noch verschlüsselt, aber für die Textteile war die Software mittlerweile bei einer Übereinstimmungswahrscheinlichkeit von neunzig Prozent angelangt. Das bedeutete, daß Hunderte von Seiten theoretisch entschlüsselter Information darauf warteten, gelesen und interpretiert zu werden. Andy überspielte für Markowitz eine Kopie auf das Telekom und stöpselte sich ein, um seine eigenen Nachforschungen zu betreiben. Schließlich drang ein Rütteln an seinem physischen Körper in sein Bewußtsein. Er zog sich aus der Matrix zurück und stöpselte sich aus.

Mittlerweile hatte sich Kit zu ihnen gesellt, deren Erlebnisse ihrem Aussehen in keiner Weise geschadet hatten. Andy war froh, sie bei ihnen und in Sicherheit zu sehen. Er war außerdem froh, das Essen auf dem Tisch zu sehen: ein Teller mit Käse und Salat und eine Schüssel mit fritierten, panierten Bällchen mit irgendwas, die von kleineren Schälchen mit Soßen umgeben war. Sein Magen knurrte.

»Iß, dann reden wir«, sagte Markowitz mit vollem Mund. Er wartete jedoch nicht, sondern wiederholte für Kit ihre Spekulationen, während er in sich hineinschaufelte. Sie knabberte an einem der panierten Bällchen, während sie ihm mit einer Miene gespannter Aufmerksamkeit zuhörte.

»In einigen dieser Datein geht es um Erpressung«, schloß Markowitz. »Fein säuberliche Aufzeichnungen über Geldtransfers und eine erlesene Auswahl von ›Geschenken‹ an Gouverneur Jefferson von Anhängern. Normale Schmiergelder, bis man ein wenig tiefer blickt. Es scheint so, als hätten alle außer einem seiner großzügigsten Anhänger – unsere guten Freunde bei Telestrian – ihre Heimatadresse in den Konföderierten Staaten. Was die Vermutung nahelegt, daß der ehrenwerte Mr. Jefferson nach der Pfeife des Südens tanzt, womit auch seine jüngsten Stellungnahmen erklärt wären.«

»Aber warum speichert Telestrian diese Informationen über Jefferson?« fragte Kit.

»Ja.« Der Zusammenhang leuchtete Andy auch nicht ein. »Für Telestrian kann es nichts mit Patriotismus zu tun haben. Ihre Hauptniederlassung befindet sich nicht in den Konföderierten Staaten, sondern in Tir Tairngire. Was springt für sie dabei heraus?«

»Geld.« Markowitz zuckte die Achseln. »Das ist die normale Antwort, wenn man es mit einem Konzern zu tun hat. Elfen unterscheiden sich nicht von Norms, wenn es um die Gier nach dem allmächtigen Nuyen geht.«

Andy war immer noch ein wenig durcheinander. »Also haben Telestrian und die Konföderierten Verbindungen zu Gouverneur Jefferson und ziehen das Montjoy-Projekt gemeinsam durch. Welche Verbindung gibt es zwischen einem gekauften Politiker und einem neuen kybernetischen Kontrollsystem?«

»Daran knacke ich noch, aber es muß irgendein gemeinsames Interesse geben.«

»Weil du nicht an einen Zufall glauben willst.«

»Genau.«

»Wie paßt die Armee da hinein?«

»Daran knacke ich auch noch. Aber es war ihr verdammter Yellowjacket, der uns geeken wollte. Dessen bin ich mir sicher.«

»Richtig«, sagte Andy mit nur einem Hauch von Skepsis.

»Ich habe das Wrack von einem Freund untersuchen lassen«, sagte Markowitz ein wenig rechtfertigend. »Er war tatsächlich aus den Beständen der Armee und nicht gestohlen. Er wird im Moment als verloren geführt, Absturz bei einem Übungsflug am Tag des Angriffs, Ursache unbekannt. Das einzige, was mich daran überrascht, ist, daß sie den Absturz nicht der Kompensationsarmee in die Schuhe schieben. Wenn man die Situation zu diesem Zeitpunkt bedenkt, wäre das die einfachste Erklärung gewesen.«

»Wir müssen Tom davon erzählen«, sagte Andy.

»Was sollen wir ihm denn erzählen? Wir haben nichts in der Hand.«

»Wir haben die Erpressungsdateien über den Gouverneur und seine Verbindungen zu den Konföderierten. Wir haben die Verbindung zwischen Telestrian und den Konföderierten. Er sagte, er braucht Beweise.«

»Nichts von alledem hat irgend etwas mit General Trahn oder dem Aufruhr zu tun. Was interessiert ihn Jefferson oder Telestrian? Er kann mit den Informationen nichts anfangen. Aber wenn wir Kontakt mit Rocquette aufnehmen, müssen wir ins MilNet, und das würde Jemal die Möglichkeit geben, uns aufzuspüren. Dieser Bursche ist ziemlich nachtragend. Und überhaupt, was bringt dich auf den Gedanken, die Tatsache, daß sich Rocquette für uns eingesetzt hat, war mehr als die Guter-Cop-böser-Cop-Masche?«

»Aber die Verbindungen mit Telestrian könnten wichtig sein«, sagte Andy, der nicht verstand, warum Markowitz sich so sehr dagegen sträubte. »Die Rückmeldungen des Wachhunds, der auf meine Personalakte in der Telestrian-Matrix angesetzt war, gingen auch an eine Militäradresse.«

Markowitz sah ihn plötzlich scharf an. »Was erzählst du da?«

»Habe ich dir noch nicht gesagt, daß ich das herausgefunden habe?«

»Nein. Sonst noch was, das du mir nicht erzählt hast? Wie zum Beispiel, wessen Adresse es ist?«

»Das weiß ich nicht.«

»Also hast du nicht mehr als ein paar Nebelfetzen.«

»Aber es muß doch irgendwas zu bedeuten haben! Beweist das nicht, daß die Armee in die Sache verwickelt ist? Es könnte bedeuten, daß Trahn etwas damit zu tun hat. Er könnte mit den Konföderierten zusammenarbeiten.«

»Trahn? General UCAS-über-Alles? Glaube ich nicht. Was sollte er damit bezwecken wollen?«

»Ich *weiß* es nicht!«

»Laß die Sache einstweilen ruhen, Junge. Wir müssen noch ein wenig nachdenken, bevor wir ins kalte Wasser springen, und unsere Batterien sind ziemlich erschöpft. Ich schlage ein Nickerchen vor. Jedenfalls habe ich das für mich fest eingeplant.«

Markowitz ließ seinen Worten Taten folgen, indem er seinen Stuhl zurückschob, aufstand und sich auf das untere Bett legte. Es dauerte nur ein paar Minuten, bis er tief und fest schlief.

Andy funkelte ihn an. Er wollte die Sache nicht einstweilen ruhen lassen. Der Glaube, daß Tom aus gutem Willen gehandelt hatte, weil er und Andy miteinander verwandt waren, gab Andy etwas, woran er sich festhalten konnte. Er wollte etwas tun, um Toms Hilfe zu erwidern. Er beschloß, Tom trotz Markowitz' Befürchtungen alles zu erzählen. Er würde Tom entscheiden lassen, ob die Informationen nützlich waren.

Er mußte persönlich gehen. Markowitz irrte sich zwar in bezug auf Tom, aber in einem Punkt hatte er recht: Andy konnte auf keinen Fall die Matrix benutzen, um die Dateien zu übertragen. In das MilNet einzudringen, war zu gefährlich.

»Du kannst nicht allein gehen«, sagte Kit.

Andy schrak zusammen. Woher wußte sie, woran er dachte? Sie war eine Magierin, aber auch Magierinnen konnten keine Gedanken lesen.

»Ich konnte es in deinen Augen sehen«, sagte sie. »Du hast sehr ausdrucksvolle Augen.«

»Das ist mein Problem. Ich kann dich nicht mit hineinziehen.«

»Warum nicht? Eine kleine Rangelei wäre doch lustig. Jedenfalls lustiger, als hier herumzusitzen. Laß uns gehen.«

**>>>>>WFDC-Live-Berichterstattung -[21:06:22/25-8-55]**
**Reporter: Taylor Weingartner [WEIN-324]**
**Uplink-Station: Regierungsbezirk, FDC**

*Weingartner:* »Feuer erleuchten heute abend den Himmel über dem Bundesdistrikt und dehnen einen langen Tag der Gewalt in die Nacht aus. Im ganzen Regierungsbezirk und den umliegenden Gebieten kommt es auch weiterhin zu sporadischen Auseinandersetzungen. Polizei und Militär bemühen sich anscheinend ohne Erfolg, sich gegen eine wachsende Flut des Aufruhrs zu stemmen. Hier neben mir, tief im Innern des von der Kompensationsarmee gehaltenen Gebiets, steht Christian Randolph, der Anführer der Kompensationsarmee, um seine erste öffentliche Verlautbarung seit mehreren Tagen abzugeben.«

*Randolph:* »Als meine Mitmarschierer für Gerechtigkeit und ich Kompensationsarmee genannt wurden, hatte ich keine Ahnung, daß wir diesen Tag erleben würden, einen Tag, an dem wir kraft unserer gemeinsamen Sache und unseres gemeinsam vergossenen Blutes eine richtige Armee sein würden. *Die* richtige Armee, denn wenn jemand behaupten kann, die richtige Armee dieser vereinigten Staaten zu sein, dann wir. *Wir* sind diejenigen, die sich für die Rechte des Volkes erheben. *Wir* sind diejenigen, die den Lügen und der Heuchelei der nur sich selbst verpflichteten, egoistischen Politiker und ihren uniformierten Lakaien entgegentreten. *Wir* sind diejenigen, die für die Freiheit von der Tyrannei und Unterdrückung kämpfen.«

*Weingartner:* »Mr. Randolph, was Sie ...«

*Nicht identifizierter Soldat:* »*General* Randolph.«

*Weingartner:* »Entschuldigen Sie, General Randolph. Was Sie jetzt sagen, ist sehr weit entfernt von Ihrer friedlichen Botschaft von vor nur einer Woche.«

*Randolph:* »Vor einer Woche war Frieden noch möglich. Jetzt ist uns diese Möglichkeit gestohlen worden, ist uns aus den Händen gerissen worden von den grausamen Faschisten, die die Regierung dieses Landes und sein Militär infiltriert haben. Wir sind gekommen, um Gerechtigkeit zu suchen, und jetzt müssen wir feststellen, daß wir sie uns *erkämpfen* müssen. Was hier in Washington begonnen hat, ist erst der Anfang. Sie können uns zerstreuen. Sie können uns sogar *töten*. Doch *wir* werden nicht sterben. *Wir* sind das Volk, und *wir* sind die Zukunft!« *[Störung]* < < < < <

## 20

»Erwischt«, krähte Spezialist Wallis. Die Bildübertragung seiner Chrysler-Nissan-Angriffsdrohne vom Typ Swatter zeigte eine Menge Rauch und Staub am Boden. Aufgescheuchte Gestalten hasteten hektisch in Dekkung. Eine tapfere Seele mit dem Barett der Gewis hielt die Stellung und schoß auf die Drohne. Sie verschwand aus dem Bildbereich, als die Drohne abdrehte.

»Das wird dem Wichser für eine Weile das Maul stopfen«, freute sich Wallis. »Ein Jammer, daß wir keine Befehle hatten, ihn zu erledigen.«

»Ihn und alle seine verdammten blaumützigen Gewis«, stimmte ihm jemand anders in der Leitung zu.

Eine weitere Stimme fügte hinzu: »Wie ich höre, grillen und essen sie unten in den Metro-Tunnels die Jungs von der Bundespolizei.«

»Hey, das ist noch gar nichts«, mischte sich Wallis wieder ein. »Wißt ihr, was die Blaumützen mit den Jungens machen, die sie gefangennehmen? Sie schneiden ihnen die Eier ab, braten sie und verfüttern sie dann an die Jungs. Ich hab' die Feuer gesehen. Die Wichser benutzen Zauber, die verhindern, daß die Jungens sterben, aber die Schmerzen nicht betäuben. Das ist irgendeine Satanskult-Geschichte. Die Komper sind nichts als ein Haufen Teufelsanbeter ...«

Angewidert schaltete Tom ab. Er kannte die Geschichten. Jeder mit einem Funken Verstand würde wissen, daß sie reine Erfindungen waren. Sein mußten. Es gab keinen einzigen Bericht, der besagte, daß die Komper es tatsächlich geschafft hätten, Gefangene zu machen. Alle Verluste der Armee waren geklärt. Aber die Männer erzählten sich die Geschichten gegenseitig und schienen sie zu glauben, und es sah nicht so aus, als würden außer Tom noch andere Offiziere versuchen, die Gerüchte zum Verstummen zu bringen. Selbst er konnte nicht ständig dagegen angehen. Wer hatte nach zehn Stunden pausenlosen Einsatzes auf den Straßen noch Energie für diesen Unsinn?

Was glaubten die Männer eigentlich, von wem sie redeten? Dieselben Greueltaten waren während seiner Dienstzeit in Denver den Spezialeinheiten der Sioux, den Wildcats, und der gesamten Armee des Pueblo Council unterstellt worden. Diese Geschichten waren genau derselbe Drek. Tom konnte es nicht verstehen. Schließlich handelte es sich dort draußen auf der Straße nicht um eine ausländische Armee. Es waren Landsleute, eine Menge davon Bürger der UCAS, und die meisten wehrten sich nicht einmal. Sicher, die Kompensationsarmee verfügte über bewaffnete Einheiten und leistete Widerstand, aber wer hatte sie dazu getrieben?

Tom sah sich die Gefangenen an, die Lieutenant Hanleys Zug vor sich her trieb. Die meisten waren Leute von der Straße und Orks, wenngleich alle Metatypen vertreten waren, darunter auch ein schmuddeliger Elf im alten Drillich der US Army. Dieser letzte war mit Sicherheit ein Komper. Alter Drillich war das, was bei der Kompensationsarmee einer Uniform noch am nächsten kam, wenn man die blauen Barette der Gewi-Fraktion nicht berücksichtigte. Aber waren die anderen in diesem Trupp Komper oder nur Unglückliche, über die Hanley bei seiner Hausdurchsuchungsaktion gestolpert war? Wer konnte das wissen?

»Was soll ich mit dem Haufen hier anfangen, Major?« fragte Hanley.

»Stecken Sie die Leute zu den anderen, Lieutenant. Wir haben immer noch nicht genügend Lastwagen, um sie in die Lager zu bringen.«

»Sehr gut, Sir.«

Hanley war ein guter Mann und wesentlich besser für diesen besonderen Job geeignet als sein kommandierender Offizier Captain Lee. Tom schämte sich dafür, aber er konnte sich einfach nicht des Gedankens erwehren, daß es vielleicht gar nicht so schlecht war, daß ein Heckenschütze Lee erwischt hatte.

»Major, ich habe das HQ in der Leitung«, rief Sergeant Jackson aus dem Kommandofahrzeug. Der Sergeant vergaß schon mal, den taktischen Kanal zu benutzen, wenn er aufgeregt war.

»Legen Sie das Gespräch zu mir«, rief Tom zurück.

Die Verbindung war schlecht – die Komper schienen über Störausrüstung zu verfügen, die die Funkfrequenzen beeinträchtigte –, aber Tom erkannte Colonel Lessems Stimme. Der Einsatzgruppenkommandeur redete schneller als jeder andere Offizier mit Zugang zum Funknetz.

»Captain Black sitzt in der Klemme«, sagte Lessem. »Die Komper setzen ihm schwer zu. Er meldet Kontakt mit einer ganzen Kompanie Gewis mit schwerer Bewaffnung, darunter auch Sturmkanonen und Panzerabwehrraketen.«

Die Gewis waren ohne Zweifel die am besten bewaffneten Komper, aber Blacks Meldung klang mehr nach überaktiver Einbildungskraft als nach Beobachtung. »Fischers Drohnen wurden zu ihrer Unterstützung abkommandiert.« Das wußte Tom. Er selbst hatte sie erst vor zwei Stunden aus der Verteidigung der

Langley-Linie abgezogen, um Blacks Team zu unterstützen.

»Beide abgeschossen«, meldete Lessem. »Sie müssen ihn mit Ihrem Team heraushauen. Sofort.«

»Ich warte auf den Abtransport von einigen Dutzend Gefangenen, Sir. Ich kann erst abrücken, wenn sie versorgt sind.«

»Gutes Argument. Wir können es uns nicht leisten, sie wieder frei herumlaufen zu lassen. Kümmern Sie sich um sie. Danach machen Sie sich auf zum Dupont Circle und hauen Black heraus.«

»Was meinen Sie damit, Colonel?«

»Setzen Sie Ihr Team ein, um Blacks Befürchtungen zu zerstreuen. Es ist mir egal, wie Sie das machen, verstanden? Lassen Sie Furlann die Wichser grillen oder schalten Sie sie mit den Drohnen aus oder schicken Sie die Infanterie. Sie haben Lees Kompanie, das dürfte mehr als genug sein. Nur, tun Sie's.«

Stellte sich Lessem absichtlich begriffsstutzig? »Ich meinte, was soll ich mit den Gefangenen machen, Sir?«

»Ich sagte Ihnen doch, Sie sollen sich darum kümmern«, schnauzte Lessem. »Sie wissen, was ich meine.«

Tom wollte, daß er sich sehr, sehr klar ausdrückte. »Ich kann nicht behaupten, daß ich das tue.«

In der Leitung knisterte es leise. Die Verzögerung verriet Tom, daß Lessem die Situation ebensogut verstand wie er.

»Es ist sehr einfach, Major. Sie befinden sich in einer umkämpften Zone, und Feinde halten Sie davon ab, Ihre Pflicht zu tun. Sie haben die Aufgabe, jede aktive Opposition zu eliminieren. Wollen Sie mir etwa sagen, daß Sie Ihre Befehle nicht befolgen?«

Tom wußte, was er zu tun hatte, aber es ängstigte ihn zu Tode, auch wenn er es nicht bis zum bitteren Ende durchzog. Nicht, wenn er nicht mußte. Die Konsequenzen waren weitreichender, als er sich vorzustellen bereit war. »Ich kann nicht tun, was Sie von mir verlangen, Sir. Hiermit protestiere ich offiziell dagegen, daß mir befohlen wird, Gefangene zu töten, und ersuche Sie um eine Zurücknahme des Befehls.«

Lessem antwortete, ohne zu zögern. »Sie haben keine Gefangenen. Sie haben aktive Feinde in Ihrem Gebiet. Eliminieren Sie sie.«

»Wir haben in der Tat Gefangene, Sir. Die Leute in unserer Gewalt haben sich in der Erwartung einer fairen Behandlung ergeben, wie sie von den Genfer, Berner und Santiagoer Konventionen versprochen wird. Laut Kriegskonventionen handelt es sich um Gefangene, denen auch eine entsprechende Behandlung zusteht.«

Eine Weile war nur das Knistern und Rauschen der Leitung zu hören. »Mir ist schon zu Ohren gekommen, daß Sie ein richtiggehender Kasernenhofanwalt sind.«

Nicht die Bezeichnung, die Tom gewählt hätte, aber er erkannte einen illegalen Befehl, wenn er einen bekam. Außerdem war er sich darüber im klaren, daß seine Karriere beendet war, wenn Lessem nicht nachgab. Drek, sie war wahrscheinlich selbst dann vorbei, *wenn* Lessem nachgab. Sie wußten beide, was geschehen war, und Lessem würde nicht vergessen, daß Tom das Thema wieder zur Sprache bringen konnte.

Tom tat das Richtige, aber das machte es nicht leichter. Sein ganzes Leben hatte er in den Dienst der militärischen Laufbahn gestellt. Und jetzt hatte er eine Linie überschritten, an der eine Laufbahn zerbrechen konnte. Da er der untergebene Offizier war, würde die Laufbahn, die zerbrach, wahrscheinlich seine sein, und zwar ungeachtet der Tatsache, daß er im Recht war.

Im Recht oder nicht, der Colonel hatte offenbar genug von ihm.

»Bleiben Sie, wo Sie sind«, sagte Lessem und unterbrach die Verbindung.

Tom ging zum Kommandofahrzeug zurück und lehnte sich dagegen. Der Ranger fühlte sich solide an, unbeweglich. Er wünschte, er hätte dasselbe über den Boden unter seinen Füßen sagen können. Er würde sehr bald einen zweiten Anruf bekommen. Zehn Minuten später streckte Furlann den Kopf aus dem Kommandofahrzeug. »Der General will mit Ihnen reden«, sagte sie, indem sie ihr Kopfset abnahm und es Tom reichte.

Nicht über die offene Frequenz. Nicht weiter überraschend. Tom nahm seinen Helm ab und setzte das Kopfset auf. »Major Rocquette.«

»Major, haben Sie irgendwelche Probleme, Ihren Job zu erledigen?« Trahn klang gelassen, als hätte Tom vielleicht Schwierigkeiten ein Computerprogramm zum Laufen zu bekommen.

»Ich kann keinen illegalen Befehlen gehorchen, Sir. Es ist meine beeidete Pflicht, gegen sie zu protestieren und mich ihnen zu widersetzen.«

»Auf welcher Seite stehen Sie, Rocquette?«

Die Mutmaßungen seines Großvaters über Fraktionenbildung innerhalb der Armee kamen ihm wieder in den Sinn. »Das ist keine Frage der Seiten, Sir.«

»Darin irren Sie sich, mein Sohn. Es ist immer eine Frage der Seiten. Sie werden sich in meinem Hauptquartier melden. Bis dahin sind Sie Ihres Kommandos enthoben. Captain Lee wird Ihren Platz einnehmen.«

»Captain Lee ist zur Sani-Station gebracht worden«, sagte Tom. »Die Sanitäter sagen, daß er wahrscheinlich nicht durchkommt.«

»Dann suchen Sie den höchstrangigen Offizier in Ihrer Umgebung und geben Sie ihn mir.«

Vielleicht wäre Lee doch keine so schlechte Idee gewesen. »Das wäre Captain Furlann.«

»Ausgezeichnet. Ich ziehe jemanden vor, der seine Pflichten kennt.«

Die Spitze ignorierend, gab Tom Furlann das Kopfset zurück. »Jetzt ist es Ihr Problem, Eisherz.«

Sie lächelte kalt, wie es sich für ihren Spitznamen

ziemte. »Was kann ich für Sie tun, General?« sagte sie in das Mikro. Den Rest hörte Tom nicht, weil sie wieder in das Kommandofahrzeug stieg. Dort war jetzt nicht mehr sein Platz. Er war seines Kommandos enthoben worden.

Als Furlann ihren Marschbefehl von Trahn entgegengenommen hatte, stieg sie mit Jackson im Schlepptau aus dem Ranger aus.

»Sergeant Jackson, eskortieren Sie den Major zu den Lastwagen«, befahl sie. »Er fährt zum HQ. Auf General Trahns Befehl habe jetzt ich hier das Kommando.«

»Jawohl, Ma'am«, sagte Jackson ohne Zögern.

Der Sergeant brachte Tom zum Lastwagenpark, wo sie versucht hatten, genügend Transportmittel für die Gefangenen aufzutreiben. Es gab nur drei Fahrzeuge, zu wenig für die vielen Dutzend Leute, die sie zusammengetrieben hatten, aber jeder von ihnen bot mehr als genug Platz, um Tom ins Verderben zu befördern. Es gab nur ein Problem – keinen Fahrer.

»Schon gut, Jackson.« Es hatte keinen Sinn wegzulaufen. Man hatte ihm beigebracht, daß man die Konsequenzen seiner Handlungen zu tragen hatte. Er hatte getan, was hatte getan werden müssen, und jetzt... »Ich gehe nirgendwohin, bis der Fahrer kommt.«

»Trotzdem warte ich besser, Major.«

Um sich abzusichern, wie? Tom verstand das. Er konnte Jackson keinen Verwurf machen, nicht den geringsten. Drek, er wäre besser daran, wenn er wie Sergeant Jackson denken würde. Die Gefangenen waren ihm alle fremd. Was war er ihnen schuldig?

»Wenn Sie ein guter Soldat sein wollen, rufen Sie wohl besser Furlann und sagen ihr, daß sie sich um einen Fahrer kümmern muß.«

»Das werde ich tun, Sir.«

Aber jetzt noch nicht?

Das Knattern von Maschinengewehrschüssen hallte von den Gebäuden in der Umgebung des Lastwagenparks wider. Jackson drehte sich zum Kommandofahrzeug um. Er fuhr sich mit der Zunge über die Unterlippe und schüttelte zögernd den Kopf. Tom schloß die Augen und wünschte sich, er hätte auch seine Ohren verschließen können.

Was hatte sein Protest genützt? Er hatte niemanden gerettet, sondern es lediglich geschafft, sich tief in den Drek zu reiten.

Andy sah zu, wie die Aufklärungsdrohne ihren Rundflug fortsetzte. Er wartete, bis er sicher war, daß ihre Kameras nicht mehr in ihre Richtung wiesen, bevor er das Zeichen gab, über die Straße zu den Barrikaden zu laufen, die die Komper vor dem Eingang zur Metro-Station Rosslyn errichtet hatten. Andy hoffte nur, daß den Kompern die Finger nicht zu locker am Abzug saßen, weil sie zwar nicht wie reguläre Soldaten, aber auch nicht wie Komper aussahen.

Keiner der Männer und Frauen jenseits der Barrikade eröffnete das Feuer. Und auch die Drohne kam nicht zurück, um nachzusehen, was vorging.

»Gutes Timing«, sagte Cinqueda, als sie sich hinter der Barrikade und damit auf dem Gebiet der Kompensationsarmee befanden. Das waren die ersten Worte, die die Straßensamurai an Andy richtete, seitdem sie einfach aus der Dunkelheit getreten war, als er und Kit sich dem Militärkordon um das Rosslyner Stadtzentrum näherten. Kit hatte gelächelt und die Frau namentlich begrüßt, aber sie waren einander nicht vorgestellt worden. Dazu war keine Zeit gewesen, weil, wie Kit festgestellt hatte, die Patrouillen die Schlinge immer enger zusammenzogen und die drei sehr wenig Zeit hatten, um hindurchzukommen, bevor die Gelegenheit vertan war. Die hochgewachsene, schweigsame Samurai machte Andy nervös, aber da Kit ihr zu trauen schien, tat Andy es auch.

Wie Kit Cinqueda kannte, so kannte diese die beiden

Komper, die offenbar das Kommando über die besetzte Metro-Station hatten: eine schlanke Vogelscheuche von einem Schwarzen, der ein zerlumptes T-Shirt mit der Aufschrift »Gebürtiger Washingtoner« unter einer Feldjacke der US Army trug, und ein glubschäugiger Ork, der das Wetter anders als sein Co-Kommandeur zu heiß für auch nur eine Lage Stoff auf der Brust fand, ganz zu schweigen von zwei. Der Ork trug ein blaues Barett und schnitt beim Anblick der Neuankömmlinge eine Grimasse. Der Norm schien sich jedoch ziemlich zu freuen, Kit zu sehen.

»Hoi«, sagte er. »Du siehst gut aus. Hast du Jimmy D vermißt?«

»Nicht mehr als sonst«, antwortete Kit, »will heißen, nicht im geringsten.«

»Sie ist genauso clever, wie du gesagt hast, Jimmy«, sagte der Ork zu seinem niedergeschlagenen Partner.

»Was weißt du schon von Cleverness, du alter Hauer«, sagte Jimmy. »Jeder weiß, daß Orks keinen Grips haben.«

»Ich muß mich für ihn entschuldigen, Ms. Kit. Man hat bei ihm Projektophilie festgestellt. Er sieht seinen eigenen Zustand ständig bei anderen.«

Andy hatte noch nie von Projektophilie gehört, aber Kits Kichern besagte, daß es ein Scherz war. Jimmy Ds vorgetäuschte Miene der Verachtung war offenbar Teil des Scherzes. Andy nahm an, daß die Dinge nicht ganz so schlecht für die Komper stehen konnten, wenn sie ihren Sinn für Humor noch besaßen.

Die Miene des Orks wurde ernst. »Scherz beiseite, Ms. Kit, ihr habt es gerade noch geschafft. Wir haben einen Zug, der so gut wie fahrbereit ist. Könnte der letzte sein. Vor zwei Tagen hatten wir zum letztenmal Strom auf den Schienen, und die Batterien sind praktisch am Ende. Es könnte eine Fahrt ohne Rückfahrkarte werden, es sei denn, es macht euch nichts aus, durch den Tunnel zurückzulaufen.«

»Es könnte auf jeden Fall eine Fahrt ohne Rückfahrkarte werden«, sagte Jimmy D genauso ernsthaft. »Uns ist zu Ohren gekommen, daß die Soldaten sich darauf vorbereiten, uns auf den Pelz zu rücken. In einer oder zwei Stunden gibt es vielleicht keine Station mehr, zu der ihr zurückkehren könnt.«

»Wenn alles gut läuft, brauchen wir keine Rückfahrt«, sagte Kit.

»Und auch nicht, wenn es schlecht läuft«, fügte Cinqueda hinzu.

Alle kicherten nervös.

»Also gut. Ihr seid alle ganz herzlich zu einer Fahrt mit dem Freien Untergrundexpreß des Volkes eingeladen.«

Der Ork führte sie die lange, lange Rolltreppe in die Tiefen der Rosslyn-Station hinab. Der Bahnsteig war eine irre Kreuzung zwischen einer Krankenhaus-Notaufnahme und einer Absteige. Die Luft war zum Schneiden dick vom Gestank nach Blut, Erbrochenem, Müll, menschlichen Exkrementen und zu vielen ungewaschenen Leibern. Überall lagen Menschen herum, von denen die meisten an einer oder mehreren Stellen bandagiert waren und viele vor Schmerzen stöhnten oder schrien. Oben war es schon heiß, aber hier unten, wo es hätte kühler sein sollen, neutralisierte die große Anzahl der Anwesenden die natürliche unterirdische Kühle – und noch mehr. Sogar Kit, die bisher in der heißen Sommernacht so munter gewesen war, schien jetzt zu erschlaffen. Was keine Überraschung war. Die Metro-Station war, praktisch gesehen, eine Jauchegrube.

Sie bestiegen den Zug, der nur aus einem Wagen bestand. Er war weitaus leerer als der Bahnsteig, aber er stank dennoch. Außer ihnen war nur noch ein Dutzend anderer Leute in dem Wagen, die Zwergenfrau vorne an den Kontrollen mitgerechnet. Wie es schien, waren nicht sehr viele Leute daran interessiert, in die Stadt zu fahren. Als die Türen von bereits zugestiegenen Leuten geschlossen wurden, fragte Andy Kit: »Wie hast du sie dazu gebracht, dem hier zuzustimmen?«

»Gefälligkeiten«, sagte sie nur und weigerte sich, weiter über die Angelegenheit zu reden. Andy wollte nicht wissen, welcher Art diese Gefälligkeiten waren. Jimmy Ds Reaktion auf Kit stand ihm noch zu deutlich vor Augen.

Als sie ihren Zielbahnhof, Farragut West, erreichten, wußte Andy nicht, ob sie nicht einfach im Tunnel kehrtgemacht hatten. Der Bahnhof stank ebenso und war genauso überfüllt wie Rosslyn. Nach einem Augenblick fiel ihm ein Unterschied auf, von dem er sich sofort wünschte, ihn übersehen zu haben. Hier gab es mehr Verwundete und Tote.

Andy wartete nicht, bis Kit vorschlug abzuschwirren. Wären nicht all die Leiber im Weg gewesen, wäre er zum Ausgang gerannt. Wie die Dinge lagen, trat er in seiner Hast auf mehrere Leute und hinterließ ein Kielwasser aus Schreien und Flüchen. Er blieb nicht stehen. Das Erklimmen der stillstehenden Rolltreppe war hart, insbesondere deshalb, weil so wenig Sauerstoff in der Luft war, aber Andy tat es mit Freuden. Als er an der Oberfläche auftauchte, kam ihm die heiße, stinkende Sommerluft der Stadt wunderbar frisch vor.

Kit und Cinqueda waren nicht weit hinter ihm. Sie hatten sich weder auf der Fahrt noch im Bahnhof unterhalten, und sie redeten auch jetzt nicht. Kit zeigte die Richtung an, und Cinqueda übernahm die Führung. Sie unterzog sie einem ständigen Wechsel aus Ducken und Vorwärtseilen, der sie irgendwie durch den Kordon brachte, den die Armee um diesen Bahnhof errichtet hatte. Andy sah von Zeit zu Zeit Soldaten, aber keiner von ihnen schien die Runner durch die Schatten huschen zu sehen.

Sobald die Barrikaden vor der Station ein paar Blocks hinter ihnen lagen, übernahm Kit die Führung. So, wie

Andy den Plan verstand, benutzte sie irgendeine raffinierte magische Kunst, um Tom auszumachen. Ab und zu blieb sie stehen und neigte den Kopf, als nehme sie eine Witterung auf. Meistens nickte sie und ging weiter, aber zweimal änderte sie die Richtung. Andy wußte nicht, ob das daran lag, daß Tom sich bewegte oder sie den umherstreifenden Komper-Trupps und den Kampfgruppen der Armee und der Polizei ausweichen wollte. Gelegentlich wurden die düsteren Wolken am Himmel vom plötzlichen Aufleuchten einer Lampe oder dem umherirrenden Strahl eines Scheinwerfers erhellt. Er hörte Schüsse, Schreie, Explosionen und Sirenen, aber sie stießen niemals auf eine Ursache dieser Geräusche.

»Ganz in der Nähe«, sagte Kit, als sie sich auf die breite Kreuzung zwischen der Rhode Island Avenue und der Siebzehnten Straße schlichen. Jemand hatte dort drei Militärlastwagen aufgegeben und stehenlassen.

»Schon da«, sagte Cinqueda.

Andy schaute in die Richtung, in die sie sah, und blinzelte. Die Lastwagen waren nicht aufgegeben. Zwei Soldaten standen bei ihnen. Einer trug keinen Helm. Ein Lichtblitz am Himmel beleuchtete sie. Ja, der eine ohne Helm war Tom!

Der behelmte Soldat schaute nach unten und sagte etwas: »Captain Furlann, hier spricht Jackson. Wir haben hier keinen Fahrer. Wollen Sie jemanden zum Lastwagenpark schicken, Ma'am, so daß ich wieder an die Arbeit gehen kann?« Er schwieg einen Augenblick, dann sagte er zu Tom: »Sie sagt, der Fahrer ist unterwegs, Major.«

Wenn Tom auf einen Fahrer wartete, würde er bald von hier verschwinden. »Dieser andere Bursche ist ein Problem«, sagte Andy. »Wir müssen alleine mit Tom reden.«

»Auf die Schnelle oder auf die Subtile?« fragte Cinqueda.

»Ich weiß nicht, wieviel Zeit wir haben«, sagte Andy.

»Gute Antwort«, sagte Cinqueda und war einen Augenblick später verschwunden.

»Ich wünschte, wir hätten die Zeit, deinen Bruder zu warnen«, sagte Kit. »Er könnte Cinquedas Aktion mißverstehen, und das wäre bedauerlich.«

»Warum? Was hat sie vor?« fragte Andy.

»Du hast schon klügere Fragen gestellt«, sagte Kit. »Warte ab. Und sieh genau hin.«

Es dauerte nicht lange. Andy sah Cinqueda, ein huschendes Schemen, das den Soldat von hinten angriff. Der Soldat merkte erst etwas, als sie ihn berührte, und da war es zu spät. Cinqueda hatte ihn entwaffnet und wie einen Bogen gespannt. Einer ihrer Arme lag um seinen Hals, und die Finger mit den verchromten Nägeln strichen ihm über das Haar. Ihre andere Hand hielt seine Waffe. Sein Helm lag auf dem Boden und drehte sich träge. Einen Augenblick lang begriff Andy nicht, warum sie ihren Angriff unterbrochen hatte, dann sah er, daß Tom seine Pistole gezogen und auf Cinquedas Kopf gerichtet hatte. Auf diese Entfernung würde er sein Ziel nicht verfehlen. Toms Stimme klang tödlich kalt, als er Cinqueda ansprach.

»Wenn er fällt, folgst du ihm, Samurai.«

»Ein Reaktionstest, Soldat?« fragte Cinqueda. Sie lächelte dünn. »Ihr würdet beide verlieren.«

»Nein!« rief Andy, indem er aufsprang und loslief. Sein Schrei zog die Aufmerksamkeit aller auf sich. Besser das, als wenn jemand getötet wurde. Er blieb keuchend ein paar Schritte vor der erstarrten Szenerie stehen. »Niemandem muß etwas geschehen.«

»Gehört diese Messerklaue zu dir?« fragte Tom.

»Ja. Sozusagen.« Es war nicht so, daß Andy tatsächlich das Kommando oder irgend etwas gehabt hätte. Doch Tom schien das anzunehmen.

»Sag' ihr, sie soll Jackson loslassen. Langsam und vorsichtig.«

Andy nickte, kam jedoch zu dem Schluß, daß eine höfliche Anfrage angebrachter war als ein Befehl. »Cinqueda, würdest du den Soldat wohl loslassen?«

Sie reagierte mit einem kaum wahrnehmbaren Achselzucken und einer schemenhaften Bewegung. Der Soldat, der nicht länger gehalten wurde, stolperte vorwärts. Tom korrigierte sein Ziel, aber Cinqueda legte eine Hand gegen den Pistolenlauf. Sie befand sich außerhalb seiner Schußlinie.

»Wie gesagt«, bemerkte sie.

Zögernd steckte Tom seine Pistole ein. »Alles in Ordnung, Jackson?«

Der Soldat rieb sich den Nacken und erwiderte mit heiserer Stimme: »War schon schlechter dran.«

Kit ging zu Tom und musterte ihn eindringlich. »Sie standen unter Bewachung.«

»Das stimmt. Könnte es sein, daß Sie die vermißte Kit sind?«

»Nicht vermißt, aber Kit stimmt.«

Tom wandte sich an den Soldaten. »Was passiert jetzt, Jackson?«

»Manche Dinge sieht man besser nicht, Major. Ich schätze, Ihr Fahrer ist gerade eingetroffen, also gehe ich jetzt zurück auf meinen Posten, wenn Sie nichts dagegen haben.«

»Ich habe nichts dagegen, Jackson. Danke.«

»Null Problemo, Major.«

»Viel Glück, Jackson. Passen Sie auf sich auf.«

»Tu ich immer, Major.« Jackson nickte Cinqueda kurz zu, bevor er sich bückte, um seinen Helm aufzuheben. Er setzte ihn sich auf, drehte sich um und ging weg.

»Was war hier eigentlich los?« fragte Andy.

»Das willst du gar nicht wissen«, sagte Tom. Der düstere Ausdruck in seinen Augen bestätigte seine Aussage.

»Wir können nicht hier bleiben«, sagte Kit. »Andere werden kommen.«

Cinqueda hob eine Augenbraue und verschwand wieder in der Dunkelheit, während Tom sagte: »Wenn das hier ein Rettungsversuch sein soll, werde ich nicht mitkommen.«

»Wir wußten nicht, daß du gerettet werden mußt«, sagte Andy.

»Muß ich auch nicht«, sagte Tom schroff. »Was willst du denn nun hier?«

»Ich wollte dir ein paar Informationen zukommen lassen. Ich dachte, du könntest vielleicht etwas damit anfangen.«

»Informationen worüber?«

»Telestrian und die Konföderierten.« Andy stöpselte sich in das Lesegerät ein, das er mitgebracht hatte, und kopierte die belastenden Dateien, so daß Tom sie lesen konnte.

»Also arbeitet Telestrian mit den Konföderierten zusammen, und der Gouverneur von North Virginia ist ebenfalls in die Sache verwickelt. Ein paar Dinge ergeben langsam einen Sinn.« Tom erzählte ihnen von Telestrians Lieferstop für Nachschub und Ausrüstung, mit der die Konfrontation mit der Kompensationsarmee wesentlich unblutiger verlaufen wäre.

Bei Andy fiel der Groschen. »Alles, was Telestrian getan hat, hat die Spannungen verschlimmert, nicht wahr?«

»Sieht so aus«, stimmte Tom zu. »Und indem sie der Armee den Nachschub verweigern, helfen sie mit, aus der unvermeidlichen Konfrontation mit der Kompensationsarmee eine blutige zu machen. Endergebnis: Die UCAS-Regierung sieht schlecht aus, und das zu einer Zeit, in der die Stimmung in North Virginia hohe Wellen gegen die UCAS schlägt. All das ermöglicht Jefferson die Behauptung, North Virginia sei mit den Konföderierten Staaten besser bedient.«

»Das hat er schon in den Nachrichten gesagt«, meldete sich Cinqueda zu Wort. Sie hatte sich ihnen wieder angeschlossen, ohne daß Andy ihre Rückkehr bemerkt hatte. Die anderen schienen nicht einmal bemerkt zu haben, daß sie überhaupt verschwunden war. »Als nächstes wird er CAS-Truppen ins Land holen.«

Tom warf ihr einen Blick zu, der Andy verriet, daß sie ins Schwarze getroffen hatte.

»Eine Grenzüberschreitung bedeutet Krieg, nicht?« sagte Kit.

»Die Konföderierten wollen den Krieg nicht mehr als wir«, sagte Tom.

»Aber angesichts der Probleme in Chicago glauben sie vielleicht, daß dies ein guter Zeitpunkt sei, einfach zuzugreifen«, konterte Cinqueda. »Sie haben sowieso immer behauptet, North Virginia und die Gebiete südlich des Potomac gehörten ihnen. Wenn sie erst einmal in dem Gebiet hocken, könnten sie einen legalen Anspruch ableiten, den man ihnen nur schwer streitig machen könnte.«

»Chicago hin oder her, wir werden kämpfen, wenn sie es versuchen«, sagte Tom. »Und während wir uns die Köpfe einschlagen, greifen sich die Azzies Texas, während ihnen die Konföderierten den Rücken drehen. Der Anspruch der Azzies auf Texas reicht noch weiter zurück als der Konföderiertenanspruch auf das alte Virginia.«

»Steele hat nicht den Mumm für einen Kampf«, sagte Cinqueda. »Besonders dann nicht, wenn North Virginia sagt, daß es zum Süden gehören will.«

Tom sah aus, als befürchte er, daß sie recht haben könne. »Ich wünschte nur, ich wüßte, wie Trahn dort hineinpaßt«, sagte er. »Ich weiß, daß er mit den Konzernen auf gutem Fuß steht. Er hat sich, kurz bevor hier der Drek zu dampfen anfing, mit Osborne von Telestrian Industries Ost getroffen. Er kann nicht mit den Konföderierten zusammenarbeiten. Er kann nichts gewinnen, wenn wir North Virginia verlieren.«

»Und wenn er einen Krieg will?« fragte Andy. »Wenn

die Konföderierten Truppen schicken und es einen Krieg gibt, hat er die Möglichkeit, zum Helden zu werden.«

»Er ist längst ein Held, und ein Krieg würde niemandem etwas bringen. Wahrscheinlich weiß er das besser als jeder andere«, sagte Tom.

»Aber du sagtest, er hat mit Telestrian zu tun«, sagte Andy.

»Er hat mit ihnen zu tun, ja, aber ich kann mir nicht vorstellen, daß er in ein Komplott zur Absplitterung von North Virginia verwickelt ist. In ein Komplott, um den Rest Virginias der Union einzugliedern – das würde ich glauben.«

»Aber er ist nicht *unschuldig*«, beharrte Andy.

»Nein«, sagte Tom traurig. »Nicht unschuldig.«

»Nun, da hast du es«, sagte Andy. »Was Trahn auch vorhat, im Augenblick glaubt jeder außer uns, daß alles ganz natürlich abläuft. Niemand weiß, daß die Konföderierten auf eine Verschärfung hinarbeiten. Niemand weiß, welches Spiel Trahn spielt. Aber *wir* wissen, daß einiges in den Schatten läuft. Wenn wir alles aufdecken, werden die Leute aufwachen.« Andy glaubte, daß es großartig sein würde, eine Verschwörung der Konföderierten aufzudecken. *Sie* würden die Helden sein.

»Mach dich nicht lächerlich«, sagte Tom. »Wem willst du dieses Zeug vorlegen, wer würde es nicht ganz tief begraben?«

»Er hat recht«, sagte Cinqueda. »Zu viele Parteien würden sich verbrennen, und wenn es eines gibt, worin die Leute in dieser Stadt gut sind, dann darin, sich abzusichern.«

Andy konnte nicht glauben, daß die Situation hoffnungslos sei. Jemand mußte ehrlich und unbeteiligt genug sein und trotzdem etwas zu gewinnen haben. »Wer ist überhaupt in der Lage, etwas zu unternehmen?« Plötzlich wußte er, wer. »Laßt es uns dem Präsidenten vorlegen.«

»Da gibt es nur ein Problem«, sagte Tom. »Hast du irgendeine Idee, *wie* du ihm diese Geschichte vorlegen willst?«

»Du bist ein Armeeoffizier, Tom. Du könntest ...«

»Ich käme nicht einmal in seine Nähe. Nicht jetzt. Und du würdest auch nicht in seine Nähe kommen.«

Andy war nicht bereit aufzugeben. »Und wenn wir uns direkt an die Öffentlichkeit wenden? Es allen sagen. Wenn alles ausposaunt wird, gibt es keine Möglichkeit mehr zu verheimlichen, was getan worden ist. Keine Fraktion wird in der Lage sein, die Wahrheit zu unterdrücken. Dann *muß* irgendwas getan werden.«

»Wie willst du das anstellen?« fragte Tom.

»Ich weiß es nicht«, gab Andy zu.

»Aber Harry wird es wissen«, sagte Kit.

»Wer?« fragte Tom.

»Markowitz!« Andy grinste. »Kit hat recht. Er wird es wissen.«

Sie mußten nur nach Arlington zurück, und wie sich herausstellte, hatte Tom auch eine Idee, wie sie das schaffen konnten.

>>>>>NEWSBlips
-[22:12:03/25-8-55]
ZUGANGSGEBÜHREN ERHOBEN

Willkommen bei NEWSBlips, Ihrem aktuellen Informationsdienst. Bitte wählen Sie einen Blip und empfangen Sie zusätzliche informative Blips, die Sie erfahren möchten. Zugangsgebühren werden erhoben. Wir wünschen noch einen angenehmen Tag!

BLIP
Regierungstruppen behindern Brandbekämpfungsmaßnahmen im aufruhrgebeutelten Washington. »Es geschieht zu ihrer eigenen Sicherheit.« – General Nathan Trahn, Kommandeur Militärdistrikt Südost.

BLIP
General Trahn als Lügner bezeichnet. »Die Bundestruppen benutzen den Aufruhr als Vorwand, um jene auszuschalten, die für die rechtmäßige Bestimmung des nördlichen Virginias eintreten.« – Teresa Lee, Gebiets-Commissioner Fairfax.

BLIP
Konzernvertreter verliehen ihrer Sorge Ausdruck, daß ihre Einrichtungen gefährdet seien und die Bundesregierung nicht in der Lage zu sein scheine, für ihren Schutz zu sorgen. »Wir müssen uns nach anderen Hilfsquellen umsehen.« – Stephen Osborne, Alliierter Rat Besorgter Konzerne.

BLIP
Präsident aufgefordert, Kriegsrecht in Washington zu erklären. »Warum nicht? Die Armee hat ohnehin das Kommando.« – Senator Gorkakov (Dem-MN)

BLIP
Völkermord im Gange. »Die Regierung benutzt die sogenannten Krisen in Washington und Chicago als

Deckmantel für ein Pogrom gegen Metamenschen.« – Ein Sprecher der Internationalen Vereinigung zum Schutz der Bürgerrechte.

BLI-*ZISSSCH*
Es gibt kein North Virginia, nur Virginia! Seht euch die Karten an! Es lebe das Alte Dominion! *ZISSSCH*

BLIP
NEWSBlips entschuldigt sich für die Unterbrechung. Für das letzte BLIP wurden keine Gebühren erhoben. Für zusätzliche Blips, die Sie wählen, werden normale Gebühren erhoben. < < < < <

## 21

Tom schlug vor, einen der Lastwagen zu nehmen, da sie damit schneller vorankommen würden als zu Fuß. Andy wies darauf hin, daß es nicht ihr Lastwagen sei. Zu Andys Überraschung sagte Tom, er könne fahren.

»Ich dachte, du könntest uns nicht helfen«, sagte Andy.

»Ihr wollt über den Potomac, stimmt's? An den Sperrketten vorbei?«

»Ja.«

»Ich auch«, sagte Tom. »Da mein Fahrer nicht aufgetaucht ist, kann ich ebensogut selbst fahren, und da ich ohnehin in die Richtung fahre ...«

»Können wir ebensogut mitfahren.« Andy sah Cinqueda und Kit an. »Aber wir sehen nicht unbedingt so aus, als gehörten wir in einen Armeelastwagen.«

»Höchstens als Gefangene«, sagte Cinqueda. »Und einen Major kann man nicht gerade als Eskorte bezeichnen.«

»Das kann ich regeln. Es gibt da einen Trick, den ich anwenden kann, solange ich mich nicht bewegen muß«, sagte Kit. Sie nahm Toms Helm, der an seinem Gürtel hing, und setzte ihn Andy auf. »Wir werden Soldaten sein.«

Einen Augenblick später verwandelte sie sich. Andy schüttelte den Kopf und blinzelte, denn an Kits Stelle war eine untersetzte farbige Soldatin getreten – die genauso kicherte wie Kit.

»Sieh dich selbst an«, sagte die Soldatin mit Kits Stimme.

Er schaute an sich herab. Seine Hände waren derber, und seine Kleidung bestand jetzt aus einer grauschwarzen Uniform. Um seine Hüfte hing ein Netzgürtel mit mehreren Beuteln. Andy betrachtete die anderen. Tom war immer noch Tom, und auch Cinqueda sah noch so aus wie zuvor.

»Ich kann wenig für sie tun, weil sie soviel von sich aufgegeben hat. Sie kann unsere Gefangene sein.«

Kits Illusion verblaßte, als sie in den Lastwagen stieg, aber sie erneuerte sie, sobald alle an Bord waren. Tom öffnete die Trennwand zwischen der Fahrerkabine und dem Laderaum, so daß sie sich unterhalten konnten. Daher hörte Andy Tom den Posten an jedem Kontrollpunkt, auf den sie stießen, sagen: »Gefangener unterwegs nach Belvoir.«

Zu Andys Erleichterung klappte ihr Plan.

Sie hatten den Fluß überquert und waren irgendwo in Arlington, als Tom den Lastwagen von der Straße und hinter ein Einkaufszentrum fuhr. Dort war es dunkler, als es hätte sein dürfen, da nur eine einzige nicht zerschmetterte Laterne am Ende des Gebäudes ein einsames Licht warf. Der bewölkte Himmel hatte nur den Widerschein des Sprawls und des dunkelroten Glühens der Feuer auf der anderen Seite des Flusses zu bieten. Andy konnte kaum seinen eigenen Schatten sehen, als er aus dem Lastwagen sprang. Er wäre fast mit Tom zusammengestoßen, als dieser um den Lastwagen herumging. Cinquedas Hand, die plötzlich auf seiner Schulter lag und ihn zurückhielt, verhinderte gerade noch einen Zusammenstoß.

»Ich halte es für das beste, wenn ich euch hier absetze«, sagte Tom an Kit und Cinqueda gewandt. Er schien Andy ganz bewußt nicht anzusehen. »Von hier aus müßtet ihr eigentlich ohne Schwierigkeiten zu Markowitz gelangen. Diese Seite des Gebäudes ist dunkel, aber auf der anderen Seite hat noch ein Laden auf. Dort gibt es auch ein Telekom. Okay?«

»Könnte nicht besser sein«, sagte Cinqueda.

Andy machte sich Sorgen darum, was Tom als nächstes tun würde. »Bringt dich das nicht in Schwierigkeiten, wenn du uns hier absetzt? Ich meine, du hast gelogen, als du sagtest, du brächtest Cinqueda als Gefangene nach Belvoir.«

»Ich habe nicht gelogen«, sagte Tom.

Andy war verwirrt. »Aber Cinqueda ist keine Gefangene.«

»Sie habe ich auch nicht gemeint.«

»Du denkst daran, mich wieder mitzunehmen?«

»Nein.«

Andy wurde immer verwirrter. »Das verstehe ich nicht.«

»Das brauchst du auch nicht. Ich muß los.«

Andy reichte ihm den Helm. Tom nahm ihn mit einem dünnen Lächeln und wandte sich ab, um wieder in den Lastwagen zu steigen. Der Motor heulte auf, und das Fahrzeug ruckte los. Dunkelrote Rücklichter funkelten Andy wie ein gereizter Dämon an, bis ihr Licht verschluckt wurde, als der Lastwagen durch die Lichtinsel der einsamen Laterne fuhr. Der Lastwagen bog um die Ecke und war verschwunden.

Andy kam sich wie ein Kind vor, als Cinqueda und Kit ihn durch die abgrundtiefe Finsternis führten. Hier war es dunkler als in der Innenstadt. Während er so gut wie blind war, schienen sie überhaupt keine Schwierigkeiten zu haben. Er wünschte, er hätte die für ihn vorgesehenen Implantate noch bekommen, bevor er Telestrian verlassen hatte, oder auch nur den Militärhelm mit seinem Lichtverstärker-Visier noch gehabt. Es gefiel ihm nicht, sich so hilflos zu fühlen, und Cinquedas kalte Chrom-Berührung ließ ihn frösteln. Andererseits war Kits Berührung warm und auch nicht unbedingt mütterlich. Andy gab sich Mühe, näher bei ihr als bei der anderen Frau zu bleiben.

Als sie das Telekom erreichten, beschwerte sich Cinqueda zwar, zückte jedoch einen Kredstab, da weder Andy noch Kit einen hatten. Sobald das System geöffnet war, wandte Andy einen Trick an, von dem er im Netz gelesen hatte, und änderte die Rufnummer des Telekoms, um etwaige Versuche zu vereiteln, den Anruf zurückzuverfolgen. Sie nahmen Verbindung zu Markowitz auf, der glücklicherweise immer noch bei Nell war. Es gefiel ihm nicht, geweckt zu werden, jedenfalls sagte er das. Er klang nicht schläfrig, als er mit Kit zu sprechen verlangte, und reagierte auch nicht sonderlich langsam, als Andy ihm die Situation erklären wollte und Markowitz ihm sofort ins Wort fiel.

»Nicht über diese Leitung. Sie ist nicht sicher«, sagte Markowitz, was er auch sofort bewies, indem er ihnen sagte, woher sie anriefen. »Kit, geht dorthin, wo wir Yates kennengelernt haben. Ich treffe mich dort mit euch.«

Andy wußte nicht, wovon Markowitz redete, aber Kit schon. Es handelte sich um einen durchgehend geöffneten Denny's in der verfallenen Vorstadt in der Nähe der großen Kreuzung Beltway und 95ste Süd. Markowitz erwartete sie bereits. Andy erzählte ihm eiligst von der Verbindung, die Tom zwischen General Trahn und Telestrian hergestellt hatte.

»Das ist kein Beweis, Junge, aber es ist ein Verbindungsglied. Wichtig ist, daß die Öffentlichkeit die Geschichte glauben wird, und die schlechte Werbung könnte reichen, um uns die Artillerie vom Hals zu halten. Konzerne werden echt schüchtern, wenn ein Scheinwerfer auf sie gerichtet ist, besonders dann, wenn sie mit Regierungen herummachen.«

»Ich dachte, Regierungen wären ihnen längst egal.«

»Sind sie ihnen nicht, aber es ist in erster Linie eine PR-Sache. Wenn sie tatsächlich keine Verwendung mehr für Regierungen hätten, glaubst du, wir hätten dann noch welche?«

Andy war nicht sicher. Darüber hatte er nie nachgedacht, als er noch im Schoße Telestrians in Sicherheit gewesen war. Er schob den Gedanken einstweilen beiseite. »Kit sagte, du hättest vielleicht eine Idee, wie wir die Information an den Mann bringen können.«

»Ich kenne ein paar Leute.«

»Cheese?« fragte Cinqueda, bot jedoch keinen Käse an.

Andy kam das ein wenig seltsam vor, aber unter Shadowrunnern hieß es, daß Straßensamurai alle ein wenig seltsam waren. In der Absicht, höflich zu sein, sagte er: »Nein, danke.«

Kit kicherte.

»Cheese ist ein Pirat«, sagte Cinqueda.

»Was soll uns ein Softwaredieb bei dieser Sache nützen?« fragte Andy.

»Ein *Nachrichten*pirat«, sagte Markowitz. »Er betreibt ITRU Independent News. Er hat eine Verbindung zu den Übertragungssatelliten und ziemlich gute Einschaltmöglichkeiten ins Kabelnetz. Er ist unsere beste Wette, um die Nachricht zu verbreiten. Cheese steht auf Enthüllungen, die etwas mit der Regierung zu tun haben, und noch mehr darauf, den Konföderierten eins auszuwischen. Er behauptet, das liege ihm im Blut. Diese Geschichte wird ihm gefallen.«

Kit wirkte ein wenig unsicher. »Glaubst du, er erinnert sich noch an das letzte Mal, als du ihn gebeten hast, etwas über das Netz zu schicken?«

»Ich bin sicher, er hat das alles längst vergessen«, sagte Markowitz nicht sehr überzeugend.

»Nimm Geld mit«, riet ihm Cinqueda. »Nur für alle Fälle.«

Die ITRU-Sendestation war ein Chrysler-Nissan-Metrohauler, ein Lieferwagen mit verlängertem Radstand. Der Wagen war nicht neu. Kleine Flecke in verschiedenen Farben gingen im Meer der großen Flächen roter Rostschutzfarbe unter, so daß sich unmöglich sagen ließ, wie einmal die ursprüngliche Lackierung ausgesehen haben mochte. Zwei Parabolantennen auf dem Dach und ein primitives, handgemaltes ITRU-Logo auf den Seiten waren die einzigen Hinweise darauf, daß der Lieferwagen mehr als ein Wrack war, das darauf wartete, verschrottet zu werden. Der Jugendliche mit den blutunterlaufenen Augen, der auf Markowitz' Klopfen die hintere Tür öffnete, war so gekleidet, als sei derjenige, der den Lieferwagen bemalt hatte, sein Modeberater. Der Junge – er sah nicht so aus, als könne er älter als dreizehn sein – hatte ein ITRU-Logo auf seiner Baseballkappe über der Aufschrift »Tech Eng«.

»Was wollt ihr?«

»Wir müssen mit Cheese reden«, sagte Markowitz.

»Hey, ich kenn' dich, Mann. Cheese will dich nich' sehn.«

»Ist mir egal.« Markowitz hielt die Tür fest, die der Junge hatte zuschlagen wollen. »Sag' ihm nur, daß ich hier bin.«

»Laß die Tür los, Mann.«

»Sag' Cheese Bescheid.«

Der Junge überließ Markowitz die Tür und verschwand im rot beleuchteten Innern des Lieferwagens. Markowitz folgte ihm und mit der Bemerkung: »Kommt.«

Andy sah Kit fragend an, aber sie erklomm bereits die kurze Leiter des großen Lieferwagens. Als Andy eingestiegen war, hatte Markowitz sich bereits durch die Geräte nach vorn gearbeitet, mit denen der Wagen vollgestopft war, und stand einem kleinen, übergewichtigen Schwarzen gegenüber, den Andy für einen Zwerg gehalten hätte, wären seine Schultern breiter und sein Bart voller gewesen. Der Mann fauchte Markowitz an und zeigte dabei kräftig aussehende Zähne von der Farbe alten Cheddars. Seine ITRU-Kappe trug die Aufschrift »Der Große«. Er mußte Cheese sein. Jung Tech Eng war in den dunklen Tiefen des Lieferwagens verschwunden.

Cheese' Stimme war ein heiseres Krächzen, das sich eher für einen Urban-Brawl-Reporter eignete als für einen unabhängigen Nachrichtenmann, aber die Stimme hatte Volumen. Was zwischen den beiden auch vorgefallen sein mochte, es beschäftigte ihn immer noch, und das Wettschreien zwischen ihm und Markowitz war spektakulär, wenn auch knapp an Details. Kit mischte sich ein, indem sie beiden Männern Honig um den Bart schmierte und sie ein wenig beruhigte. Sie richtete den größten Teil ihrer Aufmerksamkeit auf Cheese, der sich auch etwas abkühlte, aber letzten Endes war es der Kredstab, den Markowitz schließlich zückte, der den Streit beendete.

Cheese schob den Kredstab in ein kommerzielles Lesegerät, an dessen Gehäuse ganz offensichtlich herumgepfuscht worden war. Das Ergebnis schien ihn zu befriedigen. »Dieser Schwindel, der is' echt, ja? Echt echt?«

»Alles, was wir ausgegraben haben, sieht gut aus«, sagte Markowitz.

»Genau das hast du beim letztenmal auch gesagt«, bemerkte Cheese blinzelnd.

Andy war die ständigen Verdächtigungen leid. »Ja? Nun, ich weiß nicht, was beim letztenmal vorgefallen ist, aber diesmal *ist* alles echt. Die Sache ist wichtig, und wir müssen Leute davon in Kenntnis setzen.«

Cheese' strahlende Augen richteten sich auf Andy.

Sie musterten ihn von oben bis unten und blieben dann auf seiner Datenbuchse haften. Der Nachrichtenmann strich abwesend über seine eigene Buchse, während er Andy einzuschätzen versuchte. Seine Lippen teilten sich zu einem breiten Grinsen, und seine gelben Zähne blitzten. »Hey, Mann, du gefällst mir, bist echt positiv! Wie es so schön heißt, du hast was Überzeugendes. Vielleicht hau' ich die Story ja doch raus.«

»Ich denke, das solltest du tun«, sagte Kit leise.

»Die Lady, die weiß Bescheid, was?« Cheese warf sich auf seinen Stuhl und ließ die Finger über Schalter fliegen und auf der Kontrolltastatur tanzen. Ohne einen offensichtlichen Rhythmuswechsel warf er Andy ein Datenkabel zu. »Was hältst du davon, wenn du die Daten überträgst? Der Cheese hier, der heizt sie an und sieht nach, ob sie singen. Und wenn wir 'ne gute Melodie gefunden haben, gehen wir auf Sendung.« Lauter: »Hey, Mausie, fahr los und such uns 'ne Satellitenverbindung.«

»Roger«, antwortete eine weibliche Stimme von weiter vorne.

Andy blinzelte in diese Richtung und glaubte eine Couch mit einer darauf liegenden Gestalt zu sehen. Eine Riggerin? Der Lieferwagen setzte sich in Bewegung. Die Gestalt rührte sich nicht. Eindeutig eine Riggerin.

Er war neugierig auf das Interface, das sie benutzte, aber er hatte einen Job zu erledigen. Er stöpselte sich ein und kopierte die entschlüsselten Daten aus seiner Headware auf Cheese' Bord. Cheese teilte seine Aufmerksamkeit zwischen der Lektüre von Andys Kopien und der Ausführung einer Unmenge technischer Operationen, um die Satellitenschüsseln auszurichten, Frequenzen anzupassen und die Sperren im Kabelnetz zu umgehen.

»Cheese?« Das war die Riggerin. »Wir haben ...«

»Keine Zeit, keine Zeit. Wir gehen auf Sendung.«

Musik erfüllte das Innere des Lieferwagens, ein Engelschor der von der bevorstehenden ITRU-Wahrheitssendung kündete. Cheese sprach in sein Mikrofon und verblüffte Andy. Sein Straßendialekt war ebenso wie das Krächzen verschwunden, und er hatte plötzlich eine kultivierte, tiefe, volltönende Stimme, die einem Shakespeare-Darsteller gut zu Gesicht gestanden hätte.

Wenn er so sprechen konnte, warum hatte er es dann mit ihnen nicht getan? Kit bemerkte Andys Verblüffung.

»Er hat einen Stimmenmodulator«, sagte sie.

Das hatte er sich gedacht. »Warum redet er nicht immer so?«

»Schlechte Hardware«, sagte Cinqueda. »Reizt die Stimmbänder nach einer Weile. Wird sie ihm eines Tages zerreißen, wenn er …«

Cinquedas Kopf wirbelte zur Tür herum.

Draußen ertönte ein Knall. Ein lautes *Plop*. Der Lieferwagen neigte sich zur Seite, und unter ihnen quietschten die Reifen. Alle außer Cinqueda verloren den Halt. Geräte, Werkzeuge, Batterien und Computer glitten in einem Funkenregen und mit splitterndem Krachen aus ihren labilen Halterungen. Die rote Innenbeleuchtung erlosch. Die Front des Lieferwagens prallte gegen irgend etwas. Das Heck schleuderte herum und versuchte die Front zu überholen, krachte dann jedoch ebenfalls gegen etwas. Der Motor hustete und starb ab. Abgesehen von einem Chor verschiedener Warnsirenen war in dem Lieferwagen alles still.

Andy versuchte sich aus dem Stapel von Kram herauszuwinden, unter dem er begraben lag. Neben ihm war Cinqueda in die Hocke gegangen. In der linken Hand hielt sie ein großes Messer mit breiter Klinge, von dem Andy wußte, daß sie es bei sich trug. Die gerippte Klinge schmiegte sich an ihren Unterarm. Ihr Kopf neigte sich kaum merklich, als versuche sie ein Geräusch auszumachen.

»Vier Personen in Kontakt mit dem Wagen«, flüsterte sie.

»Keine aktive Magie«, ertönte Kits Stimme aus der Dunkelheit.

»Helmfunkgeräte«, sagte Cinqueda. »Sie wollen ...«

Die hinteren Türen des Lieferwagens flogen mit einem blendenden Blitz davon.

Als Andy wieder sehen konnte, standen vier Männer in Tarnanzügen im hinteren Teil des Lieferwagens. Ihre Gesichter waren unter Visierhelmen verborgen. Sie trugen keine Abzeichen. Jeder Mann hielt eine mattschwarze Steyr Automatik in den Händen.

»Walker.« Der Sprecher drehte den Kopf ein wenig zu einem der anderen. »Du kaufst das Bier, Joe.«

Andy spürte, wie es ihn kalt überlief, als der Mann den Blick wieder auf ihn richtete.

»Müslifresser Osborne wird sich freuen zu hören, daß er recht hatte. Er wird sich noch mehr freuen zu hören, daß er sich wegen eines unloyalen kleinen Wichsers wie dir keine Sorgen mehr zu machen braucht.«

Cinqueda bewegte sich. Mündungen ruckten hoch. Andy versuchte sich durch den Boden des Lieferwagens zu pressen, als die Schießerei losging.

Andys Idee, sich mit den Informationen hinsichtlich der Verschwörung an die Öffentlichkeit zu wenden, war so ungefähr der einzige Weg, den Tom sah, ein wenig Wasser der Vernunft in die Flammen des Wahnsinns zu gießen, die Washington verzehrten. Die Möglichkeit, diese Chance zu nutzen, hatte ihm die Entscheidung leicht gemacht, einen der Lastwagen zu requirieren und Andy und seine Freunde durch die Sperrketten zu schleusen. Tom ging jedoch nicht mit ihnen, um sich mit Markowitz zu treffen. Dort war nicht sein Platz. Er hatte immer noch Befehl, sich bei General Trahn zu melden. Was machte es schon aus, wenn er sich ein wenig verspätete? Was wollte sein

Kommandeur tun – ihn unehrenhaft entlassen? Das würde er ohnehin tun.

Die Fahrt gab ihm Zeit und Gelegenheit, über das Vorgefallene nachzudenken. Er hatte getan, was er hatte tun müssen, und jetzt blieb ihm nichts anderes mehr übrig, als weiterzumachen. Wenn Großvater recht hatte und sich im Oberkommando eine Intrige zusammenspонn, war Tom erledigt. Vielleicht war er sogar erledigt, wenn das nicht der Fall war. Seit dem Vasquez-Vorfall lange vor dem Zusammenbruch der Vereinigten Staaten war niemand mit der Verweigerung eines illegalen Befehls durchgekommen. Bis jetzt hatte er nicht viel darüber nachgedacht. Früher hatte man von einem Soldaten erwartet, daß er den Unterschied zwischen Recht und Unrecht kannte und für das Recht eintrat. Und jetzt? Nun, im Laufe der Jahre hatten viele Leute Tom erzählt, das sich mehr als nur die Grenzen verändert hatten, als die alten USA zusammengebrochen waren. Er hatte es nicht geglaubt. Jetzt würde Tom vermutlich am eigenen Leib erfahren, wie hohl einige Absätze der Verfassung geworden waren.

Ein Konvoi von einem Dutzend lufttransportfähiger McAuliffe-Infanteriekampfwagen rumpelte an ihm vorbei in Richtung Zentrumsbezirke. Sie würden einige Lektionen erteilen. Tom fragte sich, ob die Lektion, die man ihm erteilen würde, weniger rauh ausfallen würde.

Aber er mußte an seine Ehre denken.

Er passierte die Pferdefarm und die Auffahrt zur nach Süden führenden Umgehungsstraße für den Durchgangsverkehr auf der Route 1. Er hatte es nicht mehr weit. Er bremste den Lastwagen ab, als er sich dem Tor von Fort Belvoir näherte, und hielt vor der Wachstube. Heraus kam eine einfache Soldatin, eine junge Orkfrau, die zu flott aussah, um die Uniform schon lange tragen zu können. Sie würde ihre eigenen Lektionen lernen.

»Major Rocquette mit Befehl, sich bei General Trahn zu melden«, sagte Tom, indem er ihr seine Ausweismarke gab.

Die Soldatin schob die Marke in ihr Lesegerät. Ihre Stirn runzelte sich, als sich der Schirm erhellte. Vermutlich wurden jetzt Anweisungen in ihren Helmlautsprecher geflüstert. Sie sah verwirrt aus. »Was ist mit Ihrem Fahrer passiert, Major?«

»Er ist nicht aufgetaucht. Ich wollte nicht länger warten. Lassen Sie mich jetzt durch oder nicht?«

Die Wache wich einen Schritt zurück und hielt ihre Waffe ein wenig aggressiver. Sie richtete sie jedoch nicht auf Tom, nicht ganz. »Ich fürchte, ich muß Sie bitten auszusteigen, Major.«

Tom stellte den Motor nicht ab. Um das zu tun, hätte er die Hände aus dem Blickfeld der Wache nehmen müssen. Er wollte diesen eindeutig nervösen Grünschnabel nicht erschrecken. Tom stieg langsam aus. Die Frau tat nur ihren Job.

Sie hatte Angst. Das entnahm er ihren unglaublich geweiteten Pupillen. Er nahm an, daß man nicht jeden Tag von ihr verlangte, einen Offizier festzunehmen. Er versuchte es ihr leichter zu machen, indem er sich so wenig bedrohlich wie möglich gab.

»Wie heißen Sie, Mädchen?«

»Ich soll nicht mit Ihnen reden, Sir.«

»Drek, Mädchen, Sie können sogar dem *Feind* Ihren Namen nennen.«

Sie nahm sich etwas Zeit, um darüber nachzudenken. Orks wurden früh erwachsen, waren aber selten klug. Drek, wäre sie klug gewesen, hätte sie keine Uniform getragen. Nach allem, was er wußte, war die Armee schon hart genug gegen männliche Orks. Er hatte seinen Teil dazu beigetragen. Doch nun, wo er die Muskeln der Bestie zu spüren bekam, empfand er eine ihm bislang unbekannte Sympathie für sie. Schließlich sagte sie: »Booker, Sir. Harriet Booker.«

»Tun Sie sich einen Gefallen, Harriet, und treten Sie aus der Armee aus. Suchen Sie sich einen anderen Job.«

Die Vorstellung schien sie zu bestürzen. »Ich soll nicht mit Ihnen reden, Sir«, wiederholte sie.

Er beließ es dabei.

Sie warteten schweigend. Die MPs, die zu ihnen kamen, trugen die Abzeichen des 3412. Bataillons der Militärpolizei. Jordans Jungs. Sie gehörten eigentlich nicht zur Sicherheit der Basis. Die Tatsache, daß er sie hatte kommen lassen, um ihn in Gewahrsam zu nehmen, anstatt Belvoirs reguläre MPs, bedeutete, daß Trahn die Affäre im engsten Familienkreis bereinigen wollte. Toms Hoffnung auf Publizität seines persönlichen Problems sank auf null.

Und zur Flucht war es zu spät.

Ohne ihn offiziell unter Arrest zu stellen, nahmen sie ihm seine Dienstpistole ab – soviel zu militärischen Höflichkeitsbezeugungen – und brachten ihn in das Gebäude, in dem Jordan Andy und Markowitz festgehalten hatte. Er hielt es nicht für einen Zufall, daß sie ihn in denselben Raum brachten, in dem Furlann ihre Vorbereitungen getroffen hatte, um Markowitz' Rechte und seine Person zu verletzen. Die Ratten und die thaumaturgischen Gegenstände waren verschwunden – letztere waren Furlanns persönliches Eigentum und immer in ihrer Nähe –, aber der falsche Zahnarztstuhl war immer noch da. Diesmal sah Tom, daß er mit Haltegurten bestückt war. Jordan mußte anderswo beschäftigt sein: Der Raum war leer. Die MPs verließen den Raum und schlossen die Tür, und Tom hörte das Schloß einschnappen.

Er wartete, wobei er sich fragte, wie Andy und Markowitz und ihr verrücktes Team von Shadowrunnern wohl zurechtkamen. Nun, da er Zeit zum Nachdenken hatte, sah er, daß der Junge und seine Freunde gegen Windmühlenflügel antraten. Er mußte sie ein wenig bewundern. Was sie sonst auch sein mochten, sie waren mutig. Aber was würden sie zustande bringen? Was *konnten* sie zustande bringen?

Bedauerlicherweise würde es höchstwahrscheinlich zu wenig sein. Für einige war es mit Sicherheit bereits zu spät.

Zeit verging.

Er hörte Schritte im Flur. Jordan? Nein, nur eine Wache, die die Runde machte und stehenblieb, um sich mit dem Posten an der Tür zu unterhalten. Der Vertrautheit ihrer Begrüßung nach zu urteilen, waren sie alte Freunde.

»Schon gehört, daß Steele in der Basis ist?« fragte die Wache.

»Ohne Drek?« sagte der Posten.

Tom glaubte es auch nicht.

»Ohne Drek«, sagte die Wache ernsthaft. »Auf den Frequenzen wird über nichts anderes mehr geredet. Hast du deinen Helmfunk wieder auf Musik umgestellt?«

»Würdest du auch tun, wenn du wüßtest, wie das geht«, sagte der Posten rechtfertigend.

»Ein Wachposten muß immer wachsam sein.«

»Spar dir den Drek für den Sarge.« Frotzeleien waren in Ordnung, aber der Posten war weiterhin an dem Gerücht interessiert. »Was will Steele denn hier? Ich dachte, er versteckt sich im Keller des Weißen Hauses, bis alles vorbei ist.«

Tom stellte sich das Schulterzucken der Wache vor. »Muß wohl zu dem Schluß gekommen sein, daß ihm die Sache in seinem Hinterhof zu heiß wird. Ich hörte, er verpißt sich nach Camp David und überläßt es uns, seine Schweinerei aufzuräumen. Deshalb ist er wohl auch in der TOZ und redet mit Trahn. Der Präsident ist auf dem Weg in ein angenehmeres Klima und will sich vergewissern, daß die Müllabfuhr mit der Säuberung vorankommt. Dem Mann gefällt es nicht, aus seinem schicken Heim zu fliehen. Sieht nicht gut aus, wo in weniger als einem Jahr der Nominierungskonvent stattfindet. Diese Stadt hat ein Gedächtnis. Tja, unser rückgratloser Steele muß so lange nicht mehr warten, nach allem was ich höre«, sagte die Wache.

Der Posten hakte nach. »Warum nicht?«

Tom wollte es ebenfalls wissen.

»Trahn hat den Angriffszeitpunkt gegen die Metro-Stationen auf Mitternacht festgesetzt. Sobald die Eingänge in unserer Hand sind, pumpen die Pioniere Gas hinein. Das wird den Burschen den Kampfgeist austreiben.«

»Gas ist illegal.«

»Ich nehme an, Trahn räumt dieses kleine Hindernis bei seinem Gespräch mit Steele gerade aus dem Weg.«

Sie unterhielten sich noch weiter, aber die Wache erwähnte mit keinem Wort eine Piratensendung, welche die Konföderierten-Connection aufgedeckt oder Trahn mit irgend etwas in Verbindung gebracht hatte. Markowitz war ganz offensichtlich nicht durchgekommen. Andys Plan war gescheitert, aber er schien eine Chance gehabt zu haben. Doch bei diesem Gedanken erinnerte er sich an Andys ersten Vorschlag, den Tom als unsinnig abgetan hatte. Er hatte gesagt, sie sollten ihre Geschichte dem Präsidenten vortragen – und nun war der Präsident ganz in Toms Nähe, kaum hundert Meter entfernt.

Wie konnte er da nur herumsitzen und die Dinge einfach laufen lassen?

Wegen einer verschlossenen Tür und eines Postens davor, lautete die Antwort.

Es war eine lausige Antwort, und er wollte eine bessere. Er sah sich in dem Raum um in der Hoffnung auf eine Inspiration. Er fand sie im Verhörstuhl. Nach ein wenig Suchen und einiger Mühe hielt er das nötige Werkzeug in der Hand. Jordans Jungs hätten das Zimmer gründlicher aufräumen sollen. Tom schwang den gelösten Haltegurt, wobei er das Gewicht der Schnalle am Ende einzuschätzen versuchte. Es würde reichen.

Er ging zur Tür.

»Wache«, rief er. »Ich muß mit Colonel Jordan reden. Ich habe ihm etwas Wichtiges zu sagen.«

Der Trick war nicht neu. Aber manche Tricks ließen sich einfach nicht ignorieren – ganz einfach deshalb nicht, weil sie vielleicht keine Tricks waren.

»Das kann warten«, sagte die Wache.

»Nein, kann es nicht.« Er sah auf die Uhr. »Es ist nach 2300 Uhr. Der Colonel wird Ihnen die Eier abreißen, wenn er nicht vor Mitternacht hört, was ich ihm zu sagen habe. *Ich* hätte ja nichts dagegen, aber *Sie* vielleicht schon.«

Jordans Jungs hatten den Leuten so viel Angst eingejagt, daß diese ohne Erlaubnis keinen Pups mehr ließen. Daraus folgte, daß Jordan dieselbe Wirkung auf seine Jungens haben mußte. Paranoia beginnt zu Hause.

»Treten Sie von der Tür zurück, Major.«

Tom lächelte. Er *hatte* auf den richtigen Knopf gedrückt. Er trat zurück, wie geheißen, und wartete gespannt, während der Posten die Tür aufschloß.

»Also schön, Major. Jetzt öffnen Sie die Tür und treten dabei langsam zurück.« Der Posten hatte beide Hände an seiner Waffe und war auf der Hut.

Tom befolgte den Befehl des Postens, aber bevor sich die Tür ganz geöffnet hatte, ließ er den Gurt durch den breiter werdenden Spalt schnellen. Der Posten reagierte, indem er die Waffe hochriß, um den unerwarteten Angriff abzuwehren, wie Tom gehofft hatte. Während das Gewicht der Schnalle den Gurt um die Waffe wickelte, riß Tom die Tür vollständig auf und versetzte dem Mann einen Tritt in den ungeschützten Bauch. Der Posten krümmte sich, während die Luft pfeifend aus seinen Lungen entwich. Solch ein Tritt hatte unvermeidliche Konsequenzen, und Tom war bei dem Posten, bevor er sich fertig übergeben hatte. Tom wartete, bis der Mann ausgespien hatte, was er auszuspeien hatte, bevor er Druck auf die richtigen Stellen ausübte. Er wollte nicht, daß der Posten an seinem Erbrochenen erstickte.

Ein leerer Flur würde weniger verdächtig sein als ein Soldat, der einen anderen entkleidete. Tom schleppte den Posten in das Verhörzimmer und schloß die Tür, nachdem er sich versichert hatte, daß das Schloß nicht zuschnappen konnte. Er nahm dem Posten seinen weißen Helm und Gürtel sowie die MP-Binde und die Dienstpistole ab. Die Handschuhe ließ er ihm. Er hatte die verdammten Dinger noch nie gemocht. Das Gewehr nahm er ebenfalls nicht. Ein Major der Militärpolizei trug kein Gewehr.

Als er seine gestohlenen Ausrüstungsgegenstände anlegte, wurde ihm plötzlich klar, daß er jetzt die Regeln brach. Sei's drum. Die Situation zwang ihn dazu, und er sah keinen anderen Weg zu tun, was getan werden mußte. Ohne irgendeine Verkleidung würde er nicht einmal in die Nähe der TOZ kommen. Er hatte gesehen, wie andere in der Basis auf Jordans weißbehandschuhte Hunde reagierten. Wenn er sich damit, daß er einer zu sein vortäuschte, in die TOZ bluffen konnte, hatte er auch die Absicht, es zu tun. Anschließend würde er die Strafe akzeptieren, die das Kriegsgericht dafür vorsah. Recht blieb Recht. Aber Recht war nicht das, was die armen Kerle auf den Straßen bekamen.

Als i-Tüpfelchen nahm Tom das Vielzweckmesser des Postens und trennte das Abzeichen seiner Einheit von der MP-Uniform. Mit Klebstoff aus der Notausrüstung des MPs klebte er sich das Abzeichen auf die linke Schulter. Es sah ein wenig schlampig aus und würde keiner Inspektion standhalten, aber er rechnete nicht damit, einer solchen unterzogen zu werden. Schließlich drehte er seine Rangabzeichen von ihrer mattschwarzen Feldseite auf die goldfarbene Reserveseite und war fertig.

Obgleich er es mit einigem Unbehagen zur Kenntnis nahm, öffnete ihm seine Maskerade Türen und brachte ihn an allen Wachstationen vorbei, ohne daß ihm eine einzige Frage gestellt wurde. Wo ihm der weiße Helm und der Gürtel die Fragen nicht ersparten, taten es seine Rangabzeichen, und wo diese nicht reichten, sprang das Abzeichen des 3412. in die Bresche.

Als er den Rand der Plane erreichte, die die TOZ bedeckte, erhoben sich Trahn und der Präsident eben von ihren Stühlen im Herzen der Kommandozentrale. Die Secret-Service-Posten ließen sich ebenfalls von seiner MP-Erscheinung beeindrucken und hielten Tom nicht auf, als dieser die TOZ betrat. Als Tom die innere, mit statischem Rauschen gegen Abhörversuche gesicherte Barriere durchschritt, schüttelten sich Trahn und der Präsident gerade die Hände, als besiegelten sie ein Abkommen. Trahn sagte etwas.

»Ich bin froh, daß Sie sich endlich besonnen haben, Mr. President. Es gibt einfach keine andere gangbare Alternative.«

Das war die Gelegenheit. Jetzt oder nie. Tom hob die Hand, um auf Trahn zu zeigen, um ihn vor dem Präsidenten anzuklagen.

>>>>>NewsNet Berichterstatt-\|
****Störung****
-[23:17:02/25-8-55]

ITRU-WAHRHEITSSENDUNG LIVE
»Hier spricht der Unabhängige Wahrheitssender TRU und bringt euch allen die Nachrichten, die für News-Net zu wahr sind. Heute abend für euch aufgedeckt: die große geheime Landraubaktion der Konföderierten. Lauscht und lernt!

Seit Jahren verankern Decker der Konföderierten Amerikanischen Staaten subtile Propaganda in unseren Datenbänken. Und welche Propaganda? Ruft einen Atlas mit einer Karte von Nordamerika auf, und werft einen Blick auf die Grenze zwischen CAS und UCAS. Seht euch den östlichen Teil an. Ihr werdet feststellen, daß die Grenze parallel zum Potomac mehr als nur ein paar Kilometer nördlich der Realität verläuft. Sucher der Wahrheit, diese Fiktion könnte Realität werden, wenn die Lakaien der Vorherrschaft des Südens ihren Willen bekommen!

Der Unabhängige Wahrheitssender TRU hat heute nacht von der Verschwörung der Konföderierten erfahren, North Virginia und die Süd-Potomac-Regionen des Bundesdistrikts aus den UCAS herauszureißen. Ohne es zu wissen, werdet ihr seit Wochen mit den vorbereitenden Schritten und der Rhetorik bombardiert und für das heutige Feuerwerk weichgeklopft. Ihr seid geprellt und betrogen, übers Ohr gehauen und in die Irre geführt worden. Was für *Narren* Sterbliche doch sind! Erwacht, erwacht! Verdammnis erwartet jene, die sich von anderen ihr Leben vorschreiben lassen! Ich bringe Euch die Wahrheit, Sucher!

Verdammnis erwartet auch jene, die den bösen Aggressoren *helfen*. Wer ist es? Ihr kennt sie. Ihre Handlungen entlarven sie. Sie sind überall in eurer Umgebung. Seht euch die Politiker an. Seht euch die Konzerne an. Und, ja, ich sage euch mit tiefer Trauer im Herzen und nicht wenig beschämt, seht euch auch diejenigen an, die geschworen haben, uns zu verteidigen, denn das *Militär* geht Hand in Hand mit jenen, die sich nehmen wollen, was uns gehört. Laßt euch die Augen öffnen, Sucher, da der Unabhängige Wahrheitssender TRU Namen nennt und ...«\|****Störung****<<<<<

>>>>>**MilNet Offizielle Nachrichten- und Informationssendung**
**BULLETIN ZWECKS GERÜCHTEWIDERLEGUNG**

Gefangengenommene Terroristen der Splittergruppe »Gewissen des Landes« beteuern, daß alle Geschichten von einer Verschwörung der CAS mit dem Militär nur Gerüchte sind, die von den »Blaumützen« in die Welt gesetzt wurden, um Mißtrauen gegenüber der Regierung und dem Militär zu säen.<<<<<

## 22

Die Runner saßen in dem Lieferwagen in der Falle und waren gezwungen, Deckung vor dem Beschuß der Soldaten zu suchen, in deren Hinterhalt sie geraten waren. Markowitz erwiderte das Feuer ebenso wie jemand anders, der sich tiefer im Innern des Lieferwagens befand. Andy hielt den Kopf unten. Da er ziemlich nah bei den hinteren Türen lag, lief er Gefahr, von beiden Seiten beschossen zu werden, wenn er sich bewegte.

Darüber hinaus konnte er kaum etwas tun. Er hatte keine Waffe, nicht einmal seine Nachbildung der Narcoject. Die hatte er an die Ork-Gang verloren, und unter dem Druck der Ereignisse war er nicht dazu gekommen, sie durch etwas Nützlicheres zu ersetzen. Selbst wenn er eine Kanone gehabt hätte, würde er nicht gewußt haben, was er mehr tun sollte, als sie auf eine Stelle zu richten, abzudrücken und dann zu hoffen, daß er irgend etwas traf. Er hatte keinerlei Übung mit Schußwaffen, hatte sie nie gebraucht.

Er war nicht der einzige, der nicht auf die Soldaten schoß. Cinqueda duckte sich hinter der Barriere aus umgestürzten Geräten ITRUs. Sie hatte den Kopf gesenkt und sah aus, als würde sie meditieren. Oder beten. Eine ihrer Hände war über den Kopf gestreckt, die Fingerspitzen ragten gerade über die Barriere hinaus, als wende sie sich in flehentlicher Bitte an Wesen dort oben.

Andy sah eine kleine schwarze Röhre, kaum länger als zwei Zentimeter zwischen Zeige- und Mittelfinger. Ein dünner Draht verlief von der Röhre zu einer Öffnung in ihrem Handgelenk. Er hatte von solchen Dingen gelesen. Sie benutzte eine winzige Kamera, um die Szenerie zu betrachten, ohne sich zu exponieren. Die Kamera mußte ein Bild der Szenerie im Heck des Lieferwagens direkt in ihr Blickfeld übertragen. Andy fragte sich, ob die Übertragung ihr Blickfeld überlagerte, oder ob das Bild als Fenster in ihrem normalen Blickfeld erschien. Wie die Kamera auch funktionierte, er wünschte, er hätte ebenfalls eine gehabt, um zu sehen, was vorging.

In einer Bewegung, die so geschmeidig war wie fließendes Quecksilber streckte sich Cinqueda. Ihr Arm peitschte vorwärts, und das große Messer flog. Dann ließ sie sich hinter ihre Deckung zurücksinken und ging wieder in die Hocke. Alles ging so schnell, daß Andy sich fragte, ob er sich ihre Bewegung nur eingebildet hatte, aber ihre Waffe war eindeutig verschwunden. Jemand außerhalb des Lieferwagens schrie auf. Andy riskierte einen Blick und sah einen der Soldaten taumeln, aus dessen Brust der Messergriff ragte. Ballistische Kleidung bot Schutz vor Kugeln, aber nicht vor langsam fliegenden Klingenwaffen.

Eine Kugel summte an Andys Kopf vorbei, und er duckte sich wieder tiefer. Als er die Augen wieder öffnete, bemerkte er, daß Cinqueda ihn ansah. »Nicht deine Party, Junge. Bleib unten.«

Ein guter Rat. Er nickte.

»Granate unterwegs«, bemerkte sie beiläufig. »Feuer einstellen, Marksman.«

Sie sprang auf und über die Barriere. Ihre Hand zuckte schemenhaft vor und beschrieb eine Kurve in Richtung Lieferwagen. Die Bewegung erinnerte in ihrer Geschmeidigkeit an eine Aktion, die man sonst bei einem Null-G-Handballspiel sah. Der Gegenstand, die Granate, änderte die Flugrichtung, Cinqueda dagegen nicht. Sie landete und duckte sich neben die Trümmer der hinteren Lieferwagentür.

Draußen reagierten die Soldaten auf die plötzliche Veränderung der Lage und suchten nach Deckung. Schneller, als Andy es gekonnt hätte. Sie mußten aufgepeppte Reflexe haben, um sich so schnell bewegen zu können. Andy konnte nur zusehen.

Cinqueda bewegte sich noch schneller als die Soldaten. Anstatt sich zu Boden zu werfen, sprang sie hoch und packte die Dachkante des Lieferwagens. Eleganter als ein Kunstturner schwang sie sich hinauf, schob sich über die Kante, preßte sich flach auf das Dach und verschwand außer Sicht.

Die Granate explodierte mit einem Blitz und einem Knall. Rauch quoll auf die Straße. Andy kam mit einer dünnen Rauchfahne in Berührung, die ihm in der Nase brannte und in den Augen stach.

»Wir sind zu eingeengt hier drinnen. Raus mit euch, solange wir noch Deckung haben«, befahl Markowitz. »Der Rauch wird sich nicht lange halten.«

Etwas Weißes und Pelziges von der Größe eines kleinen Hundes schoß an Andy vorbei und aus dem Lieferwagen hinaus. Andy folgte ihm, als Markowitz vorwärts kroch und ihm einen Stoß versetzte. Er landete schlecht und fiel, und durch seinen Knöchel schoß ein schmerzhafter Stich. Sein Bein umklammernd, wälzte er sich herum und spürte etwas Feuchtes und Warmes unter sich. Blut. Er lag direkt neben dem Soldaten, den Cinquedas Messer erledigt hatte. Das Visier des Mannes war halb geöffnet, und Andy hörte den Mann keuchen. Der Gestank nach Erbrochenem war überwältigend. Andy fing selbst an zu würgen.

»Negative Fangoption«, stöhnte der verwundete Soldat. »Ausführen.«

»Scheiße«, sagte Markowitz. Er sprang zurück in den Lieferwagen. »Alles raus! Alles raus aus der Karre!«

Er verschwand kurz im Innern und kam mit Cheese im Schlepptau zurück, drängte ihn zur Eile. Wortlos jammernd, widersetzte sich der Nachrichtenmann, als Markowitz ihn aus dem Lieferwagen schieben wollte. Markowitz steckte seine Pistole ins Halfter und packte Cheese mit beiden Händen. Er schwang den übergewichtigen Nachrichtenmann, als sei er ein olympischer Hammerwerfer, und schleuderte ihn aus dem Lieferwagen.

»Im Anflug!« schrie Cinqueda.

Markowitz sprang dem Nachrichtenmann hinterher.

Irgend etwas blitzte am Rande von Andys Gesichtsfeld auf und hielt auf den Lieferwagen zu. Instinktiv drückte er sich platt auf den Boden und bedeckte den Kopf. Die Explosion überschüttete ihn mit Hitze und brennenden, stechenden Trümmerstücken, hob ihn hoch und schleuderte ihn ein Stück weit die Straße hinunter.

Andy lag auf dem Rücken und starrte in den bewölkten Himmel. Neuer Rauch erhob sich in die Lüfte. Er versuchte zu fragen, was passiert war, hatte aber solches Ohrensausen, daß er seine eigene Stimme kaum verstand. Markowitz, der sich neben ihm benommen erhob, hatte ihn offenbar nicht gehört. Andy drehte sich zu den Überresten des Lieferwagens um. Er sah einen brennenden, zerfetzten Schrotthaufen.

Trotz seiner Benommenheit fiel ihm eine neue Bewegung ins Auge. Einer der Soldaten rannte weg. Der Mann bog in eine Gasse. Andy glaubte, er sei entkommen, doch dann kam er wieder zurück, schneller, als er hineingelaufen war. Andy erhaschte einen Blick auf etwas Großes, Graues mit spitzen, funkelnden Zähnen und rotglühenden Augen, das den Soldat verfolgte. Doch was es auch war, es blieb in der Gassenmündung, als der Soldat zurück auf die Straße rannte.

Markowitz erhob sich auf die Knie, zielte und durchlöcherte den Mann, bevor er zehn Meter weit gekommen war. Eine zerlumpte Gestalt schlurfte aus den Schatten und trat den gefallenen Soldat. Markowitz zielte auf die Gasseneinmündung, doch anstatt zu schießen, senkte er seine Waffe. »ZauberMann?«

Der kleine Schamane näherte sich ihm. Seine Augenbrauen wackelten, als er mehrmals rasch hintereinander die Nase rümpfte. »Ins Schwarze, Marksman.«

Cinqueda tauchte wieder auf. »Ich hab' den Burschen mit der Rakete erwischt«, sagte sie, indem sie die Steyr-Automatik zu Boden warf, die sie offenbar einem der Soldaten abgenommen hatte. Das Feuer des brennenden Lieferwagens spiegelte sich in ihren Cyberaugen. »Gefahrensituation ist jetzt negativ.«

Das war der Augenblick, als Andy plötzlich auffiel, daß nicht mehr geschossen wurde. Er sah sich um und stieß einen Seufzer der Erleichterung aus, als er sah, daß Kit aus dem Lieferwagen entkommen war. Sie untersuchte Markowitz, begutachtete mit sorgenvoller Miene die unbedeutenden Wunden, die er sich zugezogen hatte, ohne Andy, der auf der Erde saß und sich den Knöchel hielt, eines Blickes zu würdigen. Cheese kniete mitten auf der Straße und starrte das rauchende Wrack seines Lieferwagens an. Tränen liefen ihm die Wangen hinunter und zogen Furchen durch den Dreck und Ruß darauf, aber er gab keinen Laut von sich. Von der Riggerin Mausie und Jung Tech Eng war nichts zu sehen. Vier Gestalten in Tarnanzügen lagen an verschiedenen Stellen in ihrer näheren Umgebung. Keine rührte sich, nicht einmal diejenige, die Cinqueda mit dem Messer erwischt hatte. Der Mann blieb völlig still liegen, als sie die Klinge aus seiner Brust zog und an seiner Uniform abwischte.

»Wer waren diese Burschen?« fragte Andy, während er Markowitz beobachtete, der von Leiche zu Leiche ging und sie untersuchte. »Das sind keine Uniformen der Armee. Das Tarnmuster stimmt nicht.«

»Fremde in ihrem eigenen Land«, sagte Kit rätselhaft.

»Ich habe eine ziemlich gute Vorstellung.« Cinqueda beugte sich über den Mann, den sie mit dem Messer getötet hatte. Ihre Chrom-Fingernägel blitzten, als sie die Uniform an der Schulter auftrennte. Der Ärmel fiel ab und enthüllte eine nackte Schulter, auf die das Sternenbanner der CAS tätowiert war.

»Konföderierte Marine-Ferrets.« Markowitz' Miene hatte einen Ausdruck angenommen, als habe er soeben etwas Widerliches gekostet. »Gott, wie ich es manchmal hasse, wenn ich recht habe.«

»Wir hassen es alle manchmal, wenn du recht hast«, sagte Cinqueda. »Wenn du die Identität der Opposition gekannt hast, hättest du es mir sagen müssen. Ich habe einen Bruder bei den Ferrets.«

Mit Bestürzung erinnerte sich Andy, wie sie über die in ihren Helmen und Uniformen anonymen Marines hergefallen war. »Er ist keiner von ...«

»Von denen hier? Nein.« Cinqueda richtete ihren Chrom-Blick auf Kit. »Ihr hättet es mir sagen müssen.«

Kit sah verlegen weg. Ihre Stimme klang dünn. »Ich hätte dir gesagt, wenn dein Bruder unter ihnen gewesen wäre.«

»Ihr kriegt die Rechnung«, sagte Cinqueda und kehrte ihr den Rücken.

Sie verschwand in der Nacht, aus der sie gekommen war. Niemand protestierte oder machte Anstalten, sie aufzuhalten. Markowitz nahm der nächsten Leiche den Gürtel ab und untersuchte ihn. ZauberMann schnappte sich einen, den Markowitz achtlos fallengelassen hatte, und sah sich verstohlen um, ob ihn jemand beobachtete, als er ihn sich umschnallte. Als sein Blick dem Andys begegnete, grinste er, nahm den Gürtel jedoch nicht ab. Andy sah weg. Auf seinen virtuellen Shadowruns hatte er auch schon Leichen ausgeplündert, aber das hier war etwas anderes. Es war – er wußte es nicht – irgendwie respektlos.

»Können diese Burschen tatsächlich Marines der Konföderierten sein?« fragte Andy. »Sie haben mich erkannt und redeten über Osborne, als sie hereinstürmten. Die Marines arbeiten nicht für Telestrian.«

»Wo ist für dich das Problem?« sagte Markowitz, ohne in seiner Suche innezuhalten. »Wir wissen längst, daß Telestrian mit den Konföderierten unter einer Decke steckt und uns an den Kragen will. Jemand muß diese Burschen und ihre Ausrüstung über die Grenze geschafft haben, und ein Multi kann das besser als ein ausländisches Militär.« Markowitz warf den Gürtel weg, dessen Taschen er durchsucht hatte. »Ein Jammer, daß keiner mehr übrig ist, dem wir die Einzelheiten aus der Nase ziehen können. Vielleicht wäre es besser, wenn Cinquedas Bruder doch dabei gewesen wäre.«

»Nein«, sagte Kit. Sie erklärte ihren Kommentar nicht näher.

Markowitz hatte recht. Es gab zu viele unbeantwortete Fragen. »Woher haben sie gewußt, wo wir waren?«

»Du hast nicht auf die Wände geachtet! Sie haben Augen, sie haben Ohren, aber nicht alle gehören den bösen Jungs. Du Glücklicher!« ZauberMann grinste. »Sie haben es gehört, ich habe es gehört. Sie sind gekommen, ich bin gekommen. Du Glücklicher!«

»Mir ist schon klar, daß du ihnen gefolgt bist, aber woher haben sie gewußt, wo wir waren?«

»Die alten Schlupfwinkel sind die guten Schlupfwinkel, aber nicht zu allen Zeiten. Die Ferrets haben Marksman gejagt. Sie haben Marksmans alte Schlupfwinkel durchsucht und ihre winzigen Techno-Spione zurückgelassen. Zu viele, um alle zu beobachten, zu viele. Also haben sie abgewartet, und ich habe abgewartet. Sie haben gelauscht und von deinem Plan gehört zu senden. Sie sagten es einem Pinkel, und der Pinkel sagte zu ihnen, sie sollten sich bereithalten. ›Haltet Ausschau nach Walker‹, sagte der Pinkel. ›Wenn er da ist, bringt mir seinen Kopf.‹ Als ihr geredet habt, sagte ihnen der Pinkel, wo sie euch finden konnten. Die Ferrets hatten sich verteilt, und diejenigen, die euch am nächsten waren, eilten hierher. Ich flüsterte mit der Stadt und ging dorthin, wohin sie gingen, aber schneller. Ich bereitete mich vor. Dann folgten große Heldentaten. Der Rest ist, wie es so schön heißt, Dokudrama.« ZauberMann warf sich in die Brust, wobei er imaginäre Staubkörnchen von seiner schmutzigen Jacke schnippte.

»Der Pinkel war Osborne?« Andy mußte es wissen.

»Keine Namen, nur eine Melodie. Fröhliche Musik. ›Wir treten hinaus und nehmen unseren Platz ein‹«, sang ZauberMann.

Andys Kehle war wie ausgedörrt. Er kannte das Lied. Er hatte es selbst gesungen. *Das Abenteuer der Zukunft.* »Telestrian Cyberdyne.« Und sie hatten seinen Tod befohlen. Für sie hatte er keinen Platz in der Zukunft.

»Das ist nichts Neues«, stellte Markowitz fest.

Alle Überlegungen, daß Telestrian vielleicht unschuldig mit den furchtbaren Ereignissen der letzten Tage in Verbindung stand, waren hinfällig. Er hatte glauben wollen, daß ihre Beteiligung ein Fehler war, daß sie von der Regierung der Konföderierten hereingelegt worden waren. Doch Betrogene boten nicht so leichtfertig ihre Dienste an, und Betrogene verlangten auch nicht den Tod jener, die vor ihrer Beteiligung noch zu ihnen gehört hatten. Er hatte den Konzern nie für perfekt gehalten, aber im wesentlichen für gut oder doch wenigstens für entschlossen, sich um die Seinen zu kümmern. Aber er war einer von den Seinen gewesen, und der Konzern hatte Männer ausgeschickt, um ihn unverzüglich zu töten.

Ein schwerer Lastwagen in den Farben der Armee rumpelte einen Block weiter über die Kreuzung.

Andy spürte Kits Hand auf seinem Arm. Er drehte sich zu ihr um und sah, daß sie auf die Stelle starrte, die der Lastwagen soeben passiert hatte. »Was ist los?«

»Dein Blut ist in Gefahr.«

Die MPs und die Männer vom Secret Service überschlugen sich förmlich, als sie sich auf Tom stürzten. Er wehrte sich nicht, als sie ihn packten, hoffte, sie würden erkennen, daß er nicht in feindseliger Absicht hier war. Das bewahrte ihn jedoch nicht davor, daß ihm die Arme schmerzhaft auf den Rücken gedreht wurden. Der Zuständigkeitsstreit endete, sobald er in Gewahrsam war, da sich beide Sicherheitsteams darauf einigten, ihn aus der TOZ zu zerren.

»Halt! Lassen Sie ihn«, befahl Trahn. »Major Rocquette, was soll das?«

Trahn hatte sich durch Toms Verkleidung nicht einen Moment lang täuschen lassen. Doch wenn er wußte, wer Tom war, warum wollte er ihn dann reden lassen? Es spielte keine Rolle – wahrscheinlich war dies die einzige Chance, die er bekommen würde. »Ich bin gekommen, um mit Ihnen zu reden, Mr. President. Es ist wichtig.«

Steele musterte Tom von oben bis unten und wandte sich dann an Trahn. »Was wird hier gespielt, General?«

»Lassen Sie uns hören, was er zu sagen hat, Mr. President. Wenn es wichtig ist, spielt die Quelle keine so große Rolle, nicht wahr?« Trahn durchbohrte Tom mit einem Blick aus seinen kalten dunklen Augen. »Und was haben Sie dem Präsidenten zu sagen, Major Rocquette?«

»Es geht um eine Frage der nationalen Sicherheit«, sagte Tom. Er führte in allen Einzelheiten aus, was Andy über die an Gouverneur Jefferson von den CAS gezahlten Bestechungsgelder, die Verbindung zwischen Telestrian und den CAS und über die Bemühungen der CAS-Agenten, die Runner zu eliminieren, die all das aufgedeckt hatten, in Erfahrung gebracht hatte. Unter Berücksichtigung der Tatsache, wo er sich befand, hatte er keine Hemmungen, darauf hinzuweisen, daß der militärische Nachrichtendienst beträchtliche Mengen von CAS-Waffen in den Reihen der Kompensationsarmee entdeckt hatte. Er äußerte die Vermutung, der Aufruhr der Kompensationsarmee könne sehr wohl von CAS-Aktivisten angezettelt worden sein, und zeigte auf, wie der Aufruhr die separatistische Stimmung in North Virginia anheizte. Wenngleich er sich hütete, Trahns Namen zu nennen, ließ er doch durchblicken, daß das UCAS-Militär das Feuer der Separatisten schürte, weil seine brutale Reaktion die Komper zum Weiterkämpfen ermutigte. Er erinnerte noch einmal an die Streitkräfte der CAS, die sich in der Nähe der Grenze zwischen Virginia und North Virginia sammelten, und kehrte dann zum politischen Blickwinkel zurück. Er hoffte, daß Steele, der kaum militärischen Scharfsinn gezeigt hatte, wenigstens die Gefahren erkannte, die aus jener Ecke drohten.

»Im Licht der kürzlichen Gesetzesanträge in North Virginia, der Stellungnahmen und Aussagen des Gouverneurs und seiner zunehmend stärker werdenden Pro-Unabhängigkeits-Haltung, bin ich der Ansicht, alle Beweise deuten daraufhin, daß hier nicht eine repräsentative Regierung am Werk ist, sondern vielmehr persönliche und eigensüchtige Interessen gefördert werden. Welche Interessen hier auch im Spiel sein mögen, sie drängen uns an den Rand eines Konflikts, den wir nicht brauchen und, wie ich bei Gott hoffe, auch nicht wollen. Wir nähern uns dem zweihundertsten Jahrestag des Ausbruchs des Bürgerkriegs. Wir brauchen keinen zweiten.«

Tom war außer Atem, als er verstummte, und verblüfft, daß ihn niemand unterbrochen hatte. In das aufflackernde Gesprächsgemurmel hinein, das seinen Ausführungen folgte, wandte sich Steele an einen seiner Begleiter, einen kleinen, dunkelhaarigen Mann mit drei Datenbuchsen in der Schläfe, und sagte: »In North Virginia darf ein Gouverneur nur für eine Wahlperiode im Amt bleiben, nicht wahr?«

»Ja, Sir.«

»Jefferson scheidet also wann aus?«

»Die Wahlen sind im November, Sir. Die Amtseinführung des Nachfolgers findet im Januar statt.«

»Das bedeutet also …« Steele starrte einen Moment lang gedankenversunken ins Leere. »Wissen Sie, ich kann mich nicht erinnern, seinen Namen sehr oft bei den Demokraten gehört zu haben.«

»Gerüchten zufolge ist er bei seiner Partei in Ungnade gefallen, Sir.« Der Assistent unterlegte »Gerüchten« mit einer seltsamen Betonung, was vermuten ließ, daß er eine andere Quelle meinte, die zu nennen er in der gegenwärtigen, mehr oder weniger öffentlichen Gesellschaft nicht gewillt war.

Steele schien die Feststellung seines Assistenten viel bereitwilliger zu akzeptieren als Toms Informationen. »Also wird er nicht auf die Erfolgsspur schwenken und Hahn oder Wilkie in den Kongreß folgen. Unser Mr. Jefferson könnte durchaus ein hungriger Mann sein.«

»Oder ein verbitterter«, sagte ein blonder Assistent in einem schicken Sarmani-Anzug. »Oder ein sehr ehrgeiziger. Ich schätze, er würde sich als Gouverneur für ein wiedervereinigtes Virginia zur Verfügung stellen, und Virginia hatte schon immer etwas für Helden als Kandidaten übrig. Jedes dieser Motive könnte den Mann empfänglich für Zuwendungen von außerhalb machen.«

Steele nickte. »Wenn das stimmt, was Major Rocquette behauptet, ist die Lage sehr ernst.«

*Vielen Dank, Mr. President, daß Sie das Offensichtliche feststellen.*

Der Präsident wandte sich an Trahn. »Wie steht es damit, daß unser Militär in dieses Komplott verwickelt ist? Stimmt das?«

»Mr. President, ich bin bereit, hier und jetzt und vor jedem Gericht, das Sie benennen, zu beeiden, daß weder ich selbst noch mein Stab auf irgendeine Weise darin verwickelt sind, irgend jemandem einen Teil dieses Landes zu verkaufen. Keiner von uns hat sich dem Militär aus einem anderen Grund angeschlossen als dem, daß wir Patrioten sind.

Persönlich habe ich nichts für Verräter übrig, die ihr Land verkaufen würden, und sei es auch nur einen kleinen Teil davon, Mr. President«, sagte Trahn mit Nachdruck. »In fünfzehn Minuten können Truppen vor Gouverneur Jeffersons Türschwelle stehen, wenn Sie das anordnen. Vielleicht wäre es das Beste, wenn wir Gouverneur Jefferson dort hätten, wo er ein paar Fragen beantworten kann.«

War Trahn aufrichtig, oder warf er nur einen Konföderierten den Wölfen zum Fraß vor? Die erste Möglichkeit kam Tom wahrscheinlicher vor. Wenn Jefferson tatsächlich Fragen beantworten mußte, würde er mit Sicherheit die Namen seiner Mitverschwörer nennen. Das hatten Verräter so an sich: Sie wollten andere mit sich reißen, wenn sie fielen. Aber wenn Trahn nicht an der Verschwörung beteiligt war, welcher Art war dann seine Verbindung mit Telestrian?

Trahn redete immer noch. »Aber vielleicht überreagieren wir. Major Rocquettes Behauptungen scheinen in erster Linie aus Spekulationen und Unterstellungen zu bestehen. Er hat uns nicht einen einzigen Beweis geliefert.«

Aller Augen richteten sich auf Tom. »Ich hatte ein Lesegerät mit sachdienlichen Dateien«, sagte er. »Es wurde von Colonel Jordans MPs konfisziert, als ich... festgenommen wurde.«

»Wir haben weder ein Lesegerät konfisziert, noch ist ein Lesegerät im Festnahmeprotokoll verzeichnet«, sagte Jordan, ohne zu warten, bis er gefragt wurde. Er drehte sich um und drückte ein paar Tasten an seiner Konsole. Der Schirm veränderte sich und zeigte ein Festnahmeprotokoll: das von Tom. »Sehen Sie selbst, Mr. President. Im Protokoll ist verzeichnet, daß lediglich eine Dienstwaffe und verschiedene Ausrüstungsgegenstände von Major Rocquette konfisziert wurden, als er, wie er sagt, verhaftet wurde. Ach ja, und natürlich ein Lastwagen, den er ohne Befehl requiriert und hierher gefahren hat.«

»Ich habe mich gemeldet, wie befohlen«, sagte Tom.

»Und Sie haben Ihre Meldung abgegeben«, sagte Trahn, bevor Tom noch mehr sagen konnte. »Sie haben dem Präsidenten mehr als genug zum Nachdenken gegeben, Major. Und da er eine Menge wichtiger Entscheidungen zu treffen hat, sobald sein Stab Ihre Anschuldigungen erhärtet hat, schlage ich vor, daß wir wieder an die Arbeit gehen und ihn der seinen überlassen.«

»Ein ausgezeichneter Vorschlag, General«, sagte der blonde Assistent des Präsidenten. »Der Präsident steht in der Tat unter Zeitdruck.«

Der Helfer gab dem Stab Anweisungen, um den Abmarsch vorzubereiten. Trahn gab seinerseits Befehle, und plötzlich barst die TOZ vor hektischer Aktivität.

Tom realisierte, was geschehen war. Seine Verhaftung und der Grund dafür waren einfach beiseite geschoben worden. Er war aus dem Scheinwerferlicht heraus, vergessen. Aber nicht von allen. Jordan tauchte neben ihm auf und befahl den MPs, ihn in den Wohnwagen des Generals zu bringen. Tom wurde abgeführt.

Fünfzehn Minuten später gesellte sich Trahn zu ihm. »Stehen Sie bequem, Rocquette.«

Das war Tom kaum möglich, aber er versuchte wenigstens so auszusehen. Trahn ließ sich in den abgenutzten Ledersessel fallen, der in dem Wohnwagen-Büro das einzige Zugeständnis an Luxus war.

»Ich bin enttäuscht von Ihnen, Major. Ihre Motive waren gut, aber es tut mir leid, daß Ihr Urteilsvermögen nicht mithalten konnte. Man hat Sie glauben gemacht, ich hätte etwas mit dieser Verschwörung zu tun. Sie hätten Ihre Fakten überprüfen sollen. Wenn Sie damit zu mir gekommen wären, hätte ich Ihnen vielleicht den Kopf zurechtrücken können, ohne diese Zivilisten hineinzuziehen. Einige aus dem Stab des Präsidenten sind dem Militär nicht wohlgesonnen, und ich fürchte, Sie haben ihren Zwangsvorstellungen über uns neue Nahrung gegeben. Und Sie haben sich selbst in eine peinliche Lage gebracht. So hätte es nicht sein müssen. Ich hoffe, Sie haben etwas daraus gelernt.«

Trahn erwähnte den Befehl, die Gefangenen zu töten, mit keinem Wort. »Oh, das habe ich, Sir.«

»Gut. Sie hätten wissen müssen, daß ich mich niemals an einem Komplott zur Schwächung der Union beteiligen würde.«

Aber er *war* an anderen Dingen beteiligt. »Das habe ich auch nicht von Ihnen geglaubt, Sir.«

Trahn lächelte mitfühlend. »Mißverständnisse können sehr schnell auftreten, was Sie gewiß ebenfalls bestätigen können. Wir alle haben in letzter Zeit Dinge mißverstanden.«

Kamen sie nun auf den Punkt der illegalen Befehle zu sprechen? Tom hatte die Absicht, auf jeden Fall dafür zu sorgen. Er war die Mißverständnisse leid. »Wie zum Beispiel die Sache mit den Gefangenen?«

»Laut Ihrer eigenen Aussage waren sie vermutlich

Aufwiegler und Rebellen.« In Trahns Stimme lag kontrollierte Wut, aber sonderbarerweise hatte Tom nicht das Gefühl, daß sie gegen ihn gerichtet war. »Was sie auch waren, spielt jetzt keine Rolle mehr. Wir haben einen Job zu erledigen. Wir können Mißverständnisse ausräumen, wenn wir einen Job zu erledigen haben, nicht wahr, Major?«

»Manchmal, General.«

»Dies sollte besser eines dieser Male sein«, sagte Trahn in einem Tonfall, der keinen Widerspruch zuließ. »Wenn Sie mit Ihrer Verschwörung recht haben, ist dieser Aufruhr eine unerträgliche Bedrohung für unser Land und muß mit aller Kraft niedergeschlagen werden, so daß wir unsere Aufmerksamkeit auf andere Dinge richten können. Wir brauchen jeden Soldaten, den wir haben, auf der Straße, damit er dort seinen Job erledigt. Also schicke ich Sie wieder dort hinaus. Ich gebe Ihnen die Möglichkeit, Ihre Aggressionen abzuarbeiten. Ich biete Ihnen noch eine Chance an, eine Chance zu beweisen, daß Sie ein Mannschaftsspieler sind. Wollen Sie sie ergreifen?«

Tom schluckte und dachte nach. Diese Unterredung verlief ganz und gar nicht so, wie er es erwartet hatte. Doch der General, ob in etwas verwickelt oder nicht, hatte in einem Punkt recht: Wenn der von den Konföderierten angezettelte Aufruhr nicht niedergeschlagen wurde, war das Land in Schwierigkeiten. Wenn man Tom ins Militärgefängnis sperrte, würde *er* nichts daran ändern können. »Ich habe mich immer als Mannschaftsspieler betrachtet, Sir. Aber ich mußte immer auch den Spielstand wissen. Nun, da ich einen Blick darauf werfen konnte, glaube ich, daß ich wieder in bester Form bin, Sir. Ich will der siegreichen Mannschaft angehören, Sir.«

»Sehr gut. Sie kehren in Furlanns Mannschaft zurück, aber nicht als Kommandeur. Sie unterstehen ihrem Befehl, bis diese Sache vorbei ist. Ich will mich lieber nicht mit dem Theater abgeben, das eine offizielle Degradierung mit sich bringt, und sei es auch nur eine vorübergehende, aber ich verlange von Ihnen, daß Sie ihr keinen Ärger machen. Verstanden?«

Die Straßenkämpfe boten reichlich Gelegenheit, Tom, den Dorn im Auge des Generals, loszuwerden. Tom verstand ganz genau. Er verstand, daß sein Tod die Probleme des Generals erheblich vereinfachen würde. »Jawohl, Sir. Ich habe verstanden.«

Trahn erhob sich aus seinem Sessel und ging zur Tür. »Jemal, sorgen Sie für den Abtransport von Major Rocquette. Er geht wieder an die Arbeit.«

**>>>>>WFDC-Live-Berichterstattung [23:29:22/25-8-55]**
**Reporter: Derry Dale [DALE-365]**
**Uplink-Station:**
**Fredericksburg, North Virginia**

*Dale:* »Hier spricht Derry Dale, und ich melde mich jetzt live aus dem Presseraum des Parlamentsgebäudes in Fredericksburg, wo man mich gerade davon in Kenntnis gesetzt hat, daß es eine weitere Verzögerung gibt. Wie Sie wissen, hat Gouverneur Jefferson für heute abend eine noch nie dagewesene Krisen-Pressekonferenz anberaumt, ist seinerseits aber noch nicht erschienen. Die hier Versammelten ergehen sich in wilden Spekulationen. Viele glauben, daß sich der Gouverneur zu dem Gerücht äußern wird, daß sich Truppen der Konföderierten Staaten an der Grenze massieren. Doch über eines sind sich hier alle einig: daß die Ankündigung des Pressesprechers, der Gouverneur habe eine wichtige Bekanntgabe zu machen, ohne jeden Zweifel wahr ist.

Soeben wird mir von einem Parlamentsbeamten versichert, daß der Gouverneur in Kürze eintrifft. Augenblick, Augenblick – ich glaube, wir haben die Bestätigung. Wir geben jetzt kurz zu Jane Kateway vom hiesigen Sender WFRD, die sich vor dem Anwesen des Gouverneurs befindet. *[Neues Bildschirmfenster wird geöffnet]* Jane, man hat mir zu verstehen gegeben, Sie haben die Bestätigung, daß der Gouverneur unterwegs ist.«

*Kateway:* »Das stimmt, Derry. Vor wenigen Augenblicken ist der Gouverneur in seinem Orion-Flugzeug von seinem Anwesen aus gestartet. Man hat uns zu verstehen gegeben, daß sich Gouverneur Jefferson an Bord befindet und zum Abgeordnetenhaus unterwegs ist. Tatsächlich müßten Sie bereits die Positionslichter seines Flugzeugs sehen können, wenn Sie aus dem Fenster schauen.«

*Dale:* »Ich werfe jetzt einen Blick aus dem Fenster. Ich sehe keine – Augenblick, Augenblick. Ja, das sind Positionslichter. Das Flugzeug ist – Allmächtiger Gott!«

*[Kamerawechsel, Vollbildschirm: Rauchwolke am Nachthimmel, die sich rasch dem Boden nähert; jenseits der Baumlinie bricht Feuer aus]*

*Dale [aus dem Off:]* »Nein, nein. Das kann nicht sein. Oder – oder doch? Nein. Ich glaube es nicht.« *[Pause]* »Man sagt mir, daß es das Flugzeug des Gouverneurs war. Wir wissen nicht, was geschehen ist. Bleiben Sie dran. Wir melden uns wieder, sobald wir Genaueres wissen.«

*[Auf dem Bildschirm: Feuer breitet sich auf Bäume aus]* < < < < <

## 23

Funken sprühten über den Wilson Boulevard und markierten den Tod, den das Maschinengewehr der Blaumützen spie, als es die Straße unter Beschuß nahm. Tom und die anderen, die in der Deckung des Kommandofahrzeugs des Teams hockten, waren geschützt, aber sie konnten das Tackern der Leuchtspurgeschosse und das frustrierte Jaulen der daruntergemischten panzerbrechenden Munition hören, wenn sie von der Panzerung des Ranger abprallte. Auf geringere Entfernung hätte die Panzerung des Wagens nicht ausgereicht, um dem Beschuß standzuhalten. Aber dem Fahrzeug ging es immer noch besser als den Soldaten. Selbst auf diese Distanz hatten die panzerbrechenden Geschosse noch ausreichend Durchschlagskraft, um sich durch den Infanterie-Körperpanzer zu bohren, den Tom trug.

»Rocquette, Sie gehen mit Hanley und übernehmen das Kommando über den zweiten Zug. Hören Sie zu. Ihre beiden Züge werden über das Gelände der Wilson-Schule vorrücken und den Feind von vorne festnageln.« Captain Furlann zeigte ihnen den Weg, den sie ausgewählt hatte, auf der Karte. »Setzen Sie ihnen zu und beschäftigen Sie sie ausgiebig.«

»Die Annäherung über dieses offene Gelände ist Selbstmord«, sagte Tom zu Furlann. Er hatte noch keine Zeit für eine Lagebeurteilung gehabt, aber auf den ersten Blick sah es ziemlich übel aus. Es lag nicht in seinem langfristigen Interesse, ihr zu widersprechen, aber wenn er es nicht tat, mochte er in Kürze keine langfristigen Interessen mehr haben.

»Er hat recht«, stimmte Hanley zu. »Das Gelände ist zu offen. Wir haben es größtenteils mit Gewis zu tun, und die schießen gut. Die Blaumützen haben uns jedesmal Schwierigkeiten gemacht, wenn wir auf sie gestoßen sind, und die anderen Komper haben keine schweren Waffen.«

Furlann kauft ihnen das nicht ab. »Alles, was diese Blaumützen haben, ist dieses Maschinengewehr und genug Amulette, um mich davon abzuhalten, mehr zu tun, als sie ein wenig zu belästigen. Wenn sie *richtige* schwere Waffen hätten, würden sie sich den Weg freischießen, anstatt zuzulassen, daß wir sie einschließen.«

Hanley sah zu Boden. »Wir sind trotzdem zu schwach, um sie frontal anzugreifen. Wir haben Captain Black seinen Hintern gerettet, vielleicht revanchiert er sich dafür.«

»Ausgeschlossen«, sagte Furlann. »Die Panzer sind immer noch auf der anderen Seite des Flusses beschäftigt. Außerdem sind wir zuständig fürs Hintern-Rettungs-Geschäft. Das ist schließlich Sinn und Zweck einer Feuerwehr. Und deshalb sind wir hier in Rosslyn und beschäftigen uns mit diesem speziellen Widerstandsnest. Wir graben ein Loch, das das Oberkommando gegraben haben will. Glauben Sie, wir wären hier, wenn es eine bessere Möglichkeit gäbe? Und wenn Sie jetzt noch *vernünftige* Vorschläge haben, Mister, will ich sie hören.«

Furlann schaltete die Karte aus und bereitete damit Toms Bemühungen ein Ende, eine Alternative zu finden. »Wir haben keine Zeit herumzutändeln«, sagte sie, indem sie die erbeutete Steyr-Automatik, die sie sich angeeignet hatte, um ihr Image als Gefechtskommandeur zu unterstreichen, aufhob und sich überwarf. »Setzen Sie Ihre Leute in Marsch. Fischer fliegt ein paar Drohnen aus der Fort-Myer-Linie hierher, um die linke Flanke des Feindes unter Beschuß zu nehmen, und er hat nur Zeit für ein paar Überflüge. Wenn die Blaumützen nicht festgenagelt sind, wird sein Angriff nicht halb so viel Wirkung erzielen, wie wir brauchen.«

Die Drohnen sollten den Frontalangriff führen. Das sagte Tom auch.

»Haben Sie ein Problem mit Ihren Befehlen, Mister?« fragte Furlann.

Das hatte er, aber er begriff, was sie verlangte. Ihre Befehle waren nicht illegal, nur dumm. Wenn er es unterließ, einen energischen Versuch zu unternehmen, sie zu befolgen, konnte man ihn der Befehlsverweigerung, der Pflichtversäumnis und noch einiger anderer Dinge für schuldig befinden.

»Nun?«

»Wir greifen an«, sagte er zu ihr. Aber er würde ständig nach einem Ausweg Ausschau halten.

»Bewegung«, schnauzte Furlann.

Sie bewegten sich. Außer Hörweite von Furlann führten er und Hanley ein Gespräch. Es war lange her, seit Tom am Boden gekämpft hatte, also trat er die taktische Befehlsgewalt an den Infanteriemann ab – *nachdem* er seinen Standpunkt klargemacht hatte, daß sie sich ihrem Ziel keinesfalls auf dem direktesten Weg nähern sollten. Hanley stimmte ihm zu. Er hatte kein größeres Interesse als Tom, unnötig Leute zu verlieren. Während sie sich ihrem Sprungbrett näherten, fand Tom heraus, daß es tatsächlich lange her war. Er war nicht an das Gewicht des Körperpanzers gewöhnt und hing ein wenig zurück. Die Soldaten warteten nicht auf ihn, als Hanley Tempo befahl.

Tom lief hinterher und verlor immer mehr an Boden, während die Soldaten durch die Wohnblocks brachen und sich zur Key Street vorarbeiteten, die sie den größten Teil des Weges vor dem Beschuß der Blaumützen abschirmen würde. Dann blieb er mit dem Fuß irgendwo hängen, stolperte und wäre beinahe gefallen. Nein, er war nicht hängengeblieben – irgend etwas hatte seinen Knöchel festgehalten. Er sah nach unten. Nichts zu sehen. Der Zug war immer noch bemüht, so schnell wie möglich voranzukommen, und bekam nichts von seinen Problemen mit. Die Leute mußten sich um ihre eigene Haut Gedanken machen.

Er lief hinter ihnen her. Irgend etwas packte seinen Arm und riß ihn herum. Es fühlte sich wie eine Hand an, aber da war niemand. Eine weitere unsichtbare Hand entwand ihm die Waffe.

Eine lange Liste unangenehmer Möglichkeiten ging ihm durch den Kopf. Eines war sicher, dies war nichts, das zu bekämpfen er gerüstet war.

Er versuchte zu fliehen. Harte Klammern schlossen sich um seine Arme und zwangen ihn stillzustehen. Es hätte ein Troll sein können, der ihn festhielt, wenn Trolle unsichtbar gewesen wären. Er würde nirgendwohin gehen. Sein unsichtbarer Häscher wirbelte ihn herum.

Furlann ging die Straße entlang und auf ihn zu. Ihr langes Haar flatterte in den Wirbeln und Strömen thaumaturgischer Kraft, die um sie knisterten und wogten.

»Das Handbuch nennt diesen Zauber Magische Finger oder einen ähnlichen Unsinn und handelt ihn ziemlich oberflächlich ab«, sagte sie, »aber wie bei den meisten Zaubern kann ein starker Wille die physikalische Manifestation ziemlich dramatisch verstärken. Ich habe einen starken Griff, finden Sie nicht auch?«

Sie gab ihm keine Gelegenheit zu antworten. »Die

meisten Anwender fühlen sich durch den Zauber beengt, wenn sie feststellen, daß seine Wirkung auf doppelhändige Manipulationen beschränkt ist. Da ich noch nie viel für Beschränkungen übrig hatte, habe ich mich ein wenig mit ihm beschäftigt. Nur Flickschusterei, aber wirkungsvoll.«

Die erbeutete Steyr-Automatik schlang sich von allein von ihrer Schulter und schwebte in der Luft vor Toms Gesicht, wobei der Lauf auf eine Stelle zwischen seinen Augen gerichtet war. »Ich finde, daß eine dritte Hand die Wirkung des Zaubers um einiges mehr als die Hälfte verbessert. Was glauben Sie?«

Er glaubte, daß sie mit ihm spielte und es genoß, daß er ihrer nicht vorhandenen Gnade ausgeliefert war. »Tun Sie's und bringen Sie's hinter sich, Sie Drekstück«, sagte er zu ihr.

»Nehmen Sie's nicht persönlich, Rocquette. Die Sache ist größer, als Sie ahnen. Wie bei einem guten Satz ritueller Schutzvorrichtungen gibt es Schichten über Schichten, aber Sie haben sich in Dinge eingemischt, um die Sie besser einen großen Bogen gemacht hätten. Ich hatte Sie für klüger gehalten.«

Sie hatte es noch nicht gesagt, aber er war sicher, daß sie ihn töten würde. Tom hatte den Verdacht gehabt, daß Trahn ihn hier herausgeschickt hatte, auf daß Tom einen ehrenhaften Tod fand, aber offenbar traute der General Tom nicht zu, es richtig zu machen. Er hatte sich Furlanns Hilfe versichert.

Eine verstohlene Bewegung im Schatten hinter Furlann fiel ihm ins Auge. Hilfe oder noch mehr Probleme? Leute huschten von Haus zu Haus, ganz ähnlich wie die Soldaten, aber ihren Silhouetten nach zu urteilen, waren sie keine Soldaten. Toms Lichtverstärker in seinem Helmvisier hellte die Schatten für ihn auf, und er erkannte Andy, Markowitz und Kit, die sich an ihn und Furlann heranpirschten. Im Geiste zog er den dreien Kavallerieuniformen aus dem neunzehnten Jahrhundert an. Je näher sie kamen, desto langsamer wurden sie, um nicht bemerkt zu werden. Plötzlich war Tom nicht mehr so darauf bedacht, daß Furlann schnell ein Ende machte.

»Damit kommen Sie nicht durch«, versuchte er Zeit zu gewinnen. Wenn er sie zum Reden bewegen konnte …

»Natürlich komme ich damit durch. Unsichtbare Hände hinterlassen unsichtbare Fingerabdrücke, und hier würde ohnehin niemand welche suchen. Nicht, daß es eine Rolle spielte. Sie werden einfach ein weiteres Opfer auf einer langen Liste sein. Niemand wird sich etwas dabei denken, wenn er Sie hier findet, von einer Waffe der Konföderierten erschossen. Meine Güte, in einigen Kreisen könnte das sogar Ihrem Status als Patriot helfen.«

»Also werde ich nur ein weiterer unglücklicher Soldat sein, der bei der Ausübung seiner Pflicht getötet wurde.«

»Ich hätte gedacht, daß Sie solch eine Grabinschrift zu schätzen wüßten.«

»Was Grabinschriften betrifft, ist sie nicht schlecht, aber ich würde gern noch eine Weile ohne auskommen.«

Furlann kicherte. »Zweifellos rechnen Sie damit, daß Ihnen Ihre Freunde dabei helfen. O ja, ich weiß, daß sie da sind.«

Nach dieser Bemerkung verzichteten die Neuankömmlinge auf alle weiteren Versuche, sich heimlich zu nähern. Markowitz richtete sich auf und legte seine Waffe auf sie an.

»Lassen Sie ihn los«, befahl er. »Oder Sie sind Geschichte.«

»Ihn loslassen?« Furlann warf beiläufig einen Blick über die Schulter. »Ich glaube nicht.«

»Sie ist gefährlich, Harry«, sagte Kit.

»Sehr«, pflichtete Furlann bei.

»Dagegen habe ich ein Mittel«, sagte Markowitz. Er schoß und verfehlte. Er schoß noch einmal und verfehlte wieder. »Verdammt, was ist los?«

»Sie verzerrt unser Blickfeld«, sagte Kit. »Ich bekomme ihren Zauber nicht zu fassen.«

»Tom ist tot, wenn du es nicht schaffst«, sagte Andy, der damit Toms eigene Schlußfolgerung in Worte faßte.

»Sie mischen sich mal wieder in Dinge ein, die Sie nichts angehen, Marksman.« Furlann beschrieb eine rasche Geste. Mit einem Fluch warf er seine Waffe weg. Sie schepperte auf den Boden, wurde glühend rot und explodierte, als die Munition zu heiß wurde. Furlann lachte. »Sie werden feststellen, daß Sie mich nicht so leicht loswerden wie den Yellowjacket.«

»Furlann!«

Tom wurde herumgerissen, als Furlann sich der neuen Stimme zuwandte. Die Steyr wanderte mit, und das seelenlose schwarze Auge der Mündung starrte ihn auch weiterhin unverwandt an.

Die neue Stimme gehörte Cinqueda, der Straßensamurai. Wiederum erschien sie aus dem Nichts. Sie stand halb geduckt da, eine Hand ausgestreckt, die andere im Nacken, ein Messer mit mächtiger Klinge wurfbereit haltend. Eine gewöhnliche Person würde solch eine Waffe nicht weiter werfen können, als sie spucken konnte, aber er zweifelte nicht daran, daß die vercyberte Cinqueda die nötige Kraft dazu hatte.

»Hoi, Cinq. Wie gehen die Geschäfte?« Furlann hörte sich nicht so an, als fühlte sie sich bedroht.

»Gut, was nicht an dir liegt«, erwiderte Cinqueda. »Besteh' nicht darauf, das hier auf die harte Tour zu regeln.«

Cinquedas Messer war wurfbereit. Tom hatte gesehen, wie schnell sich die Straßensamurai bewegte, und wußte, daß Furlanns bester Beschleunigungszauber nicht an die aufgepeppten Reflexe der Samurai heranreichte. Cinqueda konnte ihren Angriff ausführen, bevor die Magierin etwas tun konnte. Aber würden die Cyberaugen der Samurai den Verzerrungszauber kompensieren können, der Markowitz einen Strich durch die Rechnung gemacht hatte? Furlann schien es nicht zu glauben, weil sie Tom nicht losließ. Das Gewehr schwebte immer noch vor seinem Gesicht.

»Du würdest es nicht tun, Cinq«, sagte Furlann. »Wir haben eine zu gute Zeit zusammen erlebt. Du erinnerst dich doch noch, oder? Ich erinnere mich jedenfalls.«

Cinqueda rührte sich nicht, kein Muskel an ihr zuckte. »Ich erinnere mich, daß du schon immer auf das falsche Pferd gesetzt hast. Denk gut darüber nach, Lanny. Auf diese Entfernung verfehle ich nie. Du hast die Wahl.«

»Es stimmt, ich habe dich noch nie verfehlen sehen, aber du hattest es auch noch nie mit meinem Verzerrer zu tun.«

»Ist er so gut wie Black Mary Thomas' Verzerrer?«

»Fast.« Furlann sagte es mit Stolz. Black Mary Thomas mußte eine höllische Magierin sein.

»Pech für dich, Lanny«, sagte Cinqueda emotionslos. »Black Marys war nicht gut genug.«

Tom spürte ein Zittern in den unsichtbaren Händen, die ihn gepackt hatten.

»Du bluffst«, sagte Furlann.

Cinquedas Miene blieb völlig reglos. »Wie ich schon sagte, du hast die Wahl.«

Das auf Tom gerichtete Gewehr blieb *nicht* reglos. Es bebte, als sich der Abzug langsam zurückzog. Tom verlor das Interesse an der Konfrontation zwischen der Samurai und der Magierin. Das dunkle, lidlose Auge der Waffe nahm ihn jetzt ganz in Anspruch.

Er wußte, daß er nicht schnell genug war, einer Kugel auszuweichen, aber er konnte nicht einfach still stehen bleiben. Er konnte wenigstens kämpfend sterben. Er warf sich gegen die unsichtbaren, fesselnden

Hände in der klaren Erwartung, daß es das letzte war, was er in seinem Leben tat.

Metall klirrte gegen gehärtetes Plastik. Die Geräusche gingen im Husten der Steyr unter. Zornige Bienen umschwirrten ihn. Feuer verbrannte seine Schulter. Eine heiße Nadel durchbohrte sein Ohr. Irgend etwas von der Größe eines Lastwagens trat gegen seine Stirn, und ihm wurde schwarz vor Augen. Er fiel.

Andy befürchtete schon, Furlann hätte Cinqueda in ihrer Handlungsweise beeinflußt, als er sah, daß die Straßensamurai ihr Messer nach Tom warf. Kit hatte gesagt, daß die Armee-Magierin gefährlich war.

Doch Cinqueda hatte nicht auf Tom, sondern auf das Gewehr gezielt, das ihn bedrohte. Der Wurf der Samurai war zwar gut, aber die Klinge schlug den Lauf nicht weit genug zur Seite. Als Furlann abdrückte, wurde Tom von der Kugelsalve getroffen. Er ging in einem Regen aus Blutspritzern und Plastikscherben von seinem zerschmetterten Helm zu Boden.

Cinqueda hatte Furlann bei der Kehle, bevor Tom auf dem Boden lag.

»Sie muß noch reden«, rief Markowitz.

Die Bemerkung hätte er sich sparen können. Wenn Cinqueda die Absicht gehabt hätte, die Magierin zu töten, wäre Furlann tot gewesen, bevor Markowitz das erste Wort herausbrachte.

Tom war es, um den sie sich Sorgen machen mußten. Kit und Andy rannten los, um zu sehen, ob sie etwas für seinen Bruder tun konnten. Trotz einer Unmenge Blut in Gesicht und Haar atmete Tom noch.

»Der Helm hat ihm das Leben gerettet«, sagte Kit. »Die anderen Wunden sind oberflächlich.«

Sie durchsuchte Toms Gürteltaschen, bis sie eine Erste-Hilfe-Ausrüstung fand. »Halt seinen Kopf«, sagte sie und machte sich an die Arbeit, Toms Wunden zu säubern und zu verbinden. Sie sang leise, zu leise für

Andy, um die Worte zu verstehen. Andy hoffte, daß er gerade einen Heilzauber hörte. Tom sah furchtbar aus. Da er wegen des vielen Blutes ein komisches Gefühl im Magen hatte, sah er weg.

Markowitz hatte Furlann die Pistole abgenommen und hielt sie auf die Magierin gerichtet, während Cinqueda ihr die Hände auf den Rücken band. Cinq fesselte dabei nicht nur Furlanns Handgelenke, sondern auch ihre Finger. Dann knebelte sie die Magierin. Andy nahm an, daß sie einige Erfahrung darin hatte, Magier unschädlich zu machen. Angeblich konnte ein Magier keinen Zauber wirken, wenn er nicht in der Lage war, zu sprechen oder die Hände zu bewegen. Andy hoffte, daß das stimmte.

Als Cinqueda in Andys Nähe ging, um ihr Messer zu holen, fragte dieser: »Warum bist du zurückgekommen?«

»Ich bin nie gegangen. Der Job war noch nicht erledigt.«

»Du hast uns in dem Glauben gelassen, du wärst gegangen«, sagte Kit, wobei sie von ihrer Arbeit aufsah.

»Geschieht euch recht. Ihr hättet mir von den Ferrets erzählen müssen. Aber ich hätte tatsächlich gehen sollen.« Der Blick ihrer verchromten Augen wanderte zu Furlann. »Das hätte mir noch mehr … Ärger erspart.«

»Ich bin froh, daß Sie es nicht getan haben«, sagte Tom schwach. »Diesmal brauchte ich die Rettung wirklich. Danke.«

»Bedanken Sie sich in Kreds, dann glaube ich, daß Sie es aufrichtig meinen«, antwortete Cinqueda.

»Versuch nicht, so söldnerhaft zu klingen«, sagte Kit. »Das steht dir nicht.«

»Ich bin eine Söldnerin. Vergeßt das nicht. Ich werde es jedenfalls nicht vergessen, wenn ich euch die Rechnung schicke.« Cinqueda sah weg. »Da kommt ein Fahrzeug.«

Ein paar Sekunden später hörte Andy es ebenfalls.

»Das ist ein Ranger«, sagte Tom. Er mußte den Motorenlärm erkannt haben. »Muß das Kommandofahrzeug unserer Einsatzgruppe sein. Helfen Sie mir auf.«

Als der Ranger durch den Zaun brach, der den Hinterhof umgab, in dem sie sich alle befanden, schwenkte sein Maschinengewehr auf dem Turm herum und richtete sich auf sie. Ein behelmter Soldat beobachtete sie aus dem Turm. Andy bezweifelte nicht, daß der Mann den Finger am Abzug hatte. Da Furlann gefesselt und geknebelt und Tom blutüberströmt war, machte die Gruppe wahrscheinlich keinen freundlichen Eindruck auf den Soldaten.

»Jackson«, rief Tom, schwach winkend.

»Major?« Der Soldat klang ein wenig überrascht. »Was ist los?«

»Rufen Sie Hanley und seine Männer zurück.«

Jacksons Augen wanderten zwischen Tom und Furlann hin und her, bis Tom ihm erzählte, was Furlann zu tun versucht hatte. Jackson gefiel nicht, was er hörte, und er unternahm auch keinen Versuch, das zu verhehlen.

»Ich habe eine Mikrogranate, die wir sie schlucken lassen könnten«, rief Jackson.

»Vergessen Sie Furlann einstweilen«, sagte Tom zu ihm. »Halten Sie Hanley und seine Leute auf, bevor sie sich umbringen, indem sie ihre unsinnigen Befehle befolgen.«

Der Sergeant verschwand im Innern des Ranger. Eine Minute später öffnete sich die rückwärtige Rampe des Kommandofahrzeugs. Jackson kam mit der Nachricht heraus, daß er Hanley noch rechtzeitig erreicht hatte.

»Warum hat sie das getan, Major?« fragte Jackson.

»Gute Frage, Jackson. Nur eine von vielen.« Er wandte sich an Furlann. »Wenn Sie bereit sind zu reden, können wir Ihnen den Knebel abnehmen.«

»Aber die kleinste Andeutung eines Zaubers, und Sie sind tot«, fügte Markowitz hinzu.

Furlann nickte. Sobald der Knebel heraus war, bat sie krächzend um Wasser, da sie einen schlechten Geschmack im Mund habe. Andy ging es nicht viel anders, aber sein bitterer Geschmack war eher abstrakt und hatte viel mit ihr zu tun.

»Sie haben uns eine Menge zu erzählen«, sagte Tom zu ihr.

»Vielleicht«, sagte Furlann. »Ich möchte die Zusicherung gewisser Zugeständnisse, falls ich es tue.«

»Sie haben bereits mehr bekommen, als Sie verdienen«, sagte Andy.

»Der Junge hat recht«, pflichtete Markowitz bei. »Sie leben noch. Reden Sie, wenn Ihnen was daran liegt, daß es so bleibt.«

»Ihr alle habt mich eine ›Mörderin‹ genannt. Sie wären ebenfalls einer, wenn Sie Ihre Drohung wahrmachen würden, Marksman.« Furlann grinste ihn an. »Ist nicht Ihr Stil.«

»Niemand wird sich etwas dabei denken, wenn man Sie von den Kugeln aus einer Konföderierten-Waffe durchlöchert finden wird«, sagte Tom.

Furlanns Augen ruckten zu ihm, und ihre Haltung verlor etwas von ihrer Arroganz.

»Warum?« fragte Tom.

Furlann seufzte. »Rocquette, Sie haben ziemliche Ähnlichkeit mit der Schweinerei, die Sie dem Präsidenten aufgetischt haben. Zuviel Ärger. Zu viele Verbindungen. Zu viele lose Enden. Ihr Problem mit Lessem war schon schlimm genug, aber der ganze andere Kram – nun, sagen wir einfach, die Umstände ließen es ziemlich geraten erscheinen, Sie aus dem Weg zu räumen. Verschwinden hätte es auch getan. Denken Sie darüber nach. Sie könnten sich eine Menge Ärger ersparen. Drek, Sie könnten sich ganz einfach *retten*, wenn Sie beschließen würden, diesen Weg zu gehen.«

»Führen Sie einen direkten Befehl Trahns aus, oder stammt der Befehl von Jordan?« fragte Markowitz.

Furlann funkelte ihn schweigend an.

Jackson sah aus, als stünde er kurz davor zu explodieren. »Dann stimmt also, was dieser Pirat gesendet hat! Die verdammten Bonzen stecken mit den Konföderierten unter einer Decke. Trahn auch. Gott, wer hätte das gedacht? Hat Ihnen dieser verdammte Konföderierten-Sympathisant die Steyr selbst in die Hand gedrückt? Und Ihnen gute Jagd gewünscht? Ich sollte Sie ...«

»Immer mit der Ruhe, Sergeant«, sagte Tom warnend, und Jackson fügte sich.

Furlann warf einen Blick auf die Steyr-Automatik, die auf dem Boden lag.

»Versuchen Sie's gar nicht erst«, warnte Kit.

»Geschenkt, Schwester. Ich wollte nur sagen, seht sie euch doch an. Es ist tatsächlich eine Konföderiertenwaffe, und wir haben sie tatsächlich von den Blaumützen erbeutet. Einige von ihnen sind Ferrets. Ihre Konföderierten-Connection existiert tatsächlich, und sie ist ein ernstes Problem, das Sie nicht gerade geringer machen. Aber Trahn hat mit dieser Schweinerei nichts zu tun. Die Armee braucht sich diesen Schuh nicht anzuziehen.«

»Glauben Sie nicht, wir können dafür sorgen, daß der Schuh paßt?« fragte Andy.

»Ich weiß, daß ihr das nicht könnt, weil weder Trahn noch jemand in seiner Umgebung auch nur das Geringste mit den Konföderierten zu tun hat«, sagte Furlann. »Abgesehen davon, daß wir genauso reingelegt worden sind wie die übrigen Lackel. Ihr wollt also Ärger machen? Nur zu. Helft den Konföderierten.«

Markowitz war nicht überzeugt. »Warum sollten wir Ihnen glauben?«

»Laßt es sein. Das stört mich einen Drek.« Furlanns Laune schien sich ein wenig zu bessern. »Andererseits, warum nicht? Nur zu, versucht Trahn und der Armee die Schuld in die Schuhe zu schieben. Tut es, dann wird man euch so widerlegen, daß euch niemand mehr irgendwas glauben wird. Ja, macht nur. Gefällt mir, die Strategie.«

»Wenn Trahn nichts damit zu tun hat, was hat er dann mit Osborne zu schaffen?« fragte Tom.

Furlann schnaubte. »Ich habe ihm von Anfang an gesagt, daß der Müslifresser ein doppelzüngiger Schweinehund ist, aber er dachte, er hätte genug Macht, um Osborne bei der Stange zu halten. Sah auch für eine Weile ganz cool aus. Würde auch immer noch alles gut *aussehen,* wenn ihr nicht Telestrians Verbindung zu den Konföderierten aufgedeckt hättet. *Etwas* Gutes hatte eure Einmischung also doch, obwohl der General stinksauer gewesen sein muß, als er es gehört hat. Der verdammte doppelzüngige Müslifresser!«

»Sie haben meine Frage nicht beantwortet«, sagte Tom.

»Sie sind tatsächlich entschlossen, alles zu vermasseln, nicht wahr? Ach, zum Teufel damit! Es bricht sowieso alles auseinander.« Furlanns Tonfall verlor seine streitlustige Schärfe. »Laßt uns über Schutz reden.«

»Für *Sie*?« fragte Markowitz ungläubig.

»Ihr wollt, daß ich rede. Ich will Schutz. Eine ganz simple Gleichung. Sogar für Sie simpel genug, Marksman.«

»Wenn Sie leben wollen, reden Sie«, konterte er. »Eine noch simplere Gleichung. Sogar für Sie simpel genug, Furlann.«

Sie ignorierte ihn und sah Tom an. »Haben wir eine Abmachung oder nicht?«

»Reden Sie zuerst«, sagte Tom. »Dann sehen wir weiter.«

»Drek, ihr könnt sowieso nichts machen.« Sie sah zu Boden. Sie schien ausgeredet zu haben.

»Du willst deine Wette vielleicht noch ändern, Lanny«, sagte Cinqueda.

Nach einem Augenblick sagte Furlann leise: »Vielleicht will ich das.«

Sie sah auf, und ihre Augen überflogen alle, endeten

jedoch bei Tom. »Sie sind ein ehrlicher Bursche, Rocquette. Sie spielen fair.«

»Fairer als Sie«, warf Andy ein.

Tom betrachtete Andy mit komischer Miene, die jedoch sofort wieder ausdruckslos wurde, als er sich an Furlann wandte. »Sagen Sie uns, was Trahn am Laufen hat.«

Furlann stieß einen gewaltigen Seufzer aus. »Okay. Trahn hat tatsächlich etwas vor, aber es hat nichts mit den Konföderierten zu tun, höchstens, daß er ihnen tüchtig in den Hintern treten will, sollte sich eine Gelegenheit dafür ergeben. Er ist nicht zufrieden mit der Art und Weise, wie die Politiker das Militär gestutzt haben. Natürlich hat er recht damit, aber er sieht die Dinge irgendwie schlimmer, als sie in Wirklichkeit sind. Er glaubt, die Politiker hätten uns an den Rand der Zerstörung durch innere Anarchie und äußere Feinde gebracht, und er plant schon seit Jahren, etwas dagegen zu unternehmen.

In letzter Zeit hat er eine Gelegenheit für eine Demonstration gesucht. Als die Komper in die Stadt kamen und Steele nicht das geringste dagegen unternommen hat, hielt Trahn seine Gelegenheit für gekommen. Daß sie sich noch dazu in seinem eigenen Militärdistrikt ergab, machte ihn sehr glücklich. Im Juli ließ er Osborne die Lieferung aller Anti-Aufruhr-Materialien stoppen und sorgte dafür, daß sämtliche Vorräte in den Depots aufgebraucht wurden. Er wußte, daß der Kessel früher oder später überkochen würde. Als die Situation in Chicago eskalierte, wußte er, daß seine Stunde geschlagen hatte. Er ließ Jemal das Feuer ein wenig schüren, indem dieser Agenten bei den Kompern einschleuste, die sie zur Gewalt ermunterten. Er dachte sich, wenn die Dinge erst einmal außer Kontrolle gerieten, was seiner Ansicht nach unvermeidlich war, würde er die Situation durch eine prompte Aktion der Armee bereinigen.«

»Mit der richtigen Anti-Aufruhr-Ausrüstung hätte er die Aktion noch schneller und sauberer durchführen können«, sagte Tom.

»Aber dann hätte er nicht zeigen können, daß die Armee beschnitten worden ist.« Furlann zuckte die Achseln. »Außerdem wäre ein Haufen von diesem metagenetischen Drek am Leben geblieben. Der General schlägt gerne zwei Fliegen mit einer Klappe, wenn er es einrichten kann.«

»Also hat er Orks und andere Metamenschen zum Abschuß freigegeben«, warf Markowitz gemütlich ein. »Um den Müll auszusortieren.«

»Genau«, sagte Furlann. Dann fiel ihr die Eiseskälte in der Gruppe auf, die sie beobachtete. »Hey, wo liegt das Problem? Wir sind doch hier alle Menschen. Wir können nicht zulassen, daß die Orks und der andere metagenetische Drek weiterhin unseren Gen-Pool verunreinigen, oder?«

*Den Gen-Pool verunreinigen. Orks. Metagenetischer Drek.* Andys Vater war ein Ork gewesen. Ein Verwandelter Ork, kein geborener, aber nichtsdestoweniger ein Ork. Wenn es also Ork-Gene gab, trug Andy sie ebenfalls in sich. Wie lange würde es wohl dauern, bis Leute wie Furlann und Trahn zu dem Schluß kamen, daß allein das Vorhandensein der Gene ausreichte, um einen zu Metamüll zu machen, egal wie man aussah?

»Sie reden von Völkermord«, sagte er.

»Das war schon immer ein populäres Hobby unter Faschisten«, sagte Markowitz. »Sagen Sie mal, Furlann, haben Sie sich mal überlegt, daß Ihre magischen Fähigkeiten metagenetischen Ursprungs sind?«

»Das ist was anderes.«

Markowitz lächelte boshaft. »Sind Sie sicher, daß Ihr Chummer Trahn das genauso sieht? Die Juden waren nicht die einzigen, die in die Verbrennungsöfen der Nazis gewandert sind.«

Andy gefiel der Ausdruck der Bestürzung, den diese Worte auf Furlanns Gesicht zauberten.

Tom ließ sich von dem Rassen-Aspekt nicht ablenken. »Warum jetzt? Mit Blick auf Chicago sollte man meinen, das Land hat genug Ärger.«

»Mit Blick auf Chicago war es der perfekte Zeitpunkt«, sagte Furlann. »Trahn hat einen Fimmel für das, was er ›die große Zeit, als es noch etwas bedeutete, ein Soldat dieses Landes zu sein‹, nennt. Jetzt, wo der größte Teil der bewaffneten Streitkräfte in Chicago beschäftigt ist, sind wir anderswo überall knapp. Trahn hat schon immer gesagt, daß das Militär der UCAS, wie es im Augenblick beschaffen ist, die Anforderungen nicht erfüllen kann, die das Land stellt. Truppen von der Grenze abzuziehen, um den Aufruhr zu bekämpfen, mußte seinen Standpunkt ziemlich nachdrücklich belegen.«

Andy fand, daß diese Haltung einen wichtigen Punkt außer Acht ließ. »Er glaubte, er könne Truppen von der Grenze abziehen, obwohl North Virginia von nichts anderem als der Abspaltung redet?«

»Dieser ganze Abspaltungs-Drek sah wie ein Haufen heißer Luft und Polit-Quatsch aus«, sagte Furlann. »Kein Mensch hat ernsthaft geglaubt, die würden das durchziehen. Sie hätten den Schwenk ohne Konföderierten-Unterstützung nie machen können, und niemand hat damit gerechnet, daß sie Unterstützung von Atlanta haben.« Furlann zuckte die Achseln. »Man kann nicht immer recht haben.«

Tom schüttelte traurig den Kopf. »Trahn war bereit, den Frieden aufs Spiel zu setzen, um die Stellung des UCAS-Militärs zu verbessern?«

Furlann erwiderte: »Hey, die Armee ist sein Leben. Das sollten Sie verstehen.«

»Ich verstehe, woher er gekommen ist – ich habe nur Probleme damit, wohin er geht«, sagte Tom.

»Wir müssen das publik machen«, sagte Markowitz.

»Sie sind mit Ihrer ersten Sendung nicht durchgekommen«, stellte Tom fest.

»Vielleicht haben wir die falsche Botschaft an die falschen Leute geschickt«, sagte Andy. »Der Ranger ist ans MilNet angeschlossen, oder?«

»Ja«, sagte Tom. »Ein Fuchi-5000-Klon, aber er ist nur für den normalen Zugang konfiguriert. Sämtliche allgemeinen Sendungen laufen über das Hauptquartier und werden zensiert.«

»Das reicht. Mit dem Deck und ein paar Codes sollte ich uns überall einklinken können. Wir können alles, was wir herausgefunden haben, ins MilNet laden. Wenn alle anderen wie Sergeant Jackson denken, können wir die Aktion gegen die Kompensationsarmee binnen einer Stunde stoppen.«

»Niemand wird sonderlich erfreut sein, wenn er von dieser Sache hört«, stimmte Jackson zu.

Tom zeigte Andy, wo er sich einstöpseln konnte, und traf die nötigen Vorbereitungen, um die Möglichkeiten des Ranger ausnutzen zu können. Andy brauchte nicht lange, um die normalen Netzzugangs-Codes der Einheit zu finden. Alle drängten sich im Kommandofahrzeug, um ihm bei der Arbeit zuzusehen. Er stellte eine Verbindung zum Funksystem des Ranger her, die simultan zu seiner Exkursion ins MilNet lief. Zu arbeiten, während die ganze Gruppe zusah, war so, als würde er in einem Schaufenster stehen, aber sobald er alles getan hatte, was nötig war, damit sie seine Arbeit verfolgen konnten, vergaß er die Beobachter. Er wirbelte in einer Gestalt durch den Elektronenhimmel, die armeetypisch war, khakifarben und einfach, aber er fühlte sich wie Paul Revere, der Concord und Lexington warnte, oder vielleicht auch Cary Justus, der die Garnison in Houston weckte, bevor die Truppen der Azzies zum Sturm auf ihre Verteidigungslinie ansetzten. Die Geschichte publik zu machen, war eine Heldentat.

Andy nahm das, was Furlann ihnen erzählt hatte,

und informierte die Soldaten über Trahns inszenierte Krise mit der Kompensationsarmee und seine politisch motivierte Absicht, die Konfrontation so blutig wie möglich zu machen. Die Bedrohung durch die Konföderierten erwähnte er nur am Rande – weil er der Ansicht war, daß eine einfach Kausalkette besser geeignet war, die Leute davon zu überzeugen, daß Trahn sie in die falsche Richtung führte –, aber er betonte die Gefahr, die darin lag, die Grenze unbewacht zu lassen, während die Truppen gegen die Komper kämpften. Er hatte keine Bedenken, jedem Knoten, auf den er stieß, von den illegalen Befehlen zu erzählen, die Tom erhalten hatte, und von dem Mordversuch, der seine Belohnung dafür war, daß er seine Pflicht zu tun versucht und sich geweigert hatte mitzumachen – weil Tom darauf bestanden hatte, Furlann nicht namentlich zu erwähnen, bezeichnete er sie als »gescheiterten Attentäter«, der viel von dem Komplott enthüllt hatte.

Etwas explodierte über ihm und katapultierte ihn wieder in seinen realen Körper zurück. Die Schockwelle ließ das Kommandofahrzeug erbeben.

Jackson glitt aus seinem Sitz im Turm in die Kabine zurück. »Aufhören! Schluß mit der Sendung! Man hat uns gerade eine Rakete mit Funksucher auf den Hals gehetzt. Jemand ist ziemlich verzweifelt.«

Andy schaltete den Sender ab. *Jemandem* gefiel ganz eindeutig nicht, was sie zu sagen hatten.

»Fahrer, bringen Sie uns von hier weg.«

Andy war froh, diesen Befehl zu hören. Er hatte oft genug *Sieg am Golf* gespielt, um zu wissen, was mit elektronischen Quellen geschah, die zu lange sendeten. Sie fingen sich eine Rakete ein, welche die Emissionen ihres Ursprungs aufspüren konnten, eine Rakete wie die, welche der Sergeant gerade mit der Flugabwehrkanone des Ranger abgeschossen hatte. Trotz der Computerunterstützung hatte Jackson viel Glück gehabt. Sie hatten alle viel Glück gehabt. Die Trefferwahrscheinlichkeit war bei Raketen nicht sonderlich hoch, und der Sergeant würde die nächste höchstwahrscheinlich verfehlen.

Der Empfänger konnte jedoch nicht aufgespürt werden. Andy lauschte dem Äther. Was er hörte, gefiel ihm nicht.

»Hey, MilNet bezeichnet uns als Infiltratoren der Konföderierten. Sie sagen, alles, was wir senden, sei gezielte Desinformation. Und daß alles erlogen sei. Sie sagen allen, daß sie uns ignorieren sollen.«

»Was habt ihr denn erwartet?« fragte Furlann.

»Welche Antworten kriegen sie?« fragte Tom.

»Viele Bestätigungen«, sagte Andy niedergeschlagen. Er hatte gehofft, sie würden zumindest einige Einheiten dazu bewegen können, ihnen zu glauben und mit dem unnötigen Gemetzel aufzuhören. Er war eindeutig zu optimistisch gewesen. »Wir müssen etwas anderes versuchen.«

»Die Sache können wir nicht auf der Straße beenden«, sagte Markowitz. »Das wäre wie der Kampf gegen die Hydra. Zu viele Köpfe, und wenn man einen abschlägt, wachsen zwei nach.«

»Aber es gibt einen Kopf, der nicht nachwachsen kann«, sagte Tom grimmig.

**>>>>>NewsNet-Berichterstat-\|**
******Störung******
**-[23:53:50/25-8-55]**

LIVESENDUNG IEYE »FÜR EUCH«
»Wir sind die Beobachter, ihr treuen und wahren Gläubigen. Auf der Höhe, auf Draht, auf dem Punkt!

Jetzt kommt's, Chummer, eure Augen und Datenbuchsen erleben alles live. Die fettige Rauchwolke ist alles, was vom Unabhängigen Nachrichtensender TRU übrig geblieben ist. Es war ein harter militärischer Schlag. Kein Zweifel möglich. Quellen in der Aufruhrbekämpfungszentrale der Regierung bestreiten jegliche militärische Beteiligung an dem Angriff. Die reine Wahrheit, sagen sie.

*[Szene: Brennender Lieferwagen; ITRU-Logo schmilzt in den sengenden Flammen]*

Die reine Wahrheit? Unwahrscheinlich!

Ihr wollt die reine Wahrheit wissen? Wir sind nicht die Regierung. Wir sind nicht der Präsident. Wir sind nicht die Lügner. Wir geben euch die reine Wahrheit. Ihr braucht nur die Glotzerchen aufzumachen. Seht die Wahrheit vor euren Augen brennen.

Und jetzt hört euch an, was ITRU zu sagen hatte ...«<<<<<

**>>>>>MilNet:**
**Aus der Kommandozentrale Belvoir**
**Breitbandsendung: An alle Knoten**

Infiltratoren haben ein Zugangssystem der Armee erbeutet und sind ins MilNet eingedrungen. Unsere Decker haben bereits reagiert. Warten Sie auf die Übertragung der erforderlichen Ausschluß-Codes, um alle Sendungen der kompromittierten Stationen zu stoppen. Ignorieren Sie alle Sendungen dieser Stationen. Sie sind falsch.

-Col. J.Jordan, Belvoir-Nachrichtendienst
AutBestCode 2874-876-25540-7676587-D9B23JJ<<<<<

**>>>>>NEWSBlips**
**-[23:59:50/25-8-55]**
**ZUGANGSGEBÜHREN ERHOBEN**

Willkommen bei NEWSBlips …
BLIP
Flugzeug abgeschossen. Anwesenheit des Gouverneurs von North Virginia an Bord nicht bestätigt.

BLIP
Präsident auf dem Weg nach Camp David zur Chicago-Krisen-Konferenz. »Die Situation erfordert es«, sagt Präsident Steele über seinen Mitternachtsflug.<<<<<

## 24

Tom dirigierte das Kommandofahrzeug an einen »weniger exponierten Ort«, dann nahmen er und Sergeant Jackson den Fahrer mit und stiegen aus. »Haltet die Ohren steif«, war seine abschließende Bemerkung. Markowitz schloß die Rampe hinter ihnen.

»Er läßt euch im Stich«, sagte Furlann, sobald sie verschwunden waren.

»Sie hat niemand gefragt«, sagte Markowitz.

»Vielleicht hätte das aber jemand tun sollen. Ihr braucht nicht alle mit ihm unterzugehen. Ich kann …«

»Halten Sie's Maul!« befahl Markowitz.

Er zwang Furlann zum Gehorsam, indem er sie wieder knebelte, und zwar wirkungsvoller, als Cinqueda dies getan hatte. Er benutzte eine Magier-Kapuze aus einem der Stauräume des Ranger. Die Kapuze war eine Art komplizierte Tüte mit zahllosen Bändern und einen flachen Platte, die Markowitz in Furlanns Mund zwängte. Sie bedachte ihn mit einem mörderischen Blick, bis er ihr die Tüte über den Kopf zog, so daß sie nichts mehr sehen konnte. Das einzige, was man von ihrem Gesicht noch sehen konnte, war die Nase, die durch ein Loch in der Kapuze ragte – damit sie nicht erstickte, nahm Andy an.

Als Markowitz die Magier-Kapuze holte, war Cinqueda in den Turm des Kommandofahrzeugs gewechselt. »Ich gehe auf Beobachtung«, sagte sie. Daß sie aber offenbar früher irgendeine Beziehung zu Furlann gehabt hatte, fragte sich Andy, ob ihr nicht mehr daran gelegen war, *nicht* zu beobachten, was mit der Magierin geschah.

Andy war ein wenig verstimmt, daß sie sich den Platz im Turm gesichert hatte. Er hatte selbst daran gedacht hinaufzusteigen, um nach Toms Rückkehr Ausschau zu halten. Nicht, daß er an Toms Rückkehr zweifelte. Es war nur so, daß …

Er hätte sich keine Sorgen zu machen brauchen. Zehn Minuten später stieg Cinqueda wieder in die Kabine zurück und öffnete die Rampe. Tom und die Besatzung des Fahrzeugs waren zurück und brachten einen Infanterie-Lieutenant mit. Draußen konnte Andy mehr Soldaten sehen, die eine Handvoll Lastwagen bestiegen, welche mit ihnen aufgetaucht waren. Der Fahrer des Ranger stürmte an ihm vorbei und in sein Abteil. Sekunden später war das Kommandofahrzeug wieder unterwegs.

»Das ist Hanley. Er und seine Leute sind okay«, stellte Tom die Neuankömmlinge vor. Er machte keine Anstalten, Hanley zu sagen, wer sie waren. Dann fiel sein Blick auf die kapuzetragende Furlann. »Hat sie irgendwas versucht?«

»Ich war es leid, ihr Gesicht zu sehen«, sagte Markowitz.

»Sie versuchte uns davon zu überzeugen, daß du nicht zurückkommen würdest«, sagte Andy.

»Diese Schlange«, meldete sich Sergeant Jackson zu Wort. »Sie ist alles, was der Major Ihnen gesagt hat, und noch mehr, Lieutenant.«

Hanley musterte Tom. »Haben Sie diese Leute in ihren Plan miteinbezogen, Major?«

»Gute Frage«, sagte Markowitz. »Wie sieht Ihr Plan überhaupt aus, Rocquette?«

»Ich werde tun, was ich schon zuvor hätte tun sollen, und Trahn ins Scheinwerferlicht zerren. Er ist mit seiner Einstellung, daß der Zweck die Mittel heiligt, viel zu weit gegangen.«

»Das ist doch keine persönliche Sache, oder?« fragte Markowitz.

»Und ob.« Der Ausdruck auf Toms Miene besagte: Was geht Sie das an, doch dann seufzte er und zuckte die Achseln. »Aber es ist mehr als das. Wenn wir *seinen* Absichten einen Riegel vorschieben, können wir uns vielleicht endlich ernsthaft um die Konföderierten kümmern, bevor das Land an allen Ecken und Enden brennt.«

»Hier«, sagte Cinqueda, indem sie Tom ein Chip-Etui hinhielt. »Das könnten Sie vielleicht brauchen.«

»Was ist das?« fragte er.

»Eine Aufzeichnung von Furlanns Aussage«, sagte Cinqueda. »Falls sie später auf die Idee kommen sollte, sie zu ändern.«

Tom nahm das Etui und bot es Hanley an, der sich an Markowitz vorbeizwängte und sich an eine Konsole setzte, um sich die Aufzeichnung anzusehen.

Andy konnte verstehen, warum Hanley die Aufzeichnung sehen und eine Bestätigung für das wollte, was Tom ihm erzählt hatte. Sie hatten einen Tiger am Schwanz gepackt. In so einer Situation war es wichtig, sich davon zu überzeugen, daß man das Richtige tat. Andy war überzeugt, daß Tom alles Notwendige tun würde, aber irgendwie kam es ihm nicht so vor, als sei es die richtige Lösung, in die Höhle des Löwen zu marschieren. »Ich glaube immer noch, wir hätten eine Menge Leute überzeugen können, wenn es uns gelungen wäre, alle Fakten publik zu machen. Diese Rakete, die sie auf uns abgeschossen haben, zeigt, daß jemand anders derselben Ansicht war.«

»Niemand will das Risiko eingehen, von einer zweiten Rakete erwischt zu werden«, sagte Markowitz.

Andy wußte nicht, ob Markowitz für alle sprach, aber niemand im Kommandofahrzeug äußerte etwas Gegenteiliges. Andy glaubte dennoch, daß sie es noch einmal im MilNet versuchen oder einen anderen unabhängigen Nachrichtenpiraten suchen oder auf jeden Fall *irgend etwas* anderes tun sollten, als in die Höhle des Löwen zu marschieren, aber niemand schien sich für seine Ideen zu interessieren.

»Wie wollen Sie am Sicherheitsdienst der Basis vorbeikommen?« fragte Markowitz Tom.

»Ich werde mir schon etwas ausdenken. Wenn es sein muß, kämpfen wir uns hinein. Sie brauchen sich keine Sorgen zu machen. Wir setzen Sie ab, bevor das Problem akut wird.«

»Nein, das werden Sie nicht tun. Ich habe selbst noch ein paar Rechnungen offen«, sagte Markowitz.

»Sie werden magische Unterstützung brauchen«, fügte Kit hinzu. »Illusionen öffnen viele Tore, denen man mit Gewalt nichts anhaben kann.«

»Und ich habe einen Großteil des Beweismaterials«, sagte Andy, indem er gegen seine Datenbuchse tippte. Wenn Kit bereit war mitzukommen, würde *er* nicht dahinter zurückstehen.

Die einzige Person, bei der überhaupt die Möglichkeit bestand, sie könnte nicht mitmachen, war Cinqueda. »Ich bin auch dabei, wenn ich einen Bonus bekomme. Schließlich hat der Run das vereinbarte Maß längst gesprengt. Wir haben es hier mit zusätzlichen ...«

»Keinen einzigen Nuyen«, sagte Markowitz.

»Harry«, sagte Kit leise. »Wir brauchen vielleicht ihre

Hilfe und werden ganz bestimmt keine Zeit haben, sie dann zu rufen.«

Markowitz machte einen gequälten Eindruck. »Okay, okay. Bonus für Bonus, du erpresserische Söldnerin.«

Cinqueda lächelte.

»Wenn alles vorbei ist«, fügte Markowitz hinzu.

Während sie noch hin und herredeten, hatte Andy über die Situation nachgedacht. »Tom, wie wär's, wenn wir deine Konfrontation mit Trahn live übertragen würden? Wenn er nicht weiß, daß er auf Sendung ist, rutscht ihm vielleicht das eine oder andere heraus. Er wird hinterher nichts abstreiten können, wenn es haufenweise Zeugen gibt.«

»Hört sich theoretisch gut an«, sagte Tom. »Wie willst du es machen?«

Andy freute sich, daß Tom annahm, er habe vorausgedacht. Er hatte und war begierig, es zu beweisen. »Dies ist ein Taktisches Kommandofahrzeug vom Typ Ranger für eine Sonderressourcen-Einheit, richtig? Also ist es so bestückt, daß es notfalls als Kontrollzentrum für Drohnenkriegführung dienen kann. Das bedeutet, haufenweise Sender, Empfänger und Kommunikationskreise, die alle über ein Interface mit Rigger-Zugangsmöglichkeit arbeiten. Es müßte eine Tonne Ersatzteile geben, um auch die Drohnen bestücken zu können.«

»Der Wagen hat nur eine Vierteltonne bei sich«, sagte Sergeant Jackson.

»Ich meinte, bildlich gesprochen.« Andy konzentrierte sich wieder auf das Thema. »Ich kenne Rigs inund auswendig und kann ein System improvisieren, mit dem wir alles aufzeichnen können, was du siehst. Eine Videoübertragung wird wesentlich überzeugender sein als eine bloße Audioaufzeichnung.«

»Mit dem Video hast du recht, aber es wird nicht klappen«, sagte Markowitz. »Trahn kann es nicht übersehen, wenn Rocquette eine Drohnen-Kamera mit sich herumschleppt. Die Linsen sind nicht miniaturisiert.«

»Cinqueda hat eine Kamera, die bestens geeignet ist.« Andy hatte gesehen, wie sie sie in dem ITRU-Lieferwagen benutzt hatte. Er hoffte, sie hatte nichts dagegen, wenn er sie sich auslieh.

»Die Auflösung ist ziemlich gering«, sagte sie, aber das war der einzige Einwand, den sie erhob.

»Dann müssen wir noch ein Verstärkerprogramm auf den Datenstrom ansetzen.« An den Umständen gemessen, war es ein triviales Problem. »Schließlich wollen wir keine Luftaufklärung betreiben. Es wird reichen. Und sobald wir das Signal bekommen, tja, wir haben eine vollständige Sendeausrüstung, oder?«

»Aber damit sind wir wieder beim alten Problem«, sagte Markowitz. »Dort, woher die erste Rakete kam, gibt es bestimmt noch mehr. Sie haben eine losgeschickt, und sie werden nicht zögern, noch eine zu schicken.«

Daran hatte Andy auch gedacht. Der ganze Plan war riskant, in vielerlei Hinsicht, aber nicht in dieser. »Trahn ist nicht so verrückt, sein eigenes Hauptquartier beschießen zu lassen, oder?«

»Wahrscheinlich nicht«, sagte Markowitz.

»Seien Sie nicht albern«, sagte Tom. »Warum, Andy?«

»Ich schätze, daß wir sowieso in seinem Hauptquartier sein werden, warum sollen wir dann nicht seine Ausrüstung benutzen? Würde ihm ganz recht geschehen.«

»Wie willst du dir Zugang verschaffen?«

Er hatte sich eindeutig vorgenommen, keine Einzelheit ungeprüft hinzunehmen. Andy war beeindruckt. Er hatte gewußt, daß Tom clever war, aber nicht, daß er so detail-orientiert war. Unglücklicherweise hatte Tom einen schwachen Punkt in Andys Plan entdeckt. »Nun, wir haben immer noch die Codes der Einheit, um ins MilNet zu gelangen.«

»Sie werden diese Codes sperren. Wahrscheinlich haben sie das bereits getan«, sagte Tom.

Das war es, was Andy befürchtet hatte. »Dann muß ich sie eben umgehen. Ich hatte Zugang und habe gesehen, nach welchem Schema die Schutzvorrichtungen angelegt sind. Ich weiß, was ich tue.« Andy hoffte, daß er nicht nur Schaum schlug.

»Dann mach dich an die Arbeit. Wenn du mich überzeugen kannst, daß du die technische Seite hinbekommst, werden wir es versuchen. Andernfalls ...« Tom bot keine Alternative an, aber seine düstere Miene besagte, daß er mehrere erwogen hatte und ihm keine sonderlich gefiel. »Wir wollen hoffen, daß dein Plan durchführbar ist.«

Andy ging an die Arbeit. Es war nicht leicht in dem fahrenden Wagen, aber er schaffte es. Die Chips, die Cinquedas Kamera steuerten, waren für direkte Kabelübertragung ausgelegt, aber Andy konnte sie überbrücken und die optischen Schaltkreise mit einem Sender verbinden, was jedoch zu Lasten der Autofokus-Leistung ging. Die Reichweite der Kamera war nicht mehr besonders groß, aber schließlich bekam er sie zum Laufen, nachdem er einen Sendeverstärker in Betrieb genommen hatte, der die von der Kamera aufgenommenen Bilder aufnahm, verstärkte und weitergab. Das war gut. Es bedeutete, daß Tom keine verräterischen Drähte mit sich würde herumschleppen müssen. Aber es bedeutete auch, daß jemand mit dem Verstärker in der Nähe bleiben und jemand anders sich um die Fokussierung kümmern mußte. Sein Test zeigte, daß das System funktionierte.

»Wir sind so weit«, verkündete Andy in der Hoffnung, daß er recht hatte.

»Gut«, sagte Tom. »Das da vorne ist das Tor von Fort Belvoir.«

Tom blieb an Bord des Ranger. Er stand in der Kommandeursluke, während Hanley mit den Wachposten am Tor der Basis redete und ihre »Befehle« präsentierte.

Angeblich tat Kit irgend etwas, um Tom magisch zu tarnen, aber sie waren übereingekommen, sich nicht auf ihren Zauber zu verlassen. Kits Kräfte waren bereits ziemlich strapaziert, da sie die Einheitenabzeichen von Hanley und seinen Männern verwischte, falls bereits allgemein bekannt war, daß die Einsatzgruppe Furlann – nun wieder Einsatzgruppe Rocquette – meuterte. Kits Illusionen erstreckten sich nicht auf die Runner und die gefangene Magierin, die sich in der Kabine verbargen, also gab es einen zusätzlichen Grund für Tom, ruhig zu bleiben. Er versuchte ernsthaft und über den Dingen stehend auszusehen, während er hoffte, seine Rangabzeichen würden die Soldaten am Tor so stark einschüchtern, daß sie es nicht wagten, in das Kommandofahrzeug zu schauen.

Hanley kehrte mit einem Lächeln auf dem Gesicht aus der Wachstube zurück und kletterte wieder in den Ranger. Er warf Tom das Chip-Etui mit ihren »Befehlen« zu. »Der Trick des Jungen hat geklappt. Der Computer sagt, es habe seine Richtigkeit, daß wir hier sind.«

Andys Stimme drang aus der Kabine nach oben. Offenbar hatte er zugehört. »Ich sagte doch, daß es klappen würde. Ich brauchte nur ...«

»Verschon uns damit«, sagte Markowitz, und der Junge verstummte.

Einsatzgruppe Rocquette rollte durch das Tor.

In der Basis waren nur wenige Truppen. Belvoirs Standardbesatzung und die wegen der Krise herbeigerufenen anderen Truppen waren im Herzen der Stadt beschäftigt. Die Basis verließ sich, was ihren Schutz betraf, im wesentlichen auf die Posten am Tor, auf ein Netz Rigger-kontrollierter Sensoren und Verteidigungsdrohnen und auf eine einzige Kompanie von Jordans MPs. Mit der Überwindung des Tors hatten sie den äußeren Verteidigungskreis hinter sich gelassen. Tom wußte, wo die Kompanie stationiert war, und wählte den Weg so, daß er ihr auswich, während sein Ranger und die Lastwagen der Taktischen Operationszentrale entgegenrumpelten. Nur die unmittelbaren Abwehranlagen der TOZ mußten noch überwunden werden.

Der gegenwärtigen Doktrin entsprechend, befand sich die TOZ nicht in einem Gebäude, sondern außerhalb. Die Vorteile der Solidität und Stabilität eines Gebäudes waren für weniger offensichtliche aufgegeben worden: eine mobilere geistige Einstellung, eine lokkere Verteilung, um diese Einstellung auszunutzen, und bessere Anpassung an die magischen Abwehrvorrichtungen der TOZ wie zum Beispiel das Verschwinden der Hindernisse für die Astralsicht, wie sie Gebäude darstellten. Daß sich die TOZ draußen befand, bedeutete keineswegs, daß sie ungeschützt war. Weit gefehlt.

Die eigentliche Basis war die erste Verteidigungslinie – und von der Einsatzgruppe Rocquette bereits durchbrochen. Andys technisches Kunststück mit ihren »Befehlen« machte sie für die computergesteuerten Abwehreinrichtungen zu Verbündeten. Die zweite Linie bestand aus magischen Schutzvorrichtungen. Die grundlegenden Schutzvorrichtungen waren simpel und so ausgerichtet, daß sie einen Alarm auslösten, falls sich jemand anders als ein Soldat näherte, was bedeutete, daß sie Andy und die anderen Runner entdecken würden. Diese Linie durchbrachen sie ebenfalls.

Furlann, die Architektin der magischen Schutzvorrichtungen, war bei Toms letzter Auseinandersetzung mit Trahn unterwegs gewesen. Sie hatte bisher nicht die Möglichkeit gehabt, sie umzurüsten. Als ehemaliger Kommandeur der Abteilung Sonderressourcen kannte Tom die Codes, die erforderlich waren, um die meisten Schutzvorrichtungen zu neutralisieren. Er benutzte diese Codes, um seinen Leuten den Weg freizumachen. Zwar konnte er die verbleibenden, anspruchsvolleren magischen Fallen nicht abschalten, aber wenigstens wußte er von ihnen. Er gab dieses Wissen an Kit weiter, und sie erwies sich als mehr als fähig, sie zu neutralisieren. Die dritte und letzte Verteidigungslinie der TOZ bestand aus Leuten: aus den Wachposten und dem Stab der Zentrale. Dabei handelte es sich ausschließlich um Soldaten. Dieser Teil war es, der Tom das größte Kopfzerbrechen bereitete.

Der Fahrer hielt den Ranger an. Tom überprüfte seine Konsole. Dies war der vorgesehene Haltepunkt. Warum machte er sich Sorgen? Ihre Aktion gegen die TOZ verlief bisher absolut reibungslos. Und warum auch nicht? Wer würde schon glauben, daß sie verrückt genug waren, so etwas zu versuchen?

Tom versammelte alle um sich, als sie die Fahrzeuge verließen. Er ging den Plan noch einmal durch und beendete sie improvisierte Einsatzbesprechung mit den Worten: »Ich will noch einmal betonen, daß wir möglichst zurückhaltend vorgehen wollen. Die meisten Soldaten in der TOZ wissen wahrscheinlich nicht das über Trahn und seine Pläne, was wir wissen. Die Soldaten und Schreibtischhengste sind nicht der Feind. Sie tun nur ihren Job. Also, so wenig Gewalt wie möglich. Verstanden?«

Nicken und »Jawohl, Sir« von allen Seiten.

»Also gut. Dann los. Hanley lassen Sie dem Räumkommando zwei Minuten Vorsprung, dann können Sie die Leute zu ihren Einsatzzielen schicken.«

Tom führte Sergeant Jackson, Kit und einen Zug von Hanleys Soldaten. Im Schutz eines Lautlosigkeitszaubers von Kit bewegten sie sich wie Geister durch den Wald, der die Operationszentrale umgab. Der erste Posten hörte sie nicht kommen. Als ihm plötzlich klar wurde, daß ein Dutzend Waffen auf ihn gerichtet waren, ließ er sich widerstandslos entwaffnen. Jackson fesselte dem Mann die Hände und ließ ihn zu den Lastwagen zurückbringen, um ihn dort in Gewahrsam zu halten. Der nächste Posten stieß einen Alarmruf aus, der jedoch wie alle anderen Geräusche, die er machte, von Kits Zauber verschluckt wurde. Jackson und einer der Soldaten schlugen ihn nieder. Keiner der anderen Posten bereitete ihnen Schwierigkeiten.

Während Tom und der Zug den Kreis schlossen, verteilten sich die Infanteristen, die ihnen folgten, kreisförmig um die Lichtung, in der die TOZ stand. Sie befand sich direkt jenseits der Baumlinie. Tom wurde plötzlich klar, daß er sie von dem Platz aus betrachtete, an dem Trahn mit Osborne konferiert hatte. Er konnte fast die Konsole sehen, an der er gearbeitet hatte.

Die Lastwagen, Kommandowagen und Kurierfahrzeuge der TOZ waren alle mit der Front nach außen geparkt, um ohne Verzögerung abfahren zu können – falls sie in Bereitschaft gewesen wären. An keinem der Fahrzeuge lief der Motor, und alle Fahrerabteile, die Tom sehen konnte, waren leer und geschlossen. Tarnnetze und dünnes Schockfasergewebe waren ausgebreitet und aufgehängt, um die Anzahl der Zugangswege zur Kreismitte zu begrenzen. Bei seinem Rundgang hatte Tom gesehen, daß alle Zugänge bis auf einen gesperrt worden waren. Eine Reaktion auf sein letztes Auftauchen? Es spielte keine Rolle. Für ihre Zwecke war diese Anordnung sogar besser.

Tom sagte Kit, sie solle den Wirkungsbereich ihres Lautlosigkeitszaubers ausdehnen, in dessen Schutz sie sich nähern würden. Er ließ Cinqueda zurück, um die kleine asiatische Magierin zu schützen, und gab dann das Signal zum Vorrücken. Sie mußten sich beeilen, um die TOZ zu erreichen, bevor die Arbeiter in der Zentrale merkten, daß etwas nicht stimmte.

Tom, Hanley und Jackson führten Furlann zum Eingang, die Waffen bereit, doch mit aufwärts gerichteten Läufen, als bewachten sie einen Gefangenen. Wie Tom vorausgesehen hatte, zog der Anblick einer Frau mit einer Magier-Kapuze, die einen Mantel des Thaumaturgischen Korps trug, die Aufmerksamkeit der Wachmannschaft auf sich. Den MPs entging, daß Hanleys Männer näher rückten.

Drei Meter vom Eingang entfernt ließ Tom die Maske fallen und richtete die Waffe auf die Wachen. Hanley und Jackson folgten seinem Beispiel. Die Wachen waren zu sechst und sie nur zu dritt, aber sie hatten ihre Waffen im Anschlag und die Wachen nicht. Jordans MPs waren nicht dumm, und keiner von ihnen wollte als erster sterben. Sie ließen die Waffen fallen und hoben die Hände. Tom sah ihre Enttäuschung, als die Waffen beim Aufprall auf den Boden keinen Lärm erzeugten. Er bedeutete den MPs, zur Seite zu gehen, dann ging er zur Kontrolltafel für die Abwehranlagen und desaktivierte die Schocknetze. Er reckte die Waffe in den Himmel, das Zeichen für Kit, den Zauber zu beenden. Er hatte seine Wirkung getan. Sie hatten die TOZ erreicht, ohne einen Alarm auszulösen.

Markowitz und Andy rannten über das freie Feld, als Tom, flankiert von Hanley und Jackson, die Zentrale betrat. Ein paar Techs sahen auf, offenbar schockiert vom Anblick auf sie gerichteter Waffen, aber die meisten bekamen die Vorgänge einstweilen nicht mit – eingestöpselte Techs schenkten ihrer Umgebung nicht viel Aufmerksamkeit. Fürs erste konnten diejenigen, die sich in der Matrix befanden, ignoriert werden. Während Hanleys Männer die TOZ besetzten, forderte Tom die Anwesenden auf, sich zu ergeben.

»Wenn sich keiner rührt oder sonst etwas Dummes unternimmt, geschieht keinem etwas«, sagte er zu ihnen. »Wir sind nicht die Konföderierten.«

Im Angesicht von fast sechzig bewaffneten Soldaten wollte keiner der Anwesenden in der TOZ ein Held sein. Mehrere der anwesenden Offiziere sahen jedoch so aus, als zögen sie es in Erwägung.

»Wir wollen lediglich ein paar Dinge mit General Trahn klären«, sagte Tom in der Hoffnung, die nervös aussehenden Offiziere würden ihm die Möglichkeit dazu geben.

Markowitz' Ankunft mit der gefesselten und geknebelten Furlann im Schlepptau schien mehr zu ihrer Einschüchterung beizutragen als die Waffen oder das, was Tom gesagt hatte. Verfolgt von feindselig funkelnden Blicken, machte eine Abteilung von Hanleys Männern die Runde durch die TOZ und warf die Techs mit Gewalt aus der Matrix, indem sie sie einfach ausstöpselte. Als die TOZ gesichert war, führte Tom Andy zur Hauptkonsole. Andy hockte sich auf den Sitz und stöpselte sich ein.

Sie hatten es geschafft!

Oder nicht? Trahn war ebensowenig anwesend wie Jordan oder Lessem. Tom hatte im Grunde nicht damit gerechnet, Lessem zu erwischen. Auf Jordan hatte er gehofft, konnte aber mit der Enttäuschung leben, solange sie nur Trahn erwischten. Doch der General war nirgendwo zu sehen. »Wo ist Trahn?«

Als er keine Antwort bekam, wiederholte Tom seine Frage, wobei er sie diesmal ausdrücklich an den ranghöchsten anwesenden Offizier richtete, ein Colonel namens Addison.

»Wir wollen mit dem General sprechen, Colonel Addison. Sie *werden* uns sagen, wo er ist.«

»Fahren Sie zur Hölle«, knurrte Addison. »Jeder, der mit diesen Männern redet, wird…« Addison verstummte mit einem Ächzen, als ihm Jackson den Kolben seines Gewehrs in den Magen rammte.

Der Sergeant beendete den Satz für ihn. »…wird, wenn er viel Glück hat, der Anklage wegen versuchten Mordes entgehen, die den General erwartet.«

Der Einschüchterungsversuch des Sergeants mißlang. Niemand sagte ein Wort.

Markowitz flüsterte in Toms Ohr. »Er muß in der Nähe sein, sonst wären sie nicht so verschlossen. Wäre er weit weg, wären sie hämischer.«

Tom war zu demselben Schluß gelangt. Der Wohnwagen des Generals war geschlossen. Trahn schloß ihn gewöhnlich nur, wenn er hineinging, um zu schlafen.

Addison lag immer noch auf dem Boden und übergab sich, also fragte Tom einen anderen Offizier.

»Also schön, Major Ridley, Sie sind an der Reihe. Der General ist in seinem Wohnwagen, nicht wahr?«

»Nein«, sagte Ridley, aber sein Blick, der zum Wohnwagen irrte, strafte seine Worte Lügen.

»Alleine?« fragte Tom.

»Dort ist er nicht«, beharrte Ridley.

»Das klingt so, als würde sich Major Ridley der Beihilfe schuldig machen«, sagte Markowitz.

»Wir wollen dem General nur ein paar Fragen stellen«, sagte Tom.

»Sind die Anschuldigungen wahr?« fragte Ridley.

»Ich bin derjenige, den er umbringen lassen wollte«, sagte Tom.

Ridley musterte forschend Toms Gesicht und traf eine Entscheidung. »Der General wollte sich vor dem Beginn des Angriffs auf die von den Aufrührern gehaltenen Metro-Stationen um 2400 Uhr noch ein wenig hinlegen.«

Tom hatte nichts von diesem Unternehmen gewußt. Die Uhr in der Zentrale besagte, daß das Unternehmen in wenigen Minuten anlaufen würde. Wenn der General die Befehle nicht gab, würde der Angriff auf sich warten lassen. Vielleicht war ihr verrückter Plan doch noch zu etwas nütze. Wenn alles vorbereitet war …

Andy signalisierte mit dem hochgereckten Daumen, daß er die Kontrolle des MilNet-Zugangs von Trahns Kommandozentrale übernommen hatte. Tom nickte bestätigend. Sein Mund war trocken, als er die direkte Leitung zu General Trahns Wohnwagen aktivierte.

»General, Sie wollten gerufen werden, wenn die nächste Phase der Operation bevorsteht.«

Der General antwortete zwar schnell, klang jedoch verwirrt. »Rocquette?«

Die Rampe fuhr aus, und Trahn verließ seinen Wohnwagen. Er stand oben auf der Rampe und nahm die Situation auf, indem er die Szenerie so kühl und gelassen musterte, als habe er alles völlig unter Kontrolle. Sein eisiger Blick ließ mehr als einen von Hanleys Soldaten zusammenzucken. Tom wußte, wie sie sich fühlten. Trotz allem, was vorgefallen war, kam es ihnen nicht richtig vor, ihre Waffen auf einen General zu richten, besonders nicht auf einen, der so hochdekoriert war und so verehrt wurde wie Nathan Trahn.

Trahn schnitt ein finsteres Gesicht. »Dafür könnte ich Sie erschießen lassen, Rocquette.«

»Das haben Sie bereits versucht, General. Es hat nicht geklappt. Furlann hat uns alles erzählt. Ihr Machtspiel ist vorbei.«

»Sie sind derjenige, der das Machtspiel veranstaltet«, sagte Trahn wie aus der Pistole geschossen. »Ich weiß nicht, was Sie vorhaben, Rocquette, aber weder Sie noch irgend jemand von denen, die so dumm sind, Sie zu unterstützen, werden davon profitieren.«

»Wir wissen, was los ist, General«, sagte Hanley, indem er Furlann vorwärts schob. Der Lieutenant band die Kapuze los und nahm sie Furlann ab, so daß Trahn sehen konnte, wer sie über ihn informiert hatte. Er versetzte Furlann einen Stoß. Die Magierin stolperte und landete vor dem General auf dem Boden.

Auf Toms Signal startete Andy die vorbereitete Sendung und ließ sie über alle Monitore der TOZ laufen. Die Aufzeichnung begann mit einem Bericht Toms, der Colonel Lessems Befehle und seine anschließende Weigerung schilderte, sie zu befolgen. Es folgte Cinquedas Aufzeichnung von Furlanns Geschichte. Obwohl Furlann ihn stark belastete, blieb Trahn ungerührt.

»Falsche Anschuldigungen und ein gefälschtes Videoband von Captain Furlann«, sagte Trahn. Er half der gefesselten Furlann auf.

»Wir können das Gegenteil beweisen«, sagte Tom zu ihm.

Trahn zuckte die Achseln. »Dann eben erzwungene

Lügen. Sehen Sie sich doch an, wie Sie Captain Furlann hergebracht haben. Ich bin sicher, sie hat eine interessante Geschichte zu erzählen, wenn Sie alle vor dem Kriegsgericht stehen.«

»Einige von uns sind Zivilisten, General«, sagte Markowitz.

»Für Sie reicht auch ein normales Gericht. Hochverrat ist immer noch ein Kapitalverbrechen.«

»Komisch, daß ausgerechnet Sie von Hochverrat reden«, sagte Markowitz. »Hey, Junge, steht die Verbindung mit den Netzen schon?«

»Ist geöffnet und überträgt«, erwiderte Andy.

»Sorg dafür, daß alle Dateien eingespeist werden. Alle sollen sehen, wie der gute General hier die Tumulte für seine eigenen Zwecke inszeniert hat.« Markowitz richtete seine Aufmerksamkeit wieder auf Trahn. »Sie haben uns mit einem Gerichtsverfahren gedroht, und vielleicht erwartet uns tatsächlich eines. Aber Sie, General, stehen jetzt vor Gericht. Vor dem Gericht der Öffentlichkeit, die Sie so rücksichtslos gefährdet haben. Diese bedauerliche Szene wandert zusammen mit den Daten, die wir haben, direkt an die Medien *und* ins MilNet.«

»Es stimmt, General«, sagte Furlann. »Rocquette hat die Beweise.« Sie wich einen Schritt zurück, als wolle sie sich von ihm lossagen.

Er ignorierte sie, duchbohrte Tom mit seinem Blick. »Sie verstehen gar nichts, nicht wahr? Nein, ersparen Sie sich die Mühe einer Antwort. Sie wäre doch nur wieder eine Lüge. Ich könnte Sie fragen, warum, aber das hat keinen Sinn. Ich kann nur annehmen, daß Ihr Herz ebenso verunstaltet ist wie der Körper Ihres Vaters. Sie sind genau wie er – kein echter Soldat. Sie sind nur ein weiteres Symptom der Krankheit, die unser Land von innen verfaulen läßt.«

»Die einzige Krankheit ist die in Ihrem Kopf«, sagte Tom, dem zu seinem Bedauern aufging, daß es sich tatsächlich so verhielt.

»Sie irren sich, Rocquette. Und zwar gründlich. Und was Sie hier tun, ist falsch. Sie werden das noch bitter bereuen. Die Strafe für Verrat ist hoch, und ich werde dafür sorgen, daß Sie ihr nicht entgehen.«

Das alles entwickelte sich nicht so, wie Tom erwartet hatte. Trahn verhielt sich so, als habe er immer noch alles unter Kontrolle.

»Tom?«

Andys Stimme zitterte vor Unsicherheit. Tom befürchtete eine unvorhergesehene Komplikation und fragte: »Was ist los?«

»Wir bekommen einen verschlüsselten Anruf. Von der Air Force One.«

»Auf Monitor eins legen«, befahl Trahn.

Die Anzeige auf dem großen Bildschirm wechselte von einer grafischen Darstellung der Datenübertragung, die immer noch lief, auf ein Bild des Oberkörpers eines äußerst bestürzt wirkenden Präsidenten Steele. Trahn nahm Haltung an und wandte sich dem Monitor zu. »Was geht bei Ihnen vor, General? Wir bekommen einige äußerst beunruhigende Sendungen von Ihrem Hauptquartier herein. Die Netze sind hyperaktiv.«

»Es besteht kein Grund zur Beunruhigung, Mr. President.«

Steele öffnete und schloß den Mund, da er sich offenbar eine zuvor geplante Bemerkung verkniff. Seine Augen weiteten sich. »Kein Grund? Reden Sie so weiter, und Sie überzeugen mich davon, daß Sie tatsächlich so wahnsinnig sind, wie Sie von der Hälfte der Medienvertreter bereits bezeichnet werden.«

»Wir erleben gerade einen weiteren Angriff der Desinformations-Decker der Konföderierten«, sagte Trahn. »Wir kümmern uns bereits darum.«

Tom mußte sich fragen, ob der General glaubte, was er dem Präsidenten erzählte. Trahn *klang*, als glaubte er es.

»General, wir reden hier über Sendungen, die aus

Ihrem eigenen Hauptquartier stammen. Die Sicherheit wurde kompromittiert. Das sieht *nicht* besonders gut aus, und ich brauche Antworten auf die Fragen, die mir gestellt werden. Sie bringen mich in eine peinliche Lage, und das ist noch sehr gelinde ausgedrückt.«

»Wie ich schon sagte, Mr. President, wir kümmern uns bereits um die Angelegenheit. Im Augenblick brauche ich Ihre Unterstützung. Das Land braucht Ihre Unterstützung. Wir müssen unser Programm fortsetzen.«

Auf Tom machte der Präsident einen entschieden unbehaglichen Eindruck. »Ein Haufen Leute sagt mir, *Sie* seien das Problem, General.«

»Diese Leute begreifen die Situation nicht, Mr. President.«

»Zum Teufel, Trahn! Ich weiß nicht, ob *ich* die Situation noch begreife. Die Angelegenheit entwickelt sich nicht so, wie Sie das vorhergesagt haben.«

»Sie müssen Vertrauen haben, Mr. President.«

Tom ging zu Andy. »Wird das auch übertragen?«

»Jedes Wort.«

»Weiß das der Präsident?«

»Ich kann mir nicht vorstellen, wie ihm das entgangen sein sollte.«

Das ließ die Dinge in einem anderen Licht erscheinen. Ziemlich viel von dem, was Steele sagte, hörte sich nach Absicherung an. Trahn wurde der Rücken nicht so gestärkt, wie er es anzunehmen schien.

Präsident Steele straffte die Schultern. »Wir haben bisher immer offen miteinander geredet, General, also bin ich auch jetzt offen. General Trahn, sind Sie ein Verräter?«

»Nein, Sir!« In Trahns Stimme lag nichts als ehrliche Überzeugung.

Welche Definition legte Trahn zugrunde?

»Und Sie haben nicht getan, was diese Leute behaupten?« fragte Steele.

Trahn seufzte. »Sehen Sie denn nicht, was vorgeht?«

»Erklären Sie es mir, General. Der Stuhl wird ziemlich heiß unter meinem Hintern.«

»Wir tun, was getan werden muß«, begann Trahn. Er hielt eine leidenschaftliche Ansprache, in der er rechtfertigte, was er getan hatte. Im Zuge seiner Erklärung bekannte er sich zu praktisch allem, was Tom und die Runner von seinem Plan aufgedeckt hatten: die Komper als Vorwand zu benutzen, um die Aufmerksamkeit auf die »Notlage« der Armee zu lenken. Laut Trahn war all das für eine gute und notwendige Sache geschehen. Das Opfer war gerechtfertigt, um die UCAS stark zu machen. »Es geht nur darum, Ihnen und allen anderen die Wahrheit vor Augen zu führen, die akzeptiert werden muß, wenn dieses Land wieder zu seiner einstigen Größe finden will.«

»Ich habe genug gehört«, sagte der Präsident mit versteinerter Miene. »Als Oberkommandierender der Armee ordne ich den sofortigen Stop aller militärischen Operationen im Bundesdistrikt an. Alle militärischen Einheiten halten sich in Bereitschaft, und alle Offiziere melden sich in ihren Basen, bis diese Angelegenheit einer eingehenden Untersuchung unterzogen worden ist. Das Gemetzel wird aufhören.«

Während der Präsident seine Befehle gab, wurde Trahn sehr still.

»Es ist bereits im MilNet«, krähte Andy. »Zusammen mit Trahns Amtsenthebung. Der Militärdistrikt Südost untersteht ab jetzt dem Befehl von General Ravierez.«

»Ich hoffe um Ihretwillen, daß Ihr Name reingewaschen wird, General. Aber ich muß tun, was ich tun muß. Ich bin sicher, Sie verstehen das«, sagte Steele. Der Schirm wurde dunkel.

Sie hatten es geschafft. Tom fühlte sich wie betäubt.

Trahns Miene hatte einen harten Ausdruck angenommen. Mit kaum hörbarer Stimme sagte er: »Jetzt sehen wir den wahren Verräter.«

Trahn wirbelte herum und stieß Furlann in seinen

Wohnwagen, während er die Kontrolle für die Rampe betätigte. Die Hydraulik heulte auf, als das Paar im Innern des Wohnwagens verschwand. Jemand gab einen Schuß auf den fliehenden General ab, doch die Kugeln prallten von der Panzerung der sich schließenden Tür ab. Tom realisierte verlegen, daß er der Schütze war. Er senkte seine Waffe.

Was spielte es für eine Rolle? Trahn ging nirgendwohin. Der TOZ-Wohnwagen hatte keine Verbindung zwischen Kabine und Fahrerabteil, und einen Fahrer gab es ohnehin nicht. Dafür hatte Tom gesorgt. Trahn würde nirgendwohin gehen. Früher oder später mußte er herauskommen.

»Also schön, die Schau ist vorbei. Jetzt geht es nur noch ums Aufräumen«, sagte Tom. »Verbindung zu den Medien abbrechen.«

Doch einige von Trahns Offizieren machten immer noch einen mürrischen Eindruck. Tom flüsterte Hanley zu, daß er sie besonders sorgfältig beobachten solle. Dann überzeugte er sich davon, daß die TOZ Bestätigungen des Bereitschaftsbefehls von allen Einheiten erhielt.

»Trahn verschafft sich Zugang zu den Funkkanälen«, sagte Andy.

»Zeig es mir«, befahl Tom. Dieser Zug kam nicht unerwartet.

Andys Finger huschten über die Konsole. »Der grüne Schirm zeigt die Befehle, die er gibt. Auf dem blauen Schirm sieht man das Signal seines Senders. Der gelbe Schirm gibt Aufschluß, welche Kanäle und Zugänge er benutzen will.«

Tom sah Zeilen von Computercode über den Schirm wandern, als Trahn sich für den TOZ-Computer identifizierte. Als dieser ihn akzeptierte, erschien sein Gesicht auf dem blau umrandeten Schirm. Versuchte er einen Hilferuf zu senden?

»Offener Zugang zum MilNet.« Trahns Stimme klang

wieder völlig ruhig. »Hier spricht Trahn. Plan Vernunft ausführen. Wiederhole, Plan Vernunft ausführen. Bestätigungscode folgt.«

Tom öffnete die Direktverbindung zum Wohnwagen. »Was ist Plan Vernunft, General?«

Trahns Gesicht verschwand vom Monitor. Er hatte seine Nachricht abgeschickt und die Verbindung unterbrochen. Seine Stimme ertönte über den Lautsprecher der Direktverbindung.

»Der Name spricht für sich selbst. Jene von uns, die den Wahnsinn erkannt haben, dem unser Land verfallen ist, haben ein Programm erstellt, um uns wieder auf den richtigen Kurs zu bringen, den Vernünftigen Kurs.«

»Eine Militärjunta?« Plötzlich hatte Tom den Eindruck, daß sein Großvater recht gehabt hatte, was die geheimen Cliquen und Intrigen innerhalb des Militärs betraf.

»Ich bin sicher, einige der linksgerichteten Medienvertreter werden es so nennen. Ich will nicht abstreiten, daß der Kern der besorgten Leute innerhalb des Militärs entstanden ist, aber unsere Koalition ist nicht auf aktiv Diensttuende beschränkt, nicht einmal auf Leute, die eine gewisse Zeit ihres Lebens in Uniform verbracht haben. Wir haben eine breite Plattform der Unterstützung bei jenen, die nicht gewillt sind, sich wie Schafe zur Schlachtbank führen zu lassen.«

»Mit anderen Worten, ein Staatsstreich«, sagte Markowitz. »Für mich klingt das ziemlich unamerikanisch.«

»Der erste Präsident dieses Landes war ein General«, erwiderte Trahn. »Seine größten Präsidenten waren alle Männer des Militärs oder Zivilisten, die klug genug waren, auf Militärs zu hören. Gedient zu haben ist kein Hindernis, die politischen Vorgänge zu begreifen, von denen das Land bestimmt wird. Vielmehr ist es ein großer Vorteil. Ich brauche wohl kaum zu erwähnen, daß der wehrhafte Bürger eine der stolzesten Traditionen unseres Landes ist.«

»Ihr Verständnis davon ist ebenso verzerrt wie Ihre Sichtweise von anderen Dingen«, sagte Markowitz. »Ihr Staatsstreich hat nicht die geringste Chance.«

»In diesem Augenblick werden bereits vertrauenswürdige Männer aktiv«, sagte Trahn zuversichtlich. »Der Präsident zwingt uns dazu, weil er zu nachgiebig ist. Mittlerweile dürfte sein Flugzeug abgeschossen sein, und es wird keine Überlebenden geben. Im Hinblick auf die gegenwärtigen Probleme bin ich davon überzeugt, daß es sich bei den Verantwortlichen um Attentäter aus den Konföderierten Staaten handelt. Ein ziemlich unkluger Schachzug von ihnen. Wir könnten ihnen deswegen den Krieg erklären. In Kürze werden ich Sie davon unterrichten.«

»Das heißt also, daß Sie die Regierung übernehmen?« fragte Tom.

»Nur vorübergehend. Schließlich leben wir in einer Demokratie. Ich bin sicher, die Öffentlichkeit wird einen guten Mann wählen, wenn ihr ihre Wahlmöglichkeiten vernünftig aufgezeigt werden.«

»Und *ich* bin sicher, daß Sie diese Chance nicht bekommen werden.« Tom wandte sich an Andy. »Leg mein Mikro auf den sicheren Kanal und leg die Verbindung auf diesen Monitor.«

Als die Verbindung geöffnet wurde, wandte sich Tom an den besorgten Mann auf dem Bildschirm. »Mr. President, Sie haben zugehört?«

»Major Rocquette, diese Frage kann ich bejahen. Es hat den Anschein, als sei Ihre überstürzte Handlungsweise unabhängig vom Wahrheitsgehalt Ihrer früheren Anschuldigen gerechtfertigt gewesen. Sie haben Ihrem Land heute einen großen Dienst erwiesen. Ich fürchte aber, die unmittelbare Belohnung dafür ist eher eine Last. Ich möchte, daß Sie die Kommandozentrale übernehmen, bis General Ravierez eintrifft. Nehmen Sie General Trahn bis dahin in Haft. Wenn Sie es einrichten können, einige seiner Komplizen zu verhaften, tun Sie es.« Steele räusperte sich. »Und, Major …«

»Ja, Sir?«

»Sie haben meinen persönlichen Dank. Es ist gut zu wissen, daß es in diesem Land noch loyale Männer wie Sie gibt.«

»Vielen Dank, Sir«, sagte Tom höflich. Er hatte das alles nicht für Steele getan.

Als das Gespräch mit dem Präsidenten vorbei war, sagte Tom zu Trahn: »Wie Sie sehen konnten, ist der Präsident noch am Leben. Sie haben Ihre Trümpfe ausgespielt und stehen mit leeren Händen da. Ihre Komplizen außerhalb der TOZ haben nichts gehört, nada, kein einziges Wort.«

»*Ich* kontrolliere die Sendungen«, fügte Andy schelmisch hinzu. »Keine einzige Sendung verläßt diesen Ort ohne meine Genehmigung. Das schließt auch Ihren Zugang ein, General. Sie hätten die Rückmeldungen lesen sollen, die Sie nach Ihren Zugangsversuchen erhalten haben. Dann hätten Sie gesehen, daß Ihre Sendung nirgendwohin gehen würde.«

»Sie haben sich isoliert und exponiert, General. Es ist alles vorbei«, sagte Tom, der froh darüber war.

»Ihr seid alle Narren, wenn ihr glaubt, daß es damit zu Ende ist!« rief Trahn. »Ich …«

Die Verbindung riß ab. Toms Blick wanderte zum Wohnwagen des Generals. Irgend etwas war darin vorgefallen.

Niemand sprach. Die Konsolen summten in der Stille vor sich hin, die sich plötzlich über die Zentrale gesenkt hatte. Das Nachrichtenbord piepte stetig, da es auf eingehende Anrufe aufmerksam machte.

Das leise Klicken des Verschlußmechanismus der Rampe klang übermäßig laut. Die Rampe schwang nach unten und schlug krachend auf den Boden. Die durch den Fall der Rampe verdrängte Luft brachte den

Gestank nach verbranntem Plastik und den süßlichen Geruch nach gekochtem Schweinefleisch mit sich. Furlann schlenderte die Rampe hinunter, wobei sie sich die Hände rieb, vermutlich um den Blutkreislauf anzuregen.

»Was, zum Teufel, haben Sie getan?« fragte Tom entsetzt. Er hatte eine gute Vorstellung, wie die Antwort ausfallen würde. Trahn war vermutlich der einzige, der sie mit der Verschwörung in Verbindung bringen konnte.

»Sie haben ihn doch gehört«, sagte Furlann. »Seine eigenen Worte haben ihn den Gesetzen unseres Landes entsprechend als Hochverräter entlarvt. In Kriegszeiten steht darauf der Tod. Aber abgesehen davon hieß es nur: er oder ich.«

»Das hier ist kein Krieg«, stellte Andy fest.

»Versuch mal, die Wirklichkeit herunterzuladen, Junge«, riet Furlann ihm.

Seltsame Worte von jemandem, dachte Tom, der die Wirklichkeit so sehr zurechtbog, um sie seinen eigenen Bedürfnissen anzupassen.

**>>>>>WFDC-Live-Berichterstattung -[08:00:01/30-8-55]**
**DC Am Morgen mit Jess Bok [BOKX-345]**

*Bok:* »Guten Morgen, Guten Morgen, GUTEN MORGEN! Und, wie ist es draußen so, ihr Frühaufsteher? Seid ihr alle wieder glücklich und zufrieden, daß ihr wieder im Stau steht und zur Arbeit kriecht? Hupt, wenn ihr glücklich seid!

Hört sich an, als wären *viele* glückliche Leute dort draußen. Und ihr habt allen Grund, auch weiterhin die Beißerchen zu zeigen, Frühaufsteher. Chief Commissioner Ericson hat *versprochen*, daß die Metro spätestens am Montag wieder fährt. Das wollen wir auch hoffen, diese Amateur-Pendler müssen von der Straße und wieder zurück auf die Schienen, wohin sie gehören. Ich mache hier natürlich nur Spaß, ihr Anfänger.

Hey, Freunde, ich weiß, daß ihr alle wieder unterwegs in die alte Tretmühle seid, aber vergeßt nicht, um zehn ein Fenster zu öffnen oder euch sonstwie in Sherry Bentfields *Unsere Stadt, unser Land* einzuschalten. Sherry hat heute einen *nova*-heißen Gast: niemand geringeres als *die* Heldin der Stunde, Captain Rita Furlann vom Thaumaturgischen Korps. Ganz genau! Die bezaubernde junge Dame, die uns alle vor dem fiesen alten General Trahn gerettet hat, wird euch die *wahre* Geschichte hinter den Mediensplittern erzählen und sich direkt mit euch im WFDC-Kommunikationsforum unterhalten. Das dürft ihr nicht verpassen, Leute! Hey, ich weiß, daß *ich* zuhören werde.

Bis dahin achtet auf gesperrte Straßen in der Nähe von vereinzelten Widerstandsnestern nicht aufgeklärter Komper. Bundespolizisten und Armee werden zwar von besorgten Konzernen wie Telestrian Industries Ost und Saeder-Krupp unterstützt, aber es gibt immer noch ein paar Unverbesserliche, zu denen weder die Nachrichten noch das PTTS-Gas durchgedrungen sind.

Wenn ihr diesen kleinen Problemzonen ausweichen wollt, könnt ihr bei uns die jüngsten Updates abrufen. GEBÜHRENPFLICHTIG

Vergeßt nicht, wir sind im Geschäft, um euch sicher überallhin zu bringen.

Wir schalten jetzt zu Johnny Willard, der uns seit Wochen eine Erholung von diesem schwülen Wetter verspricht. Johnny hat mir gerade erzählt, daß er sein Versprechen diesmal halten kann. Die reine Wahrheit, Frühaufsteher. Das hat er gesagt. Hey, Johnny ...« < < < < <

## 25

Tom schaltete das Autoradio aus, als er die Ausfahrt Glebe Road nahm. Er hatte sein Ziel fast erreicht, und da er nun aus dem zähflüssigen Verkehr heraus war, brauchte er die Ablenkung nicht mehr. Außerdem war er es leid, den Propagandisten zuzuhören, die so schwer arbeiteten.

Er hatte keine Schwierigkeiten, auf dem Parkplatz hinter der Anlage eine freie Box zu finden. Das Gebäude war kein Gericht, nicht einmal ein Polizeirevier oder eine militärische Einrichtung, aber dennoch würde er hier seine offizielle Aussage bezüglich der Vorgänge in den letzten Wochen machen. Es sah wie ein gewöhnliches Bürogebäude aus, und vielleicht war es das auch meistens. Das Identifikationsschild war kürzlich entfernt worden. Was es auch gewesen war, heute war es der Ort, an dem sich die Sonder-Commissioner des Präsidenten trafen. Tom beantwortete bereits seit Tagen Fragen. Die heutige Übung war eine reine Formalität. Man hatte ihm versprochen, daß er sein Leben nach dem heutigen Tag würde normal fortsetzen können.

Er war nicht der einzige, der vor die Commissioner treten mußte. Ein weiterer Wagen, ein alter, viertüriger, dunkelblauer Toyota Epsilon fuhr auf den Parkplatz. Markowitz öffnete die Fahrertür.

»Gutes Timing«, sagte er.

Andy und Kit stiegen hinten aus. Die Federung des Wagens quietschte, als der vierte Passagier ausstieg, ein klobiger Ork mit Trenchcoat und Schlapphut, die in der schwülen Morgenhitze ebenso fehl am Platz waren wie ein Badeanzug auf dem Schlachtfeld. Unter den Brauen des Orks funkelte Chrom. Tom mußte den Blick von dem Ork abwenden, als Andy zu ihm lief und ihn wie einen lange verschollenen Bruder begrüßte. Was er in gewisser Weise auch war.

»Nette Uniform«, sagte Andy. »Aber du solltest die anderen Orden wirklich mal polieren, damit sie den Vergleich mit dem neuen standhalten.«

Tom schaute auf die Ehrenmedaille des Präsidenten. Andy hatte recht. Sie sah nicht so aus, als gehöre sie dorthin. Tom war das egal. Der Unterschied zwischen dem Alten und dem Neuen gefiel ihm gut. Schließlich hatte Furlann in derselben Zeremonie, in der Steele diese an Toms Brust geheftet hatte, dieselbe Ehrenmedaille verliehen bekommen. Soviel zu der *Ehren*-Medaille. Er schob den Gedanken beiseite.

»Was ist mit dem Ork? Wo ist Cinqueda?«

»Sie war Ersatz«, sagte Markowitz. »Shamgar ist Stammspieler. Sag' guten Tag, Shamgar.«

Shamgar schnitt lediglich eine finstere Miene und sagte kein Wort. Es hatte eine Zeit gegeben, da hätte Tom solch eine Unverschämtheit als persönliche Beleidigung aufgefaßt oder als unwichtig abgetan. Heute sah er, daß sich die Mißstimmung des Orks gegen Markowitz und die ganze Situation richtete. Tom konnte das verstehen und nachempfinden, fand es jedoch merkwürdig, daß er Sympathien für einen Ork aufbrachte. Aber der Ork hatte keinen Anteil an dem gehabt, was ihn hergebracht hatte, ganz im Gegensatz zu Cinqueda. »Was ist mit Cinquedas Aussage?«

»Sie denkt, sie hat sie bereits gemacht«, sagte Kit.

Cinqueda hatte überhaupt nicht mit den Commissioners geredet. Wenn sie ihre Aufzeichnung für sich selbst sprechen lassen und nicht durch eine persönliche Aussage stützen wollte, war das ihre Entscheidung. Er respektierte sie. Sie hatte sich diesen Respekt mehr als verdient.

Als sie das Gebäude betraten, sagte Markowitz: »Haben Sie schon das Neuste gehört? Christian Randolph ist von Aufrührern der Konföderierten unter Drogen gesetzt worden. Sie haben seine Kompensationsarmee übernommen, um in Washington Ärger zu machen und der Bevölkerung so viel Angst einzujagen, daß sie sich auf der Suche nach einer Lösung der Probleme nach Süden wenden würde. Die Konföderierten wollten die Unfähigkeit der Regierung, die Tumulte zu beenden, als Vorwand nutzen, um sich North Virginia und die südlich des Potomac gelegene Region des Bundesdistrikts zu schnappen – natürlich alles nur im Interesse der Sicherheit der Bevölkerung. Randolph hatte das Pech, ihre Marionette zu werden. Die Drogen bewirkten Größenwahnsinn, und das ist auch der Grund, warum er dieses Keiner-kriegt-mich-lebend-Opfer am Block durchgezogen hat. Ziemlich traurige Geschichte. Er war ein ehrlicher Mann, wenn auch ein wenig naiv.«

Tom staunte. »Stimmt das?«

»Wer weiß? Es hat jedenfalls eine Menge Sympathien für die Komper geweckt. Das heißt, für die echten Komper. Der Kongreß hat beschlossen, den Entschädigungsforderungen nachzugeben, die Randolph und seine Marschierer überhaupt erst nach Washington gebracht haben. Zehn Cents für den Dollar.«

»Kommt mir nicht gerecht vor«, sagte Andy.

Was war Gerechtigkeit?

Die Tatsache, daß Telestrian mit den Konföderierten gemeinsame Sache gemacht hatte, wurde im Licht der

Entscheidung des Konzerns, seine Sicherheitskräfte mit nicht tödlicher Aufruhrunterdrückungsausrüstung zu bestücken und diese Kräfte der Regierung zu unterstellen, um den Gewalttaten ein unblutiges Ende zu bereiten, unter den Teppich gekehrt. Wie konnte man derartiges Verantwortungsbewußtsein und soziales Engagement bestrafen, insbesondere dann, wenn sich dadurch andere Konzerne veranlaßt sahen, Telestrians Beispiel zu folgen? Allein der Zuwachs an Personal hätte schon genügt, den Aufruhr zu unterdrücken. Es war die Hilfe, die Tom von ihnen zu bekommen versucht und die man ihm verweigert hatte. Jetzt wuschen sie damit ihre Sünden ab. Gerechtigkeit?

Während sie in einem Büro saßen und darauf warteten, daß die Commissioner sie zu empfangen geruhten, fragte er: »Gibt es etwas Neues über Gouverneur Jefferson?«

»Ja«, sagte Markowitz. »Wollen Sie das hören, was NewsNet sendet, oder die Wahrheit?«

Tom seufzte. »Ich nehme an, es war übertrieben optimistisch, darauf zu hoffen, daß es nur eine Version geben würde.«

»Viel zu optimistisch«, gab ihm Markowitz recht. »Offiziell ist Jefferson tot. Tatsächlich war er aber nicht an Bord der Maschine, als sie abgestürzt ist. Er hatte von einer undichten Quelle in Trahns Hauptquartier gehört, daß sein Versuch, die Geographie zu ändern, zum Scheitern verurteilt war. Er wußte, daß er in einer harten Liga spielte, und beschloß, sich unter einem Stein zu verkriechen.«

»Wo ist er? In Atlanta?«

»Keine Ahnung.« Markowitz zuckte die Achseln. »Wenn er sich nach Süden abgesetzt hat, ist er dümmer, als ich dachte. Die Konföderierten verschwenden ihr Geld nicht gerne, und *Mr.* Jefferson ist verglichen mit Gouverneur Jefferson nichts mehr wert.«

Die Commissioner befragten Tom als letzten. Als er

wieder herauskam, stellte er zu seiner Überraschung fest, daß die anderen noch da waren.

»Was machen Sie jetzt?« fragte Markowitz.

»Kurzfristig? Mittag essen.« Tom hatte Hunger, und es war weit nach Mittag.

»Okay. Wir sind dabei«, sagte Markowitz. »Aber eigentlich war ich mehr an Ihren längerfristigen Plänen interessiert.«

Längerfristig? Tom wollte seine Großeltern besuchen. Mit seinem Großvater reden. »Meinen Urlaub beenden.«

»Du meinst also, daß du in der Armee bleibst?« fragte Andy.

Darüber hatte Tom eigentlich noch nicht nachgedacht. Es war ihm nicht *eingefallen*, darüber nachzudenken. Die Armee war schon so lange sein Leben, daß er sich einfach nicht vorstellen konnte, anders zu leben.

»Es wird nicht leicht«, sagte Markowitz.

»Und was wir gerade durchgemacht haben, war *das* etwa leicht?«

»Das ist nicht dasselbe. Trahn hat Freunde, denen nicht gefallen wird, was Sie getan haben.«

»Im Moment hat Trahn nicht einen einzigen Freund im ganzen Land. Niemand war sein Kumpel, niemand hat mit ihm geredet, niemand war mit ihm zusammen, niemand hat seine politische Meinung geteilt, niemand hat gewußt, was er vorhatte, und, was das Wichtigste ist, niemand hat je von Plan Vernunft gehört. Es sieht so aus, als seien Trahns vernünftige Freunde zu vernünftig für ihn gewesen. Sie haben ihre Verluste abgeschrieben und ihn fallenlassen, sobald offensichtlich wurde, daß er untergehen würde.«

»Wie Captain Furlann?« fragte Andy.

»Ganz genau so«, stimmte Tom säuerlich zu.

»Aber sie werden deshalb nicht ihre Streifen ändern«, sagte Markowitz. »Dadurch, daß Sie Trahn zu Fall gebracht haben, haben Sie sich einen Haufen Feinde eingehandelt.«

»Mag sein.« Aber war das so schlimm? Sein Großvater hatte ihm gesagt, daß ein Mann an seinen Feinden gemessen wurde, nicht an seinen Freunden. Wenn Tom sich Leute zum Feind gemacht hatte, die glaubten, was Trahn geglaubt hatte, war das in Ordnung. Vielleicht sogar eine Art von Gerechtigkeit.

Andy zog Markowitz auf die Seite, sobald er konnte. »Ich glaube, du solltest damit aufhören.«

»Warum? Ich habe doch gerade erst angefangen.«

»Tom hat seine Entscheidung getroffen. Er glaubt, er hat einen Platz. Ich will nicht, daß du ihm diesen Glauben nimmst.«

»Es war doch deine Idee, zu versuchen, ihn davon zu überzeugen, daß er eine Zukunft als Freischaffender hat.«

»Dann habe ich mich eben geirrt. Manche Leute sind nicht für die Straße geschaffen.«

»Ach?« Markowitz klang argwöhnisch. »Reden wir jetzt von dir oder von ihm?«

»Von ihm.«

»Also gehst du nicht zu Telestrian zurück, jetzt, wo du von jeglichem Verdacht im Zusammenhang mit dem Montjoy-Run reingewaschen worden bist? Hast du ihnen nicht aus diesem Grund die Jefferson-Dateien zurückgegeben?«

Daß Markowitz davon wußte, war Andy neu. Er mochte über die Tatsache Bescheid wissen, aber er brauchte den Grund nicht zu erfahren. »Zurückgehen? Ich glaube nicht! Sie haben meinen Namen reingewaschen, na und? Andy Walker ist offiziell immer noch tot.«

»Ist nicht so viel Computerkapazität nötig, um das zu ändern. Sie können dir eine neue Identität geben, wenn du sie darum bittest.«

»Oh, sie würden mir eine neue Identität geben, aber ich bezweifle, daß sie mir gefallen würde. Nach allem, was ich im Shadowland-Netz aufgeschnappt habe, ist Osborne ein ziemlich rachsüchtiger Kerl. Wenn ich zurückginge, könnte mich das leicht den Kopf kosten.

Im Moment sehe ich meine Möglichkeiten anderswo, Marksman. Zum Beispiel gibt es in deinem Team weder einen Decker *noch* einen Rigger, und ich kann beides. Du brauchst mich.«

Er mußte Markowitz noch einige Zeit bearbeiten, aber am Ende erklärte er sich einverstanden. Und warum auch nicht? Schließlich war Andy ein Shadowrunner.

# Glossar

**Arcologie** – Abkürzung für ›**Arc**hitectural Ec**ology**‹. In Seattle ist sie der Turm des Renraku-Konzerns, ein Bauwerk von gigantischen Ausmaßen. Mit ihren Privatwohnungen, Geschäften, Büros, Parks, Promenaden und einem eigenen Vergnügungsviertel gleicht sie im Prinzip einer selbständigen, kompletten Stadt.

**Aztechnology-Pyramide** – Niederlassung des multinationalen Konzerns Aztechnology, die den Pyramiden der Azteken des alten Mexiko nachempfunden ist. Obwohl sie sich in ihren Ausmaßen nicht mit der Renraku-Arcologie messen kann, bietet die Pyramide mit ihrer grellen Neonbeleuchtung einen atemberaubenden Anblick.

**BTL-Chips** – Abkürzung für ›**B**etter **T**han **L**ife‹ – besser als die Wirklichkeit. Spezielle Form der SimSinn-Chips, die dem User (Benutzer) einen extrem hohen Grad an Erlebnisdichte und Realität direkt ins Gehirn vermitteln. BTL-Chips sind hochgradig suchterzeugend und haben chemische Drogen weitgehend verdrängt.

**Chiphead, Chippie, Chipper** – Umgangssprachliche Bezeichnung für einen BTL-Chip-Süchtigen.

**chippen** – umgangssprachlich für: einen (BTL-)Chip reinschieben, auf BTL-Trip sein usw.

**Chummer** – Umgangssprachlich für Kumpel, Partner, Alter usw.

**Cyberdeck** – Tragbares Computerterminal, das wenig größer ist als eine Tastatur, aber in Rechengeschwindigkeit und Datenverarbeitung jeder Ansammlung von Großrechnern des 20. Jahrhunderts überlegen ist. Ein Cyberdeck hat darüber hinaus ein SimSinn-Interface, das dem User das Erlebnis der Matrix in voller sinnlicher Pracht ermöglicht. Das derzeitige Spitzenmodell, das *Fairlight Excalibur,* kostet 990 000 Nuyen, während das Billigmodell *Radio Shack PCD-100* schon für 6200 Nuyen zu haben ist. Die Leistungsunterschiede entsprechen durchaus dem Preisunterschied.

**Cyberware** – Im Jahr 2050 kann man einen Menschen im Prinzip komplett neu bauen, und da die cybernetischen Ersatzteile die ›Leistung‹ eines Menschen zum Teil beträchtlich erhöhen, machen sehr viele Menschen, insbesondere die Straßensamurai, Gebrauch davon. Andererseits hat die Cyberware ihren Preis, und das nicht nur in Nuyen: Der künstliche Bio-Ersatz zehrt an der Essenz des Menschlichen. Zuviel Cyberware kann zu Verzweiflung, Melancholie, Depression und Tod führen.

Grundsätzlich gibt es zwei verschiedene Arten von Cyberware, die **Headware** und die **Bodyware.**

Beispiele für Headware sind **Chipbuchsen,** die eine unerläßliche Voraussetzung für die Nutzung von **Talentsofts** (und auch BTL-Chips) sind. **Talentsofts** sind Chips, die dem User die Nutzung der auf den Chips enthaltenen Programme ermöglicht, als wären die Fähigkeiten seine eigenen. Ein Beispiel für ein gebräuchliches Talentsoft ist ein Sprachchip, der dem User die Fähigkeit verleiht, eine Fremdsprache so zu benutzen, als sei sie seine Muttersprache.

Eine **Datenbuchse** ist eine universellere Form der Chipbuchse und ermöglicht nicht nur Input, sondern auch Output. Ohne implantierte Datenbuchse ist der Zugang zur Matrix unmöglich.

Zur gebräuchlichsten Headware zählen die **Cyberaugen.** Die äußere Erscheinung der Implantate kann so ausgelegt werden, daß sie rein optisch nicht von biologischen Augen zu unterscheiden sind. Möglich sind aber auch absonderliche Effekte durch Gold- oder Neon-Iris. Cyberaugen können mit allen möglichen Extras wie Kamera, Lichtverstärker und Infrarotsicht ausgestattet werden.

**Bodyware** ist der Sammelbegriff für alle körperlichen Verbesserungen. Ein Beispiel für Bodyware ist die **Dermalpanzerung,** Panzerplatten aus Hartplastik und Metallfasern, die chemisch mit der Haut verbunden werden. Die **Smartgunverbindung** ist eine Feedback-Schaltschleife, die nötig ist, um vollen Nutzen aus einer Smartgun zu ziehen. Die zur Zielerfassung gehörenden Informationen werden auf die Netzhaut des Trägers oder in ein Cyberauge eingeblendet. Im Blickfeldzentrum erscheint ein blitzendes Fadenkreuz, das stabil wird, sobald das System die Hand des Trägers so ausgerichtet hat, daß die Waffe auf diesen Punkt zielt. Ein typisches System dieser Art verwendet ein subdermales **Induktionspolster** in der Handfläche des Trägers, um die Verbindung mit der Smartgun herzustellen.

Jeder Straßensamurai, der etwas auf sich hält, ist mit **Nagelmessern** und/oder **Spornen** ausgerüstet, Klingen, die im Hand- oder Fingerknochen verankert werden und in der Regel einziehbar sind.

Die sogenannten Reflexbooster sind Nervenverstärker und Adrenalin-Stimulatoren, die die Reaktion ihres Trägers beträchtlich beschleunigen.

**decken** – Das Eindringen in die Matrix vermittels eines Cyberdecks.

**Decker** – Im Grunde jeder User eines Cyberdecks.

**DocWagon** – Das DocWagon-Unternehmen ist eine private Lebensrettungsgesellschaft, eine Art Kombination von Krankenversicherung und ärztlichem Notfalldienst, die nach Anruf in kürzester Zeit ein Rettungsteam am Tat- oder Unfallort hat und den Anrufer behandelt. Will man die Dienste des Unternehmens in Anspruch nehmen, benötigt man eine Mitgliedskarte, die es in drei Ausführungen gibt: Normal, Gold und Platin. Je besser die Karte, desto umfangreicher die Leistungen (von ärztlicher Notversorgung bis zu vollständigem Organersatz). Das DocWagon-Unternehmen hat sich den Slogan eines im 20. Jahrhundert relativ bekannten Kreditkartenunternehmens zu eigen gemacht, an dem, wie jeder Shadowrunner weiß, tatsächlich etwas dran ist: Never leave home without it.

**Drek, Drekhead** – Gebräuchlicher Fluch; abfällige Bezeichnung, jemand der nur Dreck im Kopf hat.

**ECM** – Abkürzung für ›**E**lectronic **C**ounter**m**easures‹; elektronische Abwehrsysteme in Flugzeugen, Panzern usw.

**einstöpseln** – Bezeichnet ähnlich wie **einklinken** den Vorgang, wenn über Datenbuchse ein Interface hergestellt wird, eine direkte Verbindung zwischen menschlichem Gehirn und elektronischem System. Das Einstöpseln ist die notwendige Voraussetzung für das Decken.

**Exec** – Hochrangiger Konzernmanager mit weitreichenden Kompetenzen.

**Fee** – Abwertende, beleidigende Bezeichnung für einen Elf. (Die Beleidigung besteht darin, daß amer. mit ›Fee‹ auch Homosexuelle, insbesondere Transvestiten bezeichnet werden.)

**geeken** – Umgangssprachlich für ›töten‹, ›umbringen‹.

**Goblinisierung** – Gebräuchlicher Ausdruck für die sogenannte Ungeklärte Genetische Expression (UGE). UGE ist eine Bezeichnung für das zu Beginn des 21. Jahrhunderts erstmals aufgetretene Phänomen der Verwandlung ›normaler‹ Menschen in **Metamenschen.**

**Hauer** – Abwertende Bezeichnung für Trolle und Orks, die auf ihre vergrößerten Eckzähne anspielt.

**ICE** – Abkürzung für ›**I**ntrusion **C**ountermeasure **E**quipment‹, im Deckerslang auch Ice (Eis) genannt. Grundsätzlich sind ICE Schutzmaßnahmen gegen unbefugtes Decken. Man unterscheidet drei Klassen von Eis: **Weißes Eis** leistet lediglich passiven Widerstand mit dem Ziel, einem Decker das Eindringen so schwer wie möglich zu machen. **Graues Eis** greift Eindringlinge aktiv an oder spürt ihren Eintrittspunkt in die Matrix auf. **Schwarzes Eis** (auch Killer-Eis genannt) versucht, den eingedrungenen Decker zu töten, indem es ihm das Gehirn ausbrennt.

**Jackhead** – Umgangssprachliche Bezeichnung für alle Personen mit Buchsenimplantaten. Darunter fallen zum Beispiel Decker und Rigger.

**Knoten** – Konstruktionselemente der Matrix, die aus Milliarden von Knoten besteht, die untereinander durch Datenleitungen verbunden sind. Sämtliche Vorgänge in der Matrix finden in den Knoten statt. Knoten sind zum Beispiel: I/O-Ports, Datenspeicher, Subprozessoren und **Sklavenknoten,** die irgendeinen physikalischen Vorgang oder ein entsprechendes Gerät kontrollieren.

**Lone Star Security Services** – Die Polizeieinheit Seattles. Im Jahre 2050 sind sämtliche Datenleistungsunternehmen, auch die sogenannten ›öffentlichen‹, privatisiert. Die Stadt schließt Verträge mit unabhängigen Gesellschaften, die dann die wesentlichen öffentlichen Aufgaben wahrnehmen. Renraku Computer Systems ist zum Beispiel für die öffentliche Datenbank zuständig.

**Matrix** – Die Matrix – auch Gitter genannt – ist ein Netz aus Computersystemen, die durch das globale Telekommunikationsnetz miteinander verbunden sind. Sobald ein Computer mit irgendeinem Teil des Gitters verbunden ist, kann man von jedem anderen Teil des Gitters aus dorthin gelangen.

In der Welt des Jahres 2050 ist der direkte physische Zugang zur Matrix möglich, und zwar vermittels eines ›Matrix-Metaphorischen Cybernetischen Interface‹, kurz Cyberdeck genannt. Die sogenannte **Matrix-Metaphorik** ist das optische Erscheinungsbild der Matrix, wie sie sich dem Betrachter (User) von innen darbietet. Diese Matrix-Metaphorik ist erstaunlicherweise für alle Matrixbesucher gleich, ein Phänomen, das mit dem Begriff **Konsensuelle Halluzination** bezeichnet wird.

Die Matrix ist, kurz gesagt, eine informations-elektronische Analogwelt.

**Messerklaue** – Umgangssprachliche Bezeichnung für einen Straßensamurai.

**Metamenschen** – Sammelbezeichnung für alle ›Opfer‹ der UGE. Die Gruppe der Metamenschen zerfällt in vier Untergruppen:

a) **Elfen:** Bei einer Durchschnittsgröße von 190 cm und einem durchschnittlichen Gewicht von 68 kg wirken Elfen extrem schlank. Die Hautfarbe ist blaßrosa bis weiß oder ebenholzfarben. Die Augen sind mandelförmig, und die Ohren enden in einer deutlichen Spitze. Elfen sind Nachtwesen, die nicht nur im Dunkeln wesentlich besser sehen können als normale Menschen. Ihre Lebenserwartung ist unbekannt.

b) **Orks:** Orks sind im Mittel 190 cm groß, 73 kg schwer und äußerst robust gebaut. Die Hautfarbe variiert zwischen rosa und schwarz. Die Körperbehaarung ist in der Regel stark entwickelt. Die Ohren weisen deutliche Spitzen auf, die unteren Eckzähne sind stark vergrößert. Das Sehvermögen der Orks ist auch bei schwachem Licht sehr gut. Die durchschnittliche Lebenserwartung liegt zwischen 35 und 40 Jahren.

c) **Trolle:** Typische Trolle sind 280 cm groß und wiegen 120 kg. Die Hautfarbe variiert zwischen rötlichweiß und mahagonibraun. Die Arme sind proportional länger als beim normalen Menschen. Trolle haben einen massigen Körperbau und zeigen gelegentlich eine dermale Knochenbildung, die sich in Stacheln und rauher Oberflächenbeschaffenheit äußert. Die Ohren weisen deutliche Spitzen auf. Der schräg gebaute Schädel hat 34 Zähne mit vergrößerten unteren Eckzähnen. Trollaugen sind für den Infrarotbereich empfindlich und können daher nachts unbeschränkt aktiv sein. Ihre durchschnittliche Lebenserwartung beträgt etwa 50 Jahre.

d) **Zwerge:** Der durchschnittliche Zwerg ist 120 cm groß und wiegt 72 kg. Seine Hautfarbe ist normalerweise rötlich weiß oder hellbraun, seltener dunkelbraun. Zwerge haben unproportional kurze Beine. Der Rumpf ist gedrungen und breitschultrig. Die Behaarung ist ausgeprägt, bei männlichen Zwergen ist auch die Gesichtsbehaarung üppig. Die Augen sind für infrarotes Licht empfindlich. Zwerge zeigen eine erhöhte Resistenz gegenüber Krankheitserregern. Ihre Lebensspanne ist nicht bekannt, aber Vorhersagen belaufen sich auf über 100 Jahre.

Darüber hinaus sind auch Verwandlungen von Menschen oder Metamenschen in Paraspezies wie **Sasquatchs** bekannt.

**Metroplex** – Ein Großstadtkomplex.

**Mr. Johnson** – Die übliche Bezeichnung für einen beliebigen anonymen Auftraggeber oder Konzernagenten.

**Norm** – Umgangssprachliche, insbesondere bei Metamenschen gebräuchliche Bezeichnung für ›normale‹ Menschen.

**Nuyen** – Weltstandardwährung (New Yen, Neue Yen).

**Paraspezies** – Paraspezies sind ›erwachte‹ Wesen mit angeborenen magischen Fähigkeiten, und es gibt eine Vielzahl verschiedener Varianten, darunter auch folgende:

a) **Barghest:** Die hundeähnliche Kreatur hat eine Schulterhöhe von knapp einem Meter bei einem Gewicht von etwa 80 kg. Ihr Heulen ruft beim Menschen und bei vielen anderen Tieren eine Angstreaktion hervor, die das Opfer lähmt.

b) **Sasquatch:** Der Sasquatch erreicht eine Größe von knapp drei Metern und wiegt etwa 110 kg. Er geht aufrecht und kann praktisch alle Laute imitieren. Man vermutet, daß Sasquatche aktive Magier sind. Der Sasquatch wurde 2041 trotz des Fehlens einer materiellen Kultur und der Unfähigkeit der Wissenschaftler, seine Sprache zu entschlüsseln, von den Vereinten Nationen als intelligentes Lebewesen anerkannt.

c) **Schreckhahn:** Er ist eine vogelähnliche Kreatur von vorwiegend gelber Farbe. Kopf und Rumpf des Schreckhahns messen zusammen 2 Meter. Der Schwanz ist 120 cm lang. Der Kopf hat einen hellroten Kamm und einen scharfen Schnabel. Der ausgewachsene Schreckhahn verfügt über die Fähigkeit, Opfer mit einer Schwanzberührung zu lähmen.

d) **Dracoformen:** Im wesentlichen wird zwischen drei Spezies unterschieden, die alle magisch aktiv sind: Gefiederte Schlange, Östlicher Drache und Westlicher Drache. Zusätzlich gibt es noch die Großen Drachen, die einfach extrem große Vertreter ihres Typs (oft bis zu 50 % größer) sind.

Die Gefiederten Schlangen sind von Kopf bis Schwanz in der Regel 20 m lang, haben eine Flügelspannweite von 15 m und wiegen etwa 6 Tonnen. Das Gebiß weist 60 Zähne auf.

Kopf und Rumpf des Östlichen Drachen messen 15 m, wozu weitere 15 m Schwanz kommen. Die Schulterhöhe beträgt 2 m, das Gewicht 7,5 Tonnen. Der Östliche Drache hat keine Flügel. Sein Gebiß weist 40 Zähne auf.

Kopf und Rumpf des Westlichen Drachen sind 20 m lang, wozu 17 m Schwanz kommen. Die Schulterhöhe beträgt 3 m, die Flügelspannweite 30 m und das Gewicht etwa 20 Tonnen. Sein Gebiß weist 40 Zähne auf.

Zu den bekannten Großen Drachen zählt auch der

Westliche Drache *Lofwyr,* der mit Gold aus seinem Hort einen maßgeblichen Anteil an Saeder-Krupp Heavy Industries erwarb. Das war aber nur der Auftakt einer ganzen Reihe von Anteilskäufen, so daß seine diversen Aktienpakete inzwischen eine beträchtliche Wirtschaftsmacht verkörpern. Der volle Umfang seines Finanzimperiums ist jedoch unbekannt!

**Persona-Icon** – Das Persona-Icon ist die Matrix-Metaphorik für das Persona-Programm, ohne das der Zugang zur Matrix nicht möglich ist.

**Pinkel** – Umgangssprachliche Bezeichnung für einen Normalbürger.

**Rigger** – Person, die Riggerkontrollen bedienen kann. Riggerkontrollen ermöglichen ein Interface von Mensch und Maschine, wobei es sich bei den Maschinen um Fahr- oder Flugzeuge handelt. Der Rigger steuert das Gefährt nicht mehr manuell, sondern gedanklich durch eine direkte Verbindung seines Gehirns mit dem Bordcomputer.

**Sararimann** – Japanische Verballhornung des englischen ›Salaryman‹ (Lohnsklave). Ein Konzernangestellter.

**SimSinn** – Abkürzung für **Sim**ulierte **Sinn**esempfindungen, d. h. über Chipbuchsen direkt ins Gehirn gespielte Sendungen. Elektronische Halluzinogene. Eine Sonderform des SimSinns sind die BTL-Chips.

**SIN** – Abkürzung für **S**ystem**I**dentifikations**N**ummer, die jedem Angehörigen der Gesellschaft zugewiesen wird.

**So ka** – Japanisch für: Ich verstehe, aha, interessant, alles klar.

**Soykaf** – Kaffeesurrogat aus Sojabohnen.

**STOL** – Senkrecht startendes und landendes Flugzeug.

**Straßensamurai** – So bezeichnen sich die Muskelhelden der Straßen selbst gerne.

**Trid(eo)** – Dreidimensionaler Video-Nachfolger.

**Trog, Troggy** – Beleidigende Bezeichnung für einen Ork oder Troll.

**Verchippt, verdrahtet** – Mit Cyberware ausgestattet, durch Cyberware verstärkt, hochgerüstet.

**UCAS** – Abkürzung für ›**U**nited **C**anadian & **A**merican **S**tates‹; die Reste der ehemaligen USA und Kanada.

**Wetwork** – Mord auf Bestellung.

**Yakuza** – Japanische Mafia.